ERIC WALZ

Die Giftmeisterin

Buch

Aachen im Jahre 799: Gräfin Ermengard leidet Qualen in ihrer Ehe mit Arnulf, Hauptmann der Leibwache und langjähriger Weggefährte Karls des Großen. Nur drei Menschen sind der intelligenten, schlagfertigen und humorvollen Ermengard ein Trost: ihre Freundin Berta, die ein ähnliches Schicksal teilt, ihre lebhafte Nichte Gerlindis, und schließlich der verwitwete Gerold, Quartiermeister des Königs. Da geschieht in der Aachener Karlsburg ein Verbrechen: Hugo, der ältere von Gerolds Söhnen, wird ermordet aufgefunden – und das wenige Tage, bevor der Papst zu Besuch eintrifft. Ermengards Mann wird vom König mit Ermittlungen beauftragt. Misstrauisch gegen ihren Mann beschließt sie, selbst einige Fragen zu stellen, ohne dass Arnulf davon erfährt. Dabei lernt Ermengard die gleichaltrige Fionee kennen, eine Fremde, von der man nicht weiß, woher sie stammt, und die erst seit wenigen Wochen in Aachen lebt.

Ermengards Suche führt sie auch ins sogenannte »Frauenhaus« der Aachener Karlsburg, wo die Töchter und Konkubinen des Königs wohnen. War der Mord persönlich motiviert oder gab es tatsächlich – wie der König fürchtet – einen politischen Hintergrund? War Hugo überhaupt das Ziel oder wollte der Mörder eigentlich Mathilda töten, die römische Konkubine Karls? Immer dichter zieht sich das Netz aus Verdächtigungen, Intrigen und Mord zusammen, und auch Ermengards Leben ist plötzlich bedroht. Da fasst sie einen kühnen und dunklen Plan, für den sie die Hilfe Fionees braucht, einer Frau, die sich bestens mit Kräutern aller Art auskennt …

Autor

Eric Walz wurde 1966 in Königstein im Taunus geboren. 2002 erfüllte er sich den Kindheitswunsch, Bücher zu schreiben. Sein Debütroman »Die Herrin der Päpste« wurde ein großer Erfolg, den er mit »Die Hure von Rom« wiederholen konnte. Eric Walz lebt heute als freier Autor in Berlin.

Mehr unter: www.ericwalz.eu

Von Eric Walz ist bereits erschienen:

Die Herrin der Päpste (36493) – Die Schleier der Salome (36888) – Die Sternjägerin (37133)

Die historischen Kriminalromane um die junge Ulmer Glasmalerin Antonia Bender und den jungen Jesuiten Sandro Carissimi:

Die Glasmalerin (36718) – Die Hure von Rom (36719) – Der schwarze Papst (37269)

Eric Walz

Die Giftmeisterin

Historischer Roman

blanvalet

FSC
Mix
Produktgruppe aus vorbildlich
bewirtschafteten Wäldern und
anderen kontrollierten Herkünften

Zert.-Nr. SGS-COC-001940
www.fsc.org
© 1996 Forest Stewardship Council

Verlagsgruppe Random House FSC-DEU-0100
Das FSC-zertifizierte Papier *Super Snowbright*
für dieses Buch liefert Hellefoss AS, Hokksund, Norwegen.

1. Auflage
Originalausgabe April 2010 bei Blanvalet,
einem Unternehmen der
Verlagsgruppe Random House GmbH, München.

Umschlaggestaltung: HildenDesign, München
Umschlagmotiv: © Bridgeman Art Library/
Galleria degli Uffizi, Florenz
MD · Herstellung: sam
Satz: Buch-Werkstatt GmbH, Bad Aibling
Druck und Einband: GGP Media GmbH, Pößneck
Printed in Germany
ISBN: 978-3-442-37318-5

www.blanvalet.de

Für Christoph Ostermann-Pflüger

1

AACHEN, AM HEILIGEN Abend im Jahr des Herrn siebenhundertneunzig und neun. Das Jahrhundert liegt in seinen letzten Zügen. Dies ist die Geschichte einer ungewöhnlichen Freundschaft: zwischen mir, der Gräfin Ermengard, und der Fremden Fionee, die von allen gemieden wird und von der ich mittlerweile weiß, dass sie eine Giftmeisterin ist. Und es ist die Geschichte eines Verbrechens. Ich sollte besser sagen, die Geschichte zweier Verbrechen: eins das ich aufgeklärt habe, und ein anderes, das ich beging.

Ich zögere weiterzuschreiben, so wie der Kranke zögert, den Arzt kommen zu lassen. Die Gespenster, mit denen ich mich während dieses Berichts – oder dieser Beichte – auseinanderzusetzen habe, werden mich quälen, bevor sie mich verlassen. Sie bewegen sich, durch mein Schreiben aufgeweckt, bereits in diesem Augenblick tief in mir drin. Ich spüre sie. Und ich habe Angst vor ihnen, vor mir selbst.

Von draußen dringen geistliche Gesänge bis zu mir in mein Zimmer, in dem ich unter Arrest stehe. Der Papst und der König führen eine Prozession durch Aachen und um die Pfalz herum an, die noch bis in die Nacht dauern wird. Der ganze Hof nimmt teil. Ich höre tröstende oder von Freude kündende Gesänge schon seit heute Nachmittag, und ich muss sagen, dass sie meine Not nicht gelindert haben. Im

Gegenteil, die ständige, wenn auch verständliche Anwesenheit des wiedergeborenen Heilands hat meinen Zustand noch verschlimmert. Ich fühle mich außerstande, auf eine andere Weise als diese hier über das Rechenschaft abzulegen, was wie ein Gewicht auf mir lastet. Ich muss schreiben.

2

WANN DIE GESCHICHTE meines Verbrechens begann, weiß ich nicht. War es, als mir die Idee dazu kam? Oder fängt ein Verbrechen nicht schon viel früher an, zu dem Zeitpunkt, an dem die Grundlagen dazu gelegt wurden? Ist der Tod meines ersten Kindes, das vor sechzehn Jahren noch vor der Geburt starb, die Wurzel der Geschehnisse der vergangenen paar Tage? Es folgten noch drei weitere unglückliche Geburten. Sind sie Teil des Übels, das mich befallen hat? Ich werde diese Frage jetzt noch nicht klären können.

Sehr viel leichter ist es zu bestimmen, wann die Geschichte des Verbrechens, das ich aufgeklärt habe, begann. Für mich begann sie vor ungefähr zwei Wochen, am Tag nach dem zweiten Adventssonntag. Die Ähnlichkeiten zum heutigen Abend sind übrigens verblüffend: Es war bereits dunkel, und meine Nichte Gerlindis saß – genauso wie in diesem Moment – am Kohlefeuer unten in der Wohnhalle und nähte an einem Tuch. Sie konnte mich nicht sehen. Ich beobachtete sie von der Treppe aus, und ich erinnere mich, dass meine Sinne ungewöhnlich wach waren, sodass ich sogar das Geräusch hörte, das der Faden macht, wenn die Nadel ihn durch den Stoff zieht, und das Rosenöl roch, das sie zweifellos aus meinem Zimmer gestohlen und hinter die Ohren getupft hatte. Meine enorme Wachheit und Erregung der Sinne hatte einen ebenso einfachen wie guten Grund, denn nur ein paar Schritte weiter war mein Gemahl in seinem Zimmer mit seiner Konkubine zusammen.

Ich fragte mich, soll ich zu Gerlindis gehen und Trost bei ihr suchen? Aber ich hätte zu viel von ihr erwartet, sie wäre nicht in der Lage, mich zu trösten. Absurderweise hätte niemand außer Arnulf, mein Mann, das fertiggebracht.

Ich ging ins Obergeschoss zurück, an meiner Kammer vorbei in Gerlindis' Kammer. Sie unterschied sich von meiner nur durch eine Feinheit, die kaum jemandem auffiel, für mich jedoch ein bedeutendes Wesensmerkmal darstellte. Auf dem Tisch lag – die geschliffene Metallfläche nach unten – ein Handspiegel.

Ich nahm ihn auf. Es musste drei oder vier Jahre her sein, dass ich mich zuletzt betrachtet hatte. Ich besaß keinen Spiegel. Morgens machte mich stets die Zofe zurecht, und außer gelegentlich ein wackeliges Bild in einer Wasserschale bekam ich von meinem Gesicht nichts zu sehen. Mein burgundisches Naturell und meine Jugend in einfachen Verhältnissen hatten mich uneitel gemacht.

Zu sagen, ich wäre erschrocken, würde nicht wiedergeben, was ich in diesem Augenblick fühlte. Erschrecken gibt es nur, wenn etwas Unerwartetes eintrifft. Was ich hingegen im dürftigen Schein der Öllampe erblickte, hatte ich erahnt: eine Frau von über vierzig Jahren, deren Augen sich mit Schatten gefüllt hatten. Mit viel Mühe hatte ich jahrelang erfolgreich gegen Kummer und Traurigkeit und Groll angekämpft und erhielt jetzt die Bestätigung, dass mich dieser Kampf müde gemacht hatte. Von den Augen, die ja stets die ersten Künder der Gefühle sind, griff die Müdigkeit bereits auf meine Gesichtszüge über. Am Rand meiner Augen, an meiner Nase entlang und an meinen Mundwinkeln zogen sich feine Linien nach unten. Vielleicht war das der Lauf der Dinge, das Schicksal des Alters, aber gerade die kleinen Falten an den Mundwinkeln ließen mich, die ich mutig den Widernissen getrotzt hatte, mutlos erscheinen. Ich fühlte mich betrogen. Ja, genau das. Ich war eine Betrogene, Getäuschte, und zugleich war ich eine Täuscherin, die schwächer wirkte, als sie war. Denn dieses Gesicht spiegelte nur einen Teil meines Wesens wider. Noch immer besaß ich Humor und lachte gerne, wenngleich vornehmer als noch vor zwanzig Jahren. Und noch immer war Liebe in mir. Wo stand all das in meinem Gesicht geschrieben?

Allein auf meinen rosigen Wangen glänzte noch die Jugend, die ich längst verloren glaubte. Da waren sie, die rastlose Frische, die Erwartung einer gesegneten Zukunft, die Neugier, Frechheit und Beredsamkeit, die ich früher besessen hatte.

Kurz davor, den Spiegel zu Boden zu werfen, erinnerte ich mich gerade noch rechtzeitig daran, wie viel Freude er Gerlindis machte. Sie ist in ebenso bescheidenen Verhältnissen aufgewachsen wie einst ich, und als ich sie vor einem Jahr, nach ihrer Ankunft in Aachen, fragte, was ich ihr schenken dürfte, wünschte sie sich den ersten Spiegel ihres Lebens. Siebzehnjährige Frauen wie Gerlindis fühlen sich nun einmal angezogen von ihren Spiegelbildern, in denen sie Gott weiß was zu erkennen glauben.

Ich verließ die Kammer einer Glücklichen und wandte mich jener von zwei weiteren Glücklichen zu. Hinter einer Zwischentür, der sich ein kurzer Gang anschloss, lag die Kammer meines Gemahls. Bisher war die Zwischentür für mich tabu gewesen; sie bildete die unausgesprochene und daher umso bedeutendere Grenze zu einem Reich, das auch meines hätte sein sollen, tatsächlich aber einer anderen Frau gehörte. Dort war ich eine widerrechtlich zurückgekehrte Exilantin.

Das Gelächter, das ich vernahm, als ich mein Ohr an die Kammertür drückte, kam mir wie die unmittelbare Bestrafung einer Sünde vor. Nicht das, was hinter dieser Tür vorging, war eine Überraschung für mich – war es vom ersten Tag an nicht gewesen –, wohl aber, welche ausgelassene Freude dabei herrschte.

Sofort trat ich die Flucht an. Ich nenne es absichtlich so, denn ein Rückzug geht geordnet vor sich.

Ich griff mir meinen Mantel und eilte die Treppe hinunter.

»Tante?«, hörte ich Gerlindis zaghaft fragen.

Ich wandte mich nicht zu ihr um. Wortlos verließ ich das Haus.

Nachdem ich eben diese letzten Zeilen geschrieben hatte, hob sich meine Hand unentschlossen, zitterte, ließ sich beruhigen, und ich schrieb weiter. Nur das kratzende Geräusch der Feder auf dem Pergament ist zu hören.

Eine Weile stand ich einfach so da, die Tür im Rücken und die Nacht vor Augen. Ich war unwillig, ins Haus zurückzukehren, und sah keinen Vorteil darin, in der Dunkelheit herumzulaufen. Wie festgefroren verharrte ich, umgeben von winterlicher Kälte und angefüllt mit einer anderen, inneren Kälte, die meinen Geist bewegungsunfähig machte. Vergeblich fragte ich mich, was ich fühlen sollte, welche Haltung die angemessene wäre, und kam doch nur zu dem Resultat, keine bestimmte Haltung einzunehmen. Gottes Wille – diese zwei Worte rief ich mir immer wieder ins Gedächtnis. So einschüchternd sie manchmal sein konnten, so beruhigend wirkten sie. Gottes Wille hatte meine vier Kinder ins

Himmelreich geholt, und Gottes Wille hatte meinem Gemahl, der jahrelang geduldig auf einen Erben gehofft hatte, eine Konkubine zugeführt, die ihm Kinder gebar. Ich fragte mich: Muss ich nicht dankbar sein, dass Arnulf sich erst spät eine Konkubine genommen hat, nämlich vor drei Jahren, zu einem Zeitpunkt, als deutlich wurde, dass mir keine fünfte Schwangerschaft vergönnt war? Andere Gatten handelten viel früher, manche von ihnen gar ohne Not, da ihre Frauen ihnen längst mehrere Erben geboren hatten. König Karl, beispielsweise, der zurzeit zwei Konkubinen hatte, obwohl es reichlich Prinzen gab – und eine Königin. Wenn Königin Liutgarde ihr Schicksal klaglos ertrug – und danach sah es aus –, welches Recht hatte ich, Gräfin Ermengard, zu hadern?

Ich schloss den Mantel enger um meinen Körper und ging ein paar Schritte durch den Schnee. Es blieb also alles, wie es war. Ich würde keine bestimmte Haltung einnehmen. Alles, was ich tun musste, war, meinen Gemahl nicht länger als mein Eigentum zu betrachten und nicht ständig in der Bereitschaft zu leben, den Kampf um ihn aufzunehmen. Die Eifersucht war ein gefräßiges Tier, dem es galt, Einhalt zu gebieten.

Dermaßen zur Ruhe gebracht, setzte ich meinen bislang zaghaften Spaziergang entschlossener fort. Ich befand mich inmitten der Königspfalz, die bereits zu großen Teilen fertiggestellt, trotzdem noch im Bau befindlich war. Der hinter dünnen Wolken verborgene Mond spendete gerade so viel Licht, dass er die Konturen der Türme, Hallen, Mauern und Lastkräne sichtbar machte. Fast der gesamte Hof – auch Arnulf und ich – lebte in behelfsmäßig errichteten Häusern am Rand der Baustelle und wartete sehnsüchtig darauf, im nächsten Sommer die fertige Pfalz beziehen zu können. Ausgenommen davon waren nur König und Königin, die den fertigen Königsturm bezogen hatten, sowie die Prinzessinnen und königlichen Konkubinen, die im Frauenhaus wohnten. Die Pfalz sollte, dem Willen des Monarchen gemäß, der Mittelpunkt des fränkischen Reiches werden. Auch Quierzy, Reims und Worms waren im Gespräch gewesen, da sie, ebenso wie Aachen, von großen, wildreichen Wäldern umgeben und von Menschen bewohnt sind, die einen fränkischen Dialekt sprechen. Die warmen Quellen dieser Gegend, die der Gesundheit so zuträglich sind, übten auf Karl jedoch die größte Anziehungskraft aus. Für mich, die ich unter burgundischer Sonne aufgewachsen bin und den Winter lange Zeit nur als kurze Zeitspanne gekannt hatte, bedeutete die Entscheidung für das Dorf Aachen einen gewissen Trost. Wenn schon nicht Chalon oder Vienne zur wichtigsten Residenz gemacht wurden, wollte ich die kalten Monate wenigstens in einem warmen Bad sitzend verbringen.

Ich blieb stehen, lauschte ... Wie wunderbar! Eine außergewöhnliche Stille, so wie der Raureif der Nacht, überzog den Hof. Ich hörte nichts, atmete unhörbar. Auch aus den Stallungen, in deren Nähe ich mich befand, kam kein Geräusch. Aachen schien weit weg, obwohl wir uns – nur umgeben von Palisaden – in seiner Mitte befanden. Kein Hund bellte. Kein Wind wehte. Ich atmete tief durch, und der Geruch von Stroh und Pferden kämpfte sich durch die Eiseskälte und stieg mir in die Nase, ebenso der Geruch trockenen Holzes, das am Rande der Stallungen lagerte. Die Welt war mit einem Mal wieder zu einem lebenswerten Ort für mich geworden, und der Schmerz, der mich vorhin noch heftig getroffen hatte, war wie die Erinnerung an einen schlimmen Traum.

Ich wandte mich in der Absicht um, zum Haus zurückzukehren – und stolperte über eine Leiche. Ich erkannte sofort, dass der Mann, der mit dem Gesicht nach unten lag, tot war, denn meine Hand wurde bei seiner Berührung rot von Blut und um ihn und mich herum hoben sich etliche dunkle Flecke vom Schnee ab.

3

WIE WÄRE DAS Leben, wenn wir um seinen geplanten Verlauf wüssten? Wenn es etwas oder jemanden gäbe, einen Erzengel vielleicht, der uns im Alter von fünfzehn Jahren darüber unterrichtete, was Gott beschlossen hatte? Würde ein junger Mann dann noch in einen von König Karls Kriegen ziehen, im Wissen, darin umzukommen? Würde eine junge Frau, wie ich einst eine gewesen bin, eine Ehe eingehen, in der sie alle Kinder verliert, oder nicht lieber gleich ins Kloster gehen, um dort Frieden zu finden? Und wenn eine innere Stimme uns auch nur einen Tag im Voraus sagen würde, was als Nächstes geschähe … Es wäre wohl das Ende göttlicher Allmacht. Man würde, ungeachtet der Aussicht auf das ewige Leben, sich gegen einen solch perfiden göttlichen Plan erheben.

Ich wünschte mir, ich hätte vor zwei Wochen gewusst, was ich heute weiß, denn dann wäre ich nicht über eine Leiche gestolpert, und selbst wenn, ich wäre meiner Wege gegangen und hätte mich aus allem herausgehalten, was folgte.

Doch das tat ich nicht, und das Ergebnis ist erschütternd. Es kommt vor, dass ich mich frage, worin für mich der Vorteil liegt, weiterhin an Gottes Plan zu glauben, wenn dieser mir im Diesseits wie im Jenseits nichts als Verderben bringt.

Ich rannte irgendwohin. Wieso ich nicht schrie, weiß ich nicht mehr. In der Nähe, auf den Palisaden, standen Wachen, doch in ihren schwarzen Mänteln waren sie von der Dunkelheit verschluckt worden.

Arnulf, das war mein einziger Gedanke. Ich musste Arnulf holen.

Doch ich lief einem anderen Mann in die Arme. Von dieser Körpergröße gab es – außer Arnulf – nur einen Mann am Hof: den König.

»Euer Gnaden«, sagte ich mit gebrochener Stimme.

»Gräfin Ermengard«, erwiderte er, und erst viel später, als ich die Begegnung in aller Ruhe vor meinem inneren Auge wiederholte, bemerkte ich, dass in seiner höflichen Stimme auch Argwohn mitschwang. Eine Frau, ganz allein mitten in der Nacht in der Nähe von Mannschaftsquartieren und Stallungen voller Stroh, offensichtlich in Eile ... Er runzelte kurz die Stirn, fragte aber: »Ihr könnt wohl ebenfalls nicht schlafen, wie?«

Immerhin war ich noch vernünftig genug, mich nicht auf eine Plauderei einzulassen, sondern sagte: »Euer Gnaden, dort vorn liegt ein Toter.«

Der König kniete neben der Leiche, berührte sie am Nacken, dann am Handgelenk und sagte mit einem Erstaunen, das darauf schließen ließ, dass er dem Geschwätz einer nervösen Gräfin keinen Glauben geschenkt hatte: »Tatsächlich.«

»Nun, wie ich sagte.«

Er beachtete mich nicht, fasste den Leichnam an den Schultern und wälzte ihn auf den Rücken.

Keiner von uns sprach, da wir beide den Toten gut kannten. Hugo war der ältere der beiden Söhne eines hohen königlichen Beamten, des Seneschalls Gerold. Zugleich war Hugo ein hoher Offizier in der königlichen Leibwache.

Sein Gesicht war totenbleich, im wahrsten Sinne des Wortes. Es sah wie die Maske des Teufels bei einem Mysterienspiel aus: entsetzlich verzerrt, graue Lippen … Ich wandte mich ab.

Der König suchte Hugos Körper nach der Wunde ab, fand jedoch keine. »Seltsam«, flüsterte er zu sich selbst, denn er hatte mich völlig vergessen. »Der Körper ist noch warm, aber das Gesicht ist schon erbleicht. Wie ist das möglich?« Dann schlug er Hugos Mantelkragen zurück, legte die Kehle frei – und bekreuzigte sich. »Durchgeschnitten.«

Vorsichtig wandte ich mich dem Leichnam noch einmal zu und trat einen Schritt näher, weil das Unbekannte seit jeher eine große Anziehungskraft auf die Menschen ausübt, auch wenn es nur Schlechtes bedeutet. Ich warf nur einen kurzen Blick auf den Toten, bevor sich alle meine Empfindungen gegen das Grauen sträubten und ich mich erneut abwandte. Durch die heftige Bewegung erinnerte der König sich meiner.

»Gräfin. Bitte schickt Euren Gemahl hierher.«

»Meinen Gemahl?« Ich muss arg konfus ausgesehen haben, also so, wie ich mich fühlte. Der Anblick eines Menschen, dem man die Kehle durchschnitten hatte, hatte mich schwindlig gemacht.

»Ja«, sagte Karl überdeutlich, »aber wenn Euch nicht wohl ist …«

»Nein, nein, Euer Gnaden, es geht schon. Ich werde also … meinen Gemahl schicken.«

»Das wäre sehr freundlich.«

Die Bitte des Königs war absolut verständlich. Arnulf war der Graf der Pfalz Aachen und somit der hiesige Vertreter königlicher Gewalt und Gerichtsbarkeit.

Der König konnte nicht ahnen, was er mit seiner Bitte anrichtete. Es war ihm darum gegangen, mich, den Gesetzen der Schicklichkeit entsprechend, auf gewandte Weise vom Schauplatz des Grauens zu entfernen und zugleich, den Gesetzen der Gerichtsbarkeit entsprechend, Arnulf schnellstmöglich an den Schauplatz des Grauens zu holen. Tatsächlich schickte er mich in die Liebeskammer meines Gemahls und der Konkubine.

4

WIEDER STAND ICH vor der Tür, hinter der nun nicht mehr gelacht wurde. Hörte ich irgendetwas? Ich strengte mich an, doch da war nichts zu hören. Kein lustvolles Stöhnen.

Meine Hand ballte sich – der anerzogenen Pflicht gemäß – zur Faust und schickte sich an anzuklopfen. Mein Wille verhinderte es.

Ich wollte sehen. Einmal wollte ich es mit eigenen Augen sehen, es mir nicht nur vorstellen, es nicht in Albträumen träumen.

Ich fasste den Knauf.

Diese Stille … Beinahe wie die Stille von vorhin draußen im Schnee, kurz vor dem Stolpern.

Womöglich, so dachte ich, waren Arnulf und *sie* auseinandergegangen, und er schlief friedlich und allein. Oder sie schliefen nebeneinander.

Ich trat langsam ein. Ich spürte zunächst die Wärme. Im übrigen Haus war es bitterkalt, da die dünnen Tierhäute, die in den Fenstern aufgespannt waren, zwar den Wind, nicht jedoch den eisigen Frost eines Dezembertages fernhalten konnten. Und die Kohlefeuer wärmten nur, wenn man direkt vor ihnen saß.

Der Grund für die angenehme, ungewöhnliche Wärme in Arnulfs Gemach war schnell gefunden, denn es brannten rund zwanzig Öllampen im Raum verteilt, auf den Truhen, dem Tisch, dem Boden.

Dort waren Arnulf und sie, zwischen Öllampen auf dem Boden, auf einem Fell. Was sie taten, taten sie stumm. Das Geräusch ihrer sich aneinander reibenden Körper war das Einzige, das sie von sich gaben, so als hüteten sie das Geheimnis ihres Zusammenseins.

Sie bemerkten mich nicht. Da war ich also. Sah sie in vollem Licht. Sah die körperliche Liebe, die sie seit drei Jahren verband und der bereits ein Kind entsprungen war.

Mir wurde schlecht. So leise und rasch wie möglich schloss ich die Tür, eilte in mein Gemach und übergab mich in die Wasserschale neben meinem Bett.

»Das hat sein müssen«, flüsterte ich.

Kurz darauf kehrte ich zum dritten und letzten Mal in dieser seltsamen Nacht zu der Tür zurück, dieses Mal hochoffiziell. Ich klopfte an. Drinnen ein Rascheln, dann leise Stimmen. Ich klopfte erneut. Sie berieten sich.

»Arnulf«, rief ich. »Bitte öffne. Es ist wichtig.«

Arnulf hätte bei dieser dringenden Bitte kaum etwas anderes tun können, als die Tür zu öffnen, trotzdem fühlte ich eine gewisse Genugtuung darüber. Als seine Gestalt im Türspalt erschien, als er vor mir stand, fiel mir sofort wieder ein, weshalb ich diesen Mann liebte. Es hatte nicht nur mit seinem Körper zu tun, obgleich ich sagen muss, dass er mir sehr gefiel. Seine zahlreichen Schwertübungen und die Mäßigkeit, die er beim Essen und Trinken an den Tag legte, täuschten über die sechsundvierzig Jahre, die er zählte, hinweg. Sein kurz gehaltener Bart verdeckte die Narbe, die ein sächsischer Schwerthieb hinterlassen hatte, und gab dem Gesicht etwas Weiches. Seine Körpergröße entsprach der des Königs, ja, man könnte sagen, dass Arnulf dem König in Wuchs und Statur fast gleichkam.

Eine siebenundzwanzig Jahre alte Erinnerung: Hochzeitsnacht.

Arnulf öffnet mir die Tür zu einem mit Fackeln und Öllampen erleuchteten Gemach. Er trägt nur einen Schurz, und die dunkle Körperbehaarung, die er schon als Neunzehnjähriger hatte, jagt mir einerseits einen Schrecken ein, andererseits erregt sie mich. Ich, siebzehn Jahre alt, lasse mein Gewand zu Boden gleiten und setze Arnulf mit meinen wohlgeformten Brüsten und meiner schmalen Taille in Erstaunen. Wir gefallen uns vom ersten Augenblick an.

Nun stand er also wieder im Schurz vor mir. Für meine Liebe wesentlich war jedoch etwas ganz anderes. In seinen braunen Augen las ich jene zärtliche Sorge um mich, die er früh entwickelt und nie abgelegt hatte. Ihm war nicht gleichgültig, was ich fühlte, darum all diese dumme Heimlichtuerei, darum hatte er Emma – so lautet der Name der Konkubine – in einem kleinen Häuschen nicht weit von der Königspfalz untergebracht, darum aß sie nie mit uns, darum hielt er ihre gemeinsame Tochter von mir fern, und darum waren seine ersten Worte, nachdem er mir die Tür geöffnet hatte: »Geht es dir gut?«

Ich ging nicht darauf ein, schlug die Augen nieder. »Man hat im Hof eine Leiche gefunden. Es ist Hugo. Der König bittet dich zu kommen.«

»Hugo?«

»Ja.«

»Du meinst den Hugo … den … den Sohn von Gerold?«

»Ja.«

Er schwieg. Ich fragte: »Kommst du?«

»Sofort.«

Ich wartete, bis er *ihr* zugeflüstert hatte, dass er gehen müsse. Er kam zurück und zog die Tür so entschlossen hinter sich zu, als wolle er sie für lange Zeit nicht mehr öffnen. Während wir den Gang entlang und die Treppe nach unten gingen, zog er sich eine Tunika und eine Biberweste über, schließlich legte er sich noch den blauen Mantel seiner Grafenwürde um die Schultern.

Kein Wort über den Toten. Sein Blick ruhte auf mir wie auf einer Kostbarkeit.

»Und dir geht es gut?«, fragte er noch einmal.

Wir sahen uns an.

»Ich habe ihn gefunden. Du weißt schon, Hugo. Ich bin spazieren gegangen ...«

»Ich verstehe.«

Ja, er verstand es. Das war ja das Schlimme. Er verstand, wieso ich mitten in der Nacht und bei eisiger Kälte im Schnee spazieren ging, und er wünschte, es bliebe mir erspart, das zu tun. In Momenten wie diesen wollte ich, dass ich ihn hassen könnte, doch es war unmöglich. *Er* machte es mir unmöglich. Stattdessen entfachte er wieder und wieder die glimmende Glut zwischen uns, diese Liebe.

Ich dachte, lass es doch. Bitte, lass es doch.

»Du solltest dich beeilen. Der König wartet.«

»Du hast recht.«

Er rannte voraus. Mit seinem flatternden Mantel sah er aus wie ein blauer Rabe, und ich ging, über dieses Bild lächelnd, in seinen Fußstapfen hinter ihm her. Ja, ich vermochte schon wieder zu lächeln. So war es immer. Eine kurze Weile allein mit Arnulf genügte, um mich wieder aufzurichten. Ich war über eine Leiche gestolpert, deren Kehle man durchgeschnitten hatte, und doch war meine Konfusion verflogen. Außerdem hatte ich den Mann, den ich liebte, zusammen mit der Frau, die ich verabscheute, gesehen, trotzdem gelang es ihm, dass ich ihm nicht böse war. Es mag völlig unverständlich klingen, aber derselbe Mann, der mir die Sicherheit, eine begehrenswerte Frau zu sein, immer wieder nahm, gab sie mir immer wieder zurück.

Ich blieb in einigem Abstand stehen. Hugos Leiche lag unverändert da, vorsichtig untersucht von Arnulf. Zwei Wachen steckten den Bereich mit Fackeln ab, deren Schein ein warmes gelbes Licht auf den Schnee warf, was mich merkwürdigerweise an die Sommer meiner Kindheit in Burgund erinnerte. Vielleicht sehnte ich mich in diesem Moment inmitten von Kälte, Mord und Tod dorthin zurück.

Der König stand abseits des Fackelkreises und sprach leise mit einem Mann, dessen Gesicht ich nicht erkannte. Doch die hängenden Schultern des Mannes ließen mich nicht zweifeln – es handelte sich um Gerold, Hugos Vater, der gerade vom König aufgeklärt und getröstet wurde. Ich fragte mich, welche Worte König Karl wohl finden würde. Wenn in der Vergangenheit Gefolgsleute von ihm gestorben waren, hatte er die Witwen und Kinder getröstet, indem er auf die Verdienste des Toten und den großen Verlust für sich selbst verwies. Hätte Arnulf dort im Schnee gelegen, würde Karl vermutlich sagen: War mir fünfundzwanzig Jahre lang treu ergeben … hat sich als Siebzehnjähriger bei der Belagerung von Zaragoza zwischen mich und einen Pfeil geworfen … hat jede ihm gestellte Aufgabe erfüllt. Und wäre Hugos jüngerer Bruder Grifo getötet worden, hätte er wohl von dessen unglaublicher Tapferkeit im Krieg gegen die Awaren an der pannonischen Donau gesprochen.

Bei Hugo hingegen war es schwierig. Dass er einer der besten Schwertkämpfer des Heeres gewesen war, immer das Letzte aus sich herausgeholt, jedes gesteckte Ziel mit unerhörter Anstrengung erreicht hatte und schon vor fünf Jahren, gerade zwanzig Jahre alt, den Befehl über die Vorhut im bereits erwähnten Awarenkrieg erhalten hatte – das waren allesamt Verdienste, die von der jüngsten Vergangenheit geschleift worden waren. In den letzten Monaten war Hugo oft betrunken angetroffen worden. Er hatte – wie Arnulf mir auf mein Drängen nach weiteren Einzelheiten hin erzählt hatte – seine Pflichten als Offizier der Leibwache vernachlässigt, seine Befugnisse übertreten, und sein Auftreten war zunehmend despektierlich geworden. Arnulf hatte gesagt, die Verwandlung sei plötzlich gekommen, so als wäre ein Teufel oder die Seele eines Rebellen in Hugo gefahren.

Arnulf hatte seine Untersuchung des Leichnams abgeschlossen und trat zu Gerold und dem König.

»Für mich sieht es folgendermaßen aus«, sagte er. »Hugo hat sich mit jemandem gestritten, Hugos Kehle wurde verletzt, durchschnitten. Dies hier habe ich im Schnee gefunden.«

»Ein Langmesser«, sagte der König. »Aber es klebt kein Blut daran.«

»Weil es sich um Hugos Waffe handelt, Euer Gnaden.«

»Ihr überseht etwas, Graf.« Gerolds Stimme drückte Empörung aus. Ich kannte Gerold nur als zurückhaltenden, geduldigen, schon ein wenig greisenhaften Mann. »Hugo hätte niemals einen Zweikampf mit dem Schwert oder dem Langmesser verloren. Er hätte jeden Mann in dieser Pfalz bezwungen, Euch eingeschlossen. Es ist mir daher nicht möglich zu glauben …«

Gerold unterbrach sich, als Arnulf einen Gegenstand, den

er bislang in der anderen Hand gehalten hatte, ins Licht der Fackeln hob. Auch aus der Entfernung erkannte ich in dem Gegenstand einen Weinschlauch.

»Er ist fast leer«, sagte Arnulf widerwillig. Ich wusste, dass es ihm keine Freude bereitete, Gerold in diesem Augenblick des Verlustes mit den Schwächen seines Sohnes zu konfrontieren. Wenngleich Arnulf und Gerold keine Freunde waren, kamen sie gut miteinander aus.

Arnulf folgerte: »Ein Kampf hat nicht stattgefunden, sonst hätten die Wachen etwas bemerkt. Hugo, der seine Sinne nicht beieinanderhatte, zog sein Messer, aber er wurde sogleich tödlich getroffen.«

Während die drei Männer leise miteinander sprachen, näherte ich mich der Leiche und kniete mich neben sie in den Schnee. Inzwischen hielt ich mich für gefestigt genug, den Toten zu betrachten, ohne dass mir übel wurde. Doch wozu ihn betrachten? Wieso sollte ich mir das noch einmal zumuten?

Ich tat es. Mein Blick glitt über die Beine den Körper hinauf, über den bedeckten Hals bis zu Hugos Kopf. Erneut war ich erschüttert, aber dieses Mal nicht von der Totenblässe und den anderen grässlichen Merkmalen des Todes, sondern von der Jugendlichkeit des Gesichts und auch von der Schönheit, jener Art von ungestümer Schönheit, die Frauen neugierig und Männer argwöhnisch macht. Ich weiß, wovon ich rede. Ich habe mich selbst dabei ertappt, wie ich Hugo bei den Zweikampfübungen der Leibwache ausgiebig betrachtete. Je größer die Bewunderung – gleich welcher Art – für einen Menschen, desto größer die Trauer, und ich gebe zu, dass mich der Tod eines rüpelhaften, zahnlosen und fetten Offiziers weniger erschüttert hätte, als es bei Hugo der Fall war.

Jene Übungen, von denen ich eben sprach, waren der Grund, weshalb ich mir Hugos tödliche Verletzung noch einmal ansehen wollte. Ich würde nicht so weit gehen zu behaupten, dass ich die Angriffsverfahren der Waffenträger beim Kampf mit dem Langmesser studiert hätte, dennoch war mir aufgefallen, dass die Technik keine ausholende Armbewegung mit anschließendem Schnitt durch die Kehle des Gegners vorsah, sondern einen plötzlichen Vorstoß der Messerspitze, dem Hugo stets mit größter Gewandtheit ausgewichen war.

Mit einem in Erwartung des Schlimmsten verzogenen Gesicht nahm ich die Bedeckung vom Hals des Leichnams. Sowohl Arnulf als auch der König hatten von einem Schnitt gesprochen, mit dem Hugo getötet worden war. Und sie hatten recht.

Ein Schauer durchfuhr mich.

Ich konnte nichts mehr tun. Behutsam schloss ich Hugos schwarze Augen. Dann strich ich ihm die Haare aus der Stirn, diese langen, schwarzen Locken, die immer so verwegen um seine Ohren und Wangen getanzt waren.

»Eine Beule.« Ich war so überrascht, dass ich nicht nachdachte und sich daher die Entdeckung gleichzeitig mit dem Ausruf ereignete.

Arnulf, Gerold und der König bemerkten erst jetzt, dass ich neben der Leiche kniete, und blickten verwundert zu mir herüber.

»Eine Beule«, wiederholte ich nach einem Moment der Verunsicherung. »Oberhalb des Haaransatzes. Ich spüre sie deutlich. Da ist aber kein Blut. Hugo muss von einem stumpfen Gegenstand getroffen worden sein.«

Keiner der drei Männer bequemte sich herbei. Bei Gerold verstand ich es ja noch – den toten Sohn abzutasten ist eine schwere Prüfung. Und eines Königs Aufgabe ist es nicht, Morde aufzuklären. Aber Arnulf …

»Ist vermutlich beim Sturz zu Boden passiert«, erwiderte er lapidar.

Ich dachte, beim Sturz in den mehr als knöchelhohen Schnee zieht man sich keine Beule zu. Dem Gedanken wollte ich gerade Worte folgen lassen, als Arnulf mir einen inständigen Blick zuwarf. Da erst begriff ich, dass ich ihn in Verlegenheit gebracht hatte – ich glaube, zum ersten Mal in unserer Ehe.

Der König räusperte sich. »Eure Gemahlin wird sich noch erkälten, Graf.«

Und Gerold bot an: »Wenn Ihr erlaubt, Graf Arnulf, werde ich Eure Gemahlin zu Eurem Haus geleiten.«

Arnulf willigte ein, und so wurde ich mehr oder weniger abgeführt.

»Ich musste da weg«, sagte Gerold, als wir ein paar Schritte gegangen waren, und da hörte ich sie wieder, diese stoische, trotz ihrer Männlichkeit sanfte Stimme, die ich von ihm kannte. Und dann schwieg er. Vieles an ihm war lautlos. Es war die Art, wie er sich bewegte, wie er Menschen begrüßte, wie er ihnen geduldig zuhörte und seine eigene Meinung nicht über ihre stellte, die bewirkte, dass er am Hof kaum auffiel, obwohl er als Seneschall ein hohes Amt bekleidete. Ihm oblag immerhin die Versorgung des königlichen Haushalts, zu dem der gesamte Hof gehörte. Soweit ich wusste, hatte er keine Feinde. Noch nicht einmal seine Kinder hatten etwas gegen ihn, und das wollte viel heißen.

Ich betrachtete ihn aus dem Augenwinkel. Seine ruhige Art, der ansonsten eine große innere Kraft zugrundezuliegen schien, hatte in jener Nacht etwas Aschenes an sich, etwas Zerfallenes. Es tat mir weh, ihn leiden zu sehen, viel stärker, als es der Fall gewesen wäre, wenn er seine Trauer offen gezeigt hätte.

»Wie geht es Euren Töchtern?«, fragte ich, nicht um die Stille mit überflüssigen Fragen zu durchbrechen, sondern um Gerold für eine Weile auf gute Gedanken zu bringen. Mir war bekannt, dass er seine Töchter, die allesamt verheiratet waren und verstreut im Reich lebten, sehr liebte.

»Die Älteste hat jetzt fünf Kinder«, sagte er mit plötzlicher Freude. »Und die Jüngste hat ihr erstes Kind gesund zur Welt gebracht. Es heißt nach mir. Angeblich soll es mir ähnlich sein.« Er blieb stehen. »Könnt Ihr Euch das vorstellen, Gräfin? Wie kann ein so winziges Gotteskind einem beleibten, graubärtigen Greis wie mir ähneln?«

Gerold gab ein falsches Bild von sich ab. Gut, er war kein Athlet, aber sein Leibesumfang war maßvoll und das halbe Jahrhundert, das er auf dem Buckel hatte, hatte ihn nicht niedergedrückt. Im Übrigen waren Bart- und Kopfhaare noch fast schwarz, und das Einzige, was grau war, waren seine Augen, die aber stets mit milder Kraft und Aufmerksamkeit leuchteten. Wieso machte er sich älter, als er war? Hätte ich ihn nicht besser gekannt, wäre ich vielleicht auf den Gedanken gekommen, er wolle mit dem Mittel der Übertreibung den gegenteiligen Effekt erzielen.

»Ja, es geht ihnen allen gut«, sagte er, wobei die Freude wich und dem Schmerz um Hugos Tod Platz machte.

Den Rest des Weges schwiegen wir. Es war mir ein wenig peinlich, an seiner Seite zu laufen. Wir waren noch nie miteinander allein gewesen.

Als wir vor meinem Haus angekommen waren, blickte er zum Mond, der sich noch immer hinter dichten, dünnen Wolken verbarg und sie mit seinem Licht erhellte.

»Der Himmel ist ein vernebelter See«, sagte Gerold. »Man kann es fast glauben.«

Ich sah Gerold, der den Kopf in den Nacken gelegt hatte, im Profil, und sah auch seinen Atem in der kalten Luft.

Dann wandte er sich mir zu. Keiner von uns machte auch nur den Versuch zu sprechen. Ich weiß nicht, wie viel Zeit verging, bis er sich verneigte.

»Gute Nacht, Gräfin.«

»Gute Nacht.«

Mein Körper verlangte nach Schlaf, aber mein Geist war von den Ereignissen der Nacht hellwach. Ich machte Feuer in der Küche und hängte einen kleinen Kessel Wasser auf, um mir einen Sud beruhigender Kräuter zu bereiten. Insgeheim hoffte ich, Gerlindis käme herein, damit ich jemanden zum Reden hätte, aber sie war längst schlafen gegangen.

Dafür kam, noch bevor das Wasser kochte, *sie* herein. Sie schien sich nicht im Mindesten an meiner Anwesenheit zu stören, setzte sich mir gegenüber an den Tisch und spielte an ihren Fingernägeln herum.

»Es ist schrecklich langweilig, wenn Arnulf nicht da ist«, sagte sie und sah dabei die Finger an, als würde sie mit denen sprechen.

Ich war nicht in der Lage zu antworten, so einzigartig war meine Verblüffung. Emma und ich begegneten uns nie. Niemals! Wir haben in drei Jahren nicht ein einziges Wort miteinander gesprochen, haben uns nur aus der Ferne gesehen – und plötzlich spaziert sie in einem Nachthemd in die Küche, in *meine* Küche, und setzt sich mit größter Selbstverständlichkeit an meinen Tisch. Das war nicht vorgesehen, und es traf mich noch heftiger und unvorbereiteter als die Leiche, über die ich gestolpert war, weil es mich im Innersten aufwühlte.

Eine drei Jahre alte Erinnerung: Mein Leben wird auf den Kopf gestellt.

Ich habe selten etwas Schöneres gesehen. Zur einen Seite das königliche Gut vor dem Panorama der Berge, zur anderen Seite eine sattgrüne Wiese mit Faltern und Hummeln, dahinter die wohlhabende Marktstadt Konstanz mit ihrer Bischofskirche und dem römischen Kastell vor dem in der Sonne glitzernden Bodensee und über uns an die hundert Schwalben, die unermüdlich Kreise ziehen. Es scheint, als liege Gottes Segen über der Zeremonie, die vor mir stattfindet, und trotzdem rührt mich weder die Schönheit noch die Erhabenheit. Ich bin nicht undankbar. Ich freue mich für Arnulf und auch ein wenig für mich selbst, dass die Mühen der Jahre – und es waren deren viele Jahre und Mühen – gewürdigt werden. Mir ist im Leben einiges versagt geblieben, aber ich bin mit zweierlei Gutem entschädigt worden: mit der Zuneigung meines Mannes und von nun auch mit der Sicherheit meines Zuhauses. Das ist eine ganze Menge – geliebt zu werden und nicht arm zu sein. Ich war ein Mädchen aus einfachen Verhältnissen, und Arnulf war ein junger Mann, dem es nur wenig besser ging, und nun legt der König ihm das Schwert auf die Schulter und macht ihn zum Pfalzgraf von Aachen. Der blaue Mantel, den er ihm umhängt, komplettiert die Würde. Ab heute sind wir Edle, und Arnulf wird einer derjenigen sein, mittels derer Karl sein fränkisches Riesenreich regiert. Bedingungslose Treue und der Eifer, die Verhaltensweisen des Königs zu imitieren, haben Arnulf ganz nach oben gebracht. Dennoch bin ich nicht ergriffen.

In dem Moment, wo wir uns von Karl entfernen, sind wir nicht Gefolge, sondern wir *haben* Gefolge. Auf dem Weg nach Aachen begleiten uns zwölf Beamte, die der König erwählt hat, in unseren Diensten das Gebiet zwischen Rhein, Maas und Mosel zu verwalten, und ferner ein Trupp von zehn bewaffneten Reitern. Selbstverständlich gehören auch die Ehefrauen und Kinder dem Tross an. Ich bewirte sie, so gut ich kann. Eine der Frauen weicht einem Gespräch mit mir aus, und ich vermute, dass sie die Konkubine eines Beamten ist.

Was für eine Pfalz! Auf den ersten Blick die unbedeutendste zwischen Tiber, Seine und Elbe. Verglichen mit Konstanz ist Aachen ein Vogelnest. Vierzig, fünfzig Hütten entlang einer unzureichend befestigten Straße, das ist alles. Kein Markt. Keine Mauer. Keine Kirche. Nur ein Gutshof, den der König zu einer dauerhaften Residenz auszubauen entschlossen ist. Aachen soll das Zentrum des Reiches werden, ein zweites Konstantinopel. Die Bedeutung der Pfalz liegt somit in der Zukunft. Die Bauarbeiten sind seit zwei Jahren im Gange, und es wird zu Arnulfs wichtigsten Aufgaben gehören, sie voranzutreiben. Nach fast drei Dekaden der Feldzüge und Reisen bekommen Arnulf und ich unser erstes, festes Zuhause. Das ist mir tausendmal mehr wert als der Titel, den ich trage.

In unserer ersten Nacht im neuen Heim überschüttet Arnulf mich mit Aufmerksamkeit und vielen Küssen, und am Tag darauf stürzt er sich in seine Arbeit. Ich bekomme ihn tage- und nächtelang kaum zu sehen. Er muss die schönsten Steine und die besten Baumeister besorgen. All die Steinmetze, Handwerker, Maurer, Maler, Bildhauer und Gießer müssen irgendwo untergebracht werden.

Eines Abends bringt Arnulf den Zeichenentwurf für die zukünftige Königsresidenz mit, und zum ersten Mal verstehe ich, wie groß das sein wird, was hier entstehen soll. Fasziniert beuge ich mich über das Pergament, Arnulf lässt es mich studieren, während er im Raum auf und ab geht. Und dann höre ich Arnulfs Fingerknöchel knacken und weiß, dass er Schlimmes mit sich herumträgt und mir gleich unterbreiten wird.

»Du wirst sie überhaupt nicht bemerken, Ermengard. Sie wird sich von dir fernhalten. Selbstverständlich wohnt sie nicht bei uns, sondern in einem Häuschen – dem kleinen Haus oben am Weg. Ich werde nie von ihr sprechen, und du wirst niemals von ihr sprechen müssen.«

Arnulfs Tonfall ist verständnisheischend und entschuldigend. Er darf nach Recht und Gesetz eine Konkubine haben, ohne mich zu fragen oder auch nur zu verständigen, doch er zieht es vor, es sich schwer zu machen, vielleicht weil er weiß, dass er es mir schwer macht. Er quält sich, windet sich.

Sogar in dieser Situation denke ich zuerst an ihn, bevor ich an mich denke.

»Wie heißt sie?«

»Emma.«

»Sie ist die Frau, die auf dem Weg nach Aachen im Gefolge war, nicht wahr?«

»Ich habe sie in Konstanz kennengelernt.«

Ich sage leise: »Sie ist sehr schön.«

»Kümmere dich nicht um sie. Sie wird nichts zwischen uns ändern. Lass uns jetzt über etwas anderes reden, ja?«

»Wirst du mit ihr ...? Wirst du sie ...?«

»Ich werde eine Kebsehe mit ihr eingehen.«

Ich schlucke, aber mein Mund ist trocken. »Eine Konkubinenehe. Doch wozu?«

»Nur aus dem einen Grund, weil sie ein Kind von mir trägt. Ich möchte die Möglichkeit haben, es anzuerkennen.«

»Ich verstehe.« Auch darin, dass er sich Konkubinen nimmt, eifert er nun also dem König nach. Ich versuche, Arnulf zu hassen, doch ich spüre, wie unsagbar zehrend es ist, jemanden zu hassen, den man liebt. Es würde mir nicht lange gelingen, also gebe ich es sogleich auf. Alles, was ich an Schlechtem fühle, richtet sich gegen Emma – und gegen mich selbst.

Ich beuge mich über das Pergament, über die Striche und Zahlen, die künftige Burgpfalz. Ein Areal von 300 Acker im Quadrat, eingefasst von einer Mauer, mit vier Toren versehen; eine sechzig Schritt lange Aula als Thronsaal; eine einhundertfünfundzwanzig Schritt lange Galerie als Verbindung zur Basilika, gleichsam die Verbindung von weltlicher Herrschaft zu Gottes Allmacht; die Basilika ein achteckiger Kuppelraum; überall Marmor und Bronze, Gold und Silber; zahlreiche Nebengebäude für die Archive, den Kronschatz, die

Leibwache und die Beamten; in einem alles überragenden Turm schließlich der Wohntrakt für die königliche Familie sowie für die Getreuesten, zu denen wohl auch Arnulf und ich gehören. Wenn die Arbeiten in ungefähr zehn Jahren abgeschlossen sein werden, sind Arnulf und ich, so Gott will, während der Abwesenheit des Königs Herr und Herrin eines Palastes. Mir ist übel. Mein Leben endet hier und jetzt, so kommt es mir vor.

Arnulf machte sein Versprechen wahr. Er hielt Emma beharrlich von mir fern, um meine Gefühle nicht zu verletzen – und vielleicht auch, um sich peinliche Momente zu ersparen. Sie hatte ihr Häuschen, in dem er mehrmals wöchentlich die Nacht verbrachte, und wenn er sie – was selten vorkam – in unser Haus holte, so geschah das mit großer, fast schon grotesker Diskretion. Gewiss sahen wir uns bisweilen aus der Ferne, doch der Abstand, den wir einzuhalten hatten, war Gebot. Arnulfs Standpunkt war: Diese Frau hat für mich nicht vorhanden zu sein, ihr Vorhandensein ist blanke Theorie. In dieser Nacht also, in der nichts so war wie sonst, wurde die Theorie zur Tatsache.

»Ich frage mich, wie lange das wohl dauert«, sagte Emma. »Kommt er heute Nacht noch mal zurück? Er hat mir nichts gesagt.«

Noch immer war nicht ausgemacht, ob sie mit mir oder ihren Fingernägeln sprach. Ich ging zum Kessel und brühte den Sud auf.

»Ich will auch etwas davon«, rief sie.

Ich wandte mich zu ihr um und sah sie wie ein ungezogenes Balg an, worauf sie immerhin ergänzte: »Bitte.« Also brühte ich ihr ebenfalls Sud auf, den ich wortlos in einer Schale auf den Tisch stellte. Ich sah ihr nachsichtig dabei zu, wie sie mit ihrem ein wenig kindlichen Mund den heißen Trank lautstark schlürfte. Eigentlich hatte ich nichts gegen sie, ich meine, gegen sie persönlich. Ich verabscheute nur die Aufgabe, die sie erfüllte. Da Arnulf ausgeglichener geworden war, seit sie ihm ein Kind geboren hatte, war ich ihr sogar ein wenig dankbar. Ich wiederhole: ein wenig …

Ich merke gerade, dass ich dabei bin, zu lügen oder zumindest einen Teil der Wahrheit zu verschweigen. Da ich jedoch diesen Bericht mit der Absicht begonnen habe, Rechenschaft abzulegen vor Gott, vor mir und der Welt, ermahne ich mich ernsthaft, nicht bei der ersten Prüfung, die mir abverlangt wird, zu versagen.

Also gestehe ich: Ich war eifersüchtig auf Emma. Gewiss, das war nicht verwunderlich; schon im Alten Testament sind die Haupt- und Nebenfrauen aufeinander eifersüchtig, weil sie nachts demselben Mann zur Verfügung stehen. Aber vielleicht hätte ich meine Eifersucht besser beherrschen können, wenn Emma nicht so unsagbar schön gewesen wäre: lange schwarze Haare, bronzefarbene Haut, große blaue Augen, Tänzerinnenarme – eine Mischung aus Verführung und unnahbarer Kälte. Sie war viel schöner und – was noch wichtiger ist – von stärkerer Wirkung als ich mit meinem braven braunen Haar und der gesunden burgundischen Fülle. Doch damit nicht genug. Emmas Schönheit übertrug sich auf ihre Umgebung. Einmal hatte ich sie aus ihrem unscheinbaren Häuschen kommen sehen, das Neugeborene auf dem Arm, und mit einem Mal hatte ich mir gewünscht, selbst in diesem Häuschen zu leben. Es gibt Frauen, die sind dazu gemacht, Flächenbrände unter den Männern auszulösen, und es gibt Frauen, die sind wie eine Kerze und erleuchten einen schmalen Bereich um sich herum. Sie gehörte der ersten und ich der zweiten Kategorie an.

Auch in jener Nachtstunde in der Küche an dem schlichten Tisch genügte ein einfaches Strecken ihrer Arme, um den Moment zu etwas Besonderem zu machen, ihn sozusagen zu veredeln. Sie hatte nichts Billiges an sich, außer ihren Umgangston. Ich konnte meinen Blick nicht von ihr abwenden, ich musste ihr dabei zusehen, wie sie sich räkelte und den Kopf mal zur einen, dann zur anderen Seite neigte, wie sie die Augen schloss, wieder öffnete …

»Also, was ist?«, fragte sie. »Kommt er nun zurück oder nicht?«

Ich hatte mich schnell an ihre Anwesenheit, ihre Verwandlung von der Theorie zur Tatsache, gewöhnt und konnte ihr ohne Feindseligkeit antworten. »Ich kann mir nicht denken, dass er vor dem Morgengrauen zurückkommt. Der König wird sich mit ihm besprechen wollen, und dann muss er Spuren überprüfen, den Leichnam aufbahren lassen und so weiter.«

»Ach? Ist jemand tot?«

»Da es einen Leichnam gibt …«

Sie stellte die Schale mit penetranter Heftigkeit auf dem Tisch ab. »Und *wer* ist tot?«

»Hugo.«

Sie wickelte sich eine Locke um den Finger. »Ei, ei, ei. So was Dummes aber auch.«

Das schien mir, die ich noch immer Gerolds Trauer vor Augen hatte, eine unangemessene Reaktion zu sein, und ich drückte mein Missfallen mimisch aus.

»Du hast mir gar nichts zu sagen«, schleuderte sie mir entgegen.

Zum zweiten Mal blieb mir fast die Luft weg. Ihre Bemerkung war nicht nur aggressiv, sondern zudem mit der Pfeilspitze der ungebührlichen Anrede versehen. Außer Arnulf duzten mich in der Königspfalz nur meine Nichte Gerlindis und meine Freundin Berta, sonst niemand, und ganz gewiss nicht sie, die ich kaum kannte.

Erneut las sie in meinem Gesicht, was mir nicht passte. »Wir stehen auf gleicher Stufe. Du bist die Tochter eines burgundischen Sattlers, und ich bin die Tochter eines alemannischen Müllers.«

Nun wurde es mir zu viel. »Ich bin Gräfin, und du bist keine Gräfin. Das wirst du bitte respektieren.«

»Im Gegenteil, ich möchte selbst Gräfin werden.«

Ich musste zugeben, dass sie mich ein ums andere Mal verblüffte, nicht nur mit dem, was sie sagte, sondern mit der kaltschnäuzigen Selbstverständlichkeit, mit der sie es sagte. So ganz nebenbei, zwischen zwei Schlucken aus der Schale, warf sie mir gleichsam den Fehdehandschuh hin und machte sich noch nicht einmal die Mühe, schäbig zu grinsen. Ich wusste, was sie meinte, und sie wusste, dass ich es verstanden hatte. Mir ihr Vorhaben zu unterbreiten, bewies, wie sicher sie sich ihrer Sache war, und es traf mich doppelt hart, als wenn ich selbst hinter ihren Plan gekommen wäre.

Wir sahen uns an, verständigten uns sprachlos wie zwei Würfelspieler.

Ich sagte mir: Sie hat fast alle Vorteile auf ihrer Seite. Zwischen uns liegen zwanzig Jahre, ein Abgrund, der für mich schon jetzt nicht zu überwinden ist und von Monat zu Monat tiefer wird. In meinem Alter zählt jeder Tag dreifach, in zwei Jahren werden meine Haare angegraut und die Fältchen rund um Augen und Mund zu Falten geworden sein, während Emma noch immer eine junge Frau sein wird. Was für ein seltsamer Zufall, dachte ich, dass der Name Emma aus dem altgermanischen »Ermen« – »allumfassend« – stammt, so als sei sie wie ihr Name die natürliche Nachfolgerin Ermengards als Ehefrau und Gräfin. Aber nicht nur ihre Schönheit ist die Morgengabe, mit der sie sich empfiehlt, sondern mehr noch ihr Schoß. Sie hat Arnulf bereits eine gesunde Tochter geschenkt, und was, wenn das nächste Kind ein Sohn wird?

Wie hätte ich in jener Nacht noch schlafen können, wo doch mein Schoß ein Salzfeld war, in dem jeder Samen, den man hineingelegt hatte, verkümmerte.

5

UM DAS, WAS in den nächsten Tagen und bis heute folgte, verstehen zu können, ist es nötig, das Leben kennenzulernen, das ich in den letzten Jahren führte.

Ein beliebiger Tag im Leben der Pfalzgräfin Ermengard. Vor Sonnenaufgang steht sie von ihrem Lager auf. Ihr Gatte Arnulf ist – falls er die Nacht bei ihr gelegen hat – bereits in seine Kammer zurückgegangen. Eine Wasserschale steht bereit. Sie wäscht sich am ganzen Körper, wobei sie sich im Sommer mehr, im Winter weniger Zeit dafür nimmt, denn es herrscht eine Entenkälte. Sie trocknet sich mit Stofftüchern ab, bisweilen auch mit Stroh, weil sie das noch aus der Kindheit kennt, in der sie arm gewesen war.

Die Zofe kommt, kleidet Ermengard an und frisiert sie.

Sonnenaufgang. Ermengard geht in den Gottesdienst. Sie trägt ein gutes Kleid in dezenten Farben und steht in der vordersten Reihe auf der Seite der Frauen. Neben ihr stehen Königin Liutgarde sowie Ermengards Freundin Berta. Was die Männer angeht, so nimmt nicht jeder an allen Messen teil. Die Frauen und Männer niederen Standes, wie zum Beispiel Diener, sind von denen höheren Standes durch ein Gitter getrennt.

Nach dem Gottesdienst zieht sie sich um. Nun trägt sie ein weniger gutes Kleid in noch dezenteren Farben. Sie nimmt mit Arnulf eine Mahlzeit ein, die die Magd bringt:

Brot mit Käse, Schinken und Salzhering, Linsen- oder Bohnengrütze und Eier.

Anschließend geht sie in Begleitung der Zofe durch das Dorf Aachen, entweder um dort Besorgungen zu machen oder weil man sie in einer Angelegenheit um mildtätige Hilfe gebeten hat, die sie stets leistet. Meist handelt es sich um Familien in größter Not, um Hunger, Krankheit, Tod ... Niemals wendet man sich in Fragen an sie, die die Angelegenheiten Arnulfs betreffen. So etwas wäre unstatthaft.

Zur Mittagszeit besucht sie den zweiten Gottesdienst, wobei sie sich zuvor und danach wieder umzuziehen hat. Den Nachmittag verbringt sie mit den Näharbeiten an Arnulfs und ihren Kleidern. Vom Zuschnitt bis zu den Feinarbeiten geht alles durch Ermengards Hände. Diese Stunden verbringt sie manchmal allein, viel öfter jedoch mit Berta, gelegentlich mit Prinzessin Teodrada und selten mit der Königin.

Vor Sonnenuntergang besucht sie den dritten Gottesdienst. Zu Hause steht bei der Rückkehr das Abendmahl für Arnulf und sie bereit: ein Stück Fleisch vom Widder, Hammel oder Ochsen, Kohl, Erbsen, Bier für Arnulf, freitags Aal. Bald darauf geht Gräfin Ermengard zu Bett, ein äußerst bequemes Paradies aus Teppichen, Wollkissen und Pelzen, die auf dem Boden liegen. Zwei- bis dreimal wöchentlich wird sie dort von ihrem Gemahl besucht.

Ausnahmen von diesem Ablauf sind die gelegentlich stattfindenden Falken- oder Hetzjagden, denen Ermengard als Zuschauerin beiwohnt, sowie die hohen Feiertage und die Bankette. An dreihundertvierzig Tagen im Jahr gibt es keine Ausnahmen.

Ich nehme zwei gleich starke, sich widersprechende Gefühle wahr, wenn ich diese Zeilen, die ich soeben geschrieben habe, lese.

Zum einen Geborgenheit – ein seltsames Gefühl, das sich an den unmöglichsten Orten und trotz unmöglichster Zustände einstellt, wenn uns die Orte und Lebensumstände zur Gewohnheit geworden sind. Ich habe Frauen erlebt, die sich beharrlich weigerten, eine armselige, verfallene Behausung zugunsten einer besseren zu verlassen, und ich habe Frauen erlebt, die sich ebenso beharrlich weigerten, Traurigkeit, Schmerz oder Zorn zu verlassen, obwohl sie von ihnen zugrunde gerichtet wurden. Ich werde später noch darauf zurückkommen. Jetzt frage ich: War auch ich eine jener Frauen? Zweifellos habe ich mich in meinem Leben sicher gefühlt, auch wenn es mir nicht das bot, wonach ich mich sehnte – ein Kind, eine Familie, gute Gespräche mit Freunden, die Freiheit, die ich als Mädchen gehabt hatte, als ich über Hügel spaziert war. Aber wenigstens war die unendliche Wiederholung der Tage und Stunden ein stabiles Bollwerk gegen …

Wogegen, das weiß ich nicht mehr. Wie doch zwei Wochen etwas vergessen lassen können, was jahrelang Bestand hatte. Heute empfinde ich ein wahnsinniges Glück – ich bitte das wörtlich zu verstehen –, ein wahnsinniges Glück, das Gleichmaß meines Lebens zu durchbrechen.

6

AM MORGEN NACH dem Fund von Hugos Leiche und dem Gespräch mit Emma ging ich durch Aachen. Ich war von Emmas Anspruch zutiefst verunsichert und suchte Halt in den üblichen Ritualen meiner Tage. Allerdings war dieser Gang durch Aachen die einzige Beschäftigung, die ich stets wirklich genoss. Und da ich durch Gottes Gnade in eine Stellung gekommen bin, die mich der Armut enthoben hat, kommt mir die Pflicht zu, die Armut anderer zu lindern.

An diesem Tag wandte sich ein Steinmetz an mich, dessen Frau von Krankheit niedergeworfen worden war. Drei Tage lang hatte er alles versucht, doch ihr Zustand verschlimmerte sich, und er konnte sich weder einen Arzt noch weiteres Fernbleiben von der Arbeit leisten. Ich ließ einen Arzt kommen und zahlte dem Steinmetz einen Wochenlohn, mit der Bitte, mich auf dem Laufenden zu halten.

Wegen der großen Kälte, die zu erwarten war, verteilte ich Wollstoffe, mit denen die Ärmsten sich die Beine und Arme einwickeln konnten.

Während ich durch die von Nebel durchwobenen Gassen ging, traten von links und rechts aus den Holzhütten Kinder in Lumpen hervor und grüßten mich stumm mit ihren kleinen Händen. Alte Frauen sammelten Schnee in Eimern, unterbrachen ihr Gespräch, nickten mir zu. Männer bei der Arbeit lüfteten ihre Kopfbedeckung. Die meisten Leute kannte ich, bei manchen hatte ich schon in der Hütte gesessen, einige sagten mir im Vorbeigehen nette Worte. In ihren Augen stand oft Dankbarkeit, aber wer glaubt, ich würde von ihnen geliebt, der irrt. Ich bin die Gräfin, man kann mich nicht lieben. Obwohl ich vertraut mit ihren Nöten bin, ihre Armut lindere, so manchen ihrer Söhne und Töchter, Mütter und Väter in schlimmer Lage geholfen habe, bin ich diesen Leuten so fremd wie eine Lilie dem Sumpf fremd ist, aus dem sie aufragt.

Als ich meinen Rundgang durch das seit einigen Jahren schnell wachsende Dorf fast beendet hatte, sah ich ihn wieder. Er war ein Junge von etwa zehn Jahren. Tag für Tag stand er in der Mitte des Dorfes und bot seine eigenen Schnitzereien feil, zumeist Gebrauchsgegenstände wie Suppenkellen und Schalen, aber seine besondere Zuneigung galt den Tieren, die er mit erstaunlicher Kunstfertigkeit darstellte. Er verkaufte wenig, denn die Händler verjagten ihn immer wieder. Ich jedoch hatte ihm im Laufe des Jahres eine Arche Noah voller Holztiere abgekauft.

Kürzlich hatte er gesagt: »Ihr kauft meine Tiere nur, um mir Gutes zu tun.« Den gekränkten Ausdruck in seinen Augen werde ich nie vergessen. Natürlich widersprach ich ihm, aber er sah nicht aus, als würde er mir glauben. Dazu bestand auch kein Anlass, denn leider war viel Wahres an seiner Behauptung. Er brauchte Geld, und ich besaß welches. Er verkaufte Schnitzereien, und ich kaufte sie ihm ab – aber nicht nur, weil er von ihrem Verkauf lebte, sondern auch wegen der Begeisterung, mit der er sie herstellte. Die Wildtiere, Hunde und Vögel aus Holz brachten ein wenig von dieser Begeisterung in mein leeres Haus.

Ihm das so zu erklären, wie ich es gerade getan habe, ging mir zu weit. An jenem Morgen also beschloss ich, einen

Kniff anzuwenden, indem ich jemanden bat, ihm einige der Schnitzereien abzukaufen. Meine Zofe konnte ich nicht schicken, da sie mich bisher immer begleitet hatte und er die List durchschaut hätte.

Eine junge Schänkerin aus der Gegend, die gerade vorbeikam, schien mir die Richtige. Ich erklärte ihr, was zu tun sei. »Die Sachen darfst du alle behalten, und suche du dir auch eines seiner Tiere aus.« Ich drückte ihr eine Münze in die Hand und beobachtete aus einem Versteck, was passierte. Sie kaufte ihm vier Schalen und vier Löffel ab und wählte nach sorgfältiger Betrachtung eine Eule aus – eine wahrhaft weise Entscheidung. Als die junge Schänkerin gegangen war, sah ich die Freude auf seinem Gesicht, die nicht allein vom Geld hervorgerufen wurde.

Ich konnte lange meinen Blick nicht von ihm abwenden.

Als ich mich endlich auf den Heimweg machen wollte und mich zu meiner Zofe umdrehte, stand eine fremde Frau vor mir – fremd, weil ich sie nicht kannte, und fremd, weil sie fremdartig aussah. Ihre braunen Haare, die sie offen trug, hatten einen starken rötlichen Schimmer, die Farbe ihrer Augen war ungewöhnlich hell, die Haut war von pergamentener Bräune. Ich schätzte sie fünf bis sieben Jahre älter als mich ein. Auffälliger als ihr Aussehen war ihre Kleidung. Selbst heute fällt es mir noch schwer zu sagen, was das alles war, was sie trug. Man stelle sich zahlreiche Tücher vor, die sich in einer gewissen Anordnung – die sich meiner Fähigkeit der Beschreibung entzieht – um ihren Körper wanden.

»Wo ist meine Zofe?«, fragte ich.

Sie zog die Augenbrauen hoch und sah mich in einer Weise an, dass es mich nicht überrascht hätte, wenn ihre Antwort gewesen wäre, ich habe sie weggezaubert. Man hört ja immer wieder von solchen Vorfällen, von Spuk, den selbst die heilige Kirche nicht erklären kann, und immer sind Frauen daran beteiligt.

»Ihr seid die Gräfin, stimmt das?« Ihr Fränkisch hatte einen starken Akzent, der weder aus dem italienischen Süden noch aus dem sächsischen oder friesischen Norden oder aus dem aquitanischen Westen des Reiches stammte. Am Hof leben Männer und Frauen aus allen Teilen des Reiches, und mein Gehör sagte mir, dass mir die Mundart der Fremden noch nie begegnet war.

Ich antwortete: »Ja. Und du bist ...?«

»Fionee. Kommt mit. Ich will Euch etwas zeigen.«

»Fio...? Mitkommen? Und meine Zofe, wo ist sie?«

»Sie konnte nicht mehr an sich halten und ist zur Latrine gerannt.«

»Oh.«

»Darf ich also bitten?«

»Worum geht es?«

»Es wird nicht lange dauern.«

»Aber meine Zofe – sie wird nicht wissen, wo ich bin.«

»Sie findet allein zur Pfalz. Bitte, Gräfin. Es wird Euch interessieren.«

Vom ersten Augenblick an hatte Fionee etwas an sich, das mich anzog, und etwas anderes, das mich warnte. Ich habe lange Zeit – die ersten Tage lang – nicht gewusst, was es mit diesem Widerspruch auf sich hatte, und nun weiß ich, dass es das Wesen jedes Geheimnisses ist, gleichzeitig zu faszinieren und zur Vorsicht zu mahnen. In Fionees Gegenwart habe ich nie das Gefühl einer Bedrohung gehabt, ganz im Gegenteil; sobald ich sie jedoch verließ, flehte eine Stimme in mir mich an, Fionee nicht wiederzusehen.

Ich war ihr um zwei Ecken gefolgt, als ich plötzlich jemanden in einiger Entfernung erkannte, der gerade aus einer der Hütten kam. Es handelte sich um Eugenius, den ständigen Legat des Papstes am fränkischen Hof. Zwar konnte ich sein Gesicht nicht sehen, aber das war auch nicht nötig, denn Eugenius hatte die einzigartige Figur eines Schneemannes mit Beinen. Ich mochte ihn. Er hatte mich Lesen und Schreiben gelehrt und brachte mir gelegentlich – leider viel zu selten – die Abschriften griechischer Bücher zur Lektüre.

Er hatte es offenbar eilig und ging in die andere Richtung davon, sonst hätte ich ihn gern in ein Gespräch verwickelt. Doch was hatte er hier überhaupt getan? Meine Neugier steigerte sich noch, als ich feststellte, dass die Hütte, aus der ich ihn hatte kommen sehen, Fionees Behausung war.

Bei allen Heiligen, dort sah es vielleicht aus! Die Hütte war eng und von rußgeschwärzten Balken durchzogen, an denen man sich den Kopf stieß, wenn man nicht aufpasste. Zahlreiche Steinketten hingen von der Decke herunter, und der Boden war von Schatullen übersät, manche von ihnen aus Kupfer, andere aus Holz, und wieder andere waren aus Materialien gefertigt, die mir unbekannt waren. Nichts davon schien mir kostbar zu sein, sonst hätte ich dieses Sammelsurium mit einer Räuberhöhle verglichen.

Wie fast alle anderen Hütten armer Leute, so hatte auch diese nur ein einziges, mit Stroh zugestopftes Fenster, und das Tageslicht fiel lediglich durch die Rauchluke des Dachs, deswegen konnte ich nur raten, worin der Charakter dieser Hütte bestand. Was ich meine, ist, dass ich in den Hütten der anderen Aachener Armen rasch feststelle, womit die Leute ihr Geld verdienen. Gerber, Schmiede, Tuchmacher,

Brotbäcker, Fuhrleute, Stallknechte – sie alle haben einen bestimmten Geruch an sich, der sich im Laufe der Jahre auf alles Heimische überträgt, und meist finden sich Utensilien des Handwerks in der Hütte. Doch Steinketten und Schatullen … Womit verdiente Fionee ihr Geld? Ich roch Gewürze und Blüten und Weihrauch.

»Das wollte ich Euch zeigen«, sagte sie, führte mich in einen Winkel und deutete auf den Boden. Ich bückte mich. Im düsteren Licht erkannte ich nicht sofort, worum es sich handelte. Dann griff ich danach und hob es auf.

»Ein geschnitztes Tier«, sagte ich staunend. »Ein Dachs aus Holz.«

Ich blickte zu Fionee hoch.

»Da sind noch mehr«, sagte sie.

Tatsächlich, ich zählte schließlich elf Tiere.

»Dann ist er also dein Sohn?«, fragte ich.

»Aber nein. Er ist nicht mein Sohn, ich kenne ihn kaum besser als Ihr.«

»Dann verstehe ich es nicht.«

»Liegt das nicht auf der Hand? Ich habe ihm die Tiere abgekauft, und zwar aus demselben Grund wie Ihr: um sein Lächeln zu sehen.«

Ich richtete mich auf und blickte Fionee eine Weile an. Wir hatten etwas gemeinsam – das hatte sie sagen wollen, und ich stimmte ihr zu. Dieser Gedanke, einem Knaben auf dieselbe Weise und aus denselben Beweggründen heraus zu helfen, stellte eine Verbundenheit zwischen uns her, die ansonsten durch nichts gerechtfertigt war. Wir hatten erst ein paar Sätze miteinander gewechselt und waren in unserer Herkunft und Stellung grundsätzlich verschieden.

»Die ersten Figuren habe ich ihm noch persönlich abgekauft«, sagte Fionee. »Dann spürte ich, dass er den Grund meiner Käufe erkannte, und so schickte ich andere Leute vor. Im Gegensatz zu Euch habe ich mir die Figuren allerdings aushändigen lassen.« Sie machte eine Pause und fügte hinzu: »Als ich sah, dass Ihr den Jungen froh machen wollt, war mir klar, dass wir miteinander verwandt sind.«

Ich machte wohl ein ziemlich erstauntes Gesicht, denn der Ausdruck »verwandt« ging mir ein bisschen zu weit. Fionee kicherte, wandte sich ab, setzte sich vor das Kohlefeuer und wärmte ihre Hände daran. Ich folgte ihr dorthin, blieb aber stehen.

»Was machst du?«, fragte ich.

»Ich wärme mir die Hände.«

»Nein, ich meine, womit verdienst du dein Geld.«

»Ich verkaufe seltene Gewürze an Ärzte, fertige ungewöhnlichen Schmuck, kreiere Düfte – aber das ist nicht das Wichtigste, das ich mache.«

»Was ist das Wichtigste, das du machst?«

Sie überlegte … Überlegte weiter … Es nahm kein Ende.

»Was ist denn so schwierig an meiner Frage? Hat denn das, was du tust, keinen Namen?«

»Immer mit der Ruhe. Ich versuche soeben, einen zu finden.«

»Ich bin doch wohl nicht die Erste, die dich fragt, welcher Arbeit du nachgehst.«

»Nein. Aber den anderen, die fragten, habe ich nicht antworten wollen.«

Sie sagte schon reichlich seltsame Dinge. Da sie offenbar nicht fähig oder willens war, mir eine Bezeichnung für das zu geben, was sie tagein, tagaus tat, wandte ich meine Aufmerksamkeit wieder der Hütte zu. Meine Augen hatten sich an die Düsternis gewöhnt und suchten nach Hinweisen, die Aufschluss über Fionees Dasein gaben. Ich sah Tücher,

Sackleinen, ein Netz, Schalen, Phiolen, zwei Felle, getrocknete Blumen ... Diese Dinge passten schwer zusammen. Abgesehen von der ungewöhnlichen Menge verschiedener Gegenstände, war dies nichtsdestotrotz eine ärmliche Behausung ohne die geringste Bequemlichkeit. Die schwarzen Balken und die Decke waren mehr als nur rußgeschwärzt, sie waren regelrecht verkohlt, und tatsächlich fiel mir in diesem Moment ein, dass es im Sommer in einer Hütte in genau diesem Teil von Aachen gebrannt hatte.

»Ich bin erst nach dem Brand eingezogen«, sagte Fionee, die mich beobachtet hatte. »Vorher war ich in Trier und davor in Metz. Diese Hütte stand leer, als ich ankam, und sie kostete nichts, daher habe ich sie genommen.«

»Sie kann jeden Moment einstürzen«, wandte ich nicht ohne Besorgnis ein.

»Sie hält seit fünf Monaten stand. Es ist kaum denkbar, dass sie gerade jetzt einstürzt.«

Nachdem sie das gesagt hatte, kam mir ein unmöglicher, vielleicht sogar ketzerischer Gedanke. Was, wenn Fionee eine Heilige wäre? Eine künftige Heilige, selbstverständlich. Eine Art Nonne, bloß ohne Gelübde. Waren nicht fast alle heiligen Frauen Einzelgängerinnen gewesen, und hatten sie nicht fremdartige Kleider angezogen, und trugen sie nicht bisweilen merkwürdige Namen, und lebten sie nicht zumeist in bescheidensten Verhältnissen, und waren ihre Leben nicht eine Kette guter Taten? Die heilige Fionee – nun, das war doch immerhin möglich, oder nicht? Das würde auch erklären, wieso Fionee nicht recht wusste, welcher Arbeit sie nachging. Heilige – das ist schließlich kein Handwerk.

Ich lächle, während ich diese Zeilen schreibe, zugleich bin ich unangenehm berührt. Ja, auf die eigenen Ungeschicklichkeiten zurückzuschauen ist nur zur Hälfte amüsant, zur anderen peinlich.

Mein Gedanke hatte mich erschüttert, sodass ich mich kurz abstützen wollte, und der Kohlensack vor dem Feuer schien mir dafür gerade richtig. Erschrocken hob ich die Hände, als der Kohlensack sich bewegte und mich ansah. Es handelte sich um eine Greisin, die fast vollständig in einfache schwarze Kleidung gehüllt war, aus der nur das Gesicht weiß hervorleuchtete. Sie hatte keine Zähne mehr und sah auch im Übrigen aus wie Methusalems Weib. Ihr Blick war schwer, so als würden ganze Jahrhunderte auf ihr lasten. Ich bat um Entschuldigung, aber sie schien mich nicht zu hören, so wenig wie ich sie hörte, deren Lippen sich bewegten, ohne dass ein Laut zu vernehmen war.

»Eure Mutter?«, fragte ich Fionee.

Sie antwortete: »Nein.« Und ließ es dabei bewenden. Plötzlich fiel ihr etwas ein, und sie griff nach einer der Steinketten, die über den Balken hingen. »Gefällt sie Euch?«

Die belanglosen Steine waren unzureichend geschliffen und an einer dürftigen Schnur aufgezogen worden – das Wort Schmuck wäre übertrieben gewesen. Aber die Kette erinnerte mich an eine Begebenheit in Burgund, als ich und eine Freundin vor mehr als dreißig Jahren zwei ähnliche einfache Ketten gefertigt hatten, die wir uns gegenseitig schenkten. Meine Kette hatte ich schon sehr lange nicht mehr; sie war verschüttet worden durch das, was wir Zeit nennen.

Ich lächelte.

Bevor ich etwas sagen konnte, sagte Fionee: »Sie kostet zwanzig Pfennige.« Sie schloss meine Hand um die Kette, und ich gab ihr das Geld. Eine Heilige schien sie wohl doch nicht zu sein.

Ich verabschiedete mich. »Ich fürchte, dass meine Zofe alle scheu macht, wenn sie feststellt, dass ich nicht in der Pfalz bin.«

Fionee brachte mich zur Tür.

»Glücklichmacherin«, sagte sie.

»Wie bitte?«

»Ich habe einen Namen gefunden für das, was ich tue. Ich bin eine Glücklichmacherin. Auf bald, Gräfin.«

Was genau hatte man als Glücklichmacherin zu tun? Und wer war die Alte? Und was hatte Eugenius, der Legat des Papstes, bei der Alten zu suchen gehabt?

So viele Fragen auf einmal hatte ich mir seit dem Morgen vor meiner Hochzeit nicht mehr gestellt.

7

ZURÜCK IN DER Pfalz, erwartete mich die nächste Überraschung. Als ich in mein Haus eintrat, saß Berta am Feuer und nähte. Doch es konnte unmöglich schon Nachmittag sein. Außerdem war ich für den Nachmittag zu Königin Liutgarde geladen, und ich war mir daher sicher, nicht mit Berta verabredet zu sein.

»Ist etwas geschehen?«, fragte ich beunruhigt.

»Ich habe dich und deine Nichte zur Mittagsmesse abholen wollen, aber du warst nicht da, und deine Nichte hat geweint und ist in ihr Zimmer gerannt.«

»Gerlindis weint? Warum denn?«

Berta legte die Zunge an die Oberlippe, während sie die Nadel konzentriert durch den Stoff zog. Immerhin konnte sie nebenbei mit der Schulter zucken und antworten: »Sie ist siebzehn.«

So als wäre siebzehn Jahre ein Alter, in dem man schlagartig das Weinen entdeckt!

Ich fand Gerlindis tatsächlich weinend auf dem Lager aus Fellen vor. Als sie mich eintreten sah, rief sie: »Oh, Tante, es ist ja so furchtbar«, und verbarg ihren Kopf in ihren Armen.

Ich setzte mich zu ihr und wartete darauf, dass sie sich von selbst äußerte. Meine Hand streichelte ihren Rücken, meine Finger bürsteten ihre Haare. Ich drängte sie nicht. Es war für mich seit achtzehn Monaten das Schönste in meinem Leben, zu sehen, wie Gerlindis unter ein wenig Nachsicht und Zärtlichkeit aufzublühen begann. Sie sprühte vor Lebendigkeit. Und war es Einbildung von mir, dass ihre Augen blauer wurden und ihre vormals roggenblonden Haare einen goldenen Schimmer bekamen? Sie würde nie – wie keiner aus meiner Familie – eine klassische Schönheit werden, denn dafür war ihr Gesicht etwas zu länglich, und die Augen standen zu nahe beieinander. Doch das wurde durch eine Ausstrahlung wettgemacht, die an einen Sommertag erinnerte – einen bretonischen Sommertag, wie es mir schien, als sie sich mit feuchten Augen und Wangen mir zuwandte.

»Nun, Gerlindis, erzähl. Was ist passiert? Hat es etwas mit Hugos Tod zu tun?«

Sie nickte wie ein kleines Kind. Ich seufzte. Konnte ich mich dermaßen geirrt haben? Hatte ich übersehen, dass sie sich Hoffnungen auf Hugo gemacht hatte?

»Aber Kind, heute Morgen, als wir zusammen gegessen haben und dein Onkel und ich Hugos Tod erwähnten, warst du völlig gefasst.«

»Weil mich Hugo überhaupt nicht interessiert!«, rief sie und ließ sich wieder auf ihr Lager fallen.

Ich verstand überhaupt nichts mehr. »Gerlindis, du verwirrst mich. Gerade eben hast du noch genickt, als ich dich fragte, ob du wegen Hugos Tod weinst.« Ich rüttelte sacht an ihrer Schulter. »Nun steh bitte auf und erkläre mir …«

»Es ist doch wegen Grifo«, rief sie voller Ungeduld wegen ihrer begriffsstutzigen Tante.

»Hugos Bruder?«

»*Dein Mann* hat ihn verhaftet.«

»Oh.«

Mein »Oh« hatte drei Gründe. Zum einen natürlich den, dass Grifo aller Voraussicht nach seinen älteren Bruder getötet hatte. Zum anderen hatte Gerlindis wütend betont, wer diese Beschuldigung erhob: *mein Mann* Arnulf. Das schien sie nicht nur ihm, sondern auch mir übel zu nehmen. Und zum Dritten war mir die Zuneigung meiner Nichte für Grifo völlig entgangen.

»Tja, aber wenn Grifo es nun einmal getan hat …«

Sie fuhr hoch. »Er kann keiner Fliege etwas zuleide tun.«

»Mein Schatz, Grifo ist einer der fähigsten Krieger des Königs. Anderen etwas zuleide zu tun ist seine große Fähigkeit.«

»Das ist etwas völlig anderes. Außerdem liebt Grifo seinen Vater. Er würde seinem Vater so etwas nie antun.«

»Mir scheint, du kennst Grifo recht gut.«

Gerlindis schlug die tränennassen Augen nieder. »Wir haben uns ein paarmal gesprochen.«

»Bei welchen Gelegenheiten.«

»Bei verschiedenen.«

»Heimliche Treffen, Gerlindis?«

»So kann man das nicht nennen. Wir waren rein zufällig allein.«

»Wie oft wart ihr rein zufällig allein?«

»Viermal.«

»Wann zuletzt?«

»Vor drei Tagen. Ganz harmlos. Ehrlich.« Sie fuhr erneut auf. »Und da hat er mir gesagt, dass er seinen Vater bewundere und respektiere, jawohl. So jemand geht doch dann nicht hin und bringt den eigenen Bruder um.«

»Dein Onkel weiß, was er tut«, sagte ich. »Er wird vermutlich einen Beweis für Grifos Schuld haben.«

»Nur den Streit zwischen Grifo und Hugo. Sie hatten kürzlich irgendeine Meinungsverschiedenheit.«

»Worum ging es dabei?«

»Ich weiß es nicht. Ich berichte nur das, was Onkel gesagt hat, als ich ihn vorhin auf die Verhaftung ansprach.«

»Du hast mit Arnulf über die Verhaftung gesprochen?«

»Ich habe ihn durch den Hof laufen sehen und bin zu ihm geeilt. Aber er hat mir überhaupt nicht zugehört. Wie ein Kind hat er mich behandelt und mich einfach stehen lassen. Er ist ein Despot.«

Ich biss mir auf die Lippe. Ich stellte mir eine Szene vor, in der Gerlindis – halb Klageweib und halb Furie – mitten im Hof vor Arnulf getreten war. Vielleicht war ich ihr gegenüber doch ein bisschen zu nachsichtig gewesen. Das kam daher, dass sie anfangs verschüchtert gewesen war wegen der vielen Würdenträger und der Nähe zum König und sich kaum aus dem Haus gewagt hatte. Als ich sie der Königin vorgestellt hatte, war Gerlindis beinahe die Luft weggeblieben. Daher hatte ich später darauf hingewirkt, dass sie ihre übertriebene Ehrfurcht überwand – augenscheinlich mit mehr Erfolg, als mir lieb sein konnte.

»Gerlindis, du darfst so etwas nicht tun«, ermahnte ich sie in nachdrücklichem Ton.

»Vielen Dank! Das hat mir Onkel schon gesagt. Er hat mich zurechtgewiesen.« Sie fing von Neuem an, laut zu schluchzen.

»Das darf dich nicht erstaunen, Gerlindis«, erwiderte ich mitleidlos.

»Dass er mich zurechtgewiesen hat, ist mir doch egal!«

»Gerlindis!«

»Grifo – was wird denn nun aus ihm? Was soll denn nun werden? Wir wollten doch … Wir haben uns doch …« Zum dritten Mal ließ sich meine Nichte auf das Lager fallen und verbarg ihr Gesicht in den Armen.

Das machte meiner Strenge ein Ende und brachte die

Milde wieder hervor. Wie hätte ich auch angesichts eines verliebten Mädchens hart bleiben können? Gerlindis und Grifo – ich hatte die beiderseitige Zuneigung seit einigen Wochen sehr wohl gespürt, aber nicht geahnt, dass sie schon so weit fortgeschritten war. Bei dem Gedanken an dieses Paar geriet ich kurz ins Schwärmen wie immer, wenn junge Menschen sich nicht nur aus Pflicht und Tradition, sondern mit heftig schlagenden Herzen aneinanderbanden. Ich sah vor meinem inneren Auge gemeinsame Ausritte, ein Bad im See, das Beieinanderliegen in kalten Nächten, lachende Gesichter, Blicke des Vertrauens ... Ich sah sowohl Arnulf und mich wie auch Gerlindis und Grifo diese Dinge tun. Doch das eine war Vergangenheit und das andere zerschlagene Zukunft.

Wenn es nach Arnulf ging.

Plötzlich ging mir ein Gedanke durch den Kopf: Grifo ist womöglich unschuldig. Wenn der Streit zwischen den Brüdern alles ist, was Arnulf vorzuweisen hat, ist Grifo noch nicht verloren. Arnulf braucht einen Beweis oder ein Geständnis. Gleich darauf fiel mir ein, dass Grifos Leben und Stellung auch dann ruiniert sein werden, wenn man ihm die Tat zwar nicht nachweisen kann, der Täter jedoch nicht gefunden wird. Der Zweifel wird an Grifo haften bleiben, und der König wird Grifo vom Hof entfernen und ihn in eine entfernte Garnison schicken.

Für jemanden wie Grifo, dachte ich, wird das schlimmer sein als ein Todesurteil. Grifo war strebsam, und er arbeitete so zäh an seinem Fortkommen, er wollte der Beste werden ... Er wäre dann ein anderer. Gerlindis würde einen verbitterten Gemahl bekommen.

Tief betroffen und nachdenklich stand ich vom Lager der untröstlichen Gerlindis auf und verließ das Gemach.

8

ICH GLAUBE, ES hatte mehr mit Fionee als mit Gerlindis zu tun, dass ich anfing, mir über Hugos Tod und Grifos vermeintliche Schuld Gedanken zu machen. Natürlich lag mir Gerlindis am Herzen, und ich hätte in jedem Fall mit ihr gelitten. Aber es ist eine Sache, zu leiden und zu trösten, und eine andere, etwas gegen die Ursache des Übels zu unternehmen. Unter normalen Umständen hätte ich es mir verboten, mich in Arnulfs Belange einzumischen, ja, vielleicht hätte ich noch nicht einmal an seinen Entscheidungen gezweifelt. Doch die kurze Begegnung mit Fionee – die zunächst in keinem Zusammenhang mit Hugos Tod stand – brachte etwas in mir hervor. Fionees Herkunft und Lebensumstände warfen Fragen auf, die mich nicht mehr losließen. Sie war eine ganz und gar außergewöhnliche Person, geheimnisvoller als alle, die mir bisher begegnet waren, und ihr Eindringen in mein Leben war gleichsam ein Aufwirbeln alten Schlammes, wobei etwas freigelegt wurde, was vor langer Zeit bedeckt worden war: meine Neugier.

Ein durch ein bestimmtes Ereignis gewecktes Gefühl bleibt meiner Erfahrung nach nicht auf das Ereignis bezogen, sondern gewinnt Einfluss auch auf andere Lebensbereiche. Ist man verliebt, liebt man die ganze Welt. Hat man sich über eine Sache aufgeregt, ist man plötzlich viel empfänglicher für Wut, und es werden dann auch andere Dinge lästig.

Bei mir war es die Neugier, die nicht auf Fionee beschränkt blieb. Ich interessierte mich ernstlich für Hugos Ermordung, und ich war bereit, mich damit mehr zu beschäftigen, als es sich für mich schickte.

All diese Gedanken gingen mir auf dem Weg von Gerlindis' Gemach in die Wohnhalle durch den Kopf. Dort saß noch immer die nähende Berta. Sie ging ihrer Arbeit mit derselben großen Genauigkeit und Konzentration wie eine Gottesbraut dem Gebet nach, weshalb sie mich nicht kommen hörte. Für mich waren das Nähen und Weben niemals mehr als selbstverständliche Pflichten gewesen, doch Berta gab sich ihnen stets voller Inbrunst hin.

Ich setzte mich auf meinen üblichen Stuhl und beobachtete, wie Berta wieder die Zunge auf die Oberlippe legte, während sie die Nadel durch den Stoff zog, und die Vorstellung, den Mittag mit ihr zu verbringen, war mir plötzlich ein Graus.

»Gerlindis geht es noch immer schlecht«, sagte ich. »Sie hätte es gern gesehen, wenn Grifo ihr den Hof machte. Seine Verhaftung wird das wohl verhindern.«

Ohne in ihrer Arbeit innezuhalten, seufzte Berta. »Nun ja, so ist das eben.«

Ich sah sie ungeduldig an. »Du hast gut reden. Deine Töchter sind anständig verheiratet, und deine Söhne sind als Waffenträger oder Mönche versorgt. Aber ich habe da oben eine verzweifelte Nichte, um die ich mich wie um eine Tochter kümmern muss.«

»Du hast recht. Aber je eher sie sich an die Mühen des Lebens gewöhnt …«

Bertas Halbsätze hatten auf mich stets die Wirkung eines Wasserstrudels, und ich stellte mir die Frage, ob es Berta

Trost spendete, wenn sie andere in ihren Gram hineinzog, oder ob sie unabsichtlich handelte. Beides schließt sich nicht aus. Dass geteiltes Leid ein halbes ist, finde ich jedenfalls widerlegt, wenn ich an die Nachmittage mit Berta denke. Ihr tut ständig etwas weh. Wenn ihr Kopf nicht schmerzt, dann ihr Rücken. Wenn ihr Nacken nicht verspannt ist, so leidet sie unter Krämpfen im Bein. Ihre Haut zeigt mitunter besorgniserregende Ausschläge, ihre Nase ist oft ohne Grund verstopft, und obwohl sie einen gesunden Appetit hat, behält sie bisweilen tagelang nichts bei sich. Ich gebe zu, sie redet nicht über Gebühr von ihren Gebrechen, aber ihre fortwährenden Andeutungen treffen mich mittlerweile empfindlich. Dazu kommt eine innere Haltung bei ihr, die ich als »Seelennot« bezeichne. Was auch immer geschieht, Berta sieht darin einen Vorboten für ein bevorstehendes und unabwendbares Unglück, das man jedoch tapfer zu tragen habe.

Sie ist eine Märtyrerin, die ihre eigene Peinigerin ist.

Wer diese Zeilen liest, muss sich fragen, wieso ich Berta meine Freundin nenne und recht viel Zeit mit ihr verbringe, immerhin zwei bis drei Nachmittage in der Woche. Das hat einen einfachen und einen tieferen Grund. Der einfache Grund ist, dass Berta stets gut zu mir war. Sie schenkte der Sattlerstochter freundliche Beachtung, als die anderen Damen von edlem Geblüt nur hochmütiges Grinsen für mich übrighatten; sie pflegte mich während eines Fiebers, an dem ich vor sechs Jahren fast gestorben wäre, drei ganze Wochen lang; und ich habe sie noch nie, nicht ein einziges Mal, schlecht über jemanden reden hören. Der tiefere Grund ist, dass Bertas körperliche und seelische Gebrechen meiner Meinung nach auf ihren Gemahl Burchard zurückzuführen sind, und von mir selbst weiß ich, wie sehr ehelicher Kummer sich auf mein ganzes Befinden auswirkt. Ich möchte Arnulf nicht mit Burchard gleichsetzen, der kein gutes Wort an seine Frau richtet und sie in Grund und Boden schreit, wenn ihm danach ist, und der sie schlägt. (Berta versucht, die Flecken und Blutergüsse vor mir zu verbergen, aber ich erkenne die Zeichen, weil ich in einem Elternhaus großgeworden bin, in dem meine Mutter ein- oder zweimal im Jahr verprügelt wurde.) Dergleichen hat Arnulf nie getan. Und doch litt ich – und leide bis heute – darunter, dass er nie auch nur mit einem einzigen Wort versucht hat, mir die Belastung und die Selbstvorwürfe zu nehmen, ihm keinen Sohn, überhaupt kein lebensfähiges Kind geboren zu haben. Er beschuldigte mich nicht, er entlastete mich nicht. Er schwieg.

Insofern empfand ich Berta als Leidensgenossin, wenngleich sie von ihrem Leid weit schlimmer betroffen war als ich von meinem. Ich fühlte mich ihr also durchaus verbunden. Trotzdem kam ich mir in ihrer Anwesenheit vor, als müsse ich mit einer schweren Eisenkugel durchs Leben gehen.

Wieder einmal betrachtete ich sie eingehend. Sie war acht Jahre älter als ich, Anfang fünfzig und war weder darauf aus, reizvoll zu erscheinen, noch, daran zu erinnern, dass sie es einmal gewesen war. In gewisser Weise war sie die Zukunft, vor der ich mich fürchtete: Leben heißt mutlos werden.

»Wieso fängst du nicht an zu nähen?«, fragte Berta.

»Ich glaube, ich bin zu durcheinander.«

»Doch nicht wegen Gerlindis, oder?«

»Wegen Gerlindis, Grifo und Hugo. Ich habe dir nach der Frühmesse doch erzählt, dass ich es war, die Hugo gefunden hat. So etwas passiert einem schließlich nicht andauernd.«

»Wenn du auch nachts vor die Tür gehst …«

Das sagte sie, als wäre es ein Codex, dass Frauen, wenn sie nachts vor die Tür gehen, über Leichen stolpern.

Betrübt blickte ich auf mein Nähzeug. Nicht mehr lange, und ich müsste damit zur Königin aufbrechen, und bei ihr könnte ich mir nicht erlauben, es unbeachtet liegen zu lassen.

Aber vielleicht war von der Königin etwas über Hugos Tod zu erfahren, das ich noch nicht wusste.

9

»HUGO GING BISWEILEN des Nachts ins Frauenhaus der Pfalz«, sagte Königin Liutgarde, »und zwar ohne dass seine Pflichten als Offizier der Leibwache es erfordert hätten.«

Liutgarde besitzt viele Tugenden: Sie ist freundlich, aufgeschlossen, gebildet – verschwiegen ist sie jedoch nicht. Ich schätze, dass drei Viertel von dem, was der König ihr erzählt, am nächsten Tag am Hof die Runde macht, und es würde mich nicht erstaunen, wenn der kluge Karl sich diese Eigenschaft seiner Frau bisweilen zunutze macht, um Gerüchte in die Welt zu setzen. Aus jeder seiner drei Königinnen hat er – über deren Schönheit hinaus – noch andere Vorteile zu ziehen vermocht: Sie schenkten ihm entweder viele Kinder oder bedingungslose Liebe, eine Erweiterung seines Machtbereiches oder nächtliche Beglückung. Liutgarde ist eine Königin für Karl im Alter. Er braucht eine unkomplizierte Frau, deren Gefühle für ihn nicht überschwänglich sind und der er keine überschwänglichen Gefühle entgegenbringen muss. Für alles andere hat er seine Konkubinen. Liutgardes umfassende Bildung macht sie zum Juwel des Hofes, und zugleich trägt sie in ihrer Redseligkeit die geheimen Wünsche des Königs weiter, sodass die Gesandten anderer Länder diese der Welt übermitteln können. Dies enthebt Karl der Notwendigkeit, Forderungen stellen zu müssen, und versetzt ihn in die günstige Lage, die Gaben der Welt bescheiden anzunehmen.

Im Fall Hugos allerdings sprach Liutgarde wohl nur für sich, denn der König hatte keinen Vorteil von Gerüchten, die das Leben und Sterben eines Wachoffiziers betrafen.

Liutgarde sagte: »Er wurde dabei erwischt, wie er sich des Nachts dort aufhielt. Man fand das ganz und gar unpassend.«

Wenn Liutgarde ihre Sätze mit »man« bildete, war damit der König gemeint. Und dass der König Hugos Verhalten missbilligte, lag auf der Hand. Vielleicht sollte ich an dieser Stelle in meinem Bericht konkreter werden, weil ich nicht weiß, wer ihn lesen wird. Es gibt zwei Arten von Frauenhäusern – genau genommen gibt es drei, doch jene dritte Art der Häuser, wo die Frauen fremde Männer über Nacht zu sich bitten, lasse ich außer Acht. Die Frauenhäuser sind zugleich Behausungen und Arbeitsstätten für Witwen und Verstoßene und unverheiratete Waisen, die sich nicht anders zu helfen wissen. In den Frauenhäusern erhalten sie karge Nahrung und schlechtes Obdach, als Gegenleistung dafür verrichten sie den größten Teil des Tages anstrengende Arbeiten, zumeist Weben. Von einem solchen Frauenhaus ist hier natürlich nicht die Rede. Gemeint ist stattdessen das Frauenhaus der königlichen Pfalz. Dort sind die Prinzessinnen und königlichen Konkubinen untergebracht. Derzeit leben sie noch in einem bequemen Provisorium, doch sobald die Pfalz fertiggestellt ist, werden sie ein stattliches Heim bewohnen.

Ich zog die Nadel durch den Stoff, ohne darauf zu achten, ob ich es richtig machte. »Weiß man denn, Euer Gnaden, was er im Frauenhaus getan hat und« – ich vermied die Umschreibung *mit wem* – »bei wem er sich aufgehalten hat?«

»Das ist mir leider nicht bekannt, und ich bezweifle, dass

man mehr weiß. Der König selbst war es, der ihn im Frauenhaus erwischte und zur Rede stellte, aber Hugo hat abgestritten, dass dort etwas vorgefallen sei. Man bat mich, diskret darauf zu achten, ob eine der Prinzessinnen oder Konkubinen schwanger würde. Glücklicherweise war das nicht der Fall.«

»Ich hörte auch, Hugo sei in den letzten Monaten einige Male stark betrunken gewesen. Ist das wahr, Euer Gnaden?«

»Es ist wahr. Man wusste nicht mehr, was man mit ihm anfangen sollte.«

Das hieß also, dass der König von den Leistungen Hugos als Offizier der Leibwache enttäuscht war. Was umso schwerer wog, da Hugo noch vor einem halben Jahr dafür im Gespräch gewesen war, schon bald den Oberbefehl über die königliche Leibwache anzutreten. Der derzeitige Hauptmann Burchard, der Gemahl meiner Freundin Berta, sollte in Kürze eine eigene Grafschaft erhalten. Da war Hugo – ein bewährter junger Mann von herausragendem Ruf als Kämpfer – der natürliche Nachfolger gewesen, zumal er auch bisher schon nach Burchard die zweite Position in der Hierarchie der Wache innegehabt und während Burchards Abwesenheit den Befehl geführt hatte.

»Dass nun ausgerechnet Grifo seinen Bruder umgebracht hat«, sagte die Königin, »trifft den armen Gerold gewiss besonders hart. Auf diese Weise verliert er zwei Söhne mit einem Schlag. Er war so stolz auf beide. Zudem ist er seit Jahren Witwer, sucht sich keine neue Frau … Er wird einsam sein.«

»Grifos Schuld ist meines Wissens noch nicht erwiesen, Euer Gnaden.«

»Gott gebe, er war es nicht. Andererseits …« Sie hielt inne und nähte.

Das war als Aufforderung gedacht nachzufragen. »Ihr wisst etwas, Euer Gnaden?«

»Da Ihr mich so bedrängt, Gräfin ... Nun ja, Euch kann ich es sagen. Eine im Streit begangene Tat zwischen Brüdern wäre – wie betrüblich für Gerold auch immer – eine gefällige Lösung.« Sie holte noch einmal tief Luft und stieß hervor: »Der Papst kommt hierher.«

Das war eine verblüffende Nachricht, die jedoch noch verblüffender wurde, wenn man – wie ich – nicht gleich verstand, was das eine mit dem anderen zu tun hatte. Was wäre an einem Mörder namens Grifo gefällig, weil der Papst nach Aachen kam? Es mochte ja sein, dass diese beiden Ereignisse in Liutgardes Kopf eine Verbindung hatten, doch mir erschloss sich diese keineswegs.

»Das ist auch der Grund«, ergänzte Liutgarde, »weshalb Burchard vor einigen Tagen mit einer kleinen Schar der Leibwache aufgebrochen ist. Er soll dem Heiligen Vater entgegenreiten und ihn nach Aachen begleiten. Wenn der Winter es nicht verhindert, wird Leo III. kurz vor Weihnachten eintreffen und die Messe halten.«

»Das wäre ein großer Augenblick«, stimmte ich begeistert zu und fuhr in bescheidenem Ton fort: »Und – was hat das mit Grifo zu tun, Euer Gnaden?«

»Nun, meine Liebe, wenn Grifo nicht der Täter wäre, müsste man fürchten, die Tat stehe im Zusammenhang mit dem baldigen Eintreffen Seiner Heiligkeit. Hugo war der zweite Mann der Leibwache, er ist einer der Verantwortlichen für die Sicherheit am Hof.«

»Das schon, aber der Papst verfügt über eine eigene Leibwache.«

Sie seufzte wie über einen Trauerfall. »Ein Aufstand hat ihn beinahe das Leben gekostet. Man stelle sich vor: Der

Heilige Vater musste barfuß und beinahe nackt aus der Stadt des Apostels Petrus fliehen.«

Es nahm kein Ende mit den schlimmen Nachrichten. Bedachte man, dass der Hof und das fränkische Reich mehrere Jahre lang von großen Schicksalsschlägen verschont geblieben waren, häuften sie sich auffällig in diesen letzten Tagen des Jahrhunderts. Ein gestürzter Papst, ein Ermordeter im Umkreis des Königs – schlechte Omen allenthalben. Normalerweise hätte ich über die Ungeheuerlichkeit eines Aufstandes gegen den Stellvertreter Christi und über dessen bevorstehende Zuflucht in der Pfalz zu Aachen nachgedacht, aber es kam eben alles auf einmal zusammen, und der Fund des Leichnams, eine heulende Nichte und meine entfesselte Neugier bezwangen sogar einen barfüßigen Papst. Ich dachte an diesem Nachmittag im Gemach der Königin an fast nichts anderes als an Hugos Tod und Grifos Schuld und war der redseligen Liutgarde eine schlechte Gesellschafterin.

Der Abend desselben und der Morgen des nächsten Tages verliefen wie üblich, oder besser gesagt anscheinend wie üblich. Ich nahm die Mahlzeiten mit Arnulf ein, wobei ich vermied, über Grifo zu sprechen, und Arnulf es vermied, über sein Zerwürfnis mit Gerlindis zu sprechen. Ich spürte, dass er gekränkt war, sich jedoch bemühte, die Kränkung vor mir zu verbergen. Gerlindis bekam die Speise auf ihr Zimmer gebracht, da sie noch immer verzweifelt war und Arnulf womöglich mit Fragen bedrängt hätte. Ich brachte auf diese Weise etwas Ruhe in die aufgewühlten Gefühle und machte mich um den Haussegen verdient.

10

ICH GING AN diesem Vormittag nicht ins Dorf. Liutgardes Hinweis auf das Frauenhaus war zu verführerisch, um ihn auch nur einen Tag länger unbeachtet zu lassen.

Tauwetter hatte eingesetzt. Von allen Gemäuern tropfte das Schneewasser und erfüllte die Pfalz mit einem geräuschvollen Plätschern, das ich nicht mochte, weil ich Nässe immer schon schlechter vertragen habe als Kälte. Die halb fertigen Gebäude, die wegen der Schmelze nun aus Schlamm und Dreck aufragten, wirkten an diesem tristen Tag wie ein gestrandetes, verfaulendes Schiffswrack und schienen mir eher von Untergang als von kommender Herrlichkeit zu künden.

Auf dem Weg zum Frauenhaus, das sich nur etwa zweihundert Schritte von meinem Haus entfernt befand, kam ich noch einmal an der Stelle vorbei, wo ich Hugos Leiche entdeckt hatte. Ich blieb stehen und suchte den Boden ab, in der Hoffnung, dass der Schnee etwas verdeckt hatte, was nun zum Vorschein käme.

Leider war alles, was ich damit erreichte, dass meine Stiefel schmutzig und nass wurden, was meine Laune noch verschlechterte.

»Gott zum Gruß, Gräfin.«

Ich hatte Eugenius nicht kommen sehen und muss wohl kurz wie ein Fisch ausgesehen haben – mit offenem Mund und großen Augen.

»Exzellenz«, brachte ich schließlich hervor. »Was tut Ihr hier?«

Er hätte mich dasselbe fragen können, denn eine im Schlamm stochernde Hofdame war ein weit ungewöhnlicherer Anblick als ein päpstlicher Gesandter in der Königspfalz.

»Ich bin auf dem Weg zum König«, antwortete er und lächelte mild. Eigentlich lächelte er immer. Eugenius sah stets gleich aus mit seiner Schneemannsfigur, dem auf der Höhe der Hüfte unvorteilhaft gegürteten Gewand und seinem großen, runden, friedvollen Gesicht. Ich mochte dieses Gesicht, vertraute ihm. Von der Stunde unseres Kennenlernens an brachten Eugenius und ich uns Freundschaft entgegen, so weit es sich für einen Geistlichen und eine Hofdame ziemte. Ich verdankte ihm, dass ich Schreiben gelernt hatte und diese neue Fähigkeit an Gerlindis weitergeben konnte, und ich verdankte ihm, dass er mir im Abstand einiger Monate leihweise Bücher und Schriften zur Verfügung stellte, sodass sich mein Wissen ständig erweiterte. Was er an mir schätzte, vermag ich nicht zu sagen. Möglicherweise war es mein burgundisches Naturell, in dem es wenig Verstellung und das Streben nach Eintracht gibt. Ich streite ungerne, und ich habe weder für selbstverleugnende Unterwürfigkeit noch für selbstschmeichlerischen Dünkel etwas übrig. Vielleicht hat ein Römer aus gutem Hause, der am Hof des fränkischen Königs lebt, den gelegentlichen Wunsch nach unverfälschtem Umgang. Aber vielleicht vermisste er – ein kinderloser Mann – auch lediglich, Wissen und Erfahrung weiterzugeben, und ich war für ihn eine Tochter, so wie Gerlindis dies für mich geworden ist.

»Vermutlich sprecht Ihr mit dem König über den bevorstehenden Besuch des Heiligen Vaters«, sagte ich.

»Ihr wisst davon? Das ist gut. Es wäre mir übel aufgestoßen, Euch etwas verheimlichen zu müssen.«

»Was hat es mit diesem Aufstand auf sich?«

Eugenius war meine direkten Fragen gewöhnt und antwortete mir stets ohne Umschweife.

»Es werden schwere Vorwürfe gegen den moralischen Lebenswandel Seiner Heiligkeit erhoben. Sie sind selbstverständlich unbegründet, doch wie wir alle wissen, maskiert sich jede noch so absurde Lüge zunächst als Wahrheit.«

»Wer erhebt denn solche Vorwürfe? Doch nicht das Volk?«

Eugenius' Lächeln verstärkte sich. »Wann hat sich je ein Volk über lasche Sitten empört? Nein, Gräfin, die Beschuldigung wird von einer Adelspartei erhoben, die es versteht und sich leisten kann, einen Aufstand zu organisieren. Der Heilige Vater sucht um Schutz und Beistand bei Eurem König nach.«

»Das liegt nahe, da Karl der Schutzherr Roms ist.«

»Ihr sagt es, Gräfin. Allerdings – ich könnte mir denken, dass Euer König die Vorwürfe genauer prüfen möchte. Ich bin auf dem Weg festzustellen, ob meine Vermutung zutrifft, um anschließend den Heiligen Vater von den Absichten des Königs in Kenntnis zu setzen.«

Solche Augenblicke mit Eugenius taten mir gut. Mit keinem anderen konnte ich es wagen, über Angelegenheiten des Staates zu sprechen, die allein dem König und seinen Beratern wie Arnulf und Gerold vorbehalten waren. Auch Arnulf mochte solche Gespräche mit mir nicht führen, und bei Berta und Gerlindis hatte ich noch nicht einmal den Versuch unternommen.

»Seid Ihr beunruhigt, Exzellenz?«

»Wie ich schon sagte: Die Vorwürfe werden sich als haltlos erweisen. Sie sind zu ungeheuerlich.«

»Und wegen des Mordes an Hugo? Seht Ihr einen Zusammenhang mit dem bevorstehenden Aufenthalt des Papstes in Aachen?«

»Nicht den geringsten. Keiner hätte etwas davon, wegen des Papstes einen Offizier der Leibwache aus dem Weg zu räumen. Offiziere werden schnell ersetzt. Bis Leo III. in Aachen eingetroffen ist, wird der Schuldige überführt sein, und welche Beweggründe ihn auch immer zu der Tat getrieben haben, ich bin absolut sicher, sie haben überhaupt nichts mit dem Papst zu tun.«

Eugenius betrachtete mich eingehend. »Da wir gerade davon sprechen … Steht Ihr wegen dieses Verbrechens hier so verschmitzt herum? Ich hörte, die Tat sei ungefähr an dieser Stelle begangen worden.«

Es bestätigte sich wieder einmal, dass Eugenius mich von allen Menschen am besten kannte. Natürlich war ich mit Arnulf viel vertrauter, mit Gerlindis verbanden mich die Bande des Blutes, und mit Berta hatte ich in all den Jahren mehr Stunden verbracht als mit Arnulf und Gerlindis zusammengenommen, und doch kannte jeder von ihnen nur einen Teil meines Wesens. Manchmal glaubte ich, den kleinsten Teil. Beispielsweise traute keiner von ihnen mir etwas zu. Arnulf war zärtlich und wollte, dass es mir gut geht, aber er wäre nie auf den Gedanken gekommen, mir eine auch nur halbwegs bedeutende Aufgabe zu übertragen. Gerlindis sah in mir nur ein mütterliches Wesen zum Gernhaben, eine ältliche Frau, die nähte, spazieren ging, die Messe besuchte, wieder nähte … Und was Berta anging, so war sie viel zu sehr mit sich selbst beschäftigt, um sich vom Wesen anderer Menschen ein Bild zu machen. Eugenius hingegen kannte mich von einer Seite, die niemand sonst zu bemerken schien. Gut, er hatte den Vorteil, mich beim Lernen beobachtet zu haben, er hatte gesehen, wie ich mich auf die Buchstaben, dann auf die Schrift stürzte. Ich hatte eine völlig neue Welt für mich entdeckt, und Eugenius war dabei gewesen und hatte es bemerkt. Ja, er hatte diesen Vorteil gegenüber den anderen, doch nur deshalb, weil er es gewesen war, der schon vorher gespürt hatte, dass eine Entdeckerin in mir schlummerte. Nicht Berta oder einer anderen Hofdame hatte er das Lesen und Schreiben beigebracht, und auch nicht einer der Prinzessinnen, von denen es nun wahrlich genügend am Hof gab, sondern mir – und Hugo.

Tatsächlich, Eugenius war für kurze Zeit Hugos Lehrer gewesen, das war mir beinahe entfallen.

»Ihr habt recht, Exzellenz. Ich suche tatsächlich nach einer Spur, nach irgendetwas, ich weiß auch nicht so genau, wonach. Hugos Tod betrifft mich unmittelbar. Zwar kannte ich ihn nicht besonders gut, aber … Da fällt mir ein, dass Ihr ihn gut kanntet.«

»Das ist wahr. Er bat mich vor ungefähr einem Jahr, ihm Lesen und Schreiben beizubringen.«

»Wieso bat er ausgerechnet Euch? Ihr seid ein Gesandter, ein Römer. Es leben fränkische Gelehrte am Hof.«

»Wenn er zu denen gegangen wäre, wäre dies bekannt geworden. Ihr müsst Euch vor Augen halten, Gräfin, dass es bei Kriegern als niedere Fertigkeit gilt, schreiben zu können. Er wäre verspottet worden. Bedenkt – weder Euer Gemahl noch der König noch Grifo oder sonstwer, der am Hof ein Schwert trägt, kann lesen und schreiben. Eine der wenigen Ausnahmen ist Gerold, aber der trägt bekanntlich fast nie ein Schwert und ist als Seneschall nicht den Kriegern zuzurechnen.«

Das traf zu. Nur mir hatte Eugenius es beiläufig erzählt

und mich sofort gebeten, Stillschweigen zu bewahren.
»Wieso wollte Hugo es lernen?«, fragte ich.

Eugenius lächelte. »Ich nehme an, er wollte jemanden beeindrucken, der viel vom Lesen und Schreiben hält. Das war auch der Grund, weshalb ich die Unterweisungen vor vier Monaten einstellte.«

Vor vier Monaten. Ich dachte nach. »Das war zu der Zeit, als Hugo das Frauenhaus der Pfalz unerlaubt betrat.«

»Ihr seid gut informiert, Gräfin.«

»Erst seit heute.«

»Ich durfte keinesfalls riskieren, dass mein Name in Verbindung mit einem sittlichen Ärgernis gebracht würde, und dazu wäre es vielleicht eines Tages gekommen. Ich wusste ja nicht, was Hugo im Frauenhaus machte und mit wem er das machte, wovon ich nicht weiß, was es war. Also sagte ich ihm, dass ich ihn nicht länger empfangen würde.«

»Wie hat er reagiert?«

»Mir gegenüber hat er es mit Fassung aufgenommen. Er sagte, er käme von nun an allein zurecht.«

»In letzter Zeit war er mehrfach betrunken gewesen.«

»Das hängt wohl kaum mit dem Abbruch der Unterweisungen zusammen. Er wäre der erste Schüler, der an so etwas verzweifelte.«

Wir lachten, und dann lächelten wir einander an. Das Gespräch hatte uns Freude gemacht, aber wir verstanden, dass es nun enden musste.

»Ihr entschuldigt, Gräfin. Ich will den König nicht warten lassen. Was auch immer Ihr hier tut – ich wünsche Euch viel Erfolg. Auf bald. Gott zum Gruß, Gräfin.«

Als Eugenius gegangen war, ließ ich mir unser Gespräch noch einmal durch den Kopf gehen, und auch das, worüber wir nicht geredet hatten. Ihn auf seinen Besuch in Fionees Haus anzusprechen, hatte ich, trotz unseres guten Verhältnisses, nicht gewagt. Er sollte nicht denken, dass ich ihn bespitzle.

Eher beiläufig scharrte ich mit dem linken Fuß in Schlamm und Schneeresten und stieß auf einen Gegenstand. Ich hob ihn auf. Es handelte sich um eine seltsam geformte Pfeilspitze.

11

DAS FRAUENHAUS WAR die einzige Fährte, die ich hatte, denn dort schienen Hugos Probleme ihre Ursache zu haben. Doch so genau wusste ich auch nicht, wonach ich suchen, wen ich fragen und vor allem *wie* ich fragen sollte. Es ist gar nicht so einfach, eine Untersuchung durchzuführen, wenn keiner wissen darf, was man tut.

Ich konnte mich im Frauenhaus nur an eine einzige Person wenden, und auch an sie nur mit Bedacht. Die älteren Töchter des Königs waren nur wenig jünger als ich, und ich pflegte einen höflichen, ungetrübten Umgang mit diesen armen Geschöpfen, die von ihrem Vater so sehr geliebt wurden, dass er sich weigerte, sie zu verheiraten. Doch ich war nicht ihre Freundin, und es wäre gewiss aufgefallen, wenn ich plötzlich ein Gespräch über ein vertrauliches Thema mit ihnen geführt hätte. Zu den beiden Konkubinen des Königs, der Römerin Mathilda und der Sächsin Gersvind, stand ich in keinerlei Verbindung. Wir kannten uns vom Sehen, wir grüßten uns – mehr nicht. So blieb nur Teodrada.

Als ich das Frauenhaus betrat, hörte ich von ferne Gelächter und lautes Geplapper. Die Damen vergnügten sich offenbar im warmen Bad. Es war vor einigen Tagen fertig geworden und war jetzt, im Winter, ein beliebter Mittelpunkt des Hauses, wo man sich traf, schwatzte und die Kälte vergaß.

Zielsicher ging ich in die andere Richtung. Denn wo Geselligkeit stattfand, war Teodrada gewiss nicht zu finden. Ich klopfte an ihre Tür.

»Was ist denn?«, ertönte eine Stimme jenseits aller Lieblichkeit. Ja, das war Teodrada, ein Kind von fünfzehn Jahren, ausgestattet mit allen Launen auf Gottes Erde.

»Ach, du bist es«, begrüßte sie mich. »Lässt du dich auch mal wieder sehen. Wann hast du dich das letzte Mal zu mir bemüht? Vor einem Monat?«

»Es ist fünf Tage her«, sagte ich und küsste sie auf die Stirn.

Sie freute sich über meinen Besuch, auch wenn nichts darauf hindeutete, und ich wiederum freute mich, Teodrada zu sehen, auch wenn es dafür keinen vernünftigen Grund gab. Dieses Kind war mir von allen Töchtern und Söhnen des Königs als einziges ans Herz gewachsen. Jahre, bevor ich meine Nichte Gerlindis kennenlernte und zu mir holte, war Teodrada mein Augapfel geworden. Gerade weil sie ein unzugängliches Wesen hatte – das hatte sie von ihrer verstorbenen Mutter, Karls zweiter Königin, geerbt –, verlangte ich danach, zu ihr vorzudringen, und ich hielt etwas darauf, dass es allein mir gelang. Keiner am Hof, außer ihrem Vater, stand ihr so nah wie ich.

»Was tust du gerade?«, fragte ich.

»Ich kämme mein Haar – wobei ich mich frage, für wen.«

Ich bemerkte, dass sie Stiefel trug, noch dazu feuchte, und fragte mich, wieso. Aber bei Teodrada wunderte mich nichts. »Für deinen Vater. Er mag es, wenn seine Töchter hübsch sind.«

»Ich bin nicht hübsch. Und ich werde es auch nie sein.«

(Es tut mir leid, das zu sagen, aber diese Selbsteinschätzung traf zu. Prinzessin Teodrada hat zwar das Wesen ihrer

Mutter geerbt, nicht jedoch deren Schönheit. Sie ist unnatürlich schlank, geradezu knochig, und größer als die meisten Männer. Ihr ruheloser Blick verunsichert jeden, der mit ihr spricht, ihre Bewegungen sind fahrig … Sie verstärkt den Eindruck, den sie macht, durch eine mal ablehnende und mal angriffslustige Stimme und durch das unentwegte Anspannen aller Gesichtsmuskeln, sodass ihre Miene wie aus einem Baumstumpf geschnitzt scheint.)

»Es obliegt jedem Menschen, das Beste aus sich herauszuholen«, sagte ich. »Wenn die Natur mit der rechten Hand eine Gabe verweigert, gibt sie mit der linken Hand eine andere.«

»Mir gibt sie gar nichts. Die Natur ist eine gemeine alte Frau, die ich liebend gerne verprügeln würde.«

Ich lachte und schaffte es für einen kurzen Augenblick, freundliche Gelöstheit auf Teodradas Antlitz zu zaubern. Ich glaube, was sie an mir vor allen anderen Dingen schätzte, war, dass sie durch mich das Gefühl bekam, gemocht zu werden. Da war jemand, eine Gräfin, die sich ohne Not mit ihr abgab, und diese Gräfin hatte *sie,* Teodrada, unter allen anderen Prinzessinnen am liebsten. Somit war ihre Zuneigung für mich lediglich eine eitle Spiegelung der meinen, und das hätte etwas Kränkendes für mich gehabt, wüsste ich nicht, dass die meisten Freundschaften zuvorderst darauf basieren, dass man von jemandem *gemocht wird,* und erst nachrangig darauf, dass man jemanden *mag.*

Ich unternahm einen letzten Versuch, Teodradas Stimmung zu heben. »Du bist die Tochter eines liebenden Königs. Du hast nette Geschwister, alles in allem, du hast Zofen, ein großes Gemach, Kleider, neuerdings ein Bad …«

»Da gehe ich nicht rein. Das Wasser ist giftig.«

»Inwiefern ist es giftig? Und wer behauptet das?«

»Ich behaupte es. Sie will mich loswerden und schüttet Gift in das Wasser.«

»Wer ist ›sie‹?«

»Die Sächsin. Wer denn sonst!«

»Gersvind? Warum sollte sie so etwas tun?«

»Du kannst Fragen stellen!«

Teodrada sah mich an, als sei *ich* diejenige, deren Kopf nicht richtig arbeitete. In Wahrheit bestand ihr größter Mangel nicht in ihrem Aussehen oder der abweisenden Haltung, die sie anderen gegenüber einnahm, sondern in bisweilen bedenklichen Schüben von …

(Hier hat mir das Wort gefehlt. Ich habe eine Weile überlegt und mich für das Folgende entschieden: Wirklichkeitsverzerrungen.)

Schübe von Wirklichkeitsverzerrungen suchen Teodrada seit fünf Jahren heim.

Eine fünf Jahre alte Erinnerung: Ein Kind schreit um Hilfe. Teodrada am Rand des Wahnsinns.

Königin Fastrada liegt im Sterben. Noch ist sie nicht tot. Die Fliegen jedoch bemächtigen sich ihrer bereits wie eines Leichnams.

Außer mir, die ich die Gemahlin des königlichen Konnetabels bin, des Befehlshabers der Reiterei, sind noch die Pfalzgräfinnen von Nijmwegen und Soissons anwesend, ferner zwei Hofdamen und die zehn- und achtjährigen Prinzessinnen Teodrada und Hiltrud. Zwei Nonnen beten vor einer Reliquie, die sie mitgebracht haben. Es ist stickig heiß. Wir alle, auch die Nonnen, pressen uns Tücher auf Nase und Mund, um den Gestank, der von der Königin ausgeht, besser zu ertragen. Nur Teodrada nicht. Sie sitzt tapfer an der Seite ihrer Mutter und verscheucht unentwegt und erfolglos die Fliegen. Eine Dame nach der anderen verlässt den Raum, eine von ihnen nimmt die kleine Hiltrud mit sich. Vielleicht würden sie durchhalten, wenn Fastrada ein anderer Mensch, eine andere Königin gewesen wäre, eine Frau wie ihre Vorgängerin Hildigard. Doch Fastrada war stets launisch und zänkisch und trieb die Hofdamen in größte Verzweiflung. Sie mochte niemanden, deswegen mochte niemand sie. Nur zu ihren beiden Töchtern war sie gut.

Ich bleibe nicht wegen Fastrada, sondern Teodradas wegen. Das Kind wird in Kürze die Mutter verlieren und schrecklich weinen, und ich will nicht, dass dann irgendeine Dienerin sich ihrer annimmt.

Königin Fastrada liegt im Sterben. Noch ist sie nicht tot. Die Glocke jedoch läutet bereits, als wäre sie ein Leichnam.

Es ist Reichstag in Frankfurt. Wenn ich aus dem Fenster der alten Merowingerburg blicke, in der wir untergebracht sind, sehe ich im Hof die Edlen sich versammeln. Sie kommen aus allen Pfalzen und Fürstentümern von Friaul bis Friesland, aus der Gascogne, der Provence, von der Seine, der Maas und der Donau; Rom sowie die christlichen Königreiche Galizien, Mercia und Wessex haben Gesandte geschickt; Karls erwachsene oder halbwüchsige Söhne, die er zu Unterkönigen gemacht hat, sind ebenfalls eingetroffen: Pippin aus Italien, Karl der Jüngere aus Westfranken, Ludwig aus Aquitanien. Es heißt, der König will ein einheitliches Handelsgewicht für das Reich beschließen, und auch das Münzgewicht soll reformiert werden. Aus einem Pfund Silber sollen künftig überall 240 Pfennige gepresst werden.

Es ist auch Synode in Frankfurt. Aus allen Bistümern sind sie gekommen, an die hundert Bischöfe des Reichs der Franken, um ein Zeichen zu setzen gegen die Kaiser und Patriarchen in Byzanz. Der König will beweisen, dass die Franken in Fragen des Glaubens ebenso gut mitreden können wie die Bevormunder aus dem Oströmischen Reich. Man verdammt die byzantinische Verehrung von Heiligenbildern. Und man hat eine eigene Meinung in der Frage der Bedeutung des Heiligen Geistes.

Auch das Heer sammelt sich in Frankfurt. Es lagert unten am Main, um schon bald zwischen Taunus und Rhön hindurch nach Norden zu marschieren, wo die Sachsen mal wieder im Aufstand sind. Es geschieht viel dieser Tage in Frankfurt. Man redet über Münzen, Heiligenbilder und die Sachsen. Über Fastrada hört man niemanden reden.

Königin Fastrada liegt im Sterben. Noch ist sie nicht tot. Der König jedoch steht vor ihr wie vor einem Leichnam.

Als Hildigard starb, war er zutiefst erschüttert gewesen. Fastradas nahender Tod berührt ihn kaum. Sie war zu anstrengend gewesen, um ihr nachzutrauern. Er tut seine Pflicht, spricht ein Gebet, nickt den Nonnen höflich zu, tätschelt Teodradas Kopf, dann wendet er sich ab und will den Raum verlassen. Plötzlich geht er noch einmal zur schönen Fastrada zurück, die ihm elf Jahre lang mal leidenschaftliche, mal gallige Gefährtin war. Er beugt sich über sie, so als würde er sie küssen wollen, und richtet sich wieder auf.

Königin Fastrada ist tot.

Augenblicklich wirft sich Teodrada auf den Körper ihrer Mutter. Sie schreit erschütternd, ohrenbetäubend. Sie küsst den Mund der Toten, öffnet deren geschlossene Augen, ruft verzweifelte Botschaften in die Ohren, die nichts mehr hören können. Die Nonnen eilen herbei und versuchen, die Prinzessin von der Mutter zu trennen. Doch Teodradas kleine Arme klammern sich fest. Sie gehorcht nicht. Ihr Vater befiehlt ihr vergebens loszulassen.

Da gelingt es einer Nonne, sie von hinten an der Hüfte zu packen und hochzuheben, und als Teodrada das erkennt, schlägt sie aus und trifft die Nonne mit dem Ellbogen im Gesicht, woraufhin diese sie fallen lässt.

Erneut klammert Teodrada sich an dem leblosen Körper fest, aber nun schreitet ihr Vater ein. Gegen seine Kraft ist sie machtlos. Sie trommelt mit kleinen Fäusten auf seine Brust und auf seinen Kopf ein. Gewiss ist Karl seit einem halben Jahrhundert, als er noch ein kleiner Junge war, nicht mehr geschlagen worden. Kein furchterregender Sachse, kein Langobarde hat ihn je so angerührt, wie dieses kleine Mädchen es tut. Sie beleidigt ihn, sie nennt ihn einen bösen Mann.

Als er sie freigibt, rennt sie quer durch den Raum zu mir, presst sich an mich und wimmert. Ich streichle ihre Haare.

Der König und ich tauschen einen Blick. Ich führe Teodrada behutsam fort.

Sie hat ihre Mutter zum letzten Mal gesehen. Die ganze Nacht weint sie in ihrem Bett, an dem ich wache.

Am nächsten Morgen sitzt sie mit geröteten Augen neben mir im Wagen auf dem Weg nach Mainz. Wir sind, außer dem Kutscher auf dem Bock, allein. Teodradas Schwester Hiltrud, die Halbschwestern und die Hofdamen fahren in anderen Wagen, der König, Arnulf, die Halbbrüder und die Edlen reiten hinter dem Wagen her, in dem Fastradas Leichnam aufgebahrt liegt.

»Nicht wahr, sie kommt in den Himmel?«, fragt mich Teodrada. Ich könnte antworten, das obliege Gott dem Herrn, aber ich antworte: »Ja. Und sie wird dich von dort liebhaben.«

»Du warst ihre Freundin, nicht wahr?« Ich müsste der Ehrlichkeit halber sagen, dass ich sie nicht ausstehen konnte, aber das ist wohl nicht der richtige Zeitpunkt dafür, und ich antworte: »Eine Frau, die so gut zu ihren Kindern war wie zu dir und Hiltrud, verdient Respekt und Zuneigung, den ich ihr erweise, indem ich sie betraure.«

Teodrada forscht lange in meinem Gesicht. Sie besitzt keine Menschenkenntnis, denn sie sagt: »Du meinst es ehrlich.« Nach einer Weile fügt sie hinzu: »Mama wurde umgebracht.«

Mir fehlen die Worte. Woher nimmt dieses kleine Mädchen eine solch ungeheuerliche Behauptung?

»Sie hat mir vor einer Woche gesagt, sie werde vergiftet.«

»Deine Mutter war seit Monaten krank.«

»Ja, und sie sagte, das kommt von der schleichenden Vergiftung.«

»Sie – ich – *das* hat sie gesagt?«

»Ja. Nur wusste sie nicht, wer sie vergiftet. Jeder kann es gewesen sein. Außer du, natürlich.«

Sie schmiegt sich an mich, und ich bestärke sie darin.

Ich glaube ihr kein Wort. Königin Fastrada war sich darüber im Klaren, dass sie den letzten Winter schlecht überstanden hatte. War es möglich, dass sie dem Kind etwas vorgelogen hatte? Dass sie phantasiert hatte? Dass Teodrada phantasierte?

»Meine Halbbrüder wollen mich tot sehen.«

»Nein, das wollen sie nicht.«

»Ich bin eine Gefahr für sie.«

»Das wärst du allenfalls, wenn du ein Junge wärst. Mach dir keine Sorgen.«

»Bleibst du bei mir?«

»Ich bleibe bei dir.«

Ich schließe die Augen und danke Gott für dieses Kind, um das ich mich kümmern darf.

Im Kloster Sankt Alban bei Mainz findet Fastrada ihre letzte Ruhestätte. Auf einer Steinplatte steht:

Der erlauchten Königin Fastrada Leib hier ruht,
Den der kalte Tod aus der Blüte des Lebens riss.
Als edle Frau war sie einem mächtigen Mann ehelich verbunden.
Doch nun gehört dem himmlischen Bräutigam
Der bessere Teil ihrer Seele. König Karl blieb hier zurück,
Glückliche Zeiten gewähre ihm der barmherzige Gott.

Nach der Grablegung nimmt mich der König beiseite.

»Ich hörte, Ihr wachtet vergangene Nacht am Bett meiner Tochter.«

»Das stimmt, Euer Gnaden.«

»Für eine Nacht mag das angehen. Ja, wenn ich es mir recht überlege, habt Ihr meinen Dank verdient. Aber in Zukunft muss Teodrada lernen, sich an ihre Geschwister oder die Dienerinnen zu halten. Ihr könnt ja nicht immer um sie herum sein. In den nächsten Wochen werdet Ihr gewiss wieder Euren Gemahl auf dem Feldzug nach Sachsen begleiten.«

»Ich dachte, ich könnte diesmal ...«

»Für Teodrada ist es besser, wenn sie sich nicht zu sehr an einen Menschen klammert. Wir haben ja gesehen, wohin das führt. Die Prinzessin bleibt vorerst in Frankfurt. Und Ihr lasst besser packen. Der Feldzug beginnt übermorgen.«

Ich sah Teodrada erst ein Jahr später wieder. Wir blieben einander verbunden, aber dieses eine Jahr, in dem sie mich besonders gebraucht hätte, fehlte uns, das spürte ich deutlich. Teodradas Ängste hatten sich zu diesem Zeitpunkt bereits verfestigt, und weil sie sie niemandem anvertraut hatte, blieben sie unwidersprochen und entwickelten ein seltsames Eigenleben. Es kam noch dazu, dass allenthalben schlecht über Fastrada geredet wurde, wodurch sich bei Teodrada der Eindruck verstärkte, allenfalls geduldet, nicht aber geliebt zu werden. Ihr Vater behandelte sie so gut wie seine übrigen Kinder, doch das genügte ihr nicht mehr, sie hätte die doppelte Liebe gebraucht, und außerdem sah er sie zu selten. Ich hätte ihr helfen können, wäre ich bei ihr gewesen. Aber wieder war mir ein Kind entrissen worden, kaum dass ich es in Händen hielt. Teodrada vertraute mir zwar, aber nicht restlos, da ich sie im Stich gelassen hatte. Dieser Vorwurf stand unausgesprochen zwischen uns, und so sehr ich mich auch bemühte, die verlorene Zeit aufzuholen, es gelang mir nicht. Sie fühlte sich abwechselnd von ihren Halbbrüdern, ihren Halbschwestern und den Bediensteten bedroht, wobei die Anschläge, vor denen sie sich fürchtete, auf höchst ungewöhnliche Weise ausgeführt werden sollten. Im letzten Sommer hatte Teodrada eines Tages von mir »auf ewig« Abschied genommen, weil sie überzeugt gewesen war, ihre Stiefmutter, Königin Liutgarde, hätte einen Zwerg als Mörder gedungen, der sich des Nachts unbemerkt ins Frauenhaus schleichen und sie in ihrem Zimmer erdolchen würde.

Und nun also Gersvind, Karls sächsische Konkubine. Gift im Badewasser.

Teodrada sagte: »Niemandem gönnt sie etwas, da kannst du fragen, wen du willst. Ihre Missgunst grenzt an Besessenheit. Und mich sieht sie als größte Bedrohung für ihr blödes Töchterchen.«

Es hätte keinen Sinn gehabt, Teodrada darauf hinzuweisen, dass sie bei derart vielen Feinden, die seit fünf Jahren sie zu töten versuchten, gewiss nicht mehr leben würde. In ein paar Tagen würde der Spuk wieder vorbei sein, und da Teodrada ihre Befürchtungen nur mir anvertraute, entstand daraus niemandem Schaden.

Dieses Mal nutzte ich die Erwähnung des Todes für meine Zwecke. »Der Mord an dem armen Hugo hat dich verunsichert, liebe Teodrada, und das ist verständlich. Zwar hast du ihn kaum gekannt … Oder doch?«

»Ich habe ihn sehr wohl gekannt. Ich darf sagen, dass er mir gegenüber nicht an galanten Worten sparte.«

»Das hast du mir nie erzählt.«

»Du musst ja nicht alles wissen. Solche Dinge behält eine Frau für sich. Immer, wenn wir uns sahen …«

»Wie oft war das?«

»Zwei Mal in der Woche. Immer dann, wenn er kam, hat er mir ein Kompliment gemacht, jedes Mal ein anderes, und ich habe ihn eingelassen.«

»Du meinst – hier herein?«

»Selbstverständlich.«

»Aber Teodrada! Kein Mann außer deinem Vater und deinen Brüdern, darf dein Gemach betreten.«

»Das ist ja wohl meine Sache.«

»Da bin ich anderer Meinung. Es war auch Hugos Sache, und es ist die Sache deines Vaters geworden, denn er hat davon erfahren, was Hugo sehr geschadet hat.«

»Vater hat fast gar nichts gewusst, nur dass Hugo im Frauenhaus war. Mehr hat er nie herausbekommen.«

»Das hat genügt, um Hugo zurechtzuweisen.«

»Hugo war ein Ritter, der solch niedrigen Schimpf mühelos ertrug.«

»Es darf bezweifelt werden, dass die Rüge Hugo gleichgültig war, denn er fing an, zu viel zu trinken. Und ob der Titel ›Ritter‹ seinen Charakter treffend beschreibt, sei dahingestellt. Immerhin hat er sich dir ungebührlich genähert.«

Sie holte tief Luft. »Das hat er *nicht.«*

»Erkläre mir das.«

Teodrada hielt inne. Ich erwartete, dass sie erröten oder verlegen zu Boden blicken würde, doch nichts dergleichen geschah. Ihr Gesicht bekam einen Ausdruck, den ich noch nie an ihr wahrgenommen hatte, den Ausdruck glücklicher Erinnerung.

Teodrada sagte leise: »Er hat gesungen.«

Beinahe hätte ich nachgefragt, ob ich Teodrada richtig verstanden hatte. Gesungen? Das Wort, diese Beschreibung einer Tätigkeit schien nicht hierherzugehören. Hugo war doch nicht bei Dunkelheit in Teodradas Gemach gekommen, um zu singen!

»Dort, auf dieser Ruhebank lag er«, ergänzte Teodrada.

»Und sang?«

»So ist es.«

»Er sang die ganze Zeit über?«

»Wir haben auch gesprochen.«

»Sieh an.«

»Ja, von den Sternen, vom Wind, von den Wäldern, der Sonne und dem Mond … Und von edlen Gefühlen, natürlich.«

»Natürlich.«

»Und dann ist er wieder gegangen.«

Das war die unglaubwürdigste Geschichte, die ich je gehört hatte. Trotzdem durfte ich sie nicht völlig verwerfen, war sie doch zumindest ein erster Anhaltspunkt.

»Er wurde natürlich denunziert.«

»Nein, dein Vater hat Hugo dabei ertappt, wie er das Frauenhaus verließ.«

»Ja, aber zuvor hat er einen Hinweis bekommen.«

»Hat er das gesagt?«

»Nein, aber das liegt auf der Hand. Sie war es.«

Nun ging *das* wieder los. Im Geiste schlug ich die Hände über dem Kopf zusammen.

»Verstehe«, sagte ich geduldig. »Gersvind.«

»Aber nein. Die andere, Mathilda. Sie ist eifersüchtig, hochmütig und besitzergreifend. Sie ist Römerin.«

Als wären alle Römerinnen der Eifersucht, Hochmut und Gier fette Beute!

»Glaub mir«, drängte Teodrada. »Sie wollte mir Hugo abspenstig machen, und als ihr das nicht gelang, ist sie zu Vater gegangen.«

Ich war mir nach diesem Gespräch nicht sicher, ob es mir mehr genutzt oder geschadet hatte. Ein zu Erfindung und Übertreibung neigendes Mädchen hatte mir die Geschichte von einem singenden Wachoffizier erzählt. Ganz gleich, wie viel davon der Wahrheit entsprach, ich war mir nicht sicher, ob Hugos Episoden im Frauenhaus überhaupt etwas mit seinem Tod zu tun hatten. Andererseits – und das galt mir als gesichert – hatte Hugo sich des Öfteren in einem Haus aufgehalten, in dem Misstrauen und mehr oder weniger offene Abneigung herrschten. Das schien mir zusammenzugehören, Abneigung und Mord.

Ich besuchte die Mittagsmesse, um nicht zu sehr von meinen Gewohnheiten abzuweichen. Danach kehrte ich in mein Haus zurück. Gerlindis saß am Feuer. Wie ich sie in dieser Stille dasitzen sah, wurde ich von Liebe durchströmt für Gerlindis, für ihr Alter, ihre siebzehn Jahre, für alle Siebzehnjährigen, für die Träume der Jugend, die Illusionen … Es schien mir zu weit weg, um es nicht zu vermissen.

»Wie geht es dir?«, fragte ich.

»Schon etwas besser«, antwortete sie. Tatsächlich schien sie gefasster als gestern und noch vor einigen Stunden.

»Ich ziehe mir nur etwas anderes an und setze mich dann zu dir, einverstanden?«

»Ja, gut.«

Als ich schon oben auf der Treppe war, hörte ich sie noch etwas rufen, was ich nicht verstand, und rief zurück, dass ich mich beeilen würde.

Ich betrat mein Gemach, und dort sah ich jemanden vor einer der Kleidertruhen knien. Zuerst dachte ich, es wäre meine Zofe. Es war Emma.

12

KONKUBINE IST BLOSS ein Wort, ein Begriff. Wir benötigen Begriffe, um uns schnell verständlich machen zu können, aber wir übersehen zu oft, dass ein Begriff völlig unterschiedliche Gefühle auslöst bei denen, die ihn hören. Für König Karl waren Konkubinen stets die reinste Freude. Teodrada hingegen machten sie Angst. Mein Gemahl sah in Emma – ich weiß nicht, was, aber wohl nichts Unangenehmes. Wenn ich das Wort »Konkubine« hörte, oder schlimmer, wenn ich Emma traf, dann hörte ich die Laute der Leidenschaft, ich hörte nackte Lust, die mit mir nichts zu tun hatte, ich hörte das Zerschlagen von Ton, das Knicken eines gefällten Baumes, das Aufschlagen einer stürzenden Glocke. Ich sah einen Fluss überlaufen. Ich sah Gewalt am Werk.

Ich riss Emma das Gewand aus der Hand. Es hatte eine zartbraune Farbe und stand mir nicht. Ich konnte es nicht ausstehen. »Gib das her.«

»Ich habe nicht genug anzuziehen. Und du hast mehr als genug.«

»Was fällt dir ein, so mit mir zu reden! Ich bin nicht deine Schneiderin.«

»Aber an mir sieht das Gewand viel schöner aus.«

»Das wird ja immer besser! Der Haarschmuck der Königin steht mir auch besser als ihr, und trotzdem habe ich sie noch nicht bestohlen.«

»Ich habe nicht genug anzuziehen.«

»Diese Begründung hat mich schon beim ersten Mal nicht überzeugt. Und nun geh. Raus hier.«

»Ich habe dir nichts getan.«

»Raus.«

Ich zog es an, dieses hässliche zartbraune Kleid, das mir Berta vor einigen Jahren geschenkt hatte und das ich sonst nur an ihrem Namenstag trug, um ihr eine Freude zu machen. An jenem Tag des Zusammentreffens mit Emma war es mein schönstes. Ich liebte dieses Kleid plötzlich.

Gerlindis saß noch immer in der Wohnhalle am Feuer.

»Sie war an meiner Truhe«, sagte ich.

»Emma? Ich dachte, sie wollte in Onkels Zimmer gehen. Ich wollte dir sagen, dass sie oben ist, aber du hast mich wohl nicht mehr gehört.«

Ich fragte mich, was Gerlindis von alledem hielt. Sie hatte natürlich mitbekommen, dass Arnulf eine Konkubine hatte, und da Gerlindis aus einfachen Verhältnissen stammte, war es gewiss eine Überraschung für sie gewesen, von Emma zu erfahren – und von den königlichen Konkubinen. Bemitleidete sie mich? Oder nahm sie das Konkubinat als ein natürliches Recht des Mannes hin? Da auch ich zwischen Selbstmitleid und Selbstbeschränkung schwankte, nahm ich an, dass es anderen Frauen mit demselben Schicksal ähnlich erging. Doch was dachten jene Frauen meines Standes, die viele Kinder hatten und eine zufriedenstellende Ehe führten, oder Frauen wie Gerlindis, die in der Ehe auf die immerwährende, unteilbare Liebe hofften? Galt ich als abschreckendes Beispiel? Sah sie in mir das, was ich in Berta sah?

»Ich möchte nicht, dass diese Frau tagsüber mein Haus

betritt. Nachts kann ich nichts dagegen tun. Aber solange die Sonne am Himmel steht, brauche ich die Gewissheit, die Herrin dieser Räume zu sein.«

»Es tut mir leid, Tante. Ich wusste nicht, was ich tun sollte, als sie kam.«

Ich nahm Gerlindis in die Arme. »Dich trifft keine Schuld, mein Kind. Wenn sie das nächste Mal versucht, bei Tag das Haus zu betreten, obwohl dein Onkel nicht da ist, richtest du ihr von mir aus, sie soll erst wiederkommen, wenn Arnulf nach ihr schickt.«

Gerlindis blickte betreten ins Kohlenfeuer.

»Ich weiß, der Umgang mit ihr kostet einige Überwindung«, fügte ich seufzend hinzu. »Aber wenn ich es kann, kannst du es auch.«

»Ich muss dir etwas sagen, Tante.«

»Nun?«

»Ja, also, es ist so: Emma und ich sind vorhin ins Gespräch gekommen, und ich habe ihr von meinem Kummer wegen Grifo erzählt, und da hat sie mir versprochen, sich bei Onkel für mich – also für Grifo – einzusetzen.«

Ich schwieg zunächst, brachte kein Wort heraus.

»Verstehst du mich, Tante? Ich habe es doch nur getan, weil niemand sonst mir zuhört. Onkel hat mich weggeschickt, du hast mit mir geschimpft, und zu den Mahlzeiten musste ich im Zimmer bleiben und hatte keine Gelegenheit ...«

»Gerlindis.«

»Wenn jemand bei Onkel ist, darf ich nicht mit ihm sprechen, und wenn er hier ist, darf ich auch nicht mit ihm sprechen. Aber er muss doch erfahren, dass ...«

»Gerlindis.«

»Keiner tut etwas. Ich war bei Gerold gewesen, und er war

freundlich zu mir, aber er hat gesagt, ich soll Onkel seine Arbeit tun lassen, und wenn ich mich für Grifo verwenden will, so werde ich später noch …«

»Gerlindis, hör mir bitte zu. Ich verstehe, dass du ungeduldig bist, aber das, was du zu sagen hast, ist keine Entlastung für Grifo.«

»Ich finde, das ist es doch.«

»Dein Onkel ist nicht auf den Kopf gefallen, er spricht seit Jahren Recht in der Pfalz Aachen. Und Emma ist die Letzte, die dir helfen kann.«

Gerlindis fuhr auf. »Sie hat mir schon geholfen. Vielleicht kann sie wenig tun, aber wenigstens werde ich nicht andauernd von ihr gemaßregelt. Sie hört mir zu. Du sperrst mich weg.«

»Ich habe dich nicht weggesperrt, sondern gestern Abend und heute Morgen gebeten, zu den Mahlzeiten in deinem Zimmer zu bleiben. Das war unter den Umständen das Beste, denn du wärst nicht in der Lage gewesen, vernünftig mit deinem Onkel zu sprechen.«

»Hast du mit ihm für mich gesprochen?«

»Noch nicht. Ich …«

»Siehst du! Emma will etwas für Grifo und mich tun. Und du tust gar nichts, putzt mich nur herunter …« Gerlindis fing wieder an zu weinen, und noch bevor ich sie trösten konnte, rannte sie die Treppe hinauf.

Mein erster Wunsch war, ihr zu folgen, und ich hätte es wohl auch getan, wenn nicht plötzlich Emma in der Halle gestanden hätte. Sie war aus der Küche gekommen, kaute auf einem frischen Stück Brot herum und grinste mich an. Ich wusste, wieso sie grinste. Nicht nur, weil sie mein Gebot missachtet hatte, das Haus zu verlassen. Sie grinste auch, weil sie einen Keil zwischen mich und meine Nichte trieb und dabei einen ersten Erfolg verzeichnete. Ich hatte Emma unterschätzt. Sie war durchtrieben und rücksichtslos, eine Frau aus der Wildnis, die keine Moral kannte.

Ich schlug ihr das Brot aus der Hand, gab ihr eine Ohrfeige, und packte sie, ehe sie etwas dagegen tun konnte, an den Haaren und zog sie zur Tür. Dort stieß ich sie hinaus und legte den Riegel vor.

Sie hämmerte mit den Fäusten gegen die Tür. »Aufmachen«, rief sie. »Aufmachen, mein Mantel ist noch da drin. Ich will meinen Mantel wiederhaben.«

Ihr Mantel war mir gleichgültig. Zu ihrem Haus waren es nur wenige Schritte, sie würde sich nicht den Tod holen. Ein paarmal schlug sie noch gegen die Tür, dann gab sie es auf.

Ich setzte mich ans Feuer. Nach und nach begriff ich, was ich getan hatte, oder besser gesagt, *dass* ich etwas getan hatte. In diesen wenigen Augenblicken war ich eine andere Frau gewesen. Das war gut, befreiend. Es war aber auch beunruhigend. Emma machte mir Angst, und erstmals reagierte ich auf diese Angst. Wohin würde das noch führen?

Trotzdem überwog das Gefühl des Triumphs. Immer vorsichtig zu sein ist auf Dauer missvergnüglich und verkleinert den Charakter.

Ich hatte also meinen Charakter um eine Facette erweitert: Wehrhaftigkeit. Darüber dachte ich den ganzen Nachmittag nach. Für den Abend nahm ich mir ein Gespräch mit Arnulf vor, genau genommen nahm ich mir zwei Gespräche vor, eines über Grifo und Gerlindis und eines über Emma. Ich wollte Arnulf nicht bedrängen, das hatte ich nie getan, doch ich verstand mich durchaus darauf, ihm gegenüber die richtigen Worte zu finden.

13

ALS ARNULF INS Haus kam, sah ich ihm sofort an, dass Emma ihm den Vorfall haarklein berichtet hatte. Das überraschte mich nicht, denn oft sah er bei Emma und seinem Töchterchen vorbei, bevor er nach Hause kam, und von Emma war nicht zu erwarten gewesen, dass sie schweigen würde. Arnulf sah jedoch keineswegs verärgert aus, auch damit hatte ich gerechnet. Mir einen Vorwurf zu machen, hätte für ihn bedeutet, sich gegen mich zu stellen, und das war undenkbar. An jenem Abend war ich mir meines Gemahls wieder sicher.

Arnulf war wie immer nach einem anstrengenden Tag von jener mäßigen Liebenswürdigkeit, die müden Männern eigen ist. Er wärmte sich von allen Seiten am Feuer auf, rieb sich die Hände, freute sich auf die Mahlzeit und warf mir einen dankbaren Blick zu, als er hörte, dass ich die Köchin gebeten hatte, Fleisch auf den Teller zu bringen.

»Es ist das letzte Stück vom Reh«, sagte ich. »Wir brauchen neues Fleisch.«

»Keine Sorge, in Kürze gibt es eine königliche Jagd, wenn das Wetter hält.«

»Nimmst du daran teil?«

»Wir nehmen alle daran teil, auch die Damen sind eingeladen.«

So eine Jagd war immer eine willkommene Abwechslung, wenngleich beschwerlich, vor allem im Winter. Ich freute mich darauf, mal wieder auf dem Rücken eines Pferdes zu sitzen, aber ich wusste auch, dass ich danach zwei Tage lang vor Erschöpfung nicht aus dem Haus gehen würde.

Wir nahmen an der Tafel Platz. »Hast du denn Zeit für die Jagd, Arnulf? Ich meine – wegen Grifo.«

Er ließ das Essen stehen, ergriff langsam meine Hand mit seinen Händen, küsste sie und sah mich zärtlich an. In solchen Momenten war es leicht, eine liebende Frau zu sein.

Arnulf sagte: »Du sorgst dich um Gerlindis, das verstehe ich, du bist ihre Tante. Sie sieht zu dir auf, erbittet deine Hilfe … wie könnte dein Herz da hart bleiben? Dass Gerlindis und Grifo dabei waren, sich näher kennenzulernen, ist unter den jetzigen Umständen eine Tragödie.«

»Ja«, sagte ich. Das Licht der Öllampen, Arnulfs Zärtlichkeit – ich wünschte mir, es wäre immer so.

»Niemand möchte, dass Grifo der Täter ist«, fuhr Arnulf fort, »auch ich nicht. Ich habe nichts gegen ihn … Er sollte bald Burchards Nachfolger als neuer Hauptmann der Leibwache werden.«

»Ich dachte, Hugo.«

»Danach sah es im Sommer auch aus. Aber dann hat sich der König für Grifo statt für Hugo entschieden. Zu Weihnachten sollte es bekannt gemacht werden, hat Burchard mir erzählt, weil er nicht mehr an sich halten konnte. Burchard soll im nächsten Jahr Pfalzgraf von Metz werden.«

Das hieß, dass Bertas und meine Wege sich trennen würden, und so bedauerlich ich das fand, interessierte mich Grifo momentan mehr.

»Grifo ist unglaublich jung für diese Aufgabe«, sagte ich.

»Wenn einer knapp über zwanzig Jahre alt ist, bedeutet die Verleihung dieser Würde den Beginn einer steilen Karriere. Er wusste das, Hugo wusste das. Der ältere Bruder war dem jüngeren unterlegen, ein Anlass für starke Rivalität. Grifo hat zugegeben, dass es zwischen Hugo und ihm vor einigen Tagen zu einer Auseinandersetzung kam, die von einigen Wachmannschaften mit angehört wurde. Ich vermute, in der Mordnacht verschärfte sich der Streit, und Grifo stieß in einem Moment der Erregtheit zu.«

Demnach der alte Zwist zwischen Kain und Abel? Warum nicht? Hugo hatte es gewiss als kränkend empfunden, dass man ihm, der seit Jahren in der Leibwache diente und sich Lorbeeren auf den Schlachtfeldern verdient hatte, den jüngeren Bruder als Vorgesetzten geben wollte. Er sah sich an der Reihe, nicht Grifo. Als er in der Mordnacht mal wieder angetrunken war, stellte er Grifo zur Rede, es kam zu Handgreiflichkeiten, in deren Verlauf Grifos jugendliches Temperament mit ihm durchging. So könnte es gewesen sein.

Allerdings hatten Hugos Eskapaden, die zur Entscheidung des Königs geführt hatten, bereits im Sommer stattgefunden. Zuerst die »Vorfälle« im Frauenhaus, im Herbst dann die Trunkenheit – irgendetwas hatte Hugos Leben durcheinandergebracht, und mich störte, dass das bei Arnulfs Untersuchung keine Rolle spielte.

»Hat Grifo denn gestanden?«, fragte ich, obwohl ich wusste, dass das nicht der Fall war, denn ansonsten hätte Arnulf es mir längst erzählt. Wenn es um Erfolge geht, sind Männer schnell mit ihrer Geschichte zur Hand.

»Nein, und das macht es mir schwierig. Allein auf der Grundlage eines Grundes für die Tat kann ich kein Urteil fällen. Es gibt keinen Zeugen, und nichts bringt Grifo mit dem Ort des Verbrechens in Verbindung. Jeder andere hätte es getan haben können.«

»Vielleicht *hat* es ein anderer getan.« Ich wäre im Sinne

von Gerlindis beruhigter gewesen, wenn Arnulf seine Ermittlungen ausgedehnt hätte, zugleich hätte es mich ein bisschen enttäuscht, denn meine Nachforschungen bereiteten mir Freude.

Arnulf biss vom Rehrücken ab, grübelte eine Weile, zuckte mit den Schultern und sagte: »Möglicherweise. Ich werde mir mal Grifos Quartier vornehmen. Kann doch sein, dass ich da etwas finde.«

»Eine gute Idee«, pflichtete ich ihm bei und sah mich und ihn für kurze Zeit als Gespann, das sich gemeinsam an die Lösung eines Rätsels machte.

Ich wurde mutig und schlug vor: »Morgen wird Hugo zu Grabe getragen, und das wäre eine gute Gelegenheit, Grifo auf freien Fuß zu setzen – wenigstens vorläufig. Du verstehst schon. Bis dein Verdacht sich erhärtet.«

Wieder zuckte er nach einer Weile des Nachdenkens mit den Schultern. »Meinetwegen. Aber ich habe noch nicht aufgegeben. Ich kriege ihn, das sage ich dir.«

Ich beugte mich über den Tisch und streichelte seine bärtige Wange.

»Ich bin froh, dass du mein Gemahl bist und nicht …« Ich sprach es nicht aus, aber ich dachte: Burchard. Bertas Gemahl hätte sie längst zusammengestaucht und gezüchtigt, wenn sie es gewagt hätte, ihm Ratschläge bezüglich seiner Pflichten zu erteilen.

»Und nicht?«

»Irgendein anderer«, sagte ich. Mein Herz quoll an jenem Abend über vor Glück. Es füllte mich vollständig aus, stand mir im Gesicht, und Arnulf sah es und wurde seinerseits von einem Glücksgefühl erfasst. Diese Wirkung eines guten Gefühls, das sich durch gegenseitige Blicke und Berührungen verstärkt, gehört zum Größten, was ich je erlebt habe. Einige Male im Leben wurde mir die Gunst eines solchen Augenblicks zuteil, der so etwas wie ein aufgestoßenes Fenster in eine andere Welt für mich bedeutet.

In jener Nacht war es wie früher, in den Nächten des Anfangs, der Kinderzeugungen, den Nächten der Flammen. Er holte mich in sein Gemach, ich sammelte Stroh und schichtete es auf dem Boden zu einem Bett. Er holte Wein. Wir zogen uns aus, tranken ... wir berauschten uns am Wein und an unserer Nacktheit. Eingehüllt in warme Pelze, entfernten wir die Tierhäute vom Fenster, atmeten die nasskalte Luft ein, blickten zu den Sternen, die vom nahenden Fest des geborenen Heilands kündeten, und jeder von uns ließ die Vergangenheit aufleben – nicht mit Worten, die Liebkosungen waren unsere Sprache.

Die Lippen, die stumm blieben, die Finger, die Kreise zogen auf der Haut des anderen, die Kraft seiner Muskeln, der Duft des Öls, mit dem ich mich eingerieben hatte, die gegenseitige Zurschaustellung unserer Reize, all das brachte ferne Jahre zurück.

Eine fünfundzwanzig Jahre alte Erinnerung: der glückliche Frühling von Quierzy und die unsichtbaren Vorboten des Verfalls.

Ich gehe an Arnulfs Seite an der Oise entlang, die, in den Ardennen entspringend, viel weiter südwestlich in die Seine mündet. Der Frühling in der Picardie ist von einer Schönheit, die sich nicht entscheiden kann, ob sie herb oder lieblich sein will. Lieblich: Wiesen voll von Labkraut, Anemonen, Huflattich, Sauerampfer, Fuchsschwanz, Küchenschelle, Pimpernelle und

Lieschgras, dazwischen ragen Königskerzen und rote Malven empor; die tausenderlei Vögel, die den Himmel bevölkern; Blütenduft; die Oise, die durch lichte Laubwälder fließt. Herb: der böige Wind, der rasche Wechsel von Sonne und Wolken; die Menschen, die sogar in dieser Jahreszeit der Hochzeiten und Verlobungen nicht mehr sprechen als unbedingt nötig; der oft ganze Tage anhaltende Morgennebel.

Jeden Tag machen wir einen solchen Spaziergang. Von der Pfalz Quierzy, wo der König derzeit Hof hält, reiten wir zu zweit auf einem Pferderücken zur Oise und gehen, das Ross am Zügel hinter uns herführend, eine Stunde spazieren. Manchmal überrascht mich Arnulf, sei es, dass er zwei Ziegenfelle sowie Käse und einen Schlauch Wein aus seinen Satteltaschen hervorholt und wir uns am Fluss niederlassen, oder sei es, dass er mir eine schmucke Vogelfeder schenkt, die ich mir ins Haar oder ans Kleid stecke. Er besitzt nur wenig Geld. Als zweiter Sohn eines Gutsbesitzers kann er sich glücklich schätzen, dass sein Vater ihm jene Ausrüstung gekauft hat, die nötig ist, um als Waffenträger in den Dienst des Königs treten zu dürfen. Aber er ist vierundzwanzig Jahre alt und hat noch kein nennenswertes Kommando erhalten. Kaum, dass der König ihn mit Namen kennt. Und was mich angeht, so bin ich Seiner Gnaden noch nicht einmal vorgestellt worden. Wir sind Höflinge von geringem Rang.

An jenem Tag ist die Überraschung von ganz anderer Art. Statt eines Käses oder einer Feder zaubert Arnulf einen König hervor. Karl und sein Gefolge kommen auf dem Rückweg von der Jagd an der Oise vorbei. Zwei Dutzend Rösser, gut dreißig Mann zu Fuß, eine Hundemeute und ein Proviantwagen. Ich sinke auf die Knie und senke demütig den Kopf in der Erwartung, der König werde vorbeireiten.

Doch er hält an und steigt ab. Ich schlucke. Was soll ich tun? Was tut Arnulf? Nichts, er kniet wie ich im Gras. Ich blicke auf die königlichen Schnürstiefel, dann auf die mit Wickelbändern verkleideten Beine, die Hose aus weißem Linnen, das lederne Wehrgehänge mit dem edelsteinbesetzten Schwertgriff, die hüftlange, mit blauer Seide bestickte Tunika, den blauen Mantel um die Schultern, das rasierte Kinn, den üppigen Oberlippenbart – das Gesicht eines Dreißigjährigen, dem man die Macht ansieht, den goldenen Stirnreif, der die langen dunkelblonden Haare umschließt. Wie ein Monument ragt der König vor mir auf.

»Steht auf, ihr beiden«, sagt Karl und wendet sich an Arnulf. Er spricht mit ostfränkischer Mundart. »Nun, mein junger Freund, das erklärt, weshalb du bei manchen meiner Jagden fehlst. Wie ich sehe, hast du guten Grund.« Er wendet sich an mich und wechselt in die westfränkische Sprache: »Du hast ihm den Kopf verdreht, weißt du das?«

Es sind die ersten Worte, die der König an mich richtet, und erst jetzt fällt mir auf, wie unerwartet hoch seine Stimme ist angesichts dieses Körperbaus.

»Das lag nicht in meiner Absicht, Euer Gnaden.«

Der König lacht. Er wendet sich an seine Edlen, die nun ebenfalls lachen.

Ich erröte. Arnulf lächelt.

Der König sagt: »Wie du schwindeln kannst, mein Kind! Selbstverständlich ist es deine Absicht, so wie es die Absicht und der Erfolg aller Frauen ist, uns Männern den Kopf zu verdrehen. Wenn ihr das nicht tätet, würden wir euch nicht lieben.«

Ich schweige lieber, um nicht noch mehr Torheiten von mir zu geben.

»Seid ihr verheiratet?«, fragt der König.

»Ja, Euer Gnaden«, antwortet Arnulf. »Seit zwei Jahren.«

»Eine Ehe vor Gott?«

»Ja, Euer Gnaden.«

»Kinder?«

»Noch nicht, Euer Gnaden.«

»Dann beeilt euch. In acht Wochen brechen wir auf, dann hat das süße Leben vorerst ein Ende.« Er wendet sich wieder an mich. »Dein Gemahl gehört ab sofort zu meiner Scara. Nur die Besten erhalten von mir das Privileg, in der schweren Reiterei zu dienen. Ich beglückwünsche dich zu deinem Mann, und dich, Arnulf, zu deiner Frau.«

Er wendet sich ab, steigt auf den Rücken seines Schildknappen und von dort auf sein Ross. Wir sinken erneut auf die Knie, der König grüßt mit einer Handbewegung, und die Jagdgesellschaft aus Edlen, Prälaten, Beamten, Vasallen, Fährtensuchern, Hundeführern, Jägermeistern, Falknern, Bogenschützen, Knappen, Fängern und Lakaien setzt sich in Bewegung.

Als der König und sein Gefolge ein Stück entfernt sind, sage ich: »Du hast gewusst, dass er hier vorbeikommt.«

»Ja. Als er mir gestern mitteilte, dass ich in die Scara aufgenommen bin, war ich so dreist, ihn zu bitten, nach der Jagd an dieser Stelle hier vorbeizukommen und …«

»Ich bin ja so stolz auf dich.«

»Oh, das war nicht schwierig, er hat die Bitte günstig aufgenommen.«

»Nicht deswegen bin ich stolz, du Tölpel. Du bist in der Scara.« Ich falle ihm um den Hals und küsse sein Gesicht. »In der Scara, in der Scara. Du hast den König gehört. Nur die Besten nimmt er in die Scara auf.«

»Das bedeutet große Verpflichtungen für mich, Ermengard.«

»Ich weiß. Aber lass uns heute nicht über Pflichten reden. Du bist in der Scara! Erst ab heute gehörst du richtig zum Gefolge des Königs. Ich will irgendetwas Besonderes tun, etwas Ungewöhnliches. Sofort.«

»Wir könnten in der Oise baden.«

»Das Wasser ist zu kalt.«

»Ich habe eine andere Idee. Komm.«

Er schwingt sich auf das Pferd und zieht mich zu sich hoch. Ich sitze vor ihm, und er hält mich mit seinen Armen umklammert, während er gleichzeitig die Zügel führt.

Wir reiten in den Wald von Coucy. Bald müssen wir absteigen. Das Gehölz steht sehr dicht, dazu Ginsterbüsche, Brombeersträucher, Riesenfarne, umgestürzte Bäume, Auen, Ameisenhügel ... Schnell habe ich die Orientierung verloren. Immerhin fällt durch die nur mit Trieben und noch nicht mit Blattwerk besetzten Baumwipfel reichlich Sonnenlicht.

Wir machen an einer wunderschönen Stelle halt. Ein riesiger Teppich aus dichtem jungem Moos breitet sich vor uns aus, gesprenkelt mit weißblühenden Frühlingsblumen.

Arnulf zieht mich aus, ich ziehe ihn aus, und er wickelt uns in seinen warmen, etwas rauen Mantel ein.

Auf dem Moos liegend, blicken wir durch das Gewirr der Äste in den blauen Himmel hinauf. Keiner von uns spricht. Der Gesang der Vögel und das Heulen des Windes ist uns Geräusch genug. Einziger Besucher in diesen Stunden ist ein Birkhahn, der uns spät bemerkt und es dann umso eiliger hat wegzukommen.

Arnulf und ich liegen Wange an Wange und lächeln. Waren wir uns je näher? Was für ein Glück, einen wie ihn zum Mann zu haben.

Abends, zurück in der Pfalz Quierzy, werden wir erstmals zum abendlichen Mahl des Königs gebeten, worin sich Arnulfs neue Stellung ausdrückt. Wir erhalten einen Platz, der weit entfernt ist vom Monarchen, doch immerhin gehören wir von nun an zu seinem Gefolge – und staunen. Der Raum, in dem gespeist wird, ist mit Teppichen an den Wänden und auf dem Boden verkleidet. Silberne Lüster mit zahlreichen Ölflammen hängen von der Decke herunter und erhellen eine reich bestückte Tafel, wie ich sie noch nie gesehen habe: Wachteln im Speckmantel, Hirschragout mit Zwiebeln und Rotweinsoße, Frischlingsschwarten, Aale, Bärentatzen, ein mit glacierten Maronen gefüllter Kapaun, Bratäpfel, Weißbrot, Birnenmarmelade … Über dem Feuer dreht sich ein Hammel am Spieß. Die Luft riecht würzig nach Zimt und Muskat. Gestern noch aßen wir in unserer Hütte am Rande der Pfalz Getreidebrei, ungesalzenes Brot und ein kleines Stück Käse, eben das, was im April, wo es noch kein Obst und Gemüse gibt und wo die Hühner kaum Eier legen, zu bekommen ist. Von einem Tag auf den anderen sind wir in eine andere Schicht aufgestiegen.

Vor dem Essen segnet der Erzkaplan die Mahlzeit, dann waschen wir uns – immer das nachahmend, was alle tun – die Hände in den bereitgestellten Schalen und trocknen sie am Tischtuch ab.

Karl bringt einen Trinkspruch auf die Beglückungen der westfränkischen Küche aus, die leider nie den Weg ostwärts über den Rhein geschafft hat. In dieser Hinsicht hätten die Ostfranken und Alemannen einiges aufzuholen.

Alle lachen, auch die Ostfranken und die Alemannen. West- und Ostfranken ergänzen sich wunderbar. Sie sind durch gemeinsame Ahnen eng verbunden, und auch wenn sie einander manchmal fremd sind, so gehören sie Seite an Seite.

Es wird ein heiterer Abend. Musik erklingt, ein Possenreißer tritt auf. Wir werden von denen, die in unserer Nähe sitzen, sogleich als ebenbürtig aufgenommen.

Gelegentlich werfe ich einen Blick zur Stirnseite der Tafel, wo neben dem König seine Königin Hildigard sitzt, eine siebzehnjährige Suebin von großer Schönheit, die wenig Aufhebens um sich macht. Sie hat König Karl einen Prinzen gleichen Namens sowie Prinzessin Adalheid geschenkt, und nun ist sie im dritten Jahr der Ehe zum dritten Mal schwanger. Karl und Hildigard sind eng miteinander verbunden, das spüre ich, und Hildigards an den Augen ablesbares Glück fällt doppelt stark auf mich zurück, die ich dasselbe fühle wie sie. Einmal begegnen sich unsere Blicke, da lächelt Hildigard, und ich glaube, dass wir in diesem Moment eins sind, sie, die Königin Europas, und ich, die Gemahlin des Reiters Arnulf.

»Wieso siehst du immerzu zur Königin?«, fragt Arnulf, lächelt und stößt mich an. »Das schickt sich nicht.«

»Ich glaube nicht, dass sie sich davon gestört fühlt.«

»Warum siehst du sie an?«

»Weil sie so schön ist.«

»Du bist mindestens ebenso schön.«

»Ich beneide sie.«

»Weil sie reich ist?«

»Ja, an Kindern.«

»Das wirst du auch bald sein.«

»Meinst du?«

»Ganz sicher.«

Leichthin sage ich: »Ohne Kinder könnte ich nicht sein.«

Er nickt. »Ohne Söhne könnte ich nicht sein.«

Als wir zur Ruhe kamen, und später, als wir erwachten, waren unsere Blicke verschleiert von Zärtlichkeit, aber zugleich war ein Schmerz darin sichtbar, wie man ihn nur fühlt, wenn etwas Wunderbares bedroht ist. Es tut sehr weh. Es tut weh zu erkennen, was einst gewesen, was verloren gegangen war, was man gesucht hat all die Jahre, was man wiedergefunden hat und was erneut verloren zu gehen droht. Würde die Nacht etwas verändert, wiederhergestellt haben? Wir wussten es nicht. Alle Gefühle, die wir jahrzehntelang langsam gewonnen und langsam verloren hatten, waren in der Dunkelheit wie ein Sturm über uns hinweggebraust, und die Welt war aus den Fugen geraten, seine nicht weniger als meine. Wer hätte gedacht, was in fast dreißig Jahren Ehe steckt: mühsam errichtetes Vertrauen, gemeinsam durchlebte Hoffnungen und Enttäuschungen, die im Regen eintöniger Tage verglimmende Liebe, die immer wieder angefachte Glut der Liebe, all die Verluste an Kindern, an kleinen Leben, all die winzigen Brüche, schließlich auch *sie,* die Konkubine, die große Wunde. Es war an jenem Morgen alles vorhanden, jedoch nicht mehr am richtigen Platz. Ich hatte mit jener Nacht Arnulfs Ordnung zerstört, die eine vertraute, nicht allzu leidenschaftliche und leider kinderlose Gemahlin einerseits und eine schöne, gebärende Konkubine andererseits vorsah. Und Arnulf hatte mit jener Nacht meine Ordnung zerstört, meine Unterwerfung unter die Gegebenheiten, meine gehorsame Duldung der von Arnulf geschaffenen Fakten, die mein Schutzwall gewesen war vor allzu großer Liebe zu ihm und die mich daran gehindert hatte, Emma zu hassen.

Nun liebte ich Arnulf wieder mit der alten Macht. Und Emma – ich hasste sie zum ersten Mal.

14

ICH BEOBACHTETE DIE Gesichter der Anwesenden. Hugos Grablegung erfolgte unter Teilnahme des ganzen Hofes. Als Sohn des königlichen Seneschalls, aber auch als bewährter Offizier im Krieg gegen die Sachsen und als zweitem Befehlshaber der Leibwache stand ihm diese Ehrung zu.

Grifo sah gezeichnet aus, wenn nicht vom Tod seines Bruders so von der Schuld, die er – ob zu Recht oder Unrecht – mit sich trug. Auf den bislang glänzenden Ruf des jungen Mannes war ein dunkler Schatten gefallen, und wieder einmal zeigte sich, was ich schon so oft habe beobachten können, nämlich dass ein einziger schlimmer Verdacht ausreicht, um hundert gute Taten aufzuwiegen. Grifos herausragende Leistungen im Krieg gegen die Awaren, seine Tapferkeit, sein für sein Alter bemerkenswertes taktisches Geschick in der Schlacht – es war ihm nicht mehr anzumerken. Er hatte stets einen leicht listigen Gesichtsausdruck gehabt. (Vielleicht ist listig das falsche Wort, es hat so einen üblen Beiklang. Schalkhaft oder schelmisch wiederum hört sich eher nach einem Narren an. Was ich beschreiben will, ist, dass Grifos Klugheit sich mit Keckheit gepaart hatte und dass diese Mischung sein Aussehen prägte.) Er hatte ungewöhnlich helle Augen, die im einen Moment wunderbar strahlen, im anderen Moment hochkonzentriert blicken konnten; hohe Wangenknochen, ein ausgeprägtes Kinn, deutliche, fast kantige Konturen – kurz gesagt, man sah ihm an, dass man ihn nicht unterschätzen durfte. Glücklicherweise – ich sage das als Frau – wurde diese Entschlossenheit von einem spitzbübischen Lächeln gemildert sowie von vorwitzig auf der Stirn tanzenden braunen Locken.

All das hatte sich in den wenigen Tagen seit Hugos Tod verändert. Natürlich war Grifos Aussehen dasselbe, doch die Wirkung war eine völlig andere geworden. So stelle ich mir einen großen Feldherrn vor, der eine Entscheidungsschlacht verliert: teils schwer getroffen, teils hilflos, teils voller Scham angesichts der urteilenden Blicke. Er war freigelassen worden, aber er war nicht frei, würde vielleicht nie wieder frei von dem Verbrechen an seinem Bruder sein, ganz gleich, ob er es nun begangen hatte oder nicht. Er wusste das. Neben seinem Vater Gerold stehend, sah er ins Grab, doch mir blieb nicht verborgen, dass er während der Zeremonie einige Male Gerlindis' Augen suchte und fand. Es berührte mich unmittelbar, dass Grifo in dieser schweren Zeit den Beistand eines jungen Mädchens suchte. Anhand der Blicke, die sie tauschten, ermaß ich den ungefähren Stand ihrer Beziehung. Grifo blickte schüchtern zu ihr, Gerlindis sah ihn mit großen Augen an, was bedeutete, dass er über die Anfänge einer Werbung noch nicht hinausgekommen war und dass sie die Werbung voller Ungeduld erwartete. Sie standen der Liebe mit der gleichen Ratlosigkeit gegenüber wie Arnulf und ich, als wir ungefähr in ihrem Alter waren.

Ich beobachtete auch die anderen Anwesenden, und bei einigen von ihnen stellte ich mehr Erschütterung fest, als ich angenommen hatte. Teodradas Trauer zeigte sich unverhüllt. Das Mädchen schluchzte wie um einen Gatten, fast unschicklich, und so oft ihre Schwestern sie auch anstießen, sie unterdrückte die Tränen nicht.

Manch tiefe Trauer zeigte sich weniger offenkundig. Mathilda, Karls römische Konkubine, die von Teodrada mir gegenüber beschuldigt worden war, Hugos Besuche bei Teodrada verraten zu haben, wirkte wie eine stille Tragödin. Sie schloss bisweilen die Augen, als riefe sie sich bessere Tage in Erinnerung, doch in den Mundwinkeln blieb ihr Schmerz eingegraben.

Am rätselhaftesten und am schwersten zu erkennen war die Erschütterung eines Mannes, bei dem ich dies kaum vermutet hätte. Sein Gesicht war scheinbar unbewegt, doch die Lippen hatten sich verhärtet, die Nasenflügel sich geweitet. Keiner der Umstehenden, da war ich mir sicher, bemerkte etwas davon, und hätte es jemand bemerkt, würde er es nicht als Erschütterung, sondern als unterdrückten Zorn wahrnehmen. Ich jedoch stand direkt neben diesem Mann, und ich als Einzige kannte ihn gut genug, um Erschütterung von zurückgehaltenem Zorn zu unterscheiden – der Mann, von dem ich spreche, war Arnulf. Ich konnte das Beben in seinem Innern fast körperlich spüren.

Nach der Grablegung ging der Hof in langer Prozession vom Kirchhof bis zur Pfalz. Als wir an Emmas Haus vorbeikamen, sah ich sie in der Tür stehen. Sie blickte geflissentlich an mir vorbei. Gerlindis verließ für kurze Zeit die Prozession, umarmte Emma, und ich hörte sie sich bedanken. Natürlich ging es um Grifo, dessen Freilassung Gerlindis auf das Gespräch mit Emma zurückführte. Und konnte ich mir sicher sein, dass sie irrte und dass ich es gewesen war, die Arnulf überzeugt hatte? Eine Stunde zuvor war Arnulf bei Emma gewesen – hatte er schon dort den Beschluss gefasst, Grifo freizulassen?

Der Gedanke stach mir mitten in die Brust, und ein neuer Schub von Hass auf diese Frau ging durch mich hindurch.

Ich begab mich erneut ins Frauenhaus. Vorhin habe ich bereits angedeutet, welche Stimmung dort herrschte. Diese Stimmung des Misstrauens und der Ausgrenzung hatte keineswegs nur mit Teodrada zu tun, wenngleich sie ihren Teil dazu betrug. Man stelle sich vor: Es lebten dort fünf Töchter von drei von Karls Ehefrauen und drei Töchter von zwei von Karls Konkubinen, ferner die derzeitigen Konkubinen selbst. Zu den üblichen Schwierigkeiten, wenn Menschen gezwungenermaßen mehrere Jahre lang viel Zeit miteinander verbringen, kam hier noch die Rivalität hinzu. Einige Königinnen waren sehr beliebt gewesen, andere sehr unbeliebt, einige hatten Karls Konkubinen gehasst, andere hatten sich nicht an ihnen gestört, und all das übertrug sich auf die Prinzessinnen, deren Rang je nach Herkunft ein anderer war. Die Konkubinenkinder hatten es naturgemäß schwerer, vor allem, wenn ihre Mütter gestorben oder verstoßen worden waren, aber auch unter den Königinnenkindern gab es Klüngel und Konkurrenz. Allerdings wahrte man, so gut es ging, nach außen den Anschein von Eintracht, und das auch nur aus dem Grund, den König nicht zu verärgern. (Karl hasst Dissonanzen zwischen seinen weiblichen Familienangehörigen. Während er seinen Söhnen eine gewisse Rivalität zugesteht, haben sich die Frauen zu vertragen, und es gelingt ihnen tatsächlich, ihn zu täuschen. Vielleicht sind sie die Einzigen im ganzen Reich, denen das gelingt.) Wer keine Frau war und nicht, wie ich, regelmäßig das Frauenhaus besuchte, bekam von diesen Eifersüchteleien und dem Misstrauen nichts mit.

Die Szene, die sich mir an jenem Mittag beim Betreten des Bades des Frauenhauses bot, war beispielhaft.

Die Königin, Berta und ich waren die einzigen Frauen des Hofes, die nicht im Frauenhaus wohnten und das Bad trotzdem benutzen durften (wobei Berta nie ins Bad kam). Gerlindis durfte dort nicht baden, von Emma gar nicht zu reden. Das Bad bestand aus einem quadratischen, vier mal vier Schritt großen Becken und war von einem kleinen, überdachten Hof umgeben, hinter dem sich die Räume des Frauenhauses befanden. Es bildete den Mittelpunkt des Hauses, sollte ein Saal des gesellschaftlichen Miteinanders und der Erholung sein, und oft war er das auch, je nachdem, wer sich dort aufhielt.

An jenem Mittag war vom Geist des Miteinanders nichts zu spüren. Es waren die beiden königlichen Konkubinen anwesend, und all die heißen Dämpfe, die aufstiegen, konnten nicht über die kalte Stimmung hinwegtäuschen. Ich war wegen einer der beiden, Mathilda, gekommen; man hatte mir gesagt, dass ich sie im Bad fände, und so hatte ich beschlossen, die Arbeit mit der Erholung zu verbinden. Das Wasser bis zum Kinn, saß sie im Becken. Sie hatte die Augen geschlossen und bemerkte mich erst, als ich mich nackt ins Becken gleiten ließ und leichte Wellen verursachte. Ich lächelte ihr freundlich zu, wohl wissend, von ihr nur die zarte, kaum sichtbare Andeutung eines Lächelns zurückzuerhalten. Mathilda war durch und durch adelig, mehr als ich es je sein werde, mehr als sonst jemand, den ich kenne. Sie stammte aus einer der ersten Familien der Ewigen Stadt, führte ihren Stammbaum bis in das vorchristliche Patriziat zurück und trug demzufolge mindestens acht Jahrhunderte in ihrem Gesicht zur Schau. Sie unnahbar zu nennen, wäre eine Untertreibung gewesen.

Sie trug ihre Haare geflochten und hochgesteckt, sodass sie eine Art schwarze Krone bildeten, und tatsächlich war ihr ganzes Wesen und Aussehen eher dazu geeignet, eine Königin darzustellen denn eine Konkubine. Karl hatte sie schon vor mehr als fünfzehn Jahren von einem Feldzug »mitgebracht«; damals war Mathilda eine sechzehnjährige Jungfrau gewesen, gewissermaßen ein Geschenk oder eine Opfergabe der stadtrömischen Bevölkerung. Möglicherweise hatten die Römer die Hoffnung gehabt, Karl würde Mathilda irgendwann heiraten, um eine römisch-fränkische Dynastie zu gründen. Doch diese Hoffnung hatte sich nie erfüllt, und Kinder waren auch nicht aus diesem Konkubinat hervorgegangen, was kaum verwundert, wenn man weiß, dass der König seine Mathilda allenfalls ein oder zwei Mal im Jahr besucht. Man fragt sich, warum der König sie behielt. Ich habe dafür nur eine Erklärung: Mathilda war im wahrsten Wortsinn die Verkörperung seines Machtanspruches auf Norditalien und Rom, ein Sinnbild seiner Stärke. Allein der Gedanke, jederzeit legal die Tochter einer uralten römischen Patrizierdynastie besteigen zu können, befriedigte ihn, und dass Mathilda sich derart würde- und hoheitsvoll zeigte, verstärkte diese Befriedigung wohl nur noch.

Auf der anderen Seite des Beckens, von Mathilda abgewandt, stand Gersvind und badete ihre fast zwei Jahre alte Tochter, eine Tochter des Königs, mit großer Zärtlichkeit. Ich hebe absichtlich diese Zärtlichkeit hervor, weil Gersvind ansonsten nichts Zärtliches an sich hatte. Denn in der Sächsin floss das Blut eines wilden Volksstammes, der bis vor kurzem noch heidnische Götter angebetet und die Freiheit bis aufs Blut gegen Karl verteidigt hatte – wenn auch letzten Endes vergeblich. Zwanzig Jahre grausamer Kämpfe mit wechselndem Kriegsglück, Verrat, Gemetzeln und Aufständen hatten mit der Unterwerfung der Sachsen geendet. Gersvind, Tochter eines Stammesführers, war ein Pfand für den Friedensschluss und Zeichen von Karls Oberhoheit. Insofern waren Gersvinds und Mathildas Schicksal vergleichbar, doch ihre Herkunft und Erziehung hätte verschiedener nicht sein können. Mathilda war im Schatten des Laterans aufgewachsen, Gersvind im Schatten der Wälder; die Römerin konnte Flöte spielen und Griechisch lesen, die Sächsin beherrschte die zweifelhafte Kunst, aus Tierknochen Kämme zu schnitzen; die eine war abweisend wegen ihres Standesdünkels, die andere aufgrund ihrer Derbheit. Mathilda war Christin, Gersvind war widerwillig zum Christentum übergetreten und musste oft von Karl ermahnt werden, weil sie bei vielen Messen fehlte. Und so weiter.

In der Mitte des Beckens stehend, Mathilda zur Rechten, Gersvind zur Linken, wandte ich mich zunächst Gersvind zu, obwohl ich wegen Mathilda gekommen war. Zum einen war es klüger, meine Absicht, Mathilda zu befragen, nicht allzu deutlich zu enthüllen. Zum anderen war es ein Bild von berührender Einfachheit, wie Gersvind ihre kleine Tochter badete, das nackte Kind an ihren nackten Körper drückte, es zum Lachen brachte … Es zog mich an.

»Darf ich sie kurz halten?«, fragte ich Gersvind.

Sie zögerte, gab sie mir dann aber doch. Die Kleine ließ sich den Wechsel zu mir ohne Weiteres gefallen und betrachtete mich mit großen erwartungsvollen Augen, denen ich augenblicklich verfiel. Ich küsste das Mädchen auf die Wangen und drückte unsere Nasen aneinander, sodass wir beide lachten. Gleichzeitig mit dem Glück, ein Kind im Arm zu halten, stieg tief in mir das Unglück auf, dass es nicht meines war. Das Mädchen atmete in mein Gesicht, meine Fingerkuppen waren in seinen Hüften verkrallt, es griff nach meinen Haaren, ich sagte ihm nette Dinge – so eng war ich seit meiner Kindheit in einem Haus voller Geschwister nicht mehr mit einem so kleinen Kind beisammen gewesen, sieht man von dem unglücklichen Wesen ab, das ich geboren hatte, ohne es vor dem Tod am gleichen Tag schützen zu können. Ich beneide Frauen mit zwei Wochen, zwei Jahre oder acht Jahre alten Söhnen und Töchtern, während ich Frauen mit fünfzehn oder zwanzig Jahre alten Söhnen und Töchtern bemitleide, da sie sich um ihre Kinder sorgen, ohne noch entscheidenden Einfluss auf sie nehmen zu können. Es ist die immense Schwäche, die ich liebe, dieses völlige Vertrauen junger Wesen und der unbedingte Wunsch, diesem Vertrauen gerecht zu werden. Ich spürte eine Ahnung dieses Gefühls, wenn Arnulf junge Hunde mit nach Hause brachte, die er zur Jagd ausbilden wollte und die sich sofort in meine Obhut begaben, oder als ich vor Jahren ein verwaistes Entenküken fand, das ich aufzog. Die Schutzlosigkeit solcher Wesen rührt mich an, ich kann ihr nicht widerstehen, niemand kann das, und mehr als nach allem anderen sehne ich mich danach, mich aufzuopfern. Zumindest eine Zeit lang.

Gersvind bemerkte meine Sehnsucht, ging aber nicht darauf ein. Sie ging nie auf irgendetwas ein, deswegen konnte niemand sie leiden. Sie hatte trotz ihrer einundzwanzig Jahre einen harten, schroffen Gesichtsausdruck, dem man ansah, dass er unter anderen Lebensumständen weit weniger schroff geworden wäre. Ich fällte kein Urteil über sie. Bei ihrer Geburt war sie Tochter eines freien Stammes gewesen, dann waren ihre Brüder in Schlachten gefallen, die Dörfer ihres Volkes niedergebrannt worden … Der Krieg war in Gersvinds Seele eingedrungen, und er hatte sich dort eingeschlossen. Zudem war es kein Zuckerschlecken, eine königliche Konkubine mit Kind zu sein, denn man wusste ja nie, was die Nachfolger des Königs mit einem tun würden. Bei den Merowingern wurden die Prinzen entweder

König oder Mönch, oder sie wurden Leiche. (Und die Kinder von Karls Bruder Karlmann sind alle keine zehn Jahre alt geworden.)

Gersvind verlangte ihr Kind zurück. Trotz des harten Tonfalls hörte ich den Ausdruck großer Liebe und Fürsorge für ihre Tochter heraus.

»Danke, dass ich es halten durfte.«

Sie wandte sich wortlos ab, stieg aus dem Becken. An dessen Rand trocknete sie das Kind ab, danach sich selbst. Eine Ahnung davon, was die Römer früher Barbaren genannt hatten, überkam mich, als ich diese Fremde mit offenem, nassem, strohblondem und strohartigem Haar halbnackt an der Seite eines nackten Kindes davongehen sah. Aber für die Dauer eines Atemzuges wäre ich am liebsten sie gewesen.

»Entzückend, oder nicht?«, rief Mathilda mir durch den Dampf zu. Sie hatte das Wort auf eine Art betont, die das genaue Gegenteil zum Ausdruck brachte.

»Gersvind oder die kleine Prinzessin?«, fragte ich, mich dumm stellend.

»Prinzessin!« Ein verächtlicher Seufzer machte weitere Erklärungen darüber, was Mathilda von Sächsinnen am Königshof hielt, unnötig.

Ich wollte sie nicht verärgern und ging nicht darauf ein. Mit ein paar Schritten durch das warme Wasser bewegte ich mich auf sie zu, ließ mich neben ihr auf einem der Steinkuben nieder, die als Sitzbänke dienten, und lehnte mich gegen den Beckenrand.

»Ihr mögt sie nicht«, stellte ich fest. »Dabei hat sie Euch nichts getan, oder?«

Mathilda machte ein Gesicht, als strenge das Thema sie furchtbar an. »Nein, sie hat mir nichts getan«, antwortete sie müde, legte den Kopf in den Nacken und schloss die Augen. »Sie gehört einfach nicht hierher, das ist alles. Fragt sie selbst. Sie würde das gewiss unterschreiben« – an dieser Stelle grinste sie –, »wenn sie schreiben könnte.«

Ich nahm die gleiche Pose wie Mathilda ein. »Es gibt genügend Damen am Hof, die schreiben können und Euch gute Gesellschaft wären. Doch Ihr lasst niemanden an Euch heran.«

Die unerwartete Wendung, die ich mit meinen deutlichen Worten eingeleitet hatte, brachten Mathilda dazu, ihre entspannte Haltung aufzugeben. »Ich bin zufrieden, so wie es ist.«

»Das kann ich mir nicht denken. Wer so viel Bildung hat wie Ihr, möchte sie anwenden, und wer sich für so viele Dinge begeistern kann, möchte diese Begeisterung mit jemandem teilen.«

»Mir fällt niemand ein, mit dem ich sie teilen könnte.«

Auch das war deutlich, zumal sie mich dabei unverwandt angeblickt und mich damit auf einen Rang weit unter ihr verbannt hatte. Aber mir ging es nicht darum, Mathildas Freundin zu werden, sondern etwas über Hugo und Teodrada herauszubekommen, auf die sie angeblich eifersüchtig gewesen sein sollte.

»Teodrada ist ein wenig einsam«, sagte ich. »Sie wäre gewiss eine gelehrige Schülerin für Euch.«

»Dass ich nicht lache. Sie ist missgünstig und boshaft und wünscht mir den Aussatz an den Hals.«

Das schien im Frauenhaus jede Frau über die andere zu denken. Ein bisschen kam es mir vor, wie die Büchse der Pandora zu öffnen, als ich sagte: »Dasselbe behauptet sie von Euch.«

Mit diesem Satz hätte ich alles Mögliche auslösen können: einen offenen Krieg im Frauenhaus, eine Blutfehde, sogar eine Staatsangelegenheit, falls der König schlichtend hätte eingreifen müssen. Doch ich hatte Mathilda richtig eingeschätzt. Sie stand über solch niedrigem Hader.

»Darüber bin ich mir im Klaren«, sagte sie. »Teodrada ist ein Geschöpf von bisweilen bedauernswerter Einbildungskraft.«

Dem war nicht zu widersprechen. »Sie hat nur deswegen diese schlechte Meinung über Euch, weil sie davon ausgeht, dass Ihr es gewesen seid, die vor einem halben Jahr Hugo denunzierte – den sie sehr mochte.«

Die Erwähnung dieses Namens bewirkte, dass ein Anflug von Traurigkeit über Mathildas glattes, vornehmes Gesicht huschte. Auch ihre Stimme war verändert, als sie fragte: »Was wisst Ihr darüber?«

»Was ich weiß, ist eine Mischung aus dem, was alle wissen, und aus dem, was Teodrada mir gesagt hat. Ich für meinen Teil glaube nicht, dass Ihr Hugo denunziert habt, denn ich halte Euch nicht für missgünstig. Es sei denn, natürlich, Ihr hättet Eurerseits ein Interesse an Hugo gehabt.«

Erneut veränderte sich Mathildas Stimmlage, die nun von fast männlicher Festigkeit war. »Seid Ihr in Teodradas Auftrag hier?«

»Nein.«

»Stellt Ihr nur für Euch selbst diese Fragen?«

»Ja, und für Hugo.«

Sie sah mich eine Weile prüfend an. »Ich verstehe.«

In diesem Moment betraten zwei Prinzessinnen das Bad, grüßten uns und entkleideten sich.

»Kommt mit«, wisperte Mathilda mir zu, bevor sie aus dem Becken stieg.

15

MATHILDAS GEMACH ZEUGTE von gutem Geschmack. Ich war bis dahin noch nie dort gewesen und stellte fest, dass es das schönste Gemach der Pfalz war, weit schöner als das der Königin oder auch das meine. Was mich betraf, so verlangte ich von einem Gemach kaum mehr, als dass es dort möglichst wenig zog und die Möbel stabil genug waren, um Transporte zu überstehen. Trotzdem war ich in der Lage, jene Gemächer zu bewundern, die das Ergebnis von Sorgfalt, langem Nachdenken und Leidenschaft waren.

An den Wänden ringsum hingen feingewobene Teppiche mit Pflanzenmotiven oder Darstellungen von Gebäuden, die ich nicht kannte, und besonders ein großer Teppich mit fröhlich tanzenden, römisch anmutenden Frauen zog meinen Blick auf sich. Zahlreiche Preziosen, die ich so schnell nicht alle in ihrer ganzen Schönheit erfassen konnte, verliehen dem Raum Opulenz: goldene Schalen und Krüge, edelsteinbesetzte Kelche, Statuetten, Kameen, Reliefs …

Mathilda warf das Tuch ab, mit dem sie sich im Bad verhüllt hatte, und nahm sich ein Mieder aus einer Truhe. Sie hatte die Zofe fortgeschickt.

»Möchtet Ihr etwas trinken?«, fragte sie.

»Sehr gerne.«

Nur mit dem Mieder aus feinstem Linnen bekleidet, schenkte sie mir Falerner ein. Ich war Wein kaum gewöhnt, allenfalls dass ich an Arnulfs Namenstag und an Weihnachten sowie bei Banketten des Königs einen Kelch voll trank. Hier floss er mit größter Selbstverständlichkeit in die bereitstehenden Silbergefäße und von dort in Mathildas Kehle. Sie trank in großen – in Anbetracht ihrer noblen Herkunft unanständig großen – Schlucken.

»Ich habe Hugo nicht denunziert«, sagte sie mit dieser festen, ich möchte fast sagen, dieser Königsstimme.

»Ich sagte ja bereits«, wiederholte ich, »dass ich mir das auch nur schwer vorstellen könnte.«

»Teodrada lügt.«

»Nun, sagen wir lieber, sie irrt sich.«

»Nein, sie lügt, ich bleibe dabei.« Mathilda schlüpfte in ein Gewand und bot mir ihren blanken Rücken dar, offenbar in der Absicht, dass ich die Arbeit ihrer Zofe übernähme – was ich auch tat. Ich lernte schnell, dass ich beim Sammeln neuer Erkenntnisse nicht zimperlich sein durfte.

»Sie weiß genau«, fuhr Mathilda fort, »dass ich Hugo so etwas nie hätte antun können und mich damit nur selbst in Gefahr gebracht hätte. Denn seine Besuche im Frauenhaus galten *mir.*«

Ich unterbrach meine Arbeit an der Verschnürung des Gewands und blickte Mathilda von hinten über die Schulter.

»Er hat – die Nächte – bei *Euch* verbracht?«, stammelte ich, die ich mit allem gerechnet hatte, aber nicht mit einer Sündenbeichte. Mathilda riskierte viel, mir dieses Geheimnis anzuvertrauen, und mir war nicht verständlich, wieso sie das tat.

»Die Abende«, schränkte sie ein. »Ich habe viele Abende mit ihm verbracht. Damit keine Missverständnisse aufkommen: Wir haben uns so gut wie nie berührt.«

»Nicht – berührt?«

»Das war für das, was wir taten, unnötig. Bindet bitte weiter.«

Ich tat, wie mir geheißen, wobei ich eher Knoten als Schleifen band, weil ich nicht bei der Sache war.

Mathilda erzählte weiter. »Hugo wurde verkannt, von jedem Einzelnen. Ich glaube nicht, dass irgendjemand am Hof begriffen hat, was in ihm steckte, auch Ihr nicht. Das war auch kaum möglich, denn er verbarg es gut, und allzu lange hatte er es auch vor sich selbst verborgen. Aber schließlich wollte er es nicht länger verleugnen.«

»Was?«

»Dass er ein vielseitiger Mann war. Er hatte gehört, dass in meinem Gemach Teppiche mit Darstellungen antiker römischer Gebäude hängen, und bat mich eines Tages, sie ihm zu zeigen. Es war helllichter Tag, als ich ihm seine Bitte erfüllte, und der Legat des Papstes, Eugenius, sowie zwei der Prinzessinnen waren anwesend, damit alles schicklich bliebe. Bei dieser Gelegenheit erwähnte ich, dass sich eine Reihe von künstlerischen, teils sehr alten Zeichnungen in meinem Besitz befindet. Doch er ging nicht darauf ein. Was weder ich noch einer der anderen zu diesem Zeitpunkt ahnte, war, dass Hugo am Abend desselben Tages nach Einbruch der Dunkelheit zu mir zurückkehren würde … Bitte öffnet diese Lade dort.«

Ich zog die mir mit gebieterischer Geste gewiesene Lade auf und nahm eine beliebige der darin liegenden Schriftrollen hervor. Mathilda entrollte sie. Darauf war die Zeichnung einer riesigen Rotunde zu sehen, der Engelsburg.

»Sehr hübsch«, kommentierte ich.

Dieser Ausdruck schien nicht Mathildas Billigung zu finden. Sie nahm mir das Blatt entschlossen aus den Händen und rollte es wieder zusammen.

»Die Zeichnung ist Hugos Werk«, sagte sie. »Er war als Kind in Rom gewesen und hat die Monumente gesehen. Damals begann seine Begeisterung für Bauwerke, die er später zugunsten der Kriege, an denen er teilnahm, vernachlässigt hat. Doch hier, in diesen vier Wänden, lebte seine alte Neigung wieder auf. Er kopierte alles, was ich an Zeichnungen besitze, oft mehrere Male. Er wollte auch die Geschichte der Monumente kennenlernen und alles über die alte Zeit erfahren, und so teilte ich mein Wissen mit ihm. Wir sprachen viele Stunden miteinander und wurden – ja, so seltsam es klingt, wir wurden Freunde.«

Ich hatte das Gewand zugebunden – besser gesagt, zugeknotet –, woraufhin sie sich an ihren Spiegeltisch setzte, auf dem neben allerlei Schatullen zu meiner Überraschung auch ein Dolch lag.

»Wie oft hat er Euch besucht?«, fragte ich.

»Gewiss zweimal wöchentlich für den Zeitraum eines Jahres.«

»Das war nicht ungefährlich, weder für Hugo noch für Euch. Wenn man ihn in Euren Gemächern entdeckt hätte, wäre der König gewiss zornig geworden.«

»Wir waren vorsichtig. Als Offizier der Wache wusste er, wer von seinen Leuten nach Einbruch der Dunkelheit wo steht, und bevor er wieder ging, sah ich nach, ob sich jemand in der Nähe meines Gemachs aufhielt. Natürlich blieben die Besuche ein Wagnis, doch weder er noch ich wollten auf sie verzichten, hatten wir doch zu viel Freude daran. Ich genoss es, mit jemandem zu sprechen, der sich für meine Heimat und die Künste begeisterte, und für ihn war ich die Einzige, mit der er darüber sprechen konnte. Als Waffenträger in den Diensten des Königs war es ihm unmöglich …«

»Ich weiß«, unterbrach ich Mathilda.

»Er war gerne Offizier, ein Krieger. Er sagte mir, dass er das Leben auf dem Rücken der Pferde brauchte und dass eine gewaltige Spannung ihn erfasste, wenn er nach dem Knauf seines Schwertes griff. Aber er war nicht ausschließlich Soldat, er hatte noch eine andere Seite, und er war überzeugt, sie nur mir zeigen zu können. Hugo und ich brauchten einander.«

»Wusstet Ihr, dass er bei Eugenius lesen und schreiben gelernt hatte?«

Zum ersten und einzigen Mal im Verlauf des Gesprächs lächelte Mathilda.

»Ja, er hat mich damit überraschen wollen, und das gelang ihm auch. Ich betrachtete seine neuen Fertigkeiten als eine Art Danksagung an mich, da die Gespräche mit mir ihn erst dazu angeregt hatten, sein Dasein reicher zu gestalten. Nachdem Eugenius die Unterweisungen abgebrochen hatte, setzte ich sie an seiner Stelle fort. Schließlich gelang es Hugo sogar, mühelos Gedichte vorzutragen. Er mochte Horaz.«

Gespräche, Gedichte – Mathildas Beschreibung der mit Hugo verbrachten Zeit kam mir bekannt vor.

»Hat er gesungen?«, fragte ich

Mathilda hob die Augenbrauen. Ich konnte regelrecht beobachten, wie sie im Kopf alle Möglichkeiten durchging, wie ich zu einer solchen, nicht unbedingt naheliegenden Annahme käme.

»Ich verstehe«, sagte sie. »Teodrada, nicht wahr?«

Ich nickte. »Entweder wart Ihr nicht die Einzige, die Hugo im Frauenhaus mit seiner Anwesenheit beglückt hat, oder sie hat gelauscht und sich etwas zusammengereimt.«

Mathilda verzog die Lippen – ich vermeide es absichtlich, die zur Seite gezogenen Mundwinkel in diesem Fall »lächeln« zu nennen.

»Sie hatte Hugo eines Tages entdeckt, als er mich gerade verlassen wollte. Ich hatte sie übersehen, sie stand in einem finsteren Winkel, wo sie Gott weiß wie lange gewartet hatte. Ich nehme an, sie hatte in den Tagen vorher irgendetwas bemerkt … Ist ja egal. Hugo jedenfalls reagierte geistesgegenwärtig und verhielt sich ausgesprochen nett zu dem Mädchen. Teodrada deutete an, über seine Besuche im Frauenhaus zu schweigen, falls er gelegentlich auch für sie ein wenig Zeit übrighabe. Und so geschah es.«

Mathilda öffnete eine Silberdose und fischte ein Paar filigrane Ohrringe heraus, die sie sich probehalber an die Ohren hielt, bevor sie sie dort befestigte.

»Fragt mich nicht, was die beiden in Teodradas Gemach taten, denn ich habe nie mit Hugo darüber gesprochen. Dass Teodrada ihn mochte – wenn dieses Wort nicht sogar zu schwach ist –, steht außer Frage, aber ich bin mir sicher, dass Hugo keinen Gefallen an Teodrada fand, zumindest nicht auf *diese* Weise. Im Übrigen blieb er nie lange bei ihr, nicht annähernd so lange wie bei mir, das steht fest. Und das hat sie mir natürlich geneidet.«

Als ich nicht sofort darauf einging, wandte Mathilda sich zu mir um. »Woran denkt Ihr?«

Ich zögerte eine Weile mit meiner Antwort. »Daran, dass Hugo weder Euren noch Teodradas Namen verriet. Er hätte mit einer ehrlichen Antwort alles richtigstellen können.«

»Und was, wenn man ihm nicht geglaubt hätte? Er war viel zu edelmütig, um irgendeinen Menschen zu verraten. Sowohl Teodrada als auch mir hätte die Verbannung ins Kloster gedroht, denn wer hätte uns schon geglaubt, dass wir mit einem Mann zu nachtschlafender Zeit nur gezeichnet und geredet haben?«

Mit meiner nächsten Behauptung löste ich bei Mathilda Bestürzung aus. »Natürlich kam Hugo trotz seiner Verwarnung durch den König weiterhin zu Euch.«

»Das ist … Wie kommt Ihr darauf? Hat Teodrada etwa …? Sie sollte doch nichts davon erfahren. Ich ließ sie im Glauben, weitere Besuche seien zu gefährlich geworden. Hugo und ich waren doppelt vorsichtig. Und trotzdem kam sie uns also auf die Schliche!«

»Nicht dass ich wüsste«, antwortete ich.

»Dann verstehe ich es nicht. Von wem habt Ihr erfahren, dass er mich weiterhin besuchte?«

»Von Euch selbst.«

»Das ist unmöglich.«

»Ihr sagtet, dass Ihr den Lese- und Schreibunterricht für Hugo fortgesetzt habt, nachdem Eugenius ihn eingestellt hatte. Aber Eugenius stellte seinen Unterricht erst ein, nachdem man Hugo verwarnt hatte.«

Mathilda atmete tief ein, und zum ersten Mal hatte ich das Gefühl, dass sie mich ernst nahm.

Sie wandte sich einer Dose voller Ringe zu und steckte sich an jeden zweiten Finger einen.

»Ja, er setzte seine Besuche bei mir fort. Er kam seltener, vielleicht zwei Mal im Monat, aber diese Treffen taten uns gut.«

»So gut nun auch wieder nicht, bedenkt man, dass er in dieser Zeit begann, sich oft zu betrinken.«

Mathilda wich meinem Blick aus, rückte ihre Ringe zurecht und zögerte mit der Antwort auf meine Bemerkung. Ich hatte plötzlich das Gefühl, dass sie in dieser einen Frage nicht die Wahrheit sagen würde. »Hugo war im Spätsommer und Herbst gedrückter Stimmung, weil er meinte, um seine Laufbahn sei es nach der Verwarnung durch den König ohnehin geschehen. Und was mich angeht, so war ich ähnlicher Stimmung wie Hugo.«

»Obwohl Ihr den Umstand von Hugos Entdeckung durch den König unbeschadet überstanden hattet?«

Mathilda senkte den Kopf, und ich spürte, dass die stolze und kluge Patrizierin aus Rom dabei war, Schwäche zu zeigen.

»Die Bekanntschaft mit Hugo«, sagte sie leise, »hat mir verdeutlicht, wie viel ich in dem Leben, das ich führe, entbehre: das Gespräch mit verwandten Seelen, den Dialog und – ja, auch die Liebe. Nicht dass ich Hugo geliebt hätte, aber ich hätte ihn lieben *können,* versteht Ihr? Er war ein aufrechter, junger, gut aussehender und vielseitig begabter Mann, und ich habe mir mehr als einmal vorgestellt, wir würden ...« Sie unterbrach sich. Sie sah plötzlich sehr müde aus. »Wie auch immer. Ob man seinen Mörder nun findet oder nicht, das bringt uns Hugo nicht zurück. Ich kann mich daher für Eure seltsame Spurensuche nicht begeistern, Gräfin, aber weil ich Euch ein wenig mag, habe ich Euch empfangen. Verfügt nach Belieben über das, was ich erzählt habe. Es wäre mir mittlerweile gleichgültig, wenn der König erführe, dass Hugo bei mir gewesen war.«

Mathilda schaffte es, mich mit der Resignation dieses letzten Satzes betroffen zu machen. Obwohl ich ihre Gesten und Großtuereien nicht ausstehen konnte, war sie mir im Allgemeinen erstaunlicherweise nicht unsympathisch. Mit ein paar Worten war es Mathilda gelungen, meine Meinung über sie zu ihren Gunsten zu korrigieren, denn diese Worte klangen nicht einstudiert, und die Verlassenheit, die in ihnen lag, schien mir in Jahren und Jahren entstanden zu sein, so wie alle wirklich tiefen Gefühle langsam entstehen.

Es kam nicht oft vor, dass ich schlecht über den König dachte. Er war zu meinem Gemahl und zu mir und meinen Freunden immer gut gewesen, er war seinen Kindern ein geneigter Vater, seinen Ehefrauen ein geneigter Gatte, seinem Volk ein bemühter Herrscher. Den meisten Menschen seines Reiches hatte er Frieden gebracht, und wenn an den Grenzen der Krieg ausbrach, versuchte er, die Not der Untertanen zu lindern. Grollte ich ihm bisweilen, war es, weil das Maß an Pflichterfüllung, das er von Arnulf und anderen verlangte, die Grenzen des menschlich Machbaren bisweilen überstieg, doch ich sah stets rasch ein, dass er sich selbst dasselbe abverlangte. In dieser Stunde in Mathildas Gemach jedoch brachte er mich gegen sich auf durch seine Selbstsucht, Frauen an sich zu binden, die er weder begehrte noch benötigte. Was konnten Mathilda und Gersvind schon dagegen tun? Sie waren Dienerinnen ihrer Familien, Werkzeuge, und ihnen war befohlen worden, Karls Konkubinen zu werden. Was empfanden sie in ihrer Ohnmacht? Welche Gefühle hegte Gersvind jenem Mann gegenüber, der ihr Volk unterworfen und ihre Brüder in Schlachten getötet hatte? Zuneigung lässt sich nicht erzwingen. Und was waren Mathildas vier Wände anderes als eine geschmückte Klosterzelle? Lebte sie nicht schon längst wie eine Nonne? Ringe und Teppiche füllen das Leben nicht aus. Keine von ihnen – nicht Gersvind und nicht Mathilda – hatte das Glück, in der Nacht einen Mann auf sich liegen zu haben, dessen Haut sie mit Küssen bedecken, dessen Gesicht sie über ihrem Gesicht sehen wollten. Ich war eins mit ihnen darin, zu ihnen zu gehören, zur Gemeinschaft der Frauen, und uneins mit ihnen darin, ihr Schicksal zu teilen. Meines war ein anderes. Ich hatte Arnulf.

Gerade als ich mich verabschieden wollte, öffnete Mathilda eine große Schatulle, um sich eine Halskette auszuwählen. Sie griff nach einer prunkvollen byzantinischen Arbeit, die ihresgleichen suchte. Ich jedoch hatte nur Augen für eine aus bescheidenen Steinen bestehende Kette, die Mathilda neben vielen anderen in der Schatulle beließ.

Es war eine Kette genau von der Art, wie ich sie von Fionee bekommen hatte.

16

ICH HABE MEINE Niederschrift für eine Weile unterbrochen. Gerlindis kam vorbei. Sie hatte kalte Wangen und erzählte begeistert von der Prozession, an der sie teilgenommen hatte. Ich ermunterte sie, zu der Heiligabendfeier zu gehen, die der König ausrichtet. Sie sagte, es ginge nicht an, dass ich am Heiligen Abend allein bliebe, aber im Stillen hoffte sie, ich würde darauf bestehen, dass sie zu der Feier ging, was ich auch tat.

Ich trinke Falerner. Ich kann ja nichts anderes tun als trinken und schreiben, sodass dies für mich inzwischen zusammengehört. Was sonst in einem Jahr an Wein in mich hineinläuft, wird heute in einer Nacht in mich hineinlaufen, und zwar im gleichen Maße, wie mir die Wahrheit in die Feder fließt. Somit betäube ich die Geister, die ich aufrufe. Dass im Wein die Wahrheit liegt, hängt meiner festen Überzeugung nach nicht damit zusammen, dass der Wein das Aussprechen der Wahrheit erleichtert – wie die Römer irrigerweise glaubten –, sondern dass man die Wahrheit nur im Rausch erträgt. Ich kann mir nur einen Zustand vorstellen, der schlimmer wäre, als unschuldig unter Verdacht zu stehen, und zwar den meinen: schuldig unter Verdacht zu stehen.

Ich sehe, dass sich der Stapel unbeschriebenen Pergaments zugunsten des Stapels beschriebenen Pergaments verringert. Nur gut, dass Arnulf als Pfalzgraf über einen großen Vorrat davon verfügt. Was ich hier tue, kostet ein kleines Vermögen – Hunderte von Pergamente zu beschreiben ist ein Reichtum, den sich noch nicht einmal die Königin gönnt. Aber als würde ich mir in einer solchen Nacht über *so etwas* den Kopf zerbrechen!

Ich meine, die Stimme Leos III. zu vernehmen, der die Pfalz segnet. Sie hat es allemal nötig, ist sie doch mit drei Morden innerhalb von zwei Wochen gestraft.

17

ICH WAR ERFOLGREICH gewesen in dem Bemühen, Einblicke in Hugos Leben zu gewinnen, und das machte mich beschwingt und kühn. Wie viel von dem, was man mir erzählt hatte, der Wahrheit entsprach, spielte angesichts der Tatsache, dass ich überhaupt etwas erfahren hatte, zunächst eine geringe Rolle. Ich konnte nicht einfach, so wie Arnulf, jemanden befragen, konnte nicht zum König gehen und danach fragen, ob er Hugo zufällig im Frauenhaus entdeckt habe oder ob der Entdeckung eine Denunziation vorangegangen war. Alles, was ich erfuhr, war gewissermaßen erschlichen, es basierte auf meinen vertrauten Beziehungen zu Eugenius, Arnulf und Teodrada sowie auf der Gunst, die Mathilda mir mit ihrem Geständnis erwiesen hatte. Dies berücksichtigend, war ich bereits weit gekommen. So viel war gesichert: Teodrada und Mathilda forderten Hugo für sich und trauten einander nicht über den Weg.

Meine Kühnheit äußerte sich darin, dass ich mich sofort, also bei Einbruch der Dämmerung, allein ins Dorf begab, um Fionee aufzusuchen. Das war gegen jedes Protokoll. Doch die Kette, die ich in Mathildas Schatulle gesehen hatte, bedeutete eine spannende Verbindung von Personen, ein Quadrat: Mathilda war offensichtlich bei Fionee gewesen, Eugenius hatte ich aus Fionees Haus kommen sehen, Mathilda und Eugenius waren beide Römer, und beide hatten reichlich Zeit mit Hugo verbracht. Natürlich bewegte ich mich in einem verwirrenden Labyrinth, doch etwas anderes, als die Fäden aufzunehmen, denen ich begegnete, blieb mir nun einmal nicht übrig.

Die Sonne war hinter den Wäldern verschwunden und tauschte das helle Grau des Tages gegen ein Dunkelgrau ein. In Fionees engem Haus leuchteten überall kleine Lichter und machten diese seltsame Welt noch fremder. Die Ketten aus polierten Steinen nahmen das Licht auf und strahlten wie tausend winzige Sonnen, die Gewebe filterten es und veränderten seine Farbe, die Kupfergefäße bekamen eine sakrale Wirkung. Alles schien verwandelt, so wie ein Wald sich beim Wechsel von Sonne und Mond verwandelt. Düfte stiegen auf, unbekannt und angenehm.

Fionee war nicht überrascht, wohl aber erfreut, dass ich sie zu dieser Stunde besuchte. Die Alte saß bei ihrem Kohlefeuer, die beiden waren unzertrennlich.

Ich erhielt von der Alten einen Becher mit Sud in die Hand gedrückt, den ich lieber probiert hätte, wenn er von Fionee gekommen wäre. Ich mochte die Alte nicht, obwohl sie nichts sagte und fast nichts tat. Aber ihr Blick war so unsagbar alt, wie aus vorchristlichen Zeiten, dass mir schauderte. Es gelang mir nicht, die Alte als ein normales menschliches Wesen zu betrachten, das aß, trank, liebte – und starb. Ihre Augen, so stellte ich mir vor, würden noch in hundert Jahren Frauen wie mich verunsichern, ihre knochigen Hände noch in zweihundert Jahren einen Sud zubereiten, ihr Rücken sich noch in fünfhundert Jahren vor einem Kohlefeuer krümmen.

Da Fionee trank, trank ich auch. Überhaupt bemerkte ich, dass ich viel von dem, was sie tat, nachahmte, so als wäre ich ein aus der Zeit gerissenes Spiegelbild. Sie nahm auf einem Schemel am Feuer Platz – ich ihr gegenüber. Sie führte den Becher zum Mund, blickte ihr Gegenüber an – so wie ich. Neulich hatte ich sogar – ohne Fionee schon zu kennen – die gleiche Tat wie sie begangen, als ich dem Jungen half. Einerseits gefiel mir diese Ähnlichkeit unseres Tuns, andererseits machte sie mich auch ein bisschen ärgerlich. Ein seltsam gespaltenes Gefühl.

In dem Moment, als sie nach einer der von den Deckenbalken herabhängenden Ketten griff, holte ich jene Kette hervor, die sie mir verkauft hatte, und begriff, dass wir schon wieder dasselbe taten. Diesmal lächelte ich.

»Verkaufst du viele dieser Ketten?«, fragte ich.

»An jeden, der mich braucht.«

»Inwiefern brauche ich dich?«

Sie schwieg. Das beunruhigte mich. Was konnte Fionee von mir wissen, was ich nicht wusste? Aber ich wusste, dass ich Fionee *nicht* brauchte.

»Wieso antwortest du nicht?«

»Weil ich heute noch keine Antwort darauf habe. Ich denke darüber nach, und ich verspreche dir zu sagen, was du wissen möchtest, sobald ich es weiß, aber es kann sein, dass ich es nie wissen werde.«

»Entschuldige, aber was du da erzählst, klingt eigenartig. Du solltest wissen, was du tust, bevor du es tust, und nicht erst hinterher darüber nachdenken, warum du es getan hast.«

»Sollte ich das?«

»Ja.«

»Tatsächlich ist es doch so, dass vieles von dem, was wir sagen und tun, aus einem großen, dunklen Unbekannten kommt. Wir werden in diese Welt hineingeworfen, und unser Verstand und unsere Gesinnung prägen sich jenseits unseres Einflusses aus. Wir wachsen heran und merken nicht, wer wir werden, wir merken nur, dass wir werden, und unsere Gesinnung erscheint uns als das Normalste von der Welt, sodass wir sie niemals hinterfragen. Nur manchmal ... Du kennst sie gewiss auch, die innere Stimme.«

»Gott.«

»Von vielen wird sie so getauft. Gelehrte nennen sie oft Gewissen. Ich kannte Poeten, die sie Stern nannten. Ein Weiser bezeichnete sie einmal als Überwindung. Für mich ist sie die Botschaft, weniger eine gesprochene als eine geschriebene Botschaft, etwas, was schon immer aufgeschrieben war, eingeschrieben in mir, vergraben, was hervordrängt und entziffert zu werden wünscht.«

»Ich verstehe.«

(Ich glaube, ich verstand sie tatsächlich, auch damals schon.)

Sie lächelte. »Dann verstehst du auch, weshalb ich derzeit nicht weiß, weshalb ich hier bin, und ebenso wenig weiß, warum ich glaube, dass du mich noch brauchen wirst. Ich weiß nur, dass ich hier bin und dich kennengelernt habe. Alles Weitere wird man sehen.« Sie zuckte mit den Schultern. »Alles, was ich als Glücklichmacherin tue, richtet sich nach dem Gefühl aus und dem Bemühen, die Botschaften aus meinem Innern zu entziffern. Die Steine, die Gewürze, die Hölzer, Metalle, Düfte, das Wasser – das sind nur die Rezepturen. Viel wichtiger sind die Gespräche mit meinen Kunden. Ihre Bedeutung ist nicht hoch genug einzuschätzen. Ein Gespräch, das über lange Zeit geführt wird, bringt Dinge zutage, die es mir erst ermöglichen, glücklich zu machen.«

Das Thema behagte mir nicht. Ich wollte kein Gespräch mit Fionee führen, das sich um mich drehte.

Daher lenkte ich ab, und zwar in eine Richtung, die mir angenehm war. »Du hast eine ähnliche Kette wie die, die du mir verkauft hast, auch Mathilda verkauft«, sagte ich.

»Mathilda?«

»Sie lebt in der Königspfalz. Königliche Konkubine. Römerin.«

»Ich spreche nie über meine anderen Kundinnen.«

»Mathildas Kette«, fuhr ich unbeirrt fort, »ähnelt der meinen. Mathilda war also hier bei dir, das steht außer Frage.« Ich bemerkte meinen nachdrücklichen Tonfall, nicht gerade unhöflich, aber sehr offen, mehr noch, frei. Nicht ich war es, die sich des Tons bemächtigte, sondern er bemächtigte sich meiner. »Und Eugenius, der Prälat, war ebenfalls bei dir. Weswegen wirst du von all diesen Leuten besucht? Du sagst, du machst sie glücklich, doch womit? Erzähle mir nicht, sie kommen wegen deiner Ketten.«

Sie schwieg.

»Gut, ich sage dir die Wahrheit, Fionee. In der Pfalz hat es einen Mord gegeben, und ich suche den Mörder. Hugo, der Ermordete, stand in enger Verbindung zu Mathilda und Eugenius, und die beiden standen in Verbindung zu dir. Es ist wichtig, dass du mir sagst, was Mathilda und Eugenius von dir wollten.«

»Sie wollten von mir das«, erwiderte sie ruhig, »was du auch willst.«

»Ich? Ich will nichts. Oder meinst du, sie wollten Auskünfte?«

»Nein, das meine ich nicht.«

»Dann können sie nur etwas anderes als ich gewollt haben, denn ich bin nur wegen der Auskünfte zu dir gekommen.«

Sie schwieg. Ihr Schweigen war wie ein Loch, in das ich

hineingriff, ein dunkler Brunnenschacht, in dem das Begehrte lagerte, ohne dass ich es zu erreichen vermochte und ohne dass ich mit Sicherheit wusste, was zum Vorschein kommen würde, falls ich es erreichte. Und dann geschah genau das. Das Schweigen endete, und etwas Schreckliches kam ans Tageslicht.

»Du bist eine unglückliche Frau«, sagte Fionee.

»Lügnerin«, entgegnete ich. Was für ein merkwürdiges Wort in diesem Zusammenhang! Ich fühlte mich angegriffen, nicht anders, als wenn man mich eine Hure oder Verräterin oder Diebin geschimpft hätte. Würde man eine Frau, die behauptet, dass man leicht hinke, eine Lügnerin nennen? Oder eine Frau, die darauf hinweist, dass man im Moment etwas zu laut spricht? Ich wurde als unglücklich bezeichnet, und sofort spannte sich mein Körper an.

»Du bist eine unglückliche Frau, die niemanden hat, dem sie es anvertrauen will.«

»Wie böse du bist!«

»O ja, sehr, wenn es sein muss. Es mag dich erschrecken, wie es jedermann erschreckt, der es hört. Auch Menschen, die nichts Böses im Sinn haben, tun böse Dinge, und zwar andauernd, Helden wie Heilige. Daher ist jede Verehrung unangebracht.«

»Schon wieder lenkst du ab. Immer lenkst du ab.« Ich war sehr zornig, viel zorniger, als ich je auf Emma gewesen war, und ich spürte, dass dieser für mich ungewohnte Zorn tatsächlich ein Teil von mir war und sich trotzdem meiner Kontrolle entzog. Er lebte wie ein Wesen in mir, verbunden mit Herz und Kopf und Adern, und ergoss unaufhörlich, unnachgiebig sein Gift in meinen Körper.

»Hexe«, sagte ich. »Lügnerin, Hexe.« Mein Hass richtete sich gegen Fionee, gegen die Frau mir gegenüber, die mir so fremd, so vertraut war, in die ich nicht hineinsehen konnte, obwohl das, was sie sagte, mir durchaus bekannt vorkam und ich es verstand, als habe man es mir bereits irgendwann einmal erzählt.

Sie warf einen Blick zu der Alten neben mir, diese nickte, dann nickte Fionee, sah wieder mich an, stand auf und ging um das Feuer herum, ohne mich aus den Augen zu lassen. Unmittelbar vor mir kniete sie sich nieder, sodass unsere Augen wieder auf gleicher Höhe waren und eine Linie von ihr zu mir bildeten, von mir zu ihr.

Und mein Hass fiel zu Boden. Er zerbrach wie eine Fälschung.

Ich weinte. Die Momente zwischen dem Verlust meines Hasses und dem Aufsteigen der Tränen in meine Augen habe ich nicht gezählt. Fionee und ich waren nah beieinander, beinahe wie Liebende.

Ich erinnere mich, dass sie irgendwann sagte: »Du.«

»Ich«, sagte ich. Und fügte nach einer Weile hinzu: »leide.«

»Ja«, sagte sie, »so viel steht fest.«

Ich erzählte. Was mir in Gestalt der Sprache aus dem Mund kam, war Gülle, stinkende Ablagerungen alter Traurigkeit, alten Ärgers. Alle Krankheiten und Schmerzen dieser Welt befanden sich darunter: Der Schlag von meinem Vater in mein Gesicht, nachdem ich die kostbaren Äpfel in den Fluss geworfen hatte, um zu sehen, wie sie davontreiben; die Worte des Jungen, der mich eine fette Wachtel genannt hatte, weil ich ihm gefallen wollte. Was hatten die Tränen jener Tage mit den gegenwärtigen Tränen zu tun? Ich ahnte, dass die einen zu den anderen gehörten, obgleich mein

Verstand mich dumm nannte. Dann meine vier Kinder. Das erste, das drei Monate vor dem vorhergesagten Geburtstermin zur Welt kam; das zweite, das ich verlor, noch bevor mein Bauch sich rundete; das dritte, das ich zu Anfang der Woche gebar und zum Ende der Woche begrub. Und das Vierte … Dieses Kind zu verlieren war zwar nicht der größte, wohl aber der nachhaltigste Schmerz.

Eine sechs Jahre alte Erinnerung: Zeugung und Entstehung eines Kindes in schlimmsten Zeiten.

Ich werde dieses Anblicks nicht müde, weil ich weiß, wie kostbar er noch werden wird: Die Sonne geht hinter der Mosel und den Türmen von Toul unter. Nicht weit von der Stelle, wo das Gut liegt, das der König uns schon vor Jahren geschenkt hat, macht der Fluss eine Biegung, und an diesem Märzabend meint Gott es gut mit uns, denn das blaugraue Band des Wassers windet sich durch eine rostrote Landschaft aus Gras und satter Rebenerde unter einem wolkenlosen violetten Himmel. Von Westen kommend, streift ein milder Wind über das Land, der nur Gutes zu bringen scheint.

Ich lasse es mir selten nehmen, die Hühner selbst zu füttern, und an diesem wunderschönen Abend schon zweimal nicht. Das Geflügel bekommt eine letzte Handvoll Sämereien, bevor es sich in den Stall zurückzieht, wo es über Nacht ein bisschen fetter werden soll. Gerade als ich fertig bin, höre ich von weit her Arnulf rufen, der auf einem Pferd über die Wiese reitet und einen Hasen an den Ohren hochhält. Ich lächle. Er hat unser Abendessen erlegt, so wie er es sich vorgenommen hatte.

Auf unserem Gutshof machen wir viel mehr selbst,

als es nötig wäre. Wir haben einen Verwalter, dessen Frau und die fünf Söhne, die alle im arbeitsfähigen Alter zwischen zehn und dreiundzwanzig Jahren sind. Diese Familie erledigt, falls man nicht einschreitet, jede Arbeit, und außer meiner Zofe, die sich den Avancen der Verwaltersöhne zu erwehren hat, brauchen wir keine weiteren Bediensteten. Die sechzig leibeigenen Bauern, die zu uns gehören, leben verstreut auf dem weiten Besitz und bestellen die Getreide-, Gemüse-, Obst- und Weinfelder. Es ist, alles in allem, das Leben, das ich mir wünsche.

Von Dauer ist es nicht; das zu glauben wäre töricht. Es hat unzählige Jahre unentwegten Dienstes von Arnulf an der Seite des Königs bedurft, damit dieser uns erlaubte, einen Winter, einen Sommer und einen weiteren Winter lang auf unserem Gut zu verbringen, das wir seit sechs Jahren besitzen, ohne es je gesehen zu haben. Ein Drittel dieser Zeit ist nun schon vergangen, und wenn wir in genau zwölf Monaten zum König zurückkehren, wird es mindestens weitere sechs, wenn nicht mehr Jahre dauern, bis wir erneut auf unseren Besitz zurückkehren dürfen. Daher ist jeder Tag ein Geschenk.

Und dieser Tag ganz besonders. Wir spüren es beide, Arnulf und ich. Wir essen den Hasen, den er auf eigenem Grund und Boden erlegt hat; wir trinken den Wein unserer eigenen Reben; und nach dem Essen tanzen wir zu einer Musik, die nur wir hören. Ich lache ohne Grund, ohne dass Arnulf ein Wort sagt. Und er kann seine Augen nicht von mir abwenden. Es wird passieren, steht auf unseren Gesichtern. Heute Nacht.

Im Schlafgemach zieht er sich rasch aus und lässt sich von mir betrachten. Es ist, als halte er mir seinen Körper vor Augen: seine behaarte Brust, sein Geschlecht, das Weiß seiner Haut; dann das Rosa der Handflächen, die sich mir nähern, und dann seine Lippen – all das stellte er zur Schau.

Er zieht mich aus, ganz langsam, ungewohnt langsam. Während er mich auszieht, schiebe ich meine Hände unter seinen Achselhöhlen hindurch, dann gleiten sie über diese narbige Haut. Mein Kopf sinkt zurück, und ich ziehe Arnulf mit mir auf das Bett.

Neben mir sind die Arme des Mannes, den ich liebe, aufgestützt. Er dringt in mich ein. Und wieder geschieht es mit fast unmöglicher Langsamkeit, die mich wahnsinnig macht vor Glück, die ich nicht mehr hergeben will und die ewig dauern soll. Unsere Münder, unsere Zungen berühren sich, bleiben zusammen. Die Augen, seine wie meine, schließen sich, und alles Tun wird in Dunkelheit getaucht: diese Bewegungen, die Schönheit der Muskeln, die Schönheit dieser Erregung, die manchmal kaum von Schmerz zu unterscheiden ist und so wohl tut, die sich hinauszögert, sich hinauszögert, hinauszögert, für mich und für ihn hinauszögert und mich schreien machen will, die ihn schreien lässt, die ihn weinen lässt, die mich mit ihm weinen lässt … Arnulfs Stößen liegt nicht die sonstige Verzweiflung zugrunde, die in jener Nacht bezwungen ist. Arnulf wird wieder mehr als mein Gemahl, er wird mein Liebhaber.

Es ist passiert, das steht auf unseren Gesichtern. Es ist gelungen. Wir werden einen gesunden Sohn bekommen. Wenn es nicht in dieser Nacht glückte, ihn zu zeugen, wann sonst sollte es je glücken? Nein, kein Zweifel. Es *ist* geglückt.

Am nächsten Tag regnet es, am übernächsten auch, es regnet eine ganze Woche, dann einen ganzen Monat lang. Die Bäche quellen über und zerstören eine nahe gelegene Mühle, bald darauf tritt die Mosel über die Ufer. So schlimm war es noch nie, sagen unsere Verwalter. Das bestellte Land wird überschwemmt, Ende April ist der Gutshof von drei Seiten vom Wasser eingeschlossen, Ende April weiß ich, dass ich schwanger bin. Und der Regen fällt und fällt.

Die Ernte des letzten Jahres ist mager ausgefallen, doch die Vorräte reichten, um zehn Menschen gut über den Winter zu bringen, und wir haben genug Geld, um jederzeit die Vorräte aufzufüllen. Aber ab Mai sind die Märkte plötzlich leer, es gibt fast nichts mehr zu kaufen, und das Wenige ist verschimmelt. Unsere leibeigenen Pächter leiden bereits Hunger. Wir rationieren unsere Vorräte, schlachten unsere Schweine und geben denen, die es am nötigsten brauchen, etwas davon ab. Zwei Tage später wird der Gutshof von zahlreichen Pächtern und sogar von Leuten aus Toul belagert, und Arnulf und die Verwalterfamilie haben alle Mühe, die Hungrigen zu vertreiben. Und der Regen fällt und fällt.

Im Juni sind wir gezwungen, den Gutshof aufzugeben. Das Wasser ist ein Feind, dem wir hilflos gegenüberstehen, zumal es von überall kommt. Wir haben drei Wagen, um all unsere Kleidung und vor allem unsere Hühner und Vorräte zu verladen, und außerdem drei Wagen, in denen wir nachts schlafen. Arnulf, der Verwalter und seine Söhne lenken die Wagen. Unser Ziel ist König Karl, der sich in Salzburg aufhält, um einen Feldzug gegen die Awaren vorzubereiten. Auf alten Römerstraßen und neuen gepflasterten Wegen wollen wir über Metz, Straßburg, Ulm und Augsburg zu ihm gelangen. Wir ahnen, dass es nicht leicht werden wird, aber wir ahnen nicht, dass wir uns auf den Weg mitten durch die Hölle machen.

Der Hunger ist überall gegenwärtig. Wo wir auch fahren, begegnen uns zahllose hohlgesichtige, lahme oder vom Elend aufgedunsene Menschen, die herumirren. Die einen laufen von Ost nach West auf der Suche nach irgendetwas Essbarem, denen diejenigen entgegenkommen, die von West nach Ost laufen auf der Suche nach irgendetwas Essbarem. Man stellt Brot aus Baumrinde mit ganz wenig altem Mehl her. Uns fällt auf, dass nirgendwo ein Hund zu sehen ist.

Wir können unsere Vorräte unter noch so vielen Decken verstecken, die Leute riechen die Nahrung, die an ihnen vorbeifährt. Arnulfs kriegerische Aufmachung und der königliche Wimpel auf seiner Lanze hält die Leute bei Tage davon ab, uns auszuplündern, und damit wir nicht des Nachts bestohlen werden, schlafen die Männer in den Vorratswagen zwischen Schinken, hartem Brot und Trockenfisch. Trotzdem verlieren wir unsere Hühner, bis auf zwei.

Wir kommen nur langsam voran. Immer wieder müssen wir große Umwege machen, weil Straßen überschwemmt sind. Anfang Juli sind wir in Selz. Dort werden, als wir eintreffen, Hexen zu Tode gepeitscht, was den Beifall meiner Verwalterin findet, die zu wissen meint, dass Hexen die Wurzeln allen Übels sind. Mitte Juli, kurz vor Speyer, wird unser kleiner Tross am hellen Tag von einer Horde Räuber zu Fuß angegriffen. Wir werden sie erst wieder los, als wir ihnen unsere beiden letzten Hühner opfern, die von ihnen zerfetzt werden, als wären sie keine Menschen, sondern Wölfe.

Und doch haben wir erst den Anfang gesehen. Die Fahrt durch Ostfranken gerät zu einem furchtbaren Albtraum. Es ist August – aber was heißt das schon in diesem Jahr? Es gibt keinen Sommer, keine Jahreszeiten mehr, es gibt nur noch den Regen. Die Leute werden wahnsinnig vor Hunger, vor Regen, wahnsinnig auch von dem Wahnsinn der anderen, von den Verbrechen … Gutshöfe werden überfallen, ganze Familien ermordet, und in Gasthöfen werden Reisende im Schlaf erwürgt. Wir fragen uns, wieso. Und dann verstehen wir es, als wir beobachten, wie auf einem Kirchhof einige Leute dabei sind, die Leiche eines kürzlich Verstorbenen auszugraben und mitzunehmen.

Die Harmlosesten unter den Tausenden und Abertausenden von Irren stürzen sich auf verschlammte Äcker und tun so, als befänden sie sich in einem wogenden Weizenfeld. Sie sehen schwer beladene Birnbäume, wo nur winzige, schwarze, verfaulte Früchte an den Ästen hängen. Und giftige Pilze werden zu schmackhaften Champignons. Tote, Zugrundegegangene liegen am Wegesrand, und die noch Lebenden kämpfen mit Wölfen um die Leichen.

Auch wir bleiben nicht vom Wahnsinn verschont. Eines Morgens ist der älteste Verwaltersohn mit unserem letzten Schinken verschwunden. Ein kleines Fass Trockenfisch ist nun alles, was wir noch zu essen haben. Drei Tage später wird meine Zofe von einem anderen Verwaltersohn geschändet, der daraufhin die Flucht ergreift. Von keinem der beiden werden wir je wieder etwas hören, und meine Zofe erhängt sich kurz bevor wir

Salzburg erreichen. Abgezehrt an Körper und Geist und im sechsten Monat schwanger, trete ich Ende August vor den König, vor dem ich zusammenbreche.

Ich bekomme hohes Fieber. An das, was in den nächsten drei Wochen passiert, habe ich kaum Erinnerungen. Berta pflegt mich bei Tag, und Arnulf wacht in der Nacht an meinem Bett. Einige Male höre ich ihn beten.

Es ist ein Wunder, dass ich mein Kind noch nicht verloren habe, als das Fieber sinkt und ich wieder erwache. Bis zur Geburt bleibe ich im Bett, alle schlechten Nachrichten werden von mir ferngehalten. Erst später erfahre ich, welche Berichte zwischen August und November den Hof in Salzburg erreichen: Klöster werden von Bürgern belagert und gestürmt, bekehrte Heiden wenden sich wieder den alten Göttern zu, Bittprozessionen werden von Wolfsrudeln angegriffen, Krankheiten brechen aus, die Sachsen befinden sich im Aufstand, vernichten ein fränkisches Heer und fallen in Friesland ein, die Italiener in Benevent schlagen sich auf die Seite der Byzantiner, die Sarazenen fallen in Aquitanien ein … Gott scheint sich von Karl abgewandt zu haben.

Nicht aber von mir. Mein Kind wächst.

Ich gebäre es am dritten Dezembertag. Ich habe viel weniger Schmerzen als bei meinen drei vorangegangenen Geburten. Es ist ein Junge. Er kommt mit blauer Haut zur Welt und wird von der Hebamme mit Tüchern umwickelt und fortgeschafft, bevor ich ihn sehen, berühren kann.

Fionee drückte meine Hand, während ich erzählte, warum der Verlust dieses vierten Kindes mich länger quälte als die Verluste davor.

Die beiden ersten Kinder waren noch nicht entwickelt gewesen, und beim dritten Kind hatte ich wenigstens den Trost, es fünf Tage lang bei mir gehabt zu haben mit seinem Schreien, den verkniffenen Blicken und um Hilfe bittenden Händen. Diesem Kind hatte ich etwas geben können, wenn auch nur kurz. Das vierte Kind war voll entwickelt gewesen, aber es blieb mir nichts von ihm, gar nichts. Da war etwas aus meinem Körper gekommen, was hätte lebendig sein können, es jedoch nicht war, und es wurde mir verwehrt, auch nur einen einzigen Blick darauf zu werfen, eine einzige Berührung zu erleben und eine Verbindung herzustellen, ja, auch zur Leblosigkeit meines Kindes eine Verbindung herzustellen. Entsetzlich, diese Berührungslosigkeit. Als hätte ich ein Gespenst geboren. Oder einen Irrtum. Da klafft eine bedeutende Lücke in meinem Leben, die eine Wunde ist und immer bleiben wird.

Ich war Ende dreißig, hatte viermal unglücklich geboren und betete zu Gott, nicht ein fünftes Mal schwanger zu werden. Gott hatte ein Einsehen mit mir – das einzige Einsehen, wie ich heute weiß, das er mir jemals gewährte.

Und dann kam ich auf Emma zu sprechen. Ich sagte, mich berühre weniger die Tatsache, dass sie sich mit meinem Gemahl ins Bett legte, sondern dass sie Einfluss auf seine Entscheidungen hätte, ihm Ratschläge erteile, vertraut mit ihm spreche. Ich sagte, das wäre meine Domäne, ich hätte sie mir in Jahrzehnten des Ehelebens verdient. Im Bett, wo ich versagt habe, solle sie über ihn verfügen, ansonsten jedoch gehöre er zu mir.

»Hast du das gehört?«, fragte Fionee.

»Was?«

»Dich selbst.«

Ich hatte in einer Art Entrückung gesprochen, in der ich alles hätte sagen können, was mir im Kopf herumging und was mir auf dem Herzen lag. Eine gewaltige Schamlosigkeit wühlte in meinem Körper. Ich fand Gefallen an ihr, sie tat mir wohl, ich ergab mich.

»Du sagtest«, ergänzte Fionee, »dass du im Ehebett versagt hättest.«

Ja, ich erinnerte mich, das hatte ich gesagt. Und ich begriff sofort, worauf Fionee hinauswollte. All der Wut auf Emma, all dem Schmerz wegen der verlorenen Kinder, der Traurigkeit wegen der vertanen Jahre, allem Schmerz wegen der Schläge meines Vaters und der Beleidigungen lag ein Vorwurf gegen mich selbst zugrunde. In meinen Augen war ich ein törichtes Kind mit versponnenen Träumen, eine unschöne Person, ein fruchtloser Baum, eine Frau, die ihren Mann nicht halten konnte. Die Vergangenheit war noch lebendig, sie ließ nicht von mir ab, besser gesagt, ich ließ nicht von ihr ab.

Fionee wies mich auf etwas hin, was seit langer Zeit unbeachtet in mir ruhte, von dessen Existenz ich jedoch seit jeher wusste.

»Du weidest dich an der Idee deiner Unzulänglichkeit«, sagte sie. »Doch was du dabei zu dir nimmst, ist pures Gift. Du kaust darauf herum, frisst es in dich hinein, würgst es hoch, kaust und kaust. Du bist dir nicht gut genug, Ermengard, dein Leben ebenso wenig. Solange dieser Zustand anhält, wirst du keinen Frieden finden. Du …«

Sie brach abrupt ab. Die plötzliche Unterbrechung und Fionees starrer Blick, der über meine Schulter hinwegging, holten mich in die Gegenwart zurück. Ich wandte meinen Kopf dorthin, wo Fionee etwas zu sehen schien.

Aber da war nichts. Nur das Zeug, das in diesem Häuschen überall herumstand.

Als ich mich wieder Fionee zuwandte, zitterte sie am ganzen Körper.

18

WIR HALFEN IHR, sich auf den Boden zu legen, ich und die Alte. Sie hatte sich erhoben und hielt Fionees Kopf fest, so als wolle sie verhindern, dass er sich löse. Fionee zitterte noch immer. Mit weit aufgerissenem Mund stöhnend, lag sie vor uns. Dann schrie sie. Ich verstand sie nicht. Ihre Worte schienen keiner Sprache anzugehören, und wenn doch, dann einer, die von weit her oder von tief innen kam.

Die Alte verzog keine Miene, und auch ich blieb seltsam sorglos. Das Ereignis nahm meine Aufmerksamkeit in Anspruch, ohne dass es mich so beunruhigte wie es mich hätte beunruhigen sollen. Halb entrückt war ich unfähig, Fragen zu stellen oder Hilfe zu leisten. Ich fühlte mich sogar gut, glaubte mich an einem anderen Tag, zu einer anderen Zeit zu befinden. Ich trank den Rest des Becherinhalts, von dem ich ahnte, dass er meine Stimmung noch verstärken würde. Man hatte mir bei meinem Eintreffen irgendetwas Berauschendes gegeben, und ich nahm es niemandem übel.

Wieder entzog sich die Zeit. Draußen war dunkle Nacht. Suchte man mich bereits? Machte Arnulf sich Sorgen? Fürchtete er, ich könnte das tun, was er mit Emma tat? Hielt man mich für tot? Alles war möglich. Doch das kümmerte mich nicht. Ich saß vor dem Feuer, in das ich starrte, drehte den leeren Kelch in meinen Händen, summte eine Melodie aus Kindertagen und verbrachte so die Zeit wie eine Schwachsinnige.

Die Wirkung des flüssigen Glücks ließ nach. Ich bemerkte es durch die Erleichterung, mit der ich Fionees Besserung zur Kenntnis nahm. Sie hörte auf zu zittern, die Schreie verstummten. Als sie sich aufrichtete, war ich in der Lage zu fragen: »Was war denn das?«

»Ich habe …«

Sie warf der Alten einen fragenden Blick zu, der – so meine ich – nicht beantwortet wurde. Vielleicht, weil eine Antwort sich erübrigte. Das Gesicht der Alten blieb eine lederne Maske ohne Gefühl.

»Ich bin müde«, sagte Fionee. »Wie geht es dir?«

»Gut.«

»Ja«, sagte Fionee, »das wird nicht so bleiben. Komm zu mir, wenn du es nicht aushältst. Morgen. Jederzeit.«

Die Geräusche der Nacht ängstigten mich nicht. Ein Rascheln – eine Maus, was sonst? Ein silbrig leuchtendes Augenpaar – bloß eine Katze. Ein Wispern in der Luft – Nachtvögel. Lauter niedliche Tierchen. Ich fühlte mich ihnen verbunden und sprach zu ihnen.

19

GUT, DASS ICH mir keine Sorgen gemacht hatte, was man von meiner nächtlichen Abwesenheit halten würde, denn sie war meinem Gemahl nicht aufgefallen. Als ich in einiger Entfernung an Emmas Haus vorbeiging, sah ich Arnulf mit Emma an der Türschwelle stehen.

»Versprichst du's?«, hörte ich sie fragen.

Was Arnulf erwiderte, konnte ich nicht verstehen, weil das Geräusch meiner Schritte im Schlamm, als ich mich hinter einem Baum verbarg, seine Worte übertönte. Außerdem sprach er leiser als sie, viel leiser, während ihre Stimme die Dunkelheit zerschnitt.

Emma sagte: »Gewiss ist es nicht einfach nach so vielen Jahren ... Aber wenn es erst getan ist, wenn du den ersten Schritt gemacht hast, wird es leichter werden. Eigentlich hast du ihn schon gemacht. Du hast mich genommen. Du nimmst mich fast jede Nacht. Wir haben ein Kind. Wir bekommen noch mehr ... Söhne, Arnulf, Söhne.«

Er sagte etwas, das ich erneut nicht verstand.

Sie erwiderte: »Tu es, Arnulf. Sprich mit ihr. Und dann lass dich scheiden.«

Er war längst gegangen, Emmas Tür war längst geschlossen. Ich stand noch immer an den Baum gelehnt, und der Nebel meines Atems stieg gleichmäßig in die Nacht auf. Meine Gedanken kreisten um das soeben Gehörte, ich war nicht erschüttert. Ich lächelte. Emma hatte ihren ersten Fehler gemacht, und vermutlich den entscheidenden. Wenn sie Arnulf vor die Wahl stellte, würde er sich für mich entscheiden. Im Übrigen war eine Auflösung der Ehe nicht möglich. Ende.

Ein Seufzer der Erleichterung leitete meinen Aufbruch ein. Den restlichen Weg legte ich fast tänzelnd zurück, und als ich das Haus betrat, wärmte Arnulf sich Rücken und Hände am Feuer. Wie oft hatte ich ihn auf diese Weise dort stehen sehen! Ein breites Lächeln verdrängte seine nachdenkliche Miene, als er mich sah, und er löste sich von der Wärme des Feuers und wandte sich meiner Wärme zu, die aus Liebe bestand.

»Wo hast du gesteckt?«, fragte er ohne jeden Vorwurf.

»Ich war spazieren.«

»Hast du eine Leiche entdeckt?«, fragte er im Scherz.

»Eine genügt mir.«

Wir blieben durch Blicke verbunden, und ich dachte: Ja, er gehört zu mir, wir gehören zusammen, er weiß das. Er kann gar nicht anders, als mein Gemahl zu bleiben, so wie ich nicht anders kann, als ihn bis ins Grab zu lieben.

»Legen wir uns zu Bett«, sagte er.

Zusammen?, wollte ich fragen, unterließ es aber, da er an jenem Abend vermutlich schon mit *ihr* zusammengelegen hatte, und am gleichen Tag – nein, das wollte ich nicht.

»Lass uns lieber noch ein wenig am Feuer sitzen«, schlug ich vor. »Halt mich.«

»Das will ich tun«, sagte er. »Aber wir müssen morgen früher aufstehen als sonst, das hast du nicht vergessen, oder?« Ich sah ihn ratlos an, woraufhin er mich erinnerte: »Die königliche Jagd.«

20

DER MORGEN WAR grauenhaft. Schon die Nacht war grauenhaft gewesen. Ich hatte geträumt, dass jemand ein Tiergehege öffnete und dass eine Hundemeute mir entgegenrannte. Auch ein Wisentbulle stampfte schwer trampelnd auf mich zu. Ein Luchs fauchte mich an, Wölfe fletschten die Zähne, ein Keiler stieß aus dichtem Gehölz hervor. Als ich aufwachte, begriff ich rasch, es war nur ein Traum. Doch dann, wach liegend, verwandelten die Tiere sich in echte Bedrohungen.

Leidenschaft.

Emma hatte, Stunden vorher auf der Türschwelle ihres Hauses stehend, umwerfend schön ausgesehen, wie die Personifikation der Verheißung mit ihrem wallenden schwarzen Haar und einem offenen Nachtkleid, das die Brüste nur halb verdeckte und den Bauch und die Scham völlig unbedeckt ließ. Ruchlos war ihr linker Fuß an Arnulfs Bein auf und ab geglitten, während sie ihre Forderungen gestellt hatte. Sie besaß Anziehungskraft, wer wollte das bezweifeln. Ich musste mir vor Augen halten, dass Arnulf ihr, bis zu einem gewissen Grad, in Leidenschaft verfallen war. War es tatsächlich ausgeschlossen, dass die wilde Leidenschaft, sich mit Fruchtbarkeit verbündend, über die Liebe siegte, wie ich am Abend zuvor noch geglaubt hatte?

Auflösung der Ehe. Unfruchtbarkeit.

Bei erwiesener Unfruchtbarkeit war eine Auflösung der

Ehe durchaus möglich. Ich hatte drei tote Kinder geboren, die, dem gängigen Zählsystem gemäß, nichts galten. Ein Kind hatte einige Tage lang gelebt. War ich also fruchtbar oder nicht?

Ich muss sehr blass ausgesehen haben, als Arnulf und ich am Morgen noch vor Sonnenaufgang zusammentrafen.

»Möchtest du dich lieber ausruhen?«,

... Und Beute quälender Gedanken bleiben, dachte ich. Nein.

Die Rolle der Damen besteht bei der Jagd darin, die Männer zu bewundern. Das ist alles, was sie zu tun haben, allerdings erwartet man dabei höchste Tüchtigkeit von ihnen: lächeln, bis der Kiefer schmerzt, züchtige, aber beeindruckte Blicke, ein paar Worte der Begeisterung, doch nicht zu viele, denn das wäre nicht schicklich und klänge unehrlich, lächeln nicht vergessen, lächeln ... Das Schlimme ist, dass es trotzdem Freude bereitet. Außer im häuslichen Alkoven ist es uns Damen kaum erlaubt, Hochstimmung zu zeigen, und das trägt seltsamerweise dazu bei, dass diese Hochstimmung tatsächlich entsteht. Ich bewundere Arnulf dafür, dass er mir einen Bock zu Füßen legt, und ich lächle ihn an und applaudiere und rufe begeistert bravo, bravo, und all das tue ich, weil es die einzige Gelegenheit ist, ihn öffentlich zu bewundern, und da die anderen Damen ihre Männer ebenso bewundern, wäre es ungerecht, wenn Arnulf als Einziger leer ausginge.

An diesem Morgen jedoch widerte mich das Spektakel an. Schon der heiße Atem, der aus den Nüstern der Pferde stieß, in Verbindung mit dem klirrenden Zaumgeschirr und dem wilden Trinkritual der Männer vor dem Abritt, ließ mich schaudern. Als hätte ich eine Vorahnung gehabt von dem, was an diesem Morgen passieren würde. Oder waren es Nachwirkungen der Angst, die ich im Traum erlebt hatte? Ich musste mich zwingen, mich auf die Jagd einzulassen, weil andere Gedanken mich fast vollständig beherrschten. Meine Ehe war bedroht, und gestern hatte ich einer Fremden das Intimste gestanden, nämlich eine unglückliche Frau zu sein, die sich an ihrem Unglück selbst die Schuld gab. Die Erinnerung an die Stunden in Fionees Häuschen war unwirklich, verschwommen, als hätte mir jemand von einem Traum erzählt, von dem ich das unbestimmte Gefühl hatte, ihn zu kennen. Trotzdem war mir das Geschehen vom Tag zuvor ganz nah. Was war mit Fionee passiert, als sie auf dem Boden gezappelt hatte wie ein Fisch auf dem Trockenen? Und was war mit mir passiert, die ich mein Innerstes nach außen gekehrt hatte, sodass ich es erstmals selbst hatte betrachten können? Erschreckt und fasziniert zugleich, versuchte ich zu verstehen.

Alle Damen des Hofes nahmen an dieser Jagd teil, auch Karls Konkubinen und die Ehefrauen mittlerer Beamter – und zu meinem Verdruss auch Emma, obwohl sie streng genommen nicht zu den Damen des Hofes gehörte. Von Berta erfuhr ich, dass sie nicht von Arnulf, sondern von Gersvind eingeladen worden war. Das war mir ein kleiner Trost.

Auf halbem Weg in die Wälder lenkte Arnulf sein Pferd neben meines, sodass wir Seite an Seite ritten. Seine Blicke drückten Bedauern aus, während meine Blicke den Eindruck erweckten, dass ich eine Frau sei, die eine Demütigung mit Fassung trägt. Ich erwartete nicht, dass Arnulf auch nur ein Wort über Emma verlieren würde, und ich behielt recht.

»Sprichst du bitte mit Gerlindis«, sagte er.

»Worüber?«

Er deutete nach vorn. Gerlindis näherte sich dem Blondschopf Grifo so unauffällig, dass es auffallen musste. Dieser betont langsam auf ein Ziel zustrebenden Bewegung lag deutlich sichtbar eine machtvolle Anziehung zugrunde. Das ließ mich schmunzeln.

»Weißt du noch, wie's bei uns damals war?«, fragte ich Arnulf.

Ein Leuchten trat in seine Augen, und ich war mir wieder seiner Liebe gewiss. Die feindlichen Biester verschwanden, das Unglück meines Lebens verzog sich. Ich war Ermengard, Arnulfs geliebte Frau, Trägerin einer Million gemeinsamer Erinnerungen, und ich würde ewig leben. Alles andere war unwichtig.

»Bei uns war das etwas anderes«, sagte er. »Ich mache ungern den Spielverderber, aber ich bin Gerlindis' Onkel, und Grifo ist mein Verdächtiger. Der König hat ihn aus seinem Aufgebot für die Inspektionsreise im Frühling an die Kanalküste gestrichen. Die Nordmänner führen dort immer wieder Raubzüge durch, und Grifo sollte den König bei der Errichtung mehrerer Garnisonen beraten. Daraus wird nun nichts. Er hat Glück, dass er an der Jagd teilnehmen darf. Du siehst, jede Verbindung zwischen Gerlindis und Grifo ist derzeit unmöglich. Wir haben schon darüber gesprochen.«

»Ja.« Ich seufzte, aber es war kein trauriger Seufzer, sondern ein versöhnlicher. Ich hatte Lust, Arnulf nachzugeben, obwohl ich Gerlindis das von ihr erhoffte Gespräch mit Grifo gerne gewährt hätte. Die beiden hatten es schwer genug, da sie keine Möglichkeit hatten, sich ohne Beisein anderer zu treffen, und nun wurde ihnen noch nicht einmal ein Wortwechsel *im Beisein anderer* gegönnt.

Ich fing Gerlindis gerade noch rechtzeitig ab, bevor sie sich Grifo zugewandt und das Wort an ihn gerichtet hätte. Ich, ein Keil, stieß mitten hinein zwischen die beiden. Mein plötzliches Erscheinen missfiel Gerlindis natürlich, wie das Erscheinen meiner Mutter mir vor siebenundzwanzig Jahren missfallen hatte. Ich erinnere mich an den Groll und an die in meiner Brust sich bildenden Schimpfwörter angesichts elterlicher Störenfriede, die verhindern wollten, dass ich womöglich unverheiratet geschwängert wurde. Die Schimpfwörter in Gerlindis' Brust waren vermutlich nicht sehr verschieden davon.

Behutsam, elegant und präzise drängte ich Gerlindis ab und nötigte ihr ein nichtssagendes Gespräch auf, dessen Wortlaut jeder in unserer Umgebung, der es gewollt hätte, hören konnte. Erst als wir ein wenig zurückgefallen waren, sagte ich mit gedämpfter Stimme: »Es tut mir leid, Liebes, das musste sein.«

»Ach!«, stieß sie hervor. Dabei beließ sie es, doch ihre Miene erklärte mich zur böswilligen, grausamen Tante. Ich nahm es ihr nicht übel. Sie war jung und verliebt, da kennt man nur Freund und Feind, und jeder noch so gut gemeinte Ratschlag wird dem Reich des Bösen zugerechnet.

»Sobald Grifos Unschuld bewiesen ist«, fügte ich aufmunternd hinzu, »werde ich höchstpersönlich Grifo zu uns einladen und ihm ermöglichen, um dich zu werben. Auch dein Onkel wird euch keine Steine in den Weg legen.«

Mein Trost versank im Sumpf des Ungesagten. Demonstrativ begab Gerlindis sich zu Emma, die mit der Sächsin Gersvind Seite an Seite ritt, zwei Konkubinen, die nun eine Jungfrau in ihre Mitte nahmen. Und ich war eingeklemmt zwischen der Sorge, Arnulf zu enttäuschen, und der Sorge, Gerlindis zu verlieren, um die ich so hart gekämpft hatte.

Eine vierzehn Monate alte Erinnerung: Ich bekomme endlich ein Kind.

Ich stehe meiner Schwester gegenüber, der einzigen, die noch lebt. Ihre Züge ähneln den meinen, umso betroffener bin ich, als ich sehe, wie schmutzig sie ist. Da sie nicht wusste, dass ich heute eintreffe, konnte sie sich nicht waschen, aber ich zweifle daran, dass sie sich gewaschen hätte, wäre sie über den Zeitpunkt meines Eintreffens unterrichtet gewesen. Ich erinnere mich, dass sie schon als Kind von bisweilen unsinnigem Trotz war. Irgendetwas Graues zieht sich quer über ihr Gesicht, und ihre Fingerkuppen sind schwarz von der Kohle, die sie in das Glutbecken wirft.

»Warte, ich helfe dir«, sage ich.

»Lass das!«, keift sie. »Sonst hilft mir ja auch keiner, besser, ich gewöhn mich gar nicht erst daran.«

Auch ist sie nicht gesund. Ihr linkes Auge ist vom Lid fast vollständig verdeckt, und sie hat einen leicht krummen Rücken, der sich noch verschlimmern wird. Friedgard ist zwei Jahre jünger als ich, einundvierzig. Sie hat elf Kinder geboren, sieben davon haben bis heute überlebt.

»Bist du schwanger?«, frage ich.

»Man sieht's schon, was?«

»Ja, ein wenig.«

»Ein wenig«, wiederholt sie in einem unnatürlichen Tonfall und spitzt dabei die Lippen: »Ein wenig, ein wenig.« Dann fährt sie in ihrem normalen Ton fort: »Du redest vielleicht daher … Hast dich verändert in den elf Jahren, die wir uns nicht gesehen haben. Hattest Glück mit deinem Mann, wie? Vom einfachen Waffenträger zum großen Herrn. Gräfin bist jetzt. Und schon redest wie eine Gräfin.«

»Ich habe doch nur gesagt …«

»Ja, ja, schon gut, schon gut, reg dich nicht gleich auf. Verträgst halt nichts mehr. Lebst halt in einer Welt, die von meiner nichts weiß.«

Damit hat Friedgard recht – und liegt trotzdem falsch. Gewiss, ich lebe schon seit fünfundzwanzig Jahren in einer anderen Welt, seit Arnulf vom König in Quierzy zu seinem Gefolgsmann gemacht wurde. Ob man innerhalb dieses den König umgebenden Zirkels nun Gräfin oder keine Gräfin ist, ob man also weiter oben oder weiter unten an der Tafel sitzt, ist nebensächlich. Man sitzt an der Tafel, nur das zählt. Man verlernt, zu hungern, die Kälte zu fürchten und Angst vor Überfällen von Räubern zu haben, weil es in Karls Nähe immer zu essen und Brennholz gibt und vor Bewaffneten nur so wimmelt. Ich habe jedoch siebzehn Jahre lang in Friedgards Welt gelebt, und zwar unter dem Dach unseres gemeinsamen Elternhauses, und ich weiß noch gut, wie das war. Friedgard allerdings hat noch nie einen Feldzug mitgemacht, noch nie fürchten müssen, dass Sachsen, Sarazenen, Langobarden, Awaren oder Bretonen sie als Kriegsbeute in ihre Dörfer verschleppen, um dort wer weiß was mit ihr zu machen, und sie hat auch noch nie fürchten müssen, dass der Kopf ihres Mannes von Heiden abgeschlagen und auf einen Spieß gesteckt wird. Arnulf und ich haben in fünfundzwanzig Jahren Hofdienst dreiundzwanzig Feldzüge durchstanden, und es grenzt an ein Wunder, dass Arnulf noch sämtliche Gliedmaßen sowie seinen Kopf und seine Augen und

Ohren besitzt und ich angesichts der Strapazen noch nicht zugrunde gegangen bin.

»Wir haben beide unsere Probleme, du und ich«, sage ich.

»Dein Problem ist, welches Kleid du morgen trägst.«

»Keineswegs.«

»Na gut, dann eben, ob dein Mann zu dir in den Alkoven steigt und dich beglückt.«

Ohne es zu wissen, ist Friedgard recht nahe an die Wahrheit gekommen. Ich habe keine Lust, dieses Gespräch fortzusetzen.

»Wo ist dein Mann?«, frage ich.

»Oh, habe ich das nicht erwähnt? Er pflückt Gänseblümchen auf der Wiese hinter dem Haus.« Sie keift mich plötzlich an: »Er ist Flößer, du weißt sehr gut, dass er Flößer ist. Er bringt zwischen März und November Baumstämme auf dem Fluss an die Küste, da sehe ich ihn nie, hörst du, niemals, und von Dezember bis Februar geht er jeden Tag in den Wald, um sich Wieden, Stangen und Keile zu machen. Ich hatte weniger Glück mit meinem Mann, so, das wolltest du doch hören.«

Es scheint, dass alles, was ich sage und frage, feindselig aufgenommen wird.

»Ich habe nur deshalb nach deinem Mann gefragt, weil ich wissen wollte, ob du bei dem, was wir besprechen werden, auch in seinem Namen sprichst.«

Wieder ahmt sie mich nach. »Auch in seinem Namen, auch in seinem Namen, oh, ob ich wohl auch in seinem Namen …«

»Hör damit auf, Friedgard«, rufe ich laut. »Wenn dir nichts anderes einfällt, als mich zu verspotten, werde ich auf der Stelle abreisen.«

Ich habe mich dazu hinreißen lassen, unvorsichtig zu sein, denn ich habe bei einer Abreise weit mehr zu verlieren als meine Schwester. Aber ich habe unabsichtlich das Richtige getan, nämlich Friedgard einen gehörigen Schrecken einzujagen. Sie sieht ein, dass sie zu weit gegangen ist, und sie sieht ihre Felle davonschwimmen, was sie selbstverständlich nicht zugibt, was ich jedoch an ihren Augen ablese. Seltsam, dass man Menschen, mit denen man als Kind viel Zeit verbrachte, auch viele Jahre später und trotz Entfremdung noch immer einschätzen kann.

Durch diese kleine Zurechtweisung, die mir gelungen ist, verspüre ich die Kraft, die Dinge nun entschieden in die Hand zu nehmen. Dieser kleine, verrauchte Raum bedrückt mich, und ich sage: »Lass uns nach draußen und ein Stück spazieren gehen, die Sonne scheint.«

»Es ist kalt da draußen.«

Ich werfe ihr meinen Mantel um die Schultern. Er ist blau und sehr fein gewebt.

»Du kannst ihn behalten«, sage ich.

Meine Schwester warf mir vor, die Gräfin zu spielen, und genau das tue ich jetzt. Ich glaube, ihre Gedanken zu kennen. Der Mantel ist ungefähr einhundert Pfennige wert, da er die Farbe der Edlen hat, und mit einhundert Pfennigen bringt sie ihre Familie über den halben Winter. Würde ich ihr den Mantel oder Geld als Geschenk anbieten, würde sie in ihrem Trotz mein Angebot schroff zurückweisen.

Diesmal ist es anders. Friedgard hat etwas zu verkaufen. Und der Mantel ist eine Anzahlung.

Ein kräftiger Wind bläst die gelben Blätter von den Bäumen, die eine Weile tanzen und sich dann auf den gemähten Wiesen oder auf der behäbigen Loire niederlassen. Friedgards Hütte steht außerhalb der Stadtmauern von Orléans, was in den Zeiten, in denen wir leben, nicht gefährlich ist, da das Reich des Königs nur an den Rändern Krieg führt. Im Binnenland herrscht Friede, sodass sogar die Stadtmauern verfallen. Auch die Räuber trauen sich nicht nahe an die Städte heran.

Die Eskorte, die Arnulf mir mitgegeben hat, wartet in zwanzig Schritt Entfernung und macht auf Friedgard großen Eindruck. Sie zieht den Mantel enger um ihre Schultern, streicht mit der flachen Hand über den feinen Stoff und sagt: »Ich habe sechs Töchter und einen Sohn. Den Sohn kriegst du nicht.«

»Ich will keines deiner Kinder«, lüge ich. Mir wird schlecht, wenn ich daran denke, ohne ein Kind nach Aachen zurückzukehren.

»In deinem Brief – den ich mir vom Priester habe vorlesen lassen – hast du angedeutet, dass du eines meiner Kinder zu dir nehmen willst.«

»Ich schrieb, dass es vorteilhaft für deine ganze Familie wäre, wenn eines deiner Kinder eine Erziehung bei Hofe erhielte.«

»Na bitte, sag ich doch. Du kannst Begga haben.« Sie wendet sich in Richtung der Felder, wo sechs Mädchen verschiedenen Alters mit gekrümmten Rücken irgendetwas auszupfen. »Begga, Plektrud, Irmtrud, Gerlindis, Chalpaida, Chrotudes – kommt her. Trödelt nicht herum. Schneller!«

Der Anblick der sechs Nichten, die sich nebeneinander vor mir aufstellen, raubt mir die Sprache. Sie sind unglaublich verwahrlost. Meine und Friedgards Eltern waren auch arm, aber sie haben es irgendwie geschafft, uns sauber und anständig aussehen zu lassen. Meine Nichten tragen allesamt verschlissene Kleidung, wie ich und Friedgard sie als Kinder nie haben tragen müssen, aber was mich weit mehr berührt, ist ihre Mimik. Begga, die Älteste, ist ungefähr zwanzig Jahre alt, und während sie mich versucht anzulächeln, springt ihr die Gemeinheit aus dem Gesicht. Sie ist ebenso wie ihre jüngere Schwester Plektrud angewiesen worden, freundlich zu mir zu sein. Das Böse vermag es, sich zu verstellen, die Gemeinheit jedoch vermag es nicht, und so erkenne ich sofort, dass weder die eine noch die andere Gefallen an mir findet. Das ist das Mindeste, das ich suche: Gefallen, Zuneigung. Die dritte, Irmtrud, blickt ihre beiden älteren Schwestern an, als würde sie sie erwürgen wollen, und die beiden ungefähr zehn Jahre alten Zwillinge prügeln mit Fäusten aufeinander ein, kurz bevor ihre Mutter Friedgard mit der flachen Hand auf *sie* einschlägt. Hat sich mir je ein entsetzlicheres Bild geboten? Fünf meiner Nichten sehen aus, als seien sie von einer Wölfin aufgezogen worden, aber nicht, um zu herrschen, sondern um zu betrügen und zu zerstören. Ich vertraue ihnen nicht. Sie sind grässlich.

Gerlindis ist die Einzige, die weder mich voller Begehrlichkeiten ansieht, noch ihre Geschwister voller Gemeinheit. Sie hat die Augen niedergeschlagen, und als mein Blick etwas länger auf sie als auf die anderen fällt, reißt ihre Mutter Gerlindis' Kopf an den Haaren nach oben.

Zu spät rufe ich: »Nicht doch, Friedgard.«

»Hab dich nicht so«, sagt Friedgard zu mir. »Meine

Kinder vertragen einiges, müssen sie auch, bei dem Vater.«

Und bei der Mutter, denke ich. Aber ich verliere kein Wort darüber, und kein missbilligender Blick von mir soll meine Schwester erzürnen, jetzt, wo ich so nah am Ziel bin. Sie hätte mir ohnehin nur vorgeworfen, leicht reden zu haben als kinderlose Gräfin und Dame am Königshof.

»Was ist denn?«, fragt sie ungeduldig. »Wir können es uns nicht leisten, den ganzen Tag faul herumzustehen, wie ihr da in Aachen. Willst du nun eine, oder nicht?«

»Friedgard! Nicht vor den Kindern.«

»Verschwindet«, ruft sie. »Und dass mir jede von euch nachher eine ganze Tasche voll mitbringt.« Als die Kinder fort sind, erklärt sie: »Ich lasse sie Ährenkorn sammeln, das vom Bauern bei der Mahd verloren wurde. Ergibt ein ganzes Brot.«

»Verstehe.«

»Also, was ist?«

Ich habe plötzlich schreckliche Angst, dass meine Schwester mich hinters Licht führt, indem sie einen Namen aus mir herauslockt und mich dann vor den Kopf stößt. Wir haben uns als Kinder schon nicht besonders gemocht, und daran hat sich nichts geändert.

»Fünfhundert Pfennige«, sage ich, und bringe sie damit, so wie von mir beabsichtigt, aus der Fassung.

Friedgard krächzt: »Fünfhundert? Für – Gerlindis?«

Ich nicke. Mein Herz pocht rasend schnell. Für mich kommt nur Gerlindis in Betracht. Den drei Älteren ist nicht mehr zu helfen, sie sind bereits geprägt, und die Zwillinge möchte ich nicht auseinanderreißen. In Gerlindis meine ich etwas zu erkennen, das auch mir in ihrem Alter eigen war: eine gewisse Offenheit für die Welt und die Bereitschaft, geformt zu werden.

Friedgard fragt: »Hast du es – dabei?«

»Ja.«

»Na schön, dann nimm sie.«

Ich komme mir schäbig vor, ein Kind zu kaufen, auch wenn ich glaube, dass es zum Besten des Kindes ist.

»Bist du sicher?«, frage ich.

»Eine Esserin weniger. Und ich muss ihr nichts in die Ehe mitgeben.«

»Und was wird dein Mann sagen?«

Sie lacht auf. »Falls es ihm überhaupt auffällt, dass eine Göre fehlt, zeige ich ihm den Mantel, den kann er verhökern, und er wird sehr zufrieden sein.«

Orléans ist außer Sichtweite. Ich weiß, dass ich von Friedgard zugleich beneidet und verachtet werde – eine Kombination von Gefühlen, die häufiger vorkommt, als man denkt. Mit Gerlindis an meiner Seite macht mir das nichts aus. Wir mögen uns, schon am zweiten Tag der Rückreise reden wir wie Freundinnen miteinander. Sie ist das Kind, das Gott mir vorenthalten hat, sie ersetzt die Gestorbenen, und sie ersetzt Teodrada, die mir auf königlichen Befehl nicht so nah sein durfte, wie ich es gerne gehabt hätte.

Obwohl ich Gerlindis ein Dutzendmal angeboten habe, dass sie auf Arnulfs Boten zurückgreifen darf, falls sie ihren Eltern über den Geistlichen von Orléans eine Botschaft zukommen lassen möchte, hat sie nie davon Gebrauch gemacht. Der Trotz, den sie von Friedgard geerbt hat, ist ihre einzige Eigenschaft, die ich nicht mag.

21

DIE TREIBER BEGANNEN im grauen Licht der auf die Wipfel gekletterten Wintersonne ihre Arbeit und drangen ins Dickicht der Wälder ein. Dreißig, vierzig Pferde und ihre männlichen und weiblichen Reiter standen auf einem Feld versammelt. Die Männer scherzten, zogen sich gegenseitig auf, und die Damen sahen ihnen dabei zu, wie sie nach einer Weile im silbrigen, eiskalten Nebel verschwanden. Ohne Ziel trabten wir auf unseren Pferden über das weite Feld, Königin Liutgarde hinterher, die sich mal mit dieser, mal mit jener von uns unterhielt. Zwischendurch lauschten wir den fernen Rufen der Jäger, die sich zu wildem Gebrüll steigerten, das der friedlichen Flur etwas Gefahrvolles verlieh. Doch der Zustand tiefer Zufriedenheit, in dem ich mich seit Arnulfs liebevollem Schmunzeln befand, hielt jede Unruhe von mir fern. Ein in der Ferne galoppierender Reiter zerteilte den nebligen Schleier des Tals. Die Welt war schön. Wie gerne hätte ich das an Ort und Stelle jemandem gesagt. Leider waren all jene, die ich in der Vergangenheit nicht in meine Nöte eingeweiht hatte, genauso wenig dazu zu gebrauchen, an meinem Glück teilzuhaben. Berta war eine zu bekümmerte Frau, um sie zusätzlich zu bekümmern, und sie war außerdem eine zu bekümmerte Frau, um sie aus der Beharrlichkeit ihres Kummers herauszureißen. Auch an jenem Tag war ihre Brust eine Seufzergrotte, aus der Beschwerden wegen des harten Sattels, der nasskalten

Witterung und des unruhigen Gauls aufstiegen. Gerlindis wiederum war derzeit nicht gut auf mich zu sprechen, und wäre sie es gewesen, hätte ihre Verliebtheit keine Anteilnahme zugelassen, da Verliebte per se selbstbezogen sind. Alle anderen Damen kannte ich zu wenig, mit Ausnahme vielleicht von Prinzessin Teodrada und Königin Liutgarde.

Ich entschied mich für Teodrada. »Diese herrliche Luft der Flure an einem frühen Wintermorgen ist nicht mit Gold aufzuwiegen«, sagte ich, wohl wissend, dass Teodrada Ausflüge hasste und dass Luft für sie etwas war, das sie vor die Tür verwiesen hätte, würde sie sie nicht unbedingt brauchen.

»Wieso kommen die Untersuchungen Eures Mannes nicht voran?«, fragte sie im Stil eines empörten Königs.

»Wie bitte?«

»Geht Ihr mir deswegen aus dem Weg? Wieso ist Hugos Mörder nicht schon längst verurteilt.«

»Ein Urteil bedarf der Grundlagen, Hoheit. Arnulf geht sorgfältig vor, um Irrtümer zu vermeiden. Es gibt bisher nicht genügend Anhaltspunkte gegen Grifo.«

»Hugo hatte wenig für Grifo übrig. Er hat sich mir gegenüber mehrfach über dessen Großspurigkeit beklagt, und darüber, dass er sich immer in den Mittelpunkt drängt.«

»Das habt Ihr mir neulich nicht gesagt.«

»Dann habe ich es vergessen. Was hat Mathilda über mich erzählt?« Teodradas Sprunghaftigkeit war anstrengend, außerdem dachte ich noch über ihre Bemerkung zu Hugos Einstellung seinem Bruder gegenüber nach, die sich mit meiner eigenen Einstellung deckte, aber allem widersprach, was man über das angeblich gute brüderliche Verhältnis wusste.

»Wieso zögert Ihr?«, fuhr Teodrada mich an, aber ich meinte auch ein wenig Furcht in ihrer Stimme zu hören.

»Sie hat bestätigt«, antwortete ich, »dass Hugo Euch oft besuchte. Er hatte offenbar eine musische Ader und genoss es, bei Euch und bei Mathilda zu sein.«

»Und?«

»Und was?«

»Hat sie Euch auch erzählt, dass Hugo um meine Hand angehalten hat? Man hat mir verboten, darüber zu sprechen, aber das ist mir egal.«

Meine Verwirrung nahm zu. »Eure Hand? ... Verboten? ... Wer? Und wieso eigentlich?«

Sie fuhr auf: »Wieso er mich heiraten wollte? Ist das denn verwunderlich?«

»Natürlich nicht, Teodrada, das habe ich nicht gemeint. Ich frage mich, was an seinem Antrag so geheimnisvoll ist.«

»Er ist geheimnisvoll, weil er heimlich geschah. Vater würde mir niemals gestatten zu heiraten, wen auch immer. Nicht eine einzige seiner Töchter ist verheiratet. Er ist egoistisch und will uns alle um sich haben. Noch nicht einmal ins Kloster dürfen wir eintreten, denn als Bräute Gottes wären wir für ihn ebenso verloren. Ihr seht, sogar auf Gott ist dieser Vater eifersüchtig.«

»Hugo und Ihr hattet also vor, heimlich zu heiraten, ja?«

»So ist es. Im Frühling, wenn die Wege passierbar sind und Vater Reisen durchs Reich unternimmt. Wir wären zu Vaters Schwester Gisela geflohen, die Äbtissin in Chelles ist, und dort hätten wir mithilfe ihres Einflusses einen Geistlichen gefunden, der uns verehelicht.«

»Wer wusste von dem Plan? Wer hat dir verboten, darüber zu sprechen?«

»Meine Stiefmutter.«

»Die Königin? Aber wie ...?«

»Ich weiß nicht, wie sie davon erfahren hat. Hugo und ich

haben nur in meinem Gemach darüber gesprochen, aber irgendwie hat sie es erfahren. Am frühen Morgen nach Hugos Tod hat sie mich zu sich rufen lassen, in den Königsturm, und mir verboten, jemals über meine Beziehung zu Hugo und dem verwegenen Heiratsplan ein Wort zu verlieren.«

»Wieso?«

»Sie sagt, sie will kein Aufsehen, und außerdem würde Vater mich schwer bestrafen, falls er davon erführe. Aber ich denke, sie wird einen anderen Grund haben, mir Schweigen aufzuerlegen.«

»Welchen?«

»Das weiß ich nicht. Sie tut immer so lieb und gebildet, aber das ist nur eine Maske. Dahinter steckt ein völlig anderes Wesen, das sage ich Euch.«

»Und Mathilda wusste ebenfalls von dem Heiratsplan?«

»Gut möglich. Mit Mathilda hat Hugo dann und wann gesprochen. Er hat ihr vertraut. Und da sie nur Verachtung für mich übrig hat ... Da kommt die Königin. Besser, wir beenden dieses Gespräch.«

Ich wechselte einige Sätze mit Königin Liutgarde, bevor ich über das nachdachte, was Teodrada berichtet – oder behauptet – hatte. Ich musste mir bei all dem vor Augen halten, dass das Kind, mit dem ich soeben gesprochen hatte, schon vor geraumer Zeit vom Wahnsinn flüchtig geküsst worden war. Aber ich kam auch nicht umhin, festzustellen, dass die von ihr erzählte Geschichte stimmen *könnte* – anders als ihre frühere Geschichte von einem Zwerg, der angeblich gedungen worden war, Teodrada im Schlaf zu ermorden. König Karl verhinderte tatsächlich, dass seine Töchter heirateten oder Nonnen wurden, obwohl einige von ihnen bereits das übliche Heiratsalter weit überschritten hatten und durchaus Interesse an der Ehe und ihren körperlichen Freuden zeigten. Und warum sollte Hugo nicht Teodrada heiraten wollen? Zwar war sie weder in körperlicher noch charakterlicher Hinsicht von einnehmender Anmut, doch vielleicht hatte er an ihr eine unbekannte Seite hervorgeholt, oder ihre sperrige Art zog ihn an. Mathildas und Teodradas Aussagen stimmten größtenteils, aber nicht völlig überein, doch wenn ich objektiv war, konnte ich nicht sagen, wer von beiden die Wahrheit sagte und wer etwas – aus welchen Gründen auch immer – dazuerfand.

Ich stieß bei meinen Nachforschungen an einen heiklen Punkt, eine Barriere gewissermaßen. Man konnte mir viel erzählen, und ich besaß kaum die Möglichkeit, Lügen zu enttarnen. Mehr und mehr merkte ich, dass ich mit Plaudereien allein nicht weiterkäme. Vielleicht hatte ich mich überschätzt, vielleicht sollte ich Arnulf enthüllen, was ich in Erfahrung gebracht hatte, und alles Übrige ihm überlassen. Aber dann würde ich ihm auch von Hugos angeblich schlechter Meinung über Grifo berichten müssen, und das untermauerte seine These des brüderlichen Zwists mit tödlichem Ausgang. Ich war mit Arnulfs Neigung vertraut, Tatsachen, die ihm nicht passten beiseitezuschieben, und jene Tatsachen, die seiner eigenen Denkweise entgegenkamen, ins grelle Licht zu rücken. Doch noch war ich nicht ganz am Ende mit meinen Möglichkeiten. Was hatte es zum Beispiel mit der Pfeilspitze auf sich, die ich an der Stelle, wo Hugo getötet worden war, gefunden hatte? Diese Antwort wollte ich zumindest noch bekommen, bevor ich meine Bemühungen einstellte. Ich trug die Pfeilspitze wohlweislich bei mir.

22

DER KÖNIG KAM in Begleitung von Gerold, Grifo und einigen weiteren Mitgliedern des Hofes von der Jagd in den Wäldern auf das Feld zurück. Sie alle waren erhitzt, berauscht vom Erfolg. Unter lautem Gelächter und Gegröle verfolgten sie, wie drei erlegte Wildschweine, zwei Hirsche, zwei Rehe, vier Hasen, ein paar Wachteln und ein Auerhahn von den Treibern herbeigeschleppt und in einer langen Reihe ausgestellt wurden. Bedienstete reichten Schläuche mit Bier und Wein zu ihnen, die noch immer auf Pferderücken saßen, hinauf. Die Gäule tänzelten auf Befehl ihrer Herren um die Jagdopfer herum. Gerold war der Zurückhaltendste von allen, der König war der Lauteste; er stimmte ein Lied an, seine Augen glühten. Noch nie war mir die Diskrepanz zwischen ihm als Herrscher und ihm als Mensch so aufgefallen wie an jenem Tag der Jagd. (Er spricht gelegentlich von einem abendländischen Kaisertum, das sind dann Augenblicke wie aus der Antike, und man meint Horaz oder Vergil sprechen zu hören. Wenn er äußert, dass der westliche und der östliche Teil seines Reiches wie ungleiche Geschwister sind, die dennoch auf ewig verbunden seien, auch wenn sie bisweilen verschiedene Wege gehen, so scheint mir das die Zukunft vorwegzunehmen und spricht mir aus der Seele, die ich im westlichen Reichsteil geboren und aufgewachsen bin und den östlichen Reichsteil nach Jahren der Streifzüge schätzen gelernt habe. Und doch – wenn ich sehe, wie Karl den Tod begießt, auf welche Weise dieser auf ihn wirkt, wird mir verständlicher, wieso er Sachsen und Awaren in einem wahren Taumel der Vernichtung unterjocht hat.)

Der Zeitpunkt zu handeln schien mir günstig. Die Männer waren von Tierleichen fasziniert, die Damen von den Männern. Ich ließ die Pfeilspitze in die Reste des Schnees zu Boden fallen.

»Seht dort, wie seltsam«, rief ich und wies einen der Bediensteten an, mir den Gegenstand zu reichen. Ich drehte ihn in der Hand. »Dieser Pfeil scheint mir nicht von unserem Gefolge benutzt zu werden.«

Ich hatte laut genug gesprochen, um Aufmerksamkeit auf mich zu ziehen. Gerold lenkte sein Pferd als Erstes an meine Seite. Er sah mich eingehend an, vielleicht fragte er sich, wieso ich mich für eine im Feld liegende Pfeilspitze interessierte. Auf seinen vom Bart umrankten Lippen lag eine Zufriedenheit, die mir unerklärlich war. Eine Antwort auf meine Frage nach der Herkunft der Waffe wusste er nicht.

Nachdem noch einige Männer, darunter auch Grifo, das seltsam geformte »Fundstück« betrachtet hatten, wurde auch der König aufmerksam.

»Es scheint sich um einen Pfeil der Awaren zu handeln, man sieht es an der Form«, sagte er. »Grifo, Ihr müsstet es eigentlich wissen, besser als ich und jeder andere hier.« Dann lachte er, was ich nicht verstand, weil es eigentlich nicht lustig war. Grifo war in den Awarenkriegen gewesen, doch das traf auf viele der anwesenden Männer zu.

Grifo räumte ein, es könne sich um eine Pfeilspitze der Awaren handeln, doch sei er sich nicht sicher.

»Wie auch immer, Gräfin«, sagte der König. »Da Ihr die Spitze gefunden habt, gehört sie Euch.«

Das Thema fesselte nicht länger, und man wandte sich rasch wieder dem Trinken zu.

Nach einer Weile kehrten auch Arnulf und der Rest des Gefolges aus dem Wald zurück. Sie brachten weitere Wildschweine, Hirsche und dergleichen an, dann wurde durchgezählt, und ich verstand, dass die Männer vorhin offensichtlich zwei rivalisierende Jagdgruppen gebildet hatten, die vom König einerseits und von Arnulf andererseits angeführt wurden. Das durfte Arnulf getrost als große Ehre verbuchen, die ich, obwohl wir nicht sprachen und uns nur aus der Distanz zulächelten, sehr wohl an ihm wahrnahm. Da Arnulf deutlich hinter den Jagderfolgen des Königs lag, ritt er schnell wieder los, während der König feierte, was das Zeug hielt.

Mein Pferd scheute. Es bäumte sich auf, wieherte, was mich völlig überraschte, da es das in dieser Form noch nie getan hatte. Ich hatte mich nicht richtig festgehalten und stürzte zu Boden. Das hätte mein Tod sein können. Mein Kopf schlug etwa eine Handbreit neben einem Gesteinsbrocken auf – in einer Pfütze aus weichem Schlamm. Natürlich war ich benommen. Aber für das, was ich unmittelbar nach dem Sturz sah, ist Benommenheit eine unzureichende Erklärung.

Halb aufgerichtet blickte ich zu denen, die mich von ihren Pferden herab ansahen, und mich durchfuhr ein gewaltiger Schreck. Gersvind: eine versteinerte Maske, kalt. Emma: hasserfüllt. Gerlindis: gleichgültig. Teodrada: schadenfroh. Die Königin wandte sich ab. Der König hatte ein Zucken in den Mundwinkeln. Grifo: die Augen zusammengekniffen. Ich sah alles Schlechte dieser Welt, ich sah Übelwollen und Gehässigkeit mich umzingeln. Es drückte mir die Kehle zusammen, und ich sank zurück in den Schlamm.

Das Nächste, was ich spürte, war eine Hand, die mich auf die Beine zog.

Gerold fragte: »Seid Ihr unverletzt, Gräfin?«

»Oh – ja, ich – ich denke schon.« Dann stand plötzlich Berta neben mir, die in großer Besorgnis war: »Meine Liebe, wie fühlst du dich? Wie konnte das passieren, wo du doch eine sichere Reiterin bist?«

»Ich weiß nicht«, murmelte ich.

»Gewiss ein zu fest angezogener Zügel«, sagte die Königin, als wollte sie eine Diskussion erst gar nicht aufkommen lassen. Falls das ihre Absicht gewesen sein sollte, misslang sie ihr gründlich.

»Ein schlechter Beschlag, ein spitzer Stein«, sagte Grifo, und von da an gingen die Meinungen durcheinander. »Ein verzärteltes Pferd«, meinte Gersvind. »Ein schlechter Sattel«, spekulierte Gerlindis, woraufhin Emma sich die Bemerkung nicht verkneifen konnte: »Für eine Sattlerstochter wäre das eine arge Schande.«

Teodrada verhielt sich als Einzige still.

Die Stimme des Königs übertönte schließlich die der Frauen: »Pferde sind sensible Tiere«, sagte er. »Sie spüren allerlei, was wir nicht spüren. Möglicherweise habt Ihr heute schlechte Gedanken, Gräfin, und das Tier hat Euch deswegen abgeworfen.«

Er sagte das allen Ernstes.

Ich erwiderte: »Wenn dem so wäre, Euer Gnaden, müssten alle Krieger vor allen Schlachten von ihren Pferden abgeworfen werden, Ihr eingeschlossen.«

Das machte ihn sprachlos und alle um ihn herum. Ich hatte einen ziemlich spitzen Ton angeschlagen.

Man hätte bis drei zählen können, dann sagte Berta: »Ich begleite dich zurück in die Pfalz.«

Ich war völlig verdreckt, vor allem die Rückseite meines Mantels war durchnässt, und es war selbstverständlich unmöglich, dass ich weiter an der Jagd teilnehmen würde – falls das, was wir Damen dabei tun, überhaupt teilnehmen genannt werden konnte.

Mein Pferd stand seelenruhig ein Stück entfernt auf dem Feld und ließ sich widerstandslos von Gerold zu mir zurückführen. »Nehmt sicherheitshalber mein Pferd, Gräfin«, bot er an. »Ich sattle rasch um.«

»Ihr seid sehr freundlich«, erwiderte ich, »aber ich vertraue meinem Pferd. Ich bin mir sicher, dass nichts mehr passieren wird.«

»Wie Ihr meint.«

Erneut habe ich mein Schreiben unterbrochen. Gerlindis kam von der Feier zurück. In der Erwartung, ich schlafe bereits, ging sie gleich in ihr Zimmer, aber ich rief sie. Ich war einfach zu neugierig, und ich sehnte mich nach ihrem fröhlichen Gesicht. Sie enttäuschte mich nicht und warf einen Funken Helligkeit in meine düstere Kammer. Heiter erzählte sie mir von dem kleinen Becher Wein, der ihr zu Kopfe gestiegen war, und davon, mit wem sie sich auf der Feier unterhalten habe. Als ich ihr sagte, dass ich ein Geschenk für sie habe, wollte sie es gleich sehen, aber ich vertröstete sie auf morgen.

»Was tust du da eigentlich den ganzen Abend?«, fragte sie, als sie schon fast wieder draußen war.

Ich antwortete: »Hoffen.«

Sie muss mich für schrullig halten.

23

WÄHREND DES WEGES vom Reitausflug zurück in die Pfalz kam mir der Gedanke, dass das, was ich überlebt hatte, kein Zufall und kein Unfall, sondern ein Anschlag gewesen war.

Auch Berta war sehr nachdenklich, wie mir erst auffiel, als wir Aachen fast erreicht hatten. Hatte auch sie Verdacht geschöpft? Der Grund für ihre Nachdenklichkeit war ein anderer als der für meine eigene, wie ich erfuhr.

»Was hast du?«, fragte ich. »Mir geht es gut, du musst dir keine Sorgen machen.«

»Nein, das ist es nicht – obwohl du viel Glück hattest, das weißt du wohl.«

Ich wollte verhindern, mir eine Litanei über die Gefahren des Lebens im Allgemeinen und des Reitens im Besonderen anzuhören, denn aus Bertas Sorgenkeimen entwickelte sich meist eine wuchernde Schlingpflanze, die man nur mit harten Schnitten zurückdrängen konnte.

»Ich weiß. Es ist der erste Reitunfall meines Lebens. Irgendwann musste es mich ja mal erwischen. Sag mir lieber, was dich beschäftigt.«

»Nicht weiter wichtig.«

»Ich würde es gerne erfahren.«

»Also bitte, wenn du darauf bestehst …«

»Das tue ich.«

»Es geht um Grifo. Du hast ihm doch diese Pfeilspitze gezeigt, und er hat sie nicht eindeutig als Awarenpfeilspitze erkannt.«

»Und weiter?«

»Er wurde im Krieg gegen die Awaren von einem ihrer Pfeile getroffen, der seine Rüstung in der Brust durchschlug, ihn aber wie durch ein Wunder des Herrn nicht verletzte, weil sich genau an der Stelle ein Glücksbringer befand: ein Goldmedaillon, das der König ihm einen Tag vorher für seine Verdienste geschenkt hatte und das er an einer Kette um den Hals trug. Seither bewahrt er die betreffende Pfeilspitze als zweiten Glücksbringer auf.«

»Woher weißt du das?«

»Er hat die Geschichte in der Leibwache herumerzählt, und er sorgte auch dafür, dass der König sie zu Gehör bekam, wie mein Gemahl mir berichtete. Ihm zufolge hat Grifo besonders die Schicksalhaftigkeit betont, dass es ein Geschenk des Königs war, das ihn rettete. Damit hat er natürlich eine direkte Verbindung zwischen seinem und des Königs Schicksal gezogen, so als habe Gott der Herr seine Hand im Spiel gehabt. Worauf ich hinauswill: Wer wie Grifo auf derart nachdrückliche Weise Bekanntschaft mit einer awarischen Waffe gemacht hat, erkennt sie entweder als solche, oder er kann mit Bestimmtheit sagen, dass es sich nicht um eine solche handelt. Aber dass er derart herumdruckst, das finde ich verdächtig.«

Dass Berta sich mit solchen Dingen befasste, versetzte mich in Erstaunen, und dass sie darüber hinaus solche Schlussfolgerungen zog, war für ihre Verhältnisse geradezu beeindruckend.

»Ich muss schon sagen, Berta – meine Hochachtung.«

»Seit Grifo unter dem Verdacht steht, seinen Bruder getötet zu haben, fühle ich mich sehr unwohl in seiner Nähe.

Daher achte ich auf alles, was er sagt oder tut. Und ab heute werde ich auch auf dich achten, meine Liebe.«

»Wie bitte? Wieso?«

»Ich verfolge mit großem Interesse, wie du dich von deinem Gemahl einspannen lässt, um den Mord an Hugo aufzuklären. Denn das tust du doch, gib es zu.«

Zumindest stimmte der Ansatz des Gedankens. »Nun ja …«

»Du hast die Pfeilspitze nicht auf dem Feld entdeckt. Das war nur eine List. Arnulf fand sie bei Hugos Leiche, und jetzt setzt er dich darauf an, dass Grifo sich in Widersprüche verwickelt und …«

Von da an geriet Berta auf Abwege, die mal hierhin und mal dorthin ausschlugen wie die Schlingpflanzen, von denen ich vorhin sprach.

Meine gute Berta – da kam sie wieder zum Vorschein. Doch immerhin hatte sie einen richtigen Grundgedanken gehabt, und mehr noch, sie hatte mir eine wichtige Information geliefert: Grifo sollte tatsächlich in der Lage sein, eine Pfeilspitze als awarisch oder nichtawarisch zu erkennen. Dass er sich nicht eindeutig geäußert hatte, konnte allerlei bedeuten. Trotzdem, bemerkenswert war es auf alle Fälle.

Im Stall angekommen, stiegen wir ab, und Berta bot an, mich zu meinem Haus zu begleiten, was ich ablehnte, weil ich erst noch mit Kalliope, meiner Stute, sprechen wollte.

»Du bist klatschnass, Ermengard. Du musst dich sofort umziehen.«

»Ich bin nur ein bisschen nass.«

»Du holst dir noch den Tod.«

»Der kommt sowieso, wann er will.«

»Unverbesserlich. Das Pferd versteht ohnehin kein Wort von dem, was du sagst.«

»Die Worte nicht, das ist wahr, aber es versteht die Gefühle hinter den Worten.«

»Sieh an, bei den Männern ist es umgekehrt«, scherzte sie. »Ich sage deiner Zofe, sie soll rasch aufheizen.«

»Danke, Berta.«

Ich spürte Kalliopes Unruhe. Auch auf dem Weg zurück in die Pfalz war sie nicht ganz die Alte gewesen.

Lange brauchte ich nicht, um die Ursache zu finden. Auf der linken Flanke befand sich eine wunde Stelle, nicht größer als ein Kieselstein, rot von Blut, und inmitten der Wunde steckte ein winziges spitzes Eisenteil – vermutlich aus einem Blasrohr aus kurzer Entfernung geschossen.

Mein Verdacht bestätigte sich: Man hatte einen Anschlag auf mich verübt, der mich beinahe das Leben gekostet hätte.

Wer?

Die Frage brannte in meiner Kehle, Galle stieg mir auf und mit ihr eine ganze Suppe schlechter Gefühle. Fast jeder aus der Jagdgesellschaft hätte die Gelegenheit gehabt, ein Blasrohr zu zücken und die Tat innerhalb eines Atemzuges zu begehen, denn es herrschte zu der Zeit Tumult, die Leute achteten nur auf die Jäger und deren Beute, es wurde geschrien und getrunken … Aber nur zwei Personen hatten einen Grund, meinen Tod zu wünschen.

Hugos Mörder oder Mörderin.

Machten meine Nachforschungen den Mörder unruhig? Wer wusste überhaupt davon? Wer konnte es ahnen? Mathilda und Teodrada. Fionee, die allerdings nicht zählte, weil sie nicht anwesend gewesen war. Wenn jedoch eine der drei es weitererzählt hätte … Es wäre auch möglich, dass die Tat spontan erfolgt war, kurz nachdem ich die Pfeilspitze »gefunden« hatte. Hatte die Tatsache, dass ich sie vorgezeigt hatte, sie provoziert?

Emma.

Arnulfs Favoritin. Und meine Favoritin für den Anschlag. Emma wollte hoch hinaus. Sie forderte Arnulfs Trennung von mir. Es genügte ihr nicht mehr, eine Konkubine, also eine Gattin der nächtlichen Lust zu sein, sie war bestrebt, eine Gattin von Titel und Vermögen zu werden. Falls Arnulf ihr Ansinnen abgelehnt hatte … Mein Herz schlug höher. Mein Tod war Emmas einzige Möglichkeit, meinen Platz einzunehmen.

Eine unheimliche Freude, die nichts Fröhliches an sich hatte, kam in mir auf. Ja, ich wünschte mir, oh, ich liebte diesen Gedanken, dass Emma den Anschlag verübt hatte, bedeutete dies doch nicht nur, dass Arnulf sich für mich entschieden hatte und er auf immer mein Gatte bleiben würde, sondern auch, dass ich mit gleicher Münze auf Emmas Tat antworten durfte, wenn mir danach war.

Da erschien am Eingang des dunklen Stalls vor dem Hintergrund strahlenden Winterlichts eine Gestalt wie etwas, das sich aus diesem Licht bildete. Ich hatte mittlerweile verstanden, dass zumindest einige der Begebenheiten seit gestern Abend auf den Trank zurückzuführen waren, den mir Fionee angeboten hatte. Meine ungewöhnliche Offenheit ihr gegenüber, das Hervorholen von Gefühlen, von denen nicht einmal ich selbst eine Ahnung gehabt hatte, meine Gleichgültigkeit ihrem merkwürdigen Anfall gegenüber, die Glücksgefühle des Nachts auf dem Nachhauseweg, die

Stimmungsschwankungen von einem Extrem ins andere … Gehörte auch das seltsame Bild dazu, das sich mir bot, nachdem Kalliope mich abgeworfen hatte? Diese eiskalten, teils hasserfüllten Gesichter um mich herum, sogar von Menschen, die mir nahestanden wie Berta und Gerlindis, und auch das Gesicht der Königin. Arnulf war nicht dabei gewesen, deshalb konnte ich ihn nicht sehen, aber von den Personen, die anwesend waren, war das Gesicht von Gerold das einzige, das in dieser – ich will es Vision nennen – in dieser Vision fehlte.

24

DIE LICHTGESTALT AM Eingang des Stalls entpuppte sich als der päpstliche Legat. Wie passend, dachte ich.

»Eugenius! Wie schön, Euch zu sehen.«

»Ich bin in die Pfalz gekommen um den König darüber zu informieren, dass der Heilige Vater übermorgen eintreffen wird.«

»Schon übermorgen. Das ist überraschend.«

»Er ist schneller vorangekommen, als gedacht. Burchard, den der König zu seinem Geleit schickte, kennt wohl die richtigen Wege, und, nun ja, so ganz ohne Gefolge reist es sich natürlich einfacher. Seine Heiligkeit war ja buchstäblich halbnackt gewesen, als er aus Rom fliehen musste.«

»Das sagtet Ihr bereits.« Ich wollte nicht ungeduldig sein, aber gegen meinen Willen war ich es wohl. Es kam mir so vor, als sei Eugenius nicht ohne Schadenfreude über das, was dem Papst widerfuhr.

Sei es zufällig oder weil Eugenius meine Verstimmung bemerkte, er wechselte das Thema.

»Euer Mantel, Gräfin – ist Euch etwas geschehen?«

»Ein unbedeutender Unfall, kaum der Rede wert. Ich werde mich umziehen, ein heißes Bad nehmen, dann ist die Welt wieder in Ordnung.«

»Dann will ich Euch nicht weiter stören.«

»Ihr stört nicht. Ich – ich …«

Der Einfall kam mir plötzlich. Ich wusste auch nicht, was

mit mir los war, aber ich kam nicht über das hinweg, was ich vergangene Nacht beobachtet und gehört hatte. Emma und Arnulf, das Wort Trennung. Es holte mich immer wieder ein. Jedes Mal, wenn ich mich selbst davon überzeugte, dass mir nichts geschehen könne, hielt das Gefühl der Sicherheit eine Weile an, um dann wie Sand durch meine Finger zu rieseln. Die Argumente, die ich zuvor zu meinen Gunsten ins Feld geführt hatte, verloren ihre Gültigkeit und Wirkung. Arnulf war mir zugetan, in seinem Blick lag noch immer die Liebe von damals, doch er war mir auch vor einigen Jahren zugetan gewesen und hatte sich trotzdem Emma zur Konkubine genommen. Hatte Arnulf Emmas Bitte, er solle sich von mir scheiden lassen, zurückgewiesen? Wieso sonst hätte Emma es nun auf mein Leben abgesehen? Doch hatte wirklich sie den Anschlag verübt? Was machte mich so sicher? Nur dies eine, mein Hass auf diese Frau, und der ist eine unzuverlässige Quelle, sagt er mir doch nur, was ich hören will.

Ich war so weit, dass ich mich an Formalien festhielt, am kanonischen Recht, um meine Liebe zu retten und das dumpfe Gefühl der Angst zu betäuben. Daher zog ich Eugenius ins Vertrauen.

»Ich glaube, Eugenius, dass der gedeihliche Gedankenaustausch, den wir nun schon eine Zeit lang praktizieren, ein Verhältnis des Vertrauens hat entstehen lassen, und ich …«

»Was bedrückt Euch, Gräfin? Sprecht frei heraus. Ihr wisst, dass Ihr über alles sprechen dürft und dass alles für immer in mir verschlossen bleibt.«

Ich lächelte. Eugenius machte es mir leicht. »Oh, eine Bedrückung würde ich es nicht nennen. Eher eine – Neugier. Wie Ihr wisst, Eugenius, bin ich kinderlos. Und Ihr kennt auch die Geschichte meiner Kinderlosigkeit.«

»Ja«, sagte er, wobei er mir offen ins Gesicht sah. Ich finde es grässlich, wenn die Leute bei traurigen Themen auf den Boden starren, so als wollten sie darin versinken. An Eugenius schätzte ich die klare Haltung, die er auch in heiklen Gesprächen einnahm, und damit meine ich sowohl seine körperliche wie auch die geistige Haltung. Sein Vorbild hat mich stets ermutigt, in schwierigen Situationen mein Rückgrat zu straffen, und auch das darf man gerne doppeldeutig verstehen.

»Gut. Nun stellt sich mir die Frage, ob ich als unfruchtbar gelte.«

Sein Blick ruhte auf meinem Gesicht. Natürlich versuchte er herauszufinden, ob meine Neugier rein geistiger Natur war oder einen höchst gegenständlichen Anlass hatte. Wir hatten in der Vergangenheit so manch theoretischen Dialog geführt, beispielsweise über das Verhältnis von Papsttum und Königtum, die Missionen des Bonifatius, die moralischen Grenzen bei der Heidenbekehrung, und vor allem über die mögliche Zukunft des wunderbaren Reiches, in dem wir leben, und das Eugenius und ich gleichermaßen als Kern von etwas viel Größerem sehen, als wir zu überblicken vermögen. Wir sprachen auch über sehr Persönliches: Eugenius über die Mühen des Zölibats, das seiner Meinung nach nicht im göttlichen Sinn sei, und über die Erziehung in einer römischen Adelsfamilie, wo jedes Kind schon früh lernt, dass die Familie alles ist und ihr Oberhaupt die Autorität eines Königs besitzt; ich über meine Schwierigkeiten, mich ins höfische Leben einzupassen, ferner über meine anfänglichen Probleme, das offizielle Konkubinat als etwas Vernünftiges anzuerkennen, da ansonsten die heimliche Liebschaft zwangsläufig an seine Stelle treten würde, das sei so sicher wie das Amen in der Kirche –

so seine Worte. Der Tod meiner Kinder war ebenfalls schon Stoff eines Gespräches gewesen.

Vielleicht dachte Eugenius, als er mir im Stall gegenüberstand und mit meiner Frage nach Unfruchtbarkeit konfrontiert wurde, dass ich mich als Frau unvollständig fühlte und dass daher auch mein Widerstreben gegen das Konkubinat herrührte, gleichsam die Eifersucht der Besitzlosen. Vielleicht hatte er grundsätzlich recht, nicht jedoch an diesem Tag. Ob er das wahre Motiv erraten hatte? Ich ließ ihn darüber absichtlich im Unklaren.

Seine Antwort gefiel mir nicht, sie verletzte mich, was nicht Eugenius angelastet werden kann, da nicht er das kanonische Recht verfasst hatte. Keines meiner Kinder, auch nicht jenes, das einige Tage gelebt hatte, wurde von der Kirche als Beweis meiner Fruchtbarkeit betrachtet. Es hatte zu kurze Zeit gelebt, und es war ungetauft gestorben, da Arnulf und ich damals mit der Hebamme in einem vom Hochwasser betroffenen Gebiet festsaßen und kein Priester zu uns gelangen konnte.

Ich war unfruchtbar, war nie fruchtbar gewesen, würde es niemals sein. Mein Alter verhinderte Korrekturen dieses Zustandes, verhinderte Hoffnung. Es war, wie es war. Das Siegel brannte sich ins Wachs. Es galt.

Wenigstens sah ich nun klar. Der Nebel der Angst lichtete sich in den Strahlen gleißender Wahrheit. Ich wusste, woran ich war, dass ich viel zu verlieren hatte, das ich nicht herzugeben bereit war, und damit meine ich nicht zuvorderst meine Ehe, sondern meine Würde als Frau und Ehefrau, die es sich nicht gefallen lassen wollte, allein der Kinderlosigkeit wegen von einer Rivalin verdrängt zu werden.

Von irgendwo hinter den Pferden kam Berta hervor. Ich hatte sie den Stall nicht betreten hören und war unsicher, ob sie das Gespräch von Eugenius und mir mit angehört hatte. Ich merkte ihr jedoch nichts an.

»Wo bleibst du denn, Ermengard? Seid gegrüßt, Exzellenz. Wirklich, Ermengard, was denkst du dir dabei, in einem feuchten Mantel bei Eiseskälte ein Schwätzchen zu halten? Verzeiht mir, Exzellenz, aber ich kann auch Euch den Vorwurf nicht ersparen.«

Berta scheuchte mich aus dem Stall und gab keine Ruhe, bis ich, halb entkleidet, vor dem Feuer in meinem Haus stand. Sie hatte richtig gehandelt, denn wie durchgefroren ich gewesen war, merkte ich erst, als die Kälte sich in mir festkrallte, so als werde sie aus meinem Innern genährt. Es dauerte eine geraume Weile, bevor die Wärme dank Bertas Bemühungen obsiegte. Sie brachte mir einen dampfenden Sud, eine trockene Decke und eine mit heißem Wasser gefüllte Schweinsblase.

»Du bist ein wahrer Schatz«, lobte ich sie.

»Blanker Eigennutz. Glaubst du, ich habe Lust, noch einmal zwei Wochen an deinem Fieberbett zu sitzen, so wie damals? Nein, vielen Dank.«

Ich lachte, und auch sie konnte sich ein kleines Lachen nicht verkneifen. Ich vergalt ihre Freundlichkeit schlecht, denn in der Absicht, ihr eine Freude zu machen, sagte ich: »Eugenius erzählte mir, dass der Papst schon übermorgen eintrifft, und damit natürlich auch Burchard.«

»Oh«, sagte sie, doch wohnte diesem Laut keine Freude inne.

Ich schalt mich selbst. Wie konnte ich nur glauben, dass Burchards Rückkehr Berta froh machen würde, wusste ich doch besser als sie, wie sehr sie unter ihm litt. Berta hätte nie zugegeben, dass sie Burchards Abwesenheit insgeheim genoss. Seit der Abreise ihres Gemahls war sie von Tag zu Tag etwas unbekümmerter geworden. Neuerdings scherzte sie sogar dann und wann.

Erst im zweiten Anlauf gelang ihr die Verstellung. »Wunderbar. Burchard kommt zurück. Ich werde etwas zu essen bereiten, das er mag.«

»Vermutlich wird man ein Bankett zu Ehren von Leo III. veranstalten.«

»Ja, richtig, das habe ich nicht bedacht.« Sie blickte ein wenig orientierungslos um sich. »Gut, ja, also dann … Wenn du mich nicht mehr brauchst … Der Vormittag war anstrengend, ich bin solche Ausritte nicht mehr gewöhnt. Künftig werde ich sie mir ersparen. Ich werde einfach zu alt für so etwas. Du kommst zurecht, Ermengard?«

»Gewiss. Danke nochmals. Du bist eine Seele.«

Sie lächelte mich an, doch es war ein trauriges Lächeln, das mich härter traf als jede ihrer Kummermienen. Noch einmal schalt ich mich, und diesmal laut, nachdem Berta gegangen war.

25

ICH VERZICHTETE AUF das warme Bad, das ich eigentlich hatte nehmen wollen, und beschloss, die Frage nach der Bedeutung der Pfeilspitze ein für alle Mal zu klären, um noch heute Abend Arnulf einzuweihen und ihm alles, was ich erfahren hatte, mitzuteilen. Die Sache drängte. Ich hatte mit meinen eigenen Problemen genug zu tun. Sollte es sich bei der Pfeilspitze um Grifos Glücksbringer handeln, war dies ein starkes Argument gegen ihn, das auch ich nicht außer Acht lassen durfte. Gerlindis' Kummer und eine gewisse Lust an den Nachforschungen hatten mich Dinge tun lassen, die mir eigentlich nicht anstanden. Nun wuchsen sie mir über den Kopf.

Den Königsturm betrat ich sonst nur, wenn Liutgarde nach mir schickte, und das kam nicht oft vor. Die königliche Familie war in den oberen Stockwerken des Turms ungestört, und Karl liebt es, wenn seine Kinder aus Ehen und Konkubinaten dort miteinander spielen, Wolle spinnen, musizieren, ihm etwas vorlesen und dergleichen. Im Sommer hat man von ganz oben eine herrliche Aussicht auf das wellige Land, die Hecken und Kornfelder, die alten, sattgrünen Wälder und natürlich auf Aachen, das sich ständig vergrößernde Holzhüttendorf. Noch ist es weit davon entfernt, eine Stadt, geschweige denn ein zweites Rom zu werden, doch wenn ich Karls glänzende Augen beim Anblick

Aachens richtig deute, so meine ich, dass er nicht weniger als das vorhat: ein zweites Rom, nördlich der Alpen, zwischen Rhein und Maas, genau auf der Kante von Ostfranken und Westfranken. Die Stadt selbst ist dabei unwichtiger als ihre Lage. Wenn nicht Aachen, so müsste es eine andere Stadt sein, eine Stadt im Herzen Europas als symbolisches Zentrum der Einheit. Toul, Trier, Worms und Straßburg fallen mir ein. Ich hoffe, Karls Nachfolger werden dem eingedenk sein.

Doch ich schweife ab.

Die Quartiere Gerolds und seiner Söhne grenzten an den Königsturm an und waren nur erreichbar, wenn man den Turm betrat und sogleich eine Seitentür im Erdgeschoss benutzte – ein Zustand, der mit den Bauarbeiten zu tun hatte wie auch mit der Tatsache, dass Gerold als königlichem Seneschall eine räumliche Nähe zu Karl schon durch sein Amt auferlegt war. Ich war noch nie durch die Seitentür gegangen, wozu auch? Nicht nur war es mir als Dame verwehrt, Gebäudeflügel oder gar Quartiere zu betreten, die nicht von anderen Damen bewohnt wurden, sondern ich hatte mit Gerold, Hugo und Grifo bisher wenig zu tun gehabt.

Da sich der Hof samt Knappen auf der Jagd befand, war es erwartungsgemäß still in dem Seitenflügel, ich musste also keine Störung befürchten. Ein weiterer glücklicher Umstand kam meinem Vorhaben zugute: Es waren nur drei Türen in dem Flügel, sodass es nicht schwierig sein würde, Grifos Quartier zu finden. Die drei Quartiere befanden sich hintereinander auf der rechten Seite eines breiten Gangs, und um mein Glück perfekt zu machen, stellte sich heraus, dass keine der Türen verschlossen war, obwohl sie über große Riegelschlösser verfügten.

Hinter der ersten Tür lag ein großer Raum, der – für mich überraschend – reichlich ausgestattet war. Überraschend deswegen, weil die Männer, die ich kenne, keinen Wert auf Behaglichkeit legen. Hier jedoch gab es mehrere Tische und sehr schön geschnitzte Truhen, byzantinisch anmutende Schemel sowie Felle auf dem Boden, darauf Sitzkissen mit spanisch-arabischen Ornamenten. Auf den ersten Blick erkannte ich, dass es sich dabei um die Erwerbungen eines langen Lebens handelte, also von Gerold. Er hatte Karl auf allen Feldzügen begleitet, von der spanischen Mark bis nach Sachsen, von Kampanien bis zur Bretagne, und er war einige Jahre lang Sondergesandter des Königs gewesen und in seinem Auftrag zum byzantinischen Kaiser, zum König von Mercia und zum Emir von Cordoba gereist.

Die zweite Tür führte in Hugos Quartier. Es war von nüchterner Ausstrahlung, unterschied sich kaum von jenem hinter der dritten Tür und hätte somit auch Grifo gehören können, doch die vier mannshohen Kerzenlüster, die um das Bett herum auf dem Boden standen, wiesen darauf hin, dass hier Totenwache gehalten worden war. Zudem sah ich zwei Bücher auf dem Tisch liegen, und da ich wusste, dass Grifo nicht lesen konnte, und da ferner Mathilda mir erzählt hatte, sie hätte Hugo mit Lektüre versorgt, lag es auf der Hand, dass die Bücher Hugo gehört hatten.

Grifos Quartier gefiel mir von allen am wenigsten. Ich fühlte mich dort unwohl, was jedoch nichts damit zu tun hatte, dass ich es durchsuchte. Es handelte sich um einen nahezu kahlen Raum, in dem sich die Persönlichkeit des Besitzers in keiner Weise spiegelte. Ich erwarte nicht viel bei einem so jungen Mann, allenfalls eine Jagdtrophäe oder ein Andenken an seine Mutter, einen Würfelbecher – irgendetwas.

Da war nichts. Fast nichts. Ein Bett, ein Schemel, ein kleiner Tisch. In einer Ecke die polierte Rüstung sowie polierte Waffen. Für mich war das ein Hinweis darauf, dass Grifo sehr geradlinig dachte, und zwar geradlinig auf seine Karriere hin. Er hatte offensichtlich keine anderen Interessen als Kampf und Erfolg, anders als sein älterer Bruder, und diese unbedingte Geradlinigkeit hatte ihn tatsächlich in die Spur des Erfolges gebracht. In Grifos Alter Hauptmann der Leibwache zu werden, das wäre verblüffend.

Meine Gefühle für diesen jungen Mann waren zwiespältig. Ich bedachte seine Neigung, sich wichtig zu machen und in den Vordergrund zu stellen, und erkannte zwar an, dass er auf dem Gebiet des Kämpfens und Tötens über große Fertigkeiten verfügte, doch ich war immer schon der Ansicht, dass bedeutende Ämter von Personen eingenommen werden sollten, deren Kenntnisse über die Aufgaben ihres Amtes hinausgehen. Wie sonst könnten sie sich weiterentwickeln? Und die Bereitschaft zur Entwicklung halte ich für den wichtigsten Anteil des menschlichen Charakters. Bei Grifo sah ich das nicht. Dem König zu gefallen, den Feind zu vernichten, mit dem Schwert unschlagbar zu sein – darauf richtete sich sein Streben. Außerdem bedachte ich, dass die meisten großen Männer so angefangen haben, nämlich mit dem brennenden Ehrgeiz, der Beste zu werden, und erst später bemerkten, dass das allein nicht genügt, um *wirklich viel* zu erreichen. Ob Grifo irgendwann diese Reife besitzen würde – wer konnte das wissen? Ich hielt ihm zugute, dass er im Umgang mit Gerlindis schüchtern auftrat, nach allem, was ich wusste. Diese Unsicherheit war mir sympathischer, als wenn er nach allen Regeln der Kunst wie ein Gockel um meine Nichte herumgesprungen wäre, was sie zweifellos genossen hätte. Demnach war er nicht durch und durch ein Großsprecher.

Endlich fand ich etwas, das mir weiterhalf – wie sehr, das erkannte ich erst später. In einer Lade gleich neben Grifos Bett lag ein Goldmedaillon mit dem Bildnis des Königs, das in der Mitte eingedellt war. Es handelte sich zweifellos um den besagten Lebensretter. Die awarische Pfeilspitze jedoch fand ich nicht, und das bedeutete, dass es sich bei der, die ich zunächst im Schneematsch gefunden und später der Jagdgesellschaft präsentiert hatte, um das passende »Gegenstück« zum Medaillon handelte.

Das war ein schwerwiegender Beweis gegen Grifo.

Ich gebe zu, ich war erleichtert. Meine Nachforschungen waren abgeschlossen. Ich konnte vor Arnulf treten und ihm sagen, dass er die ganze Zeit über den richtigen Verdacht gehabt hatte. Er würde den Fall zu Ende bringen und vom König belobigt werden. Und eine Ehe von Gerlindis und Grifo wäre abgewandt. Einem Mörder, der auf dem Block endete, würde Gerlindis gewiss nicht lange nachtrauern. Ich hatte mich überhaupt nur ihretwegen engagiert, mit dem Ziel, entweder Grifos Unschuld oder seine Schuld zu beweisen, und dieses Ziel war nun erreicht.

Ich hörte laute Geräusche, Hufgeklapper. Sollte die Jagd etwa schon beendet sein? Normalerweise dauerte sie bis weit in den Nachmittag hinein, und nun war es gerade einmal Mittag.

Auf keinen Fall wollte ich Gerold begegnen, und Grifo schon dreimal nicht. Wer konnte wissen, wie er reagierte, wenn er mich in seinem Quartier fand. Er war nicht dumm. Er hatte die Pfeilspitze erkannt und wusste seither, dass ich etwas wusste.

Ein Gedanke schlug wie ein Blitz bei mir ein: Was, wenn

Grifo heimlich die Jagdgesellschaft verlassen hatte? Er musste nur im Dickicht des Waldes verschwinden, unter dem Vorwand, ein Wildschwein zu jagen, dann eilig in die Pfalz reiten …

Die Wache am Tor würde ihn erkennen, beruhigte ich mich.

Würde die Wache ihn auch erkennen, wenn er die Kapuze des Mantels über den Kopf zog? Er trug die Uniform eines Kriegers des Königs, es wäre nicht nötig, dass man sein Gesicht sähe, außerdem stand das Tor offen.

Ich verließ Grifos Quartier und eilte den Gang entlang, als ich Schritte hörte, die sich mir rasch näherten. Es würde mir nicht gelingen, den Seitenflügel zu verlassen, bevor Grifo ihn betreten würde.

Was tun?

Ich betrat Hugos Quartier und schloss die Tür hinter mir. Es wusste ja keiner, dass ich hier war, auch Grifo nicht, und warum sollte jemand das Quartier eines Toten betreten?

Ich fühlte mich einigermaßen sicher – für die Dauer von zwei, drei Atemzügen. Dann kamen die Schritte näher und näher, und ich konnte es kaum fassen, als sich die Tür öffnete. Jene Tür, hinter der ich mich verbarg.

Jemand betrat Hugos Quartier.

Ich hörte leise Geräusche, ohne zu erkennen, was vor sich ging. Noch verdeckte die Tür mich, doch sie fiel langsam zu. Ich hielt sie an ihrem Knauf fest, durfte aber nicht versäumen, den Knauf in genau dem Moment loszulassen, wenn der Unbekannte die Tür wieder schließen wollte.

Es war so weit. Ich machte alles richtig.

Aber dann, im Hinausgehen, hielt der Unbekannte inne, und ich konnte durch das Holz, das uns trennte, spüren, wie er meine Anwesenheit bemerkte.

Er sah mich.
Ich sah ihn.

Es ist still.

So still wie in jenem Augenblick in Grifos Quartier.

Es ist Nacht.

Ich warte noch immer.

Worauf?

Auf das, was mir bevorsteht – den Tod, das Leben, wie soll ich das wissen? Ich weiß nichts. Beides hätte seine Vorzüge, beides seine Mängel.

Ich weiß nichts.

Irgendwo passiert etwas, während ich hier sitze und schreibe, und ich bin nicht dabei. Je nachdem, was passiert, werde ich leben oder sterben.

Ich habe keinen Einfluss darauf.

So ist es doch mit vielen Dingen, nicht wahr? Da Gott in allem ist und Gott alles lenkt, sind uns Menschen die Hände gebunden. Sagt man. Habe auch ich stets gesagt als Wiederholung dessen, was die Priester sagten.

Aber nun, da ich hier in der Dunkelheit sitze, der Finsternis des Gemachs und meines inneren Raumes, den man Seele nennt, und über mein und anderer Leute Verbrechen schreibe, ist mir die Hemmung abhandengekommen, meinen Gedanken freien Lauf zu lassen.

Wir sind hineingeworfen worden in diese Welt, sind unserer Eltern Untertan, einer ganzen Welt sind wir Untertan, und auch unserem Charakter. Ich glaube tatsächlich, nein, ich bin davon überzeugt, dass wir auf die Prägung unseres Charakters einen beschränkten Einfluss haben – von Gott möchte ich im Moment sowieso nicht mehr sprechen! Ich habe zu viel gesehen. Ich habe gesehen, wie die Gewalt sich fortsetzt, neue Gewalt gebiert, Hass entsteht, der sich irgendwo und zu irgendeiner Zeit Bahn bricht. Ich habe in die hasserfüllten Augen sächsischer Kinder geblickt, die neben den Leichen ihrer zerhackten Väter standen, ich habe maßlose Trauer und Verwirrung gesehen und auch den Keim von Wahnsinn. Was darf man von solchen Kindern erwarten? Aber ich habe auch gesehen, wie Liebe sich fortsetzt und wie – viel wichtiger noch – die Achtung, die man anderen entgegenbringt, sich spiegelt und auf einen selbst zurückfällt. Wir alle sind Kinder der Verhältnisse, in denen wir groß werden, und die Entscheidungsgewalt darüber, ob wir beim Anblick eines übel riechenden Bettlers von Mitgefühl, Gleichgültigkeit oder Abscheu erfüllt werden, haben wir zunächst nicht. Wohl aber haben wir die Entscheidung darüber, ob wir am Bettler vorbeigehen oder ob wir stehen bleiben und ihm eine Münze geben, vielleicht sogar noch mehr als eine Münze, nämlich ein paar Worte. Ich glaube an die Kraft, sich uns selbst entgegenzustemmen und mit der Anstrengung unseres Verstandes unseren Charakter zu überlisten.

Wieso erzähle ich das? Weil ich einen solchen Kampf mit mir selbst verloren habe? Ich bin gescheitert, ja, das stimmt, aber ich habe auch einen Sieg errungen, wenigstens kommt es mir so vor.

Das Verbrechen, das ich beging, stand nicht plötzlich vor mir, sondern es trat langsam aus Nacht und Nebel hervor wie die Konturen eines dunklen Waldes am Horizont. Ihm lag keine Planung zugrunde, aber ich wehrte mich auch nicht dagegen. Es hat viele Väter und Mütter, eine ganze

Ahnenreihe von Ursachen, die alle zu kennen mir unmöglich ist. Da sind Gefühle in meinem tiefsten Innern, nie verheilte Verletzungen, erlittene Schläge. Ängste, niedrige Emotionen wie Neid und Rache. Auch das Leid in den sächsischen Kinderaugen spielt eine Rolle.

Und Gerold? Welchen Anteil hat er daran? Welchen Anteil hat seine verstorbene Frau?

Der Wein. Der Wein rauscht in mir, er hat mich erobert.

Um nicht zu trinken, schreibe ich weiter und setze die Splitter zusammen, an denen ich mich verletze.

26

ALS GEROLD UND ich uns in Hugos Gemach gegenüberstanden, empfand ich eine Peinlichkeit, die sich nicht bloß aus der Tatsache speiste, dass er mich ertappt hatte. Zum zweiten Mal in meinem Leben war ich mit ihm allein – das erste Mal war in der Nacht nach Hugos Tod gewesen, als er mich zu meinem Haus zurückbegleitet hatte –, und ich begriff, dass ich all die Jahre, die wir uns kannten, jedwede Vertraulichkeit vermieden hatte. Und mit jemandem allein zu sein, *ist* etwas Vertrauliches.

Gerold hätte Rechenschaft von mir verlangen können, warum ich mich in Hugos Gemach befand. Das tat er jedoch nicht. Zum ersten Mal fiel mir auf, dass seine Augen etwas Schlaues hatten.

Er sagte: »Grifo hatte einen Unfall.«

»Was ist passiert?«

»Er stürzte vom Pferd.«

»Wie ich!«

»Ja, nur passierte es ihm im vollen Galopp. Er ist verletzt, ein Beinbruch, so scheint es, aber er hatte noch Glück, dass es kein Genickbruch wurde. Man bringt ihn gerade auf einer Pritsche. Ich bin vorausgeritten, um sein Lager vorzubereiten.«

»Ich helfe Euch.«

»Ich wollte gerade ein paar zusätzliche Decken aus diesem Quartier holen, als ich Euch – bemerkte. Euer Duft, Gräfin … Rosenöl … In Hugos Gemach fällt Rosenöl auf.«

Ich nickte, als hätte er mir die Lösung eines Rätsels verraten, bevor ich durchblicken ließ, dass ich mich ein wenig schämte.

Gerold holte die Decken, indes ich in Grifos Gemach ging, das Lager aufschüttelte und ein höheres Kopfpolster aus Stroh herrichtete. Gemeinsam legten wir das Bett mit zusätzlichen Teppichen und Kissen aus. Noch immer verlor er kein Wort über meine Anwesenheit. Natürlich hatte er ganz andere Sorgen. Trotzdem; da für Grifo keine unmittelbare Lebensgefahr bestand und Gerold alles im Griff zu haben schien, verwunderte mich seine Zurückhaltung. Kein vorwurfsvolles Wort. Kein strafender Blick.

»Grifo war immer ein so sicherer Reiter«, sagte ich. »Verwegen, aber geschickt. Und nun das.«

Gerold überlegte, wägte ab. Dann holte er aus seinem Wams ein Stück des Zaumzeugs hervor und drückte es mir in die Hand.

»Seht es Euch an, Gräfin.«

Einer anderen Dame hätte Gerold es sicherlich nicht gegeben, weil Damen sich gemeinhin mit Zaumzeug so gut auskennen wie Herren mit Haarnadeln. Ich war jedoch Sattlerstochter, und Gerold wusste das.

Ich bemerkte sofort, was damit nicht stimmte. »Es ist gerissen«, sagte ich. »Aber zuvor wurde es angeschnitten.«

Er nahm es wieder an sich.

»Genau. Jemand wollte, dass Grifo stürzt und sich den Hals bricht.«

Ich erhob keine Einwände. Der Sachverhalt ließ nur diesen Schluss zu.

Dann erregte Gerold doch noch meinen Widerspruch, als

er so weit ging, zu behaupten, der Anschlag beweise, dass ein anderer Hugo umgebracht habe, derselbe nämlich, der nun Grifo töten wolle.

»Das ist nicht gesagt«, wandte ich ein und verstimmte dadurch Gerold, über dessen meist stoische Miene der Groll zog.

»So? Warum nicht?«

»Mir fallen mehrere Varianten ein, wieso Grifo …«

»Mir nicht.«

»Nun, da wäre beispielsweise die Möglichkeit, dass der Mord an Hugo nicht nur von Grifo allein begangen wurde, es also einen Mitwisser gibt, der sich des Partners entledigen will. Oder …«

»Unfug«, schimpfte Gerold, aus dessen Mund ich niemals zuvor ein böses Wort gehört hatte.

Um ihn zu beschwichtigen, sagte ich: »Selbstverständlich kann es sich völlig anders verhalten haben. Beispielsweise so, dass der Mörder beim ersten Mal versehentlich den Falschen tötete und nun nachzuholen versucht, was ihm beim ersten Mal nicht gelang. Auch ein Racheakt gegen Eure Familie wäre denkbar.«

Doch für Beschwichtigungen war es anscheinend zu spät, und mein Wort vom Racheakt – eine Reaktion auf begangenes Unrecht – goss zusätzlich Öl ins Feuer.

Ich bereitete also meinen Rückzug vor, mir einbildend, ich käme einfach so davon.

»So, das Lager ist vorbereitet. Ich will nicht weiter stören.«

»Nicht so schnell, Gräfin. Was habt Ihr hier gesucht?«

Katz-und-Maus-Spiele wären nicht angebracht gewesen, die Würfel lagen ohnehin auf dem Tisch.

»Ihr wisst sehr gut, was ich hier gesucht habe«, sagte ich mit fester, beinahe frecher Stimme. »Die Pfeilspitze, die ich auf dem Jagdausflug herumzeigte, ist Euch durchaus bekannt. Sie gehört Eurem jüngsten Sohn und wurde von ihm als Andenken und Glücksbringer aufbewahrt, ebenso wie das Medaillon in der Lade dort drüben. Ich fand die Pfeilspitze an der Stelle, wo Hugo getötet wurde.«

Ein Zucken ging durch Gerolds Körper, und erst da rief ich mir wieder in Erinnerung, dass ich sowohl mit dem Vater des Toten wie auch des mutmaßlichen Mörders sprach, mit einem Mann also, der im Begriff stand, nach dem ersten nun auch den zweiten Sohn zu verlieren. Dies einmalige Zucken erschütterte mich. Ich sah den Mann, der sich aufs Bett setzte, mit anderen Augen, den Witwer, dessen Geschichte sich bedrohlich dem Ende näherte, der mit einem Schlag im Leben nichts mehr vor sich, aber alles Gute hinter sich hatte. In der Kälte des Quartiers, reglos auf dem Bett sitzend, wirkte Gerold vereist.

»Wir haben vergessen, Feuer zu machen«, sagte ich leise. Im Kohlebecken lag alles bereit, ich musste nur den Zündstein benutzen. Kurz darauf schlug mir die erste Wärme ins Gesicht. In der Zeit, die ich benötigt hatte, hatte Gerold geschwiegen.

»Ja«, sagte er. Schwieg eine Weile. Dann: »Ich habe es befürchtet. Aber ich war mir nicht – ich habe gehofft …« Er schwieg erneut eine Weile. »Die Pfeilspitze – ich habe sie vorhin gleich erkannt. Grifo hat – er hat sie zusammen mit dem Medaillon vor jeder Schlacht, jedem Feldzug eingesteckt. Wie Reliquien hat er sie aufbewahrt. Mit Medaillon und Pfeilspitze, sagte er, könne ihm nichts passieren. Und jetzt wird sie ihn doch noch umbringen, Jahre, nachdem sie auf ihn abgeschossen wurde.«

Ich ging auf ihn zu, blieb vor ihm stehen. Mir fiel nichts ein, was ich hätte sagen können. Alles wäre banal gewesen.

27

ICH TRAF NUR die Alte an. Sie lag auf einem Lager aus Stroh und Fellen, das Gesicht der Decke zugewandt, die Augen geschlossen, die Hände auf der Brust gefaltet. Sie brabbelte leise, eigentlich war es eher ein singendes Brabbeln, eine monotone Beschwörung, rhythmisch, nicht über die Sprache, nur über die endlosen Wiederholungen wirkend. Ich stand bei ihr und wartete, bis sie fertig war.

Sie richtete sich auf, als sie mich sah, und reichte mir die Hand, damit ich ihr auf die Beine half, was ich auch tat. Ich wusste nun, dass sie reden konnte, hatte jedoch nicht das Bedürfnis, mit ihr zu sprechen, und umgekehrt war es wohl nicht anders. Sie wandte sich einer Anrichte zu, goss Wasser und Wein in zwei Kelche, gab einige Tropfen aus einer Phiole hinzu und bot mir eines der Trinkgefäße an.

»Nein danke,« sagte ich. »Das gestrige Getränk hatte eine seltsame Wirkung auf mich.«

Sie nickte, als habe auch sie es bemerkt, und gab mir den Kelch. Ich nippte. Der fremdartige Geschmack, der mir schon gestern aufgefallen war, kam mir milder vor. Ich weiß nicht, warum – ich trank einen Schluck, und gleich darauf, unter dem unbestimmbaren Blick der Alten, einen zweiten. Ganz wohl war mir nicht. Aber ich dachte mir, dass die Alte wüsste, was sie tat. Außerdem gehörte sie zu Fionee, und Fionee vertraute ich mittlerweile völlig. Das alles war nicht erklärbar. Ich spürte eine große Nähe zu ihr, selbst wenn sie nicht körperlich anwesend war, ich bei Arnulf lag oder an einem Jagdausflug teilnahm. Ich war nie ganz frei von ihr.

Mit dem Kelch in der Hand bekam die Zeit eine andere Ausdehnung. Ich war gelöst und hing, wie manchmal morgens vor dem Aufstehen, zahlreichen Gedanken nach. Sie hätten um Gerold und Gerlindis kreisen müssen, die von Grifos Verurteilung am meisten betroffen sein würden. Oder um den Anschlag auf mein Leben. Aber ich dachte an Angenehmes: an den Druck von Arnulfs Armen, die ich beinahe fühlen konnte; an die Monate meiner ersten Schwangerschaft, als mein Glück vollkommen gewesen war; an den ersten Tag, den ich zusammen mit Gerlindis verbrachte; an eine Garbe Wiesenblumen.

»Ermengard, wie schön!«

»Fionee!« Sie sah gesund aus, nichts erinnerte mehr an ihren gestrigen Anfall. »Ich wollte dich sehen, um zu erfahren, ob es dir gut geht.«

»Keine Sorge, ich bin wohlauf.«

»Was war das gestern, Fionee? Bist du krank geworden? Oder war etwas in dem Trank drin, das du nicht vertragen hast?«

»Nein … Nein, ich habe alles vertragen. Ich bin das gewöhnt.«

»Was bist du gewöhnt?«

»Die Wirkung.« Sie wusste selbst, dass sich mir mit jeder Antwort, die sie gab, zwei neue Fragen stellten, und dass es so nicht weitergehen konnte.

»Ich werde dir einiges erklären«, sagte sie. »Zunächst einmal: In dem Wein, den du gestern getrunken hast, befand sich eine Substanz, die lösend und anregend auf das Gemüt wirkt. Ich hielt das angesichts deiner seelischen Verkrampfung für eine gute Idee, habe vorsichtig dosiert, aber offenbar immer noch zu hoch. Jeder Organismus reagiert anders darauf.«

»Ich habe geweint, ohne mich dabei miserabel zu fühlen.«

»Das ist erwünscht.«

»Dann war ich gleichgültig. Später euphorisch. Und heute Morgen kam ich mir wie ausgeleert vor.«

»Und die Ängste kehrten zurück?«

»Ja.«

»Das war leider vorherzusehen. Der Trank stimuliert dich nur für ungefähr einen halben Tag. Ich habe dir zu viel gegeben, somit hielt die Wirkung etwas länger an, zudem war sie zu stark. Hattest du heute Morgen seltsame Erlebnisse irgendwelcher Art?«

»Das hatte ich tatsächlich. Ich glaubte, alle Menschen um mich herum blickten mich feindselig an.«

»Die Substanz, von der ich sprach, holt Eindrücke hervor, die du vor dir selbst verbirgst, sie öffnet das Verschlossene, schont dabei aber deine Seele. Das vorherrschende Gefühl ist zunächst: Alles wird gut. Im Übermaß genossen, kann sie allerdings Trugbilder erzeugen, und zwar noch Stunden nach der Einnahme. Dennoch steckt etwas Wahres in diesen Trugbildern, insofern, als sie deine Ängste verkörpern.«

Ich verstand nicht alles von dem, was Fionee erklärte, wollte es nicht verstehen, wich aus.

»Ich erinnere mich an jedes Wort, das ich gestern zu dir gesagt habe.«

»Das ist gut.«

»Ich habe dir viel erzählt.«

»Entscheidendes.«

»Wofür entscheidend?«

»Für dein Leben, Ermengard.«

Ich lachte nervös. »Ja. Ich bin selbst überrascht, wie viel alten Kram ich mit mir herumschleppe. Nutzlose Dinge …«

»Es sind keine Dinge, Ermengard, es sind Erinnerungen, die mit schlechten Gefühlen verbunden sind, und du hast diese Gefühle viele Jahre lang Tag für Tag gleichsam in eine Phiole tief in dir drin abgefüllt und immer mehr Neues hinzugegeben. Aber kein Gefäß der Welt ist unbegrenzt aufnahmefähig, und so hast du dich selbst vergiftet.«

»So schlimm ist es nicht.«

»Was dich von manch anderen unterscheidet, ist, dass du hohe Ansprüche an dich stellst. Du willst lieb sein und hilfsbereit und höflich, die beste Gattin für deinen Mann, die beste Mutter für deine Nichte, deinen Freundinnen die beste Freundin … Du bist unentwegt damit beschäftigt, anderen zu gefallen, und hast immer Angst, *nicht* zu gefallen. Denk an das Trugbild von heute Morgen. Deswegen bist du unglücklich.«

»Das ist nicht wahr. Unglücklich bin ich wegen Emma und wegen meiner Kinderlosigkeit.«

»Unglücklich bist du, weil du dich nicht akzeptierst, wie und was du bist.«

»So? Wie und was bin ich denn?«

»Erstens: kinderlos.«

»Das ist … das ist unverschämt.«

»Es ist wahr.«

»Ich habe Gerlindis.«

»Ermengard – du *bist keine* Mutter! Und du wirst nie mehr eine werden. Du kannst jedoch anderes sein …«

»Ich will aber nichts anderes sein.«

»Das ist das, was du dir jeden Tag einredest. Du stehst vor einer Wand, die dich vom angeblichen Glück trennt, und schlägst dir daran den Kopf blutig, anstatt mal zur Seite zu blicken und das kleine Fenster zu bemerken. Zweitens bist du gar nicht so lieb und rücksichtsvoll, wie du immer tust. Du hast deinen eigenen Kopf, steckst voller Ideen und Hoffnungen, voller Lust am Tun, aber du befiehlst dir, zu nähen, zu beten und zu allem Ja zu sagen.«

»Damit spielst du auf Arnulf an.«

»Und wenn?«

»Arnulf ist mein Mann. Du weißt wohl nicht, wie es ist, einen Mann zu haben!« Ich wollte Fionee verletzen und schoss einen Giftpfeil auf sie ab, doch sie schien immun dagegen zu sein. Ich fügte hinzu: »Ich habe meinen eigenen Platz.«

»Ich wiederhole mich: Das ist das, was du dir einredest. In Wirklichkeit denkst du anders darüber. Dein Platz gefällt dir nicht, zumindest nicht gut genug. Du möchtest Dinge tun, die dir nicht erlaubt sind.«

»Ich weiß ja wohl am besten, was ich denke und was nicht.«

»Diese Einstellung ist ein weitverbreiteter Irrtum. Deine Suche nach Hugos Mörder – hast du deinem Gemahl davon erzählt?«

»Woher weißt du etwas über Hugo?«

»Du selbst hast mich auf den Mord angesprochen.«

»Das stimmt. Ich erinnere mich. Aber ich habe dir keinen Namen genannt.«

»Ein Mordopfer in der Pfalz ist ein dankbares Gesprächsthema auf den Straßen. Um wieder auf dich zurückzukommen …«

Ich hob die Hand. »Nein, ich will nichts mehr davon hören.«

Fionee respektierte meinen Wunsch.

Wir schwiegen eine Weile, doch es war kein böses Schweigen. Mein Blick blieb mit Fionee verbunden. Ich fühlte mich wohl.

»Du hast mir noch nicht geantwortet«, sagte ich. »Was für eine Art Anfall hattest du?«

»Das kann ich dir nicht sagen. Nicht jetzt. Es ist zu früh.«

»Heißt das, du wirst es mir irgendwann einmal erklären?«

Sie zögerte. »Gewissermaßen.«

»Mit dem Trank hatte dein Zustand nichts zu tun?«

»Ich habe etwas anderes als du getrunken.«

»Und dieses andere hatte nichts mit deinem Zustand zu tun?«

»Nein, es leitet nur etwas ein.«

»Was leitet es ein?«

»Das Sehen.«

Wir wechselten das Thema. Ich mochte nicht über mich sprechen und Fionee nicht über sich. Doch ich blieb. Ich war nicht nur deshalb zu Fionee gegangen, um meine Neugier wegen des Tranks zu befriedigen. Wichtiger waren mir die Zweifel, mit denen ich mich auseinandersetzte.

»Der Hof war heute auf Jagd«, sagte ich.

»Ich hörte davon.«

»Und jemand machte Jagd auf mich. Ich stürzte vom Pferd. Später stellte ich fest, dass das Pferd aus einem Blasrohr oder mit einer Schleuder beschossen worden war. Ich glaube, Emma hat es getan.«

Fionee reichte mir einen weiteren Kelch. Meinen Blick richtig einschätzend, sagte sie: »Das ist nur Wein, nichts als Wein.« Dann grübelte sie über meinen Verdacht bezüglich Emma nach. »Nehmen wir an, es ist, wie du sagst.«

»Sie will meinen Platz einnehmen, und wenn Arnulf sich

nicht scheiden lässt, bleibt ihr nur dieser Weg übrig, um ans Ziel zu kommen.«

»Was weißt du über sie?«

»Was ich über sie weiß?«

»Ja. Was ist denn so merkwürdig an meiner Frage?«

»Sie schläft seit Jahren mit meinem Mann, das ist ja wohl das Wichtigste.«

»Und weiter?«

»Also gut, bitte sehr: Sie ist vierundzwanzig Jahre alt, kommt aus einfachen Verhältnissen, hat ein zwei Jahre altes Kind von Arnulf ... Sie ist heimtückisch und rasend ehrgeizig.«

Fionee leerte ihren Kelch in einem Zug. Die Alte, die sich oft so unauffällig verhielt, dass man sie vergessen konnte, schenkte ihr nach und zog sich dann wieder in einen Winkel zurück.

»Man könnte auch zu einem anderen Schluss gelangen.«

»Was den Anschlag auf mich angeht, meinst du das?«

»Nein. Ich meine, was Emmas Wesen angeht. Sie wurde als sehr junge Frau, fast noch als Mädchen, von deinem Gemahl genommen, und seither hat er sie viele Male genommen. Es wäre doch möglich, dass sie eine enorme Bindung an ihn hat, ja, dass sie ihn nicht weniger liebt als du.«

»Ausgeschlossen. Ich sage doch, sie ist von gemeiner Natur, roh, ohne Benehmen ...«

»Benehmen ist nichts weiter als eine Verhüllung des Tatsächlichen.«

»Seltsame Sätze gibst du immer von dir!«

»Worauf ich hinauswill: Emma ist in einem Alter und wegen ihres Kinds in einem Zustand, in dem kein anderer Mann sie noch nehmen wird. Sie hat niemanden, der sie beschützt, außer deinen Arnulf. Ihr Wohl und Wehe hängt an ihm. Ist dir schon einmal der Gedanke gekommen, dass sie einfach Angst hat? Angst um sich und ihr Kind.«

Dieser Gedanke war mir in der Tat noch nie gekommen. Ich war auch nicht bereit, ihn zuzulassen, denn das hätte Emma und mich auf eine Stufe gestellt. Dort jedoch stand sie nicht. Ich rede hier nicht von Titel und Vermögen. Ich rede vom Recht. Sie hatte kein Recht, einen wie auch immer begründeten Anspruch auf etwas zu erheben, das mit mir verwachsen war. Für mich war sie eine Parasitin, und nur das.

»Diese Frau will mir ans Leben!«, rief ich. »Und ich soll, wenn's nach dir ginge, das Ave Maria für sie beten?«

»Nein. Aber was willst du machen?«

»Sie umbringen.« Über diesen Satz hatte ich vorher nicht nachgedacht. Er tauchte einfach so auf, nachdem er wer weiß wie lange schon in mir gesteckt hatte, im Dreck meines Leibes.

28

ALS ICH IN die Pfalz zurückkehrte, traf ich eine Gerlindis an, die händeringend vor dem Feuer auf und ab lief. Grifos Unfall setzte ihr zu, aber da Arnulf ihr befohlen hatte, das Haus nicht zu verlassen, war sie darauf angewiesen, dass ich mich nach Grifos Befinden erkundigte. Das brachte mich in eine schwierige Lage. Ich wollte Gerold nicht noch einmal begegnen, bevor ich Arnulf über alles, was den Mord an Hugo betraf, informiert hätte. Aber ich durfte Gerlindis nicht im Unklaren lassen. Also machte ich mich auf die Suche nach Arnulf und hatte Glück, da er in dem Moment, als ich über den Pfalzhof ging, von einer Besprechung mit dem König kam.

»Ich habe von deinem Sturz gehört«, sagte er besorgt. »Aber der König versicherte mir, dir sei nichts geschehen.«

»Das stimmt. Ich hatte großes Glück.«

»Dann warst du vorhin, als ich Gerlindis nach Hause brachte, in der Kapelle, für ein Dankgebet?«

»Ja«, log ich. »Auch das. Ich möchte, falls du Zeit hast, gerne etwas mit dir besprechen.«

»Im Moment geht es nicht, Ermengard. Der Papst kommt übermorgen an.«

»Ich hörte davon.«

»Gerold und ich haben bis dahin noch viel zu tun. Ein Papst besucht Aachen ja nicht alle Tage. Ich werde heute sehr spät nach Hause kommen.«

»Ich warte.«

Er lächelte. »Das ist schön.«

Inmitten des Hofes ergriff er meine Hand und küsste sie. Ich hätte mich auf der Stelle an seine Brust schmiegen mögen.

»Ach ja, übrigens«, rief ich ihm nach. »Wie geht es Grifo? Du kannst dir ja denken, für wen ich frage.«

Er nickte. »Sag ihr, er wird wieder gesund. Für eine Weile wird er im Bett bleiben müssen. Das ist mir sehr recht, aber das brauchst du Gerlindis nicht zu sagen.«

Sie fiel mir um den Hals, womit ich gerechnet hatte. Doch wie stark ihre Gefühle für Grifo waren, wurde mir erst wieder deutlich, als sie in meinen Armen zusammenbrach. Die Tränen der Erleichterung sprudelten nur so aus ihr hervor, und sie konnte eine Weile lang kein Wort sagen. Sie hatte um Grifos Leben gebangt, so wie ich vor vielen Jahren um Arnulf gebangt hatte, als das fränkische Heer bei einem Feldzug in Spanien aufgerieben wurde und tagelang nicht feststand, wer umgekommen und wer davongekommen war.

Log ich mir nicht etwas vor, wenn ich glaubte, Gerlindis würde den Verlust des Geliebten schnell überwinden? Hätte ich Arnulfs Tod damals schnell überwunden, wenn er ein Mörder gewesen wäre?

Wie würde Arnulf auf Emmas Tod reagieren?

Die Selbstverständlichkeit, mit der mir eine solche Frage in den Sinn kam, war beängstigend.

Ich versorgte das Mädchen, brachte es ins Bett – an jenem Abend war sie ganz und gar mein Kind –, und sie dankte mir innig. Kein Wort mehr über die Verstimmung am Vormittag, als ich verhindert hatte, dass sie mit Grifo sprach. Sie nannte mich »die Beste«. Und ich kam mir wieder einmal schäbig vor, ich mit meiner awarischen Pfeilspitze, die Grifos Genick durchtrennen würde.

Arnulf kam, wie angekündigt, sehr spät nach Hause. Im warmen Zimmer strahlte seine Kleidung Kälte aus. Ich nahm sie ihm ab, Schicht für Schicht, bis er fast nackt neben mir saß. Der heiße Wein, den ich ihm gab, sollte ihn von innen wärmen und empfänglicher machen für das, was ich ihm zu sagen hatte.

29

ICH ENTSCHIED MICH dafür, zuerst über Emma zu sprechen, ohne dass ich sagen könnte, warum. Plötzlich erschien mir mein ganzes Vorhaben nicht durchführbar, mir wurde regelrecht übel, aber ich zwang mich.

»Ich möchte über Emma sprechen«, fing ich schlicht an und merkte sofort, dass es ihm nicht passte, dass ich diesen Namen in den Mund nahm. »Ich habe den Eindruck, dass Emma mehr verlangt, als ihr zusteht. Pflichtest du mir bei?«

Er sah nicht mich, sondern das Kohlefeuer an. »Ich habe sehr viel zu tun«, sagte er müde. »Und nun kommst du mit so etwas.«

»Verlange ich zu viel, wenn ich wissen möchte, ob ich in unserer Ehe weiterhin einen Platz habe?«

»Was ist denn das für eine Frage?«

»Eine leicht zu beantwortende, hoffe ich.« Mein Tonfall missfiel ihm.

»Ermengard«, sagte er und sah noch immer das Kohlefeuer an. »Der Papst, die Vorbereitungen, Hugos gewaltsamer Tod, Grifos seltsamer Unfall …«

»Du kannst auch meinen seltsamen Unfall hinzufügen.«

Endlich blickte er mich an. »Was heißt das?

»Dass ich nicht von ungefähr vom Pferd gefallen bin. Es wurde beschossen.« Ich kramte aus den Tiefen meines Gewands den Eisensplitter hervor. »Das hier entdeckte ich in Kalliopes Flanke.«

Er nahm den Splitter zwischen zwei Finger und betrachtete ihn.

Ich sagte: »Emma hatte die Gelegenheit und den Grund.«

Von da an hatte ich endgültig Arnulfs Aufmerksamkeit.

»Du behauptest ... Das ist lächerlich.«

»Ich zähle nur die Tatsachen auf.«

»Die du willkürlich deutest.«

»Wenn ich deute, ist es also willkürlich, und wenn du die Tatsachen gegen Grifo deutest, gründet das auf vernünftigen Überlegungen, ja?«

»Was ist denn bloß in dich gefahren?«

»Entschuldigung, ich bin vom Pferd gestürzt und dabei fast zu Tode gekommen. Und ich sehe meine Ehe bedroht. Oder willst du bestreiten, dass Emma deine Gräfin werden will?«

Er wurde blass. »Was Emma will und was ich will, das sind zunächst einmal zwei verschiedene Dinge.«

Dieser Satz tat mir gut, so unsagbar gut. Sofort kam das Glück zu mir.

Ich schloss die Augen und sagte: »Danke«, nicht wissend, ob ich damit Arnulf meinte oder Gott. Arnulf bezog den Dank auf sich.

»Bitte.« Er stand auf. »Ich verstehe nicht, wie du dich derart aufführen kannst. Ich habe doch wirklich alles getan, damit du in Frieden gelassen wirst.«

»Wer in Rivalität lebt, hat nie Frieden. Außerdem lässt Emma mich nicht in Ruhe. Sie hat mir selbst gesagt, dass sie gerne deine Gemahlin wäre.«

»Das besagt nichts. Vielleicht wärst du gerne Königin. Trotzdem verübst du keinen Anschlag auf Liutgarde.«

»Ich wäre aber nicht gerne Königin.«

»Das war nur ein Beispiel. Komme ich auf den Gedanken,

du könntest Emma etwas antun, nur weil sie ein Kind hat, und du gerne ein Kind möchtest?«

Nun war ich es, die erblasste. Und das Glück löste sich auf.

»Siehst du«, sagte er, »ein solcher Gedanke ist ebenso abwegig wie der, den du hegst. Emma wäre überhaupt nicht in der Lage, jemandem etwas anzutun, geschweige denn mit Eisensplittern umherzuschießen. Gut, sie redet manchmal ein bisschen leichtfertig, das ist aber auch schon alles. Und jetzt möchte ich nicht mehr darüber sprechen. Es waren schon zu viele Worte.«

»Bist du denn so blind?«, fragte ich. »So blind, Arnulf? Emma ist nicht das harmlose Wesen mit einem Gemüt nicht tiefer als eine Schale Wasser, für das du sie hältst. Hat sie dich bereits dermaßen betört …«

»Das ist Gewäsch. Du bist voreingenommen.«

»Und du nicht? Ich habe viele Jahre lang geschwiegen. Niemals hast du von mir ein Wort der Klage gehört.«

»Wie es sich geziemt.«

»Ja, wie es sich geziemt. Und nun erwarte ich, so wie es sich geziemt, deinen Beistand. Du kennst mich, ich neige nicht zum Jammern, neige ebenso wenig dazu, überall finstere Bedrohungen zu sehen. Ich weiß, wem meine Loyalität gebührt, nämlich dir, und ich setze meine Kraft für dich ein. Ich habe mit Mathilda und Prinzessin Teodrada über Hugo gesprochen, und sie haben mir Dinge gesagt, die dir nützlich sein werden.«

Arnulf hörte mir aufmerksam zu, während ich ihm berichtete, dass Mathilda eine enge Vertraute Hugos gewesen war, der er alles, was ihm auf dem Herzen lag, erzählte, unter anderem auch seine Einstellung zu seinem jüngeren Bruder, den er für einen ehrgeizzerfressenen Blender hielt.

Arnulfs Blässe füllte sich mit Röte. »Soll das heißen, du läufst seit Tagen umher und befragst in meinem Namen irgendwelche Leute?«

»Ist das alles, was dir dazu einfällt?«

»Beantworte meine Frage.«

»Ja, ich befrage Leute. Nein, ich befrage sie nicht in deinem Namen, sondern in meinem. Ich habe dir nur helfen wollen. Ist das denn so schlimm?«

»Wenn du Kinder hättest, würde so etwas nicht passieren.«

Gleichzeitig lief mir ein Schauer den Rücken hinunter, und eine ungeheure Schwere erfüllte meine Brust. »Wenn ich wie Emma wäre, ja? Sag es doch!«

»Wenn du es unbedingt so ausdrücken willst: Ja. Wenn du wie Emma wärst, würde das nicht passieren. Sie kennt ihre Aufgabe.«

»Ich kenne meine Aufgabe auch, nur steht sie mir nicht zur Verfügung«, schrie ich.

»Ist das etwa meine Schuld?«

»Meine ist es auch nicht!« Ich stand auf und rannte an ihm vorbei, absichtlich sehr dicht, damit er die Möglichkeit hätte, mich aufzuhalten. Er sollte mich ergreifen, mich beruhigen, von seiner ungebrochenen Zuneigung sprechen, er sollte mir erklären, ich bedeute ihm hundertmal mehr als Emma. Ich erwartete keine Entschuldigung. Ich erwartete Besänftigung.

Ich erhielt keine.

30

WAS HATTE ICH falsch gemacht? Wo lag mein Fehler? Ich wusste, an irgendeinem Punkt des Gesprächs hätte ich es abbrechen müssen. Und wenn es nicht am Gespräch lag, dann an dem, was dem Gespräch vorausgegangen war, an meinen Taten. Hugo, Grifo, Mathilda, Teodrada, Fionee – wenn sie nicht gewesen wären, wenn ich mich mit ihnen nicht abgegeben hätte, dann wäre es niemals zu diesem Eklat gekommen.

Ich hatte die Ziegenhaut von meinem Fenster genommen und blickte, in eine wärmende Decke gehüllt, durch die Nacht in Richtung der Wälder, mehr jedoch blickte ich in die Nacht in mir.

Was war für Arnulf eigentlich schlimmer? Dass ich hinter seinem Rücken Nachforschungen angestellt hatte oder dass ich seine Konkubine beschuldigte, mich umbringen zu wollen? Ich hatte mit seinem Widerwillen gerechnet, sich mit mir über Emma zu unterhalten, weil er mir gegenüber stets so tut, als sei sie ein Sagenwesen, das eigentlich nicht existiert. Aber ich hatte mir gesagt, dass wenn er sich mit ihr über mich unterhielt, es umgekehrt ebenso möglich sei. Mit meiner Beschuldigung hatte ich stattdessen das Gegenteil dessen erreicht, was ich hatte erreichen wollen. Die Waagschale neigte sich zu Emmas Gunsten.

Diese Erkenntnis, so sehr sie mich erschreckte und erzittern ließ, brachte mir zumindest eines vor Augen: Zu dem Disput wäre es so oder so gekommen, auch ohne mein Interesse für Hugos Tod, ohne meine Einmischung und Neugier. Der Fehler lag nicht bei mir. Ich hatte nur das getan, was meiner Meinung nach das Richtige gewesen war, und zwar aus dem Grund, ihm und Gerlindis zu helfen. Dass es mir ganz nebenbei eine harmlose Freude bereitet hatte, dem Verbrechen nachzuspüren …

Dem Verbrechen nachspüren – bei diesem Ausdruck hielt ich inne und umging ihn, wie ich ein Schlammloch umgehen würde

Arnulf trug die Hauptschuld an unserem Disput. In seinen Ohren klang alles, was ich herausgefunden hatte, wie ein Bekenntnis, dass ich ihn für unfähig hielt, ein Verbrechen aufzuklären. Im Grunde genommen stimmte das sogar. Arnulf war ein guter Pfalzgraf, aufmerksam, wohlwollend, fleißig, doch verfügte er über wenig Raffinesse. Er dachte geradlinig, und es machte ihn wahnsinnig, wenn die Dinge nicht offen vor ihm zutage traten. Da ein Mord nun einmal kein Ritterspiel ist, war jemand wie Arnulf mit der Auflösung überfordert, es sei denn, er erhielt ein schnelles Geständnis. Mit meinen Nachforschungen hatte ich ihm demnach einen großen Gefallen getan – zugeben würde er das nie und nimmer. Im Gegenteil, er grollte mir, und in seinem Groll warf er mir erneut vor, keine Mutter zu sein.

In einer Woche oder einem Monat könnte mich seinerseits ein noch schlimmerer Groll treffen, einer, der weniger offensichtlich ist und viel tiefer sitzt: der Groll desjenigen, der weiß, dass er sich im Unrecht befand.

Ich hatte das schon einmal erfahren.

Eine siebzehn Jahre alte Erinnerung: das Blutgericht.

Dort, wo die Aller in die Weser mündet, biegen sich die Birken im Wind. Allenthalben tanzt Laub.

Der König hat die Edlen seines Reiches versammelt, was er sonst nur zu Reichstagen tut, und auch der Treffpunkt, eine Heide, ist ungewöhnlich. Die Edlen sitzen, geschmückt wie zu einem Fest, zu Pferd, an die zweihundert zähle ich. Karl hat zwar befohlen, dass die Damen in einem nahe gelegenen Lager am Rand des Dorfes Verden verweilen sollen, doch ich habe diesen Befehl missachtet und bin bei einem Spaziergang an der Weser »zufällig« an jenem Versammlungsplatz vorbeigekommen. Schilf, Gebüsch und Birken geben mir Deckung.

Ungefähr dreißig Schritte von den Edlen zu Ross entfernt steht die tausendköpfige Führungsschicht der Sachsen im Heidegras, entwaffnet und von zahlreichen Wachen umringt. Ihr Aufstand wurde kürzlich niedergeschlagen, und sie alle sind vor den König gebracht worden, damit er über sie richte. Nur Widukind, der Anführer, konnte entkommen.

Die Worte des Königs kann ich nicht verstehen, da der Wind sie mit sich fortträgt, aber der Aufruhr bei den Sachsen ist erheblich.

Und dann begreife ich. Es soll ein Exempel statuiert und einige sächsische Adelige sollen hingerichtet werden. Anscheinend will der König diese Aufgabe aber nicht ausschließlich den niederen Offizieren überlassen, nein, seine Edlen sollen mit gutem Beispiel vorangehen. Graf Theoderich, ein Verwandter des Königs, steigt unaufgefordert als Erster vom Pferd. Ein

Holzpflock wird ins Heidegras gestellt, und Theoderich greift sich einen Beliebigen aus der sächsischen Phalanx und schafft ihn unter Mithilfe zweier Wachen zum Pflock. Der langhaarige Sachse wehrt sich, doch kein Laut kommt ihm über die Lippen. Das Schwert saust nieder. Die Franken johlen. Die Sachsen schweigen.

Ich wende mich ab, obwohl ich wegen des hohen Grases das Schlimmste nicht sehen kann.

Als ich mich wieder vorsichtig umdrehe, steigt Theoderich gerade auf sein Ross. Eine Weile geschieht nichts. Der König scheut davor zurück, seinen Edlen zu befehlen, es Theoderich nachzutun, und die Edlen scheuen ebendies. Es ist wahrlich keine ruhmreiche Aufgabe, Wehrlosen den Kopf abzuschlagen, das ist Henkersarbeit.

Mir bleibt das Herz fast stehen, als Arnulf von seinem Pferd absteigt. Er gehört nicht zu den Edlen, ist jedoch als Befehlshaber einer Scara, einer Reitertruppe, über den Rang eines niederen Offiziers hinausgekommen.

Arnulf, möchte ich rufen, tue das nicht.

Er geht zwischen den Sachsen umher, ich verliere ihn ab und zu aus dem Blickfeld. Schließlich werden drei junge Männer – keiner älter als zwanzig, soweit ich sehen kann – von den Wachen aus dem Pulk gezogen. Zwei weitere Blöcke werden aufgestellt. Die drei jungen Männer ähneln sich, es sind zweifellos Brüder. Ihr Vater ist in die vorderste Reihe der Sachsen getreten und muss von den Wachen daran gehindert werden, den Pulk zu verlassen. Der Vater ruft die Namen der Söhne.

Meine Hand legt sich zitternd auf meinen Mund. Ich

schließe die Augen. Ich höre einen, zwei, drei Schwertschläge. Die Franken johlen, die Sachsen schweigen.

Ich halte mir die Ohren zu. Ich laufe weg.

Der Wind verfolgt mich. Er trägt die Geräusche der Enthauptungen mit sich. Er trägt das Johlen mit sich und auch das Schweigen.

Am Abend erst kehrt Arnulf in unser kleines Zelt zurück, das vom Sturm geschüttelt wird. Nachdem wir uns, ohne zu sprechen, in die Augen gesehen haben, weicht er meinem Blick aus.

»Hast du gegessen?«, frage ich nach einer Weile.

»Ja.«

Die Zeit vergeht.

»Wie viele?«, frage ich.

Er weiß, wovon ich spreche. »Du warst also dort. Warum tust du nicht, was man dir sagt?«

»Wie viele?«

»Das ist nichts für eine Frau.«

»Wie viele?«

»Gib bitte Ruhe.«

»Wie viele?«

»Herr im Himmel!«, ruft er ärgerlich.

»Sag es. Wie viele?«

»Ungewiss. Siebenhundert, achthundert, eintausend. Ich habe sie nicht gezählt.«

»Herr im Himmel«, flüstere ich fast atemlos. »Eintausend.«

»Vielleicht auch mehr.«

Ich zögere. »Und – du – hast …?«

Er sieht mich empört an. »Nur die drei. Was denkst du denn von mir!«

»Dass du das nicht hättest tun sollen. Nicht hättest tun *sollen* und nicht hättest tun *müssen.«*

»Der König hat mich dafür gelobt, Ermengard.«

»Dergleichen brauchst du von mir nicht erwarten.«

»Was willst du eigentlich? Es handelt sich um Aufrührer.«

»Warum hast du *drei* Sachsen hingerichtet, wo Theoderich sich mit ›nur‹ einem zufriedengab? Warum drei Brüder?«

»Fragen stellst du! Es hat sich einfach so ergeben.«

»Du hast einem Vater alle drei Söhne genommen.«

»Das weiß ich selbst.«

»Das war nicht richtig, Arnulf.«

»Der König hat sie verurteilt, also ist es richtig.« Als er merkt, dass ich ihm nicht widerspreche, beruhigt er sich ein wenig. »Sieh, Ermengard, die Sachsen werden nur von harten Schlägen beeindruckt. Wir hatten zunächst nicht vor, so viele umzu… hinzurichten. Aber die Sachsen flehten nicht um Gnade, und der König wollte nicht klein beigeben. Es folgte Schlag auf Schlag, und immer mehr Edle wollten ihre Treue beweisen, und dann war da plötzlich dieser Jubel, so eine Hochstimmung auf unserer Seite, und wenn das keine göttliche Sendung war, was denn dann?«

Die Antwort darauf halte ich zurück. Ich sage stattdessen: »Wenn du es nicht so eilig gehabt hättest, Theoderich nachzueifern, wäre es vielleicht nicht zu diesem – diesem *göttlichen* Blutgericht gekommen.«

Er verlässt das Zelt.

»Wohin gehst du?«, rufe ich.

»Zu meinesgleichen.«

> Nach diesem Streit ist er in meiner Nähe schweigsam und missgelaunt, wochenlang. Würde er sich im Recht fühlen, würde er großmütig über meine Meinung hinweggehen. Aber er weiß, dass das, was er bei Verden tat, nichts mit seiner Treue zum König zu tun hatte, sondern dass er es in gewisser Weise gerne tat. Es hat sich um Rache gehandelt. An wem? An einem sächsischen Vater, den er nicht kannte, so scheint es. Die Wahrheit liegt tiefer.

Arnulf hat schon immer den vorgehaltenen Spiegel gefürchtet wie der Teufel das Weihwasser. Meine Enthüllungen im Mordfall Hugo hatten eine Kerbe in die blitzblanke Rüstung von Arnulfs Selbstverständnis geschlagen, die nur durch Emmas nächtlichem Zauber wieder heilen könnte. Sie würde die richtigen Worte finden, um ihn zum Helden Hektor und mich zur Kassandra zu machen.

Emma, und immer wieder Emma. Ich kam stets auf sie zurück. Meine Beschuldigung war für Arnulf eine Verleumdung, die mich darüber hinaus zu einer anderen Frau machte als die, die ich bisher gewesen war, die er geachtet hatte.

Womöglich hatte er recht, und ich war eine andere Frau geworden, wenn auch keine Verleumderin. Fionee hatte kluge Dinge gesagt, sie hatte etwas erkannt – etwas gesehen –, das mir bisher verborgen geblieben war. Was sah Fionee noch?

Emma. Emma und das Kind. Emma und Arnulfs Töchterchen. Im Falle von Emmas Tod wäre die einzige Frau, die mir Arnulf wegnehmen könnte, gegangen, und plötzlich wäre da ein kleines Kind übrig, jung genug, um es zu formen, ihm eine neue Mutter zu werden und die alte auszulöschen.

Mein Gott!

Ging meine Veränderung so weit, dass ich danach trachtete, zu töten? Ganz gewiss nicht.

Und doch sollte ich es schon bald tun.

31

ICH PLATZTE IN Gerolds Gemach. Er war gerade dabei, sich auszuziehen, war jedoch noch nicht weit gekommen. Da ich schnell gelaufen war, atmete ich schwer. Mein Erscheinen zu dieser Stunde war unschicklich.

Ich warf mit einer entschiedenen Bewegung die Pfeilspitze auf Gerolds Bett.

»Ich glaube nicht mehr, dass Euer Sohn die Pfeilspitze am Tatort verloren hat.«

Gerold war zu verblüfft, um mir zu antworten. Er starrte mich mit großen Augen an.

»Ihr sagtet«, fuhr ich fort, »Grifo nehme Pfeilspitze und Medaillon mit in Schlachten und auf Feldzüge. Aber wieso sollte er sie am Abend des Mordes an Hugo bei sich tragen? Und selbst wenn er sie bei sich trug: Das angeschnittene Zaumzeug beweist, dass jemand vorhat, Grifo zu töten; die Pfeilspitze könnte der erste Versuch gewesen sein, und er wäre gelungen, wäre sie vom König oder von meinem Gemahl gefunden worden. Versteht mich richtig, vielleicht *hat* Grifo die Pfeilspitze verloren, aber sie taugt nicht als Beweis, weil es möglich wäre, dass jemand sie entwendet hat und am Tatort ablegte. Ich übergebe sie Euch. Was mich angeht, habe ich sie nie gesehen.«

Ich wandte mich zum Gehen. »Ihr solltet die Tür verriegeln. Hier kann ja jeder hereinkommen.«

Er verharrte noch immer in der gleichen Stellung, ein

Kleidungsstück in Händen. »Wir haben sie stets nur dann verriegelt, wenn wir ungestört sein wollten.«

»Grifo ist vielleicht in großer Gefahr, Gerold.«

In den wenigen Stunden des Schlafs, die mir verblieben, starb ich ein wenig. Ich spürte, dass am nächsten Tag nichts mehr so sein würde, wie es gewesen war, mich eingeschlossen.

32

ES SCHNEITE. DIE Flocken fielen senkrecht vom Himmel. Sie hatten nichts Bedrohliches an sich, man musste sie mögen. Ich sah ihnen lange dabei zu, wie sie aus dem Unbekannten kamen, wie sie vergingen ... Die Morgenmesse ließ ich ausfallen, und ich bat Gerlindis, mich bei Berta zu entschuldigen und ihr zu erklären, dass ich heute lieber allein wäre.

Arnulf war fortgegangen, bevor ich aufgestanden war. Manchmal, wenn ich die Haustür öffnete und dem Schnee zusah, sah ich auch Arnulf in der Ferne, wie er Anweisungen gab, wie er Flaggen aufhängen und Baugerät wegschaffen ließ. Für ihn und für mich war es besser, wenn wir uns nicht begegneten, aber einmal trafen sich unsere Blicke, und das war ein Moment, als würde ein Gewicht mich treffen.

Gerlindis gegenüber ließ ich mir so wenig wie möglich anmerken. Ich sagte ihr, das Wetter bedrücke mich, es sei eben nicht das Wetter des Rhônetals.

»Mir macht das Wetter gar nichts aus«, sagte sie.

»Du bist jung, Gerlindis, so jung ...«

Sie überlegte, ob sie mir eine Frage stellen dürfte, und in ihrer Not entschied sie sich dafür. »Ich würde Grifo gerne ein paar Zeilen schreiben, darf ich?«

»Meinetwegen. Aber er kann nicht lesen.«

»Warum ist alles so schwierig? Ich will ihm ja bloß zeigen, dass ich an ihn denke. Nun gut, wenn er nicht lesen kann, will ich ihn besuchen.«

»Gerlindis, es ist an Grifo, sich dir zu erklären, nicht umgekehrt. So ist sie nun einmal, die Welt. Wenn es nach mir ginge … aber es geht nicht nach mir.«

Gerlindis sagte flehentlich: »Kannst du denn *gar nichts* für mich tun?«

Mein liebes Kind, wollte ich antworten, wenn du wüsstest, was ich alles für dich und Grifo tue. Das behielt ich jedoch für mich.

Ich seufzte. »Ich lasse bei Gerold durchblicken, dass du auf ein Zeichen von Grifo wartest.«

Sie geriet in Verzückung. Die Liebe ist schon ein Unding. Ich sage zu, dem Vater eines Bettlägerigen anzudeuten, er möge gegenüber seinem Sohn andeuten, dieser solle ein Zeichen senden, und aus einer fast erwachsenen Frau wird eine Phantastin.

Gegen Mittag ging ich spazieren, fort von der Pfalz, von Aachen, in Richtung der Felder. Der Winter hielt die Bauern in den Hütten. Ich war ganz für mich, eine von Nebel umgebene Frau auf einer unbevölkerten, der Stille und Einsamkeit anheimgegebenen Erde. Dort nun, auf diesem lebensfeindlichen Boden, konnte gedeihen und Gestalt annehmen, was in Glück und Wärme nicht zu wachsen vermag.

Ich wünschte mir, dass mein Hass ungeheuer würde. Ich suchte nach ihm. Ich suchte auch die Kälte und Verruchtheit und den Mut zur Tat, zum Verbrechen. Das alles erschien mir begehrenswert. Mein Ziel war, Emma die Schuld an allem zu geben, was in meinem Leben nicht geglückt war, und gemeinsam gelang es dem Frost von außen und dem Frost von innen, mein Herz zu erreichen.

»Teufel, wo bist du?«

Nicht, dass ich ihn herbeisehnte. Doch ich erwartete ihn, da ich einen Entschluss gefasst hatte, den vielleicht schwerwiegendsten Entschluss, den ein Mensch fassen kann: den Entschluss zu töten. Mord führt zu ewiger Verdammnis, unsagbaren Schmerzen, Höllenqualen. Doch was bedeuten jenseitige Qualen, wenn die diesseitigen die Brust zerreißen?

»Teufel, wo bist du?«

Ich rief, als rechnete ich damit, dass er mir höchstpersönlich das Mordgerät in die Hand drücken würde.

Eine Krähe näherte sich mir, entfernte sich wieder. Am anderen Ende des Feldes rannte ein Fuchs vorüber. Über mir kreiste ein Greifvogel.

Nach einiger Zeit war ich mir sicher, dass kein Teufel erscheinen würde.

Ich trat den Rückweg an.

Ich war noch nicht weit gekommen, als ich die Geräusche eines Pferdes im vollen Galopp nahen hörte, dann tauchte ein Reiter am weißen Horizont der Felder auf. Er war in weite Mäntel und eine Kapuze gehüllt, und als er näher kam, sah ich, dass auch die untere Hälfte seines Gesichts verhüllt war. Das war nichts Besonderes – die Luft war bitterkalt, meine Stirn und Wangen kamen mir wie hartes Gebälk vor. Trotzdem wurde ich, was die Gestalt betraf, von einem unguten Gefühl ergriffen, möglicherweise, weil ich kurz zuvor noch an den Teufel gedacht hatte, oder aber, weil mir die Haltung des Reiters Aggressivität auszudrücken schien.

Ich ging einen Schritt auf dem Feldweg zur Seite, um Pferd und Reiter passieren zu lassen.

Da traf mich ein Schlag gegen den Kopf.

Ich fiel.

Wie schon am Tag zuvor lag ich einige Atemzüge lang ohnmächtig auf dem Boden, und als ich wieder zu mir kam und mich aufrichtete, war dort, wo mein Kopf gelegen hatte, ein roter Fleck im frischen Schnee.

Meine ganze rechte Gesichtshälfte war taub.

Ich blickte mich um.

Das Pferd erhob sich unmittelbar vor mir, es bäumte sich auf. Seine Hufe stampften links und rechts meines Körpers auf, und ich meinte seine Wärme zu spüren, den Atem aus den Nüstern, den Widerstand gegen die Befehle des Reiters.

Und dann hörte ich ein menschliches Geräusch. Ein Ächzen, Ausdruck von Anstrengung des Reiters. Doch dieser Laut kam nicht von einem Mann. Der Reiter war eine Frau.

Es gelang mir aufzustehen. Ich machte ein paar Schritte auf den Waldrand zu, hörte das Pferd hinter mir. Einer Ahnung nachgebend, duckte ich mich, und da sauste auch schon der Prügel, der mich hatte am Kopf treffen sollen, haarscharf über mich hinweg.

Ich stolperte.

Die Kraft verließ mich. Ich sah das Pferd auf mich zukommen. Der Weg in den Waldrand war mir versperrt, und ich dachte, gleich ist es vorbei, Ermengard, noch so eine Attacke überlebst du nicht.

Seltsamerweise verspürte ich keine Angst. Der Tod hatte seinen Schrecken für mich verloren.

33

DER TOD HÄTTE mich zweifellos ereilt, wenn nicht plötzlich laute Rufe zu hören gewesen wären, von einer Frau, die querfeldein auf uns zulief und heftig mit den Armen gestikulierte, so als wolle sie einen Bären verjagen. Sie hatte Erfolg. Die Reiterin suchte das Weite.

Die Frau, die mich gerettet hatte, war Fionee.

Ich kam erst wieder richtig zu mir, als wir in ihrem Haus eintrafen. Ich hatte, wenn auch leicht benommen, auf Fionee gestützt gehen können, und doch habe ich fast keine Erinnerungen an den Weg über die Felder zurück bis nach Aachen und dort durch die Gassen bis zu ihrer Tür. Erst die Gerüche und die Wärme des Hauses weckten meine Lebensgeister.

Die Alte begab sich sofort zu den Kräutertöpfen und zum Ofen, als sie meinen Zustand sah. Während Fionee mir ein gemütliches Lager bereitete und begann, meine verletzte Wange zu versorgen, blubberte im Hintergrund schon das Wasser. Ein neuer Geruch legte sich über alle anderen Gerüche.

»Was ist mit meinem Gesicht?«, fragte ich.

»Sag du es mir, Ermengard.«

»Ich wurde von – von etwas getroffen, als die Reiterin …«

»Es war eine Frau? Bist du sicher?«

»Ich hörte sie ächzen. Es war die Stimme einer Frau.«

»Du warst benommen.«

»Es war eine Frau.«

Fionee ließ es auf sich beruhen. Sie sagte: »Ich schätze, du wurdest von einem Holz getroffen.«

»Holz?«

»Einer Latte oder etwas Ähnlichem. Jedenfalls war es ungeschliffenes Holz, denn ich finde einige kleine Splitter in der Wunde.«

»Ist sie tief?«

»Nein, nicht tief. Eine Abschürfung, wenn auch eine ziemlich große.«

»Vorhin habe ich gar nichts gespürt. Jetzt ist meine Wange heiß.«

»Sie wird noch heißer werden, sie wird brennen, wenn ich gleich ...«

»Au, das tut weh.« Ich ließ die weitere Behandlung klaglos über mich ergehen, unterstützt vom Gesöff, das die Alte mir überreichte, und dachte über die Reiterin nach.

»Wenn es Holz war, wie du sagst, dann spricht das für meine These, dass ich von einer Frau angegriffen wurde. Ein Mann hätte eine Schmiedewaffe zur Hand gehabt, die jedoch für eine Frau viel zu schwer ist. Außerdem kommt eine Frau an solche Waffen fast nicht heran, wohingegen Latten überall herumliegen, vor allem in der Pfalz, wo gebaut wird.«

»Ich bin fertig.« Sie sah mich an, und plötzlich war es ganz still. »Ich vermute, du glaubst, dass Emma dahintersteckt.«

Ich nickte. Stille.

»Und du wirst Arnulf nichts erzählen, habe ich recht?«

Ich nickte. Stille.

»Du wirst irgendeine Ausrede erfinden, beispielsweise dass du auf glattem Boden gestolpert bist. Du wirst ihn anlügen, weil du annimmst, dass er dir nicht glauben und dir Eifersucht und Verleumdung unterstellen würde.«

Stille. Ich nickte.

»Du fürchtest, er könnte denken, du hättest dir die Verletzung absichtlich zugefügt, um Emma zu beschuldigen.«

Stille.

»Woher weißt du das alles?«, fragte ich. »Fionee, sag.«

Sie sah mich noch immer an, war nah bei mir.

»Ich weiß viel über dich, Ermengard.«

»Woher?«

Sie antwortete mir nicht.

Ich stellte eine andere Frage. »Wieso warst du vorhin zur Stelle, als ich dich gebraucht habe? Das war kein Zufall, oder?«

»Kein Zufall. Ich stand seit dem Morgen in der Nähe der Pfalz in der Erwartung, dass du spazieren gehst. Ich war mir nicht ganz sicher … Wohl aber war ich mir sicher, dass es dir schlecht geht, weil du mit deinem Gemahl gestritten hast. Es ging dabei um Emma.«

Stille.

Ich hatte Fionee seit dem Streit mit Arnulf nicht gesehen und sagte: »Wie kommt es, dass – dass du … Ich verstehe immer noch nicht …«

»Wir sind verbunden, Ermengard. Mehr will ich dir dazu nicht sagen. Nur, dass der Überfall vorhin mich genauso überrascht hat wie dich. Es gibt viele Dinge, die ich nicht weiß. Aber ein paar weiß ich. Frag nicht, woher. Für diese Frage ist es noch zu früh.«

»Das ist unheimlich«, sagte ich, hoffend, sie würde mir dieses Wort auszureden versuchen.

»Ja«, sagte sie, »das ist unheimlich.«

Stille.

»Du sagst, ich soll nicht nach dem Woher fragen, aber … Welche Dinge weißt du noch?«

Ohne dass Fionee den Blick von mir löste, glitt ihre Hand langsam in ihr Gewand, verblieb einen Moment darin und glitt ebenso langsam wieder heraus, ein kleines Gefäß umklammernd.

Ich betrachtete es eine Weile.

»Was ist das?«, fragte ich schließlich.

»Das«, sagte Fionee, »ist das, wonach es dich verlangt.«

34

DER TRANK HATTE die Farbe von Rubinen.
Von dunklem Wein.
Von Blut.
Von Liebe.

Der Trank roch nach Honig.
Nach Rinde.
Nach Erde.

Der Trank bedeutete den Tod.

»In eine vier- bis fünffache Menge Wein gemischt, ist er kaum noch herauszuschmecken. Die Wirkung setzt allmählich ein. Wird er abends getrunken, fühlt man sich am nächsten Morgen leicht geschwächt. Man spürt etwas nahen und denkt an eine Erkältung. Im Verlauf des Tages wird die Empfindlichkeit gegen Kälte größer, dann setzt ein Frösteln ein, das mit heißen Suden und Wein bekämpft wird. Kopfschmerzen kommen hinzu. Vierundzwanzig Stunden nach Einnahme des Trankes ist man noch immer nicht siech. Es fühlt sich an, als versuche eine Krankheit nach einem zu greifen, doch man könnte noch davonkommen. Am darauf folgenden Morgen fällt das Aufstehen schwer. Die Beine sind wie Gewichte, die Brust ist wie von einer größer werdenden Blase gefüllt. Husten und Schwindel setzen ein. Fieber ist möglich, tritt jedoch nicht bei jedem auf. Der Arzt wird gerufen. Er stellt eine Verschleimung des Atemweges fest. Handelt es sich um einen schlechten oder mittelmäßigen Arzt, vermutet er lediglich eine ernste Erkältung. Ein guter Arzt stellt fest, dass die ganze Lunge befallen ist. Wie auch immer – die verabreichten Salben und Elixiere sind nicht stark genug, und in der Nacht wird der Zustand lebensbedrohlich. Das Atmen fällt immer schwerer. Die Krankheit erfasst das Herz. Kräftige Menschen überstehen die Nacht und den folgenden Tag, manchmal auch die auf den Tag folgende Nacht. Das Herz kämpft, es kämpft, kämpft, das Herz bleibt dann stehen.«

»Schmerzen?«

»Wenige. Viel schlimmer ist die Angst, keine Luft mehr zu bekommen, doch man ist bald zu schwach, um noch starke Gefühle entwickeln zu können. Die Müdigkeit nimmt zu. Sie wird enorm, allumfassend. Ja, man könnte sagen, dass man an allumfassender Müdigkeit stirbt.«

»Die Gefahr der Entdeckung?«

»Gering. Das Gift stammt von jenseits des Euphrats. Der Krankheitsverlauf deutet zu keinem Zeitpunkt auf eine Vergiftung hin. Die Zunge schwillt nicht an, es finden keine Verfärbungen der Haut statt, es gibt kein Blut im Stuhl oder im Schleim.«

»Wer bist du, Fionee?«

»Ich bin vieles. Ich bin auch Giftmeisterin.«

35

VON DA AN trug ich den Tod mit mir herum, den ich nach Belieben austeilen konnte. Die Phiole war mir gewiss, ich holte sie immer wieder aus meinem Gewand hervor, betrachtete und befühlte sie, drückte sie an mich, vergewisserte mich ihrer Anwesenheit, so als fürchte ich, sie sei das Erzeugnis meiner Einbildung. Endlich hatte ich, wonach ich seit Tagen verlangte, ohne es mir letztendlich eingestanden zu haben. Zwischen dem Wunsch, jemanden tot zu sehen, und dem Plan, jemanden zu töten, tut sich ein Abgrund auf, den zu überwinden meiner Meinung nach den Wenigsten gelingt. Zu viel spricht dagegen: die Angst vor dem Absturz, der Schwindel angesichts solchen Wahnsinns, der Zweifel, ob nicht ein anderer Weg zum Ziel führt, die Gewohnheit des sicheren Bodens unter den Füßen … Ich hatte den Abgrund überwunden. Mit meiner Phiole hielt ich den Plan in der Hand.

Es drängte mich zu Emmas Haus. Von der Abenddämmerung grau umfangen, aus dem Rauchfang qualmend und mit einem schwachen Licht, das durch einen Fensterladen nach draußen drang, strahlte es etwas Heimeliges und Friedliches aus, was mich jedoch in keiner Weise besänftigte. Emma musste sterben, damit Arnulf und ich zusammenleben konnten.

Sollte ich es sofort tun?

Wieso nicht?

Die Abendmesse hatte begonnen, die Dunkelheit setzte ein, niemand hatte mich zu ihrem Haus gehen sehen.

Natürlich stellte sich mir die Frage, wie ich die Tat begehen sollte, ohne dass andere Menschen in Mitleidenschaft gezogen würden, schon gar nicht Arnulf, aber auch sonst niemand. Fionee hatte mir überdies eingeschärft, der gesamte Inhalt der Phiole müsse verabreicht werden, ansonsten könne es passieren, dass die Wirkung nicht tödlich sei.

Das Einfachste wäre ein Becher Wein. Emma würde jedoch misstrauisch werden, wenn ich sie bäte, mit mir einen Abend zu zweit zu verbringen. Nach dem ersten Anschlag auf mein Leben hatte sie sich noch in Hoffnung wiegen können, ich würde die Verletzung meines Pferdes nicht bemerken. Doch die zweite Attacke war unmissverständlich, und Emma würde sich gewiss vor mir in Acht nehmen. Rechnete sie damit, dass ich einen Gegenschlag vorbereitete? Oder glaubte sie, ich baue ausschließlich auf Arnulf, um mich zu wehren?

Je schneller ich zur Tat schritt, desto größer war meine Aussicht auf Erfolg.

Leise betrat ich Emmas Haus. Ich hatte keine Ahnung, wie ich das Gift einsetzen würde, und hoffte auf irgendeine Gelegenheit. Sogleich hörte ich Stimmen. Meine erste Vermutung war, dass Arnulf bei Emma war. In diesem Fall hätte ich das Haus sofort verlassen. Doch ich hörte eine zweite Frauenstimme, und am Dialekt erkannte ich, um wen es sich bei der Besucherin handelte, noch bevor ich sie sah.

Auf leisen Sohlen schlich ich weiter. Die Kammern des Hauses waren klein, seine Konstruktion verschachtelt. Das kam mir entgegen. Ein Haus mit einer einzigen großen Wohnhalle samt Herd und Ofen hätte mir mein Vorhaben erschwert. Und noch ein anderer Umstand bot mir einen Vorteil, gab es doch im Inneren des Hauses keine Türen, die die Kammern voneinander trennten, sondern nur Vorhänge. Der Vorhang, auf den es ganz besonders ankam, war zudem zu einem Drittel aufgezogen, sodass es mir gelang, einen Blick in die Kammer zu werfen, in der gesprochen wurde.

Da saß sie, Emma, und ihr gegenüber Gersvind, die Sächsin.

Was hatten die beiden miteinander zu reden? Was verband sie? Ich hatte sie schon ein paarmal bei öffentlichen Anlässen zusammen gesehen, hätte jedoch nie gedacht, dass sie freundschaftlichen Umgang miteinander pflegten. Dazu schienen sie mir zu verschieden zu sein. Emma, die Alemannin aus Konstanz, und Gersvind, die in einem sächsischen Palisadendorf aufgewachsen war: Christin die eine, halbe Heidin die andere; Emma die schwarze, lockende Schönheit, Gersvind die herbe Wilde. Sie waren beide Konkubinen, und beide hatten sie Töchter ungefähr im selben Alter – andere Gemeinsamkeiten erkannte ich nicht.

Ich konnte die Worte nicht verstehen, die sie wechselten, da sie leise sprachen; zudem störte das Spiel der beiden kleinen Kinder. Dann aber sagte Emma verhältnismäßig deutlich: »Ich hole gleich noch neuen Wein.« Und Gersvind erwiderte: »Ich möchte keinen mehr.«

Das war meine Gelegenheit. Wo die Küche war, hatte ich auf meinem Weg durch das Haus gesehen, und wenn ich dann noch rasch den Wein fand … Ich schlich mich vorsichtig in die Küche. Das Feuer im Ofen flackerte schwach und gab wenig Licht, aber mithilfe einer kleinen Öllampe, die neben dem Ofen brannte, suchte ich die Borde nach einem Krug oder Schlauch ab und fand tatsächlich einen halbvollen, großbauchigen Krug, dessen Inhalt nach Wein roch. Ich holte die Phiole hervor, löste den Pfropfen ab – und hielt inne. Was, wenn Arnulf nachher von diesem Wein trinken würde?

36

ICH BRINGE DIE Dinge durcheinander. Die Wahrheit ist ein verschlagenes Wesen mit vielen austauschbaren Gesichtern, von denen wir stets jenes sehen, das uns am besten gefällt.

Ich hielt inne. Ja, doch, das ist wahr, insoweit stimmt, was ich geschrieben habe. Doch hielt ich inne, weil ich um Arnulf fürchtete? Rückblickend kommt es mir so vor. Tatsächlich jedoch gingen mir, wenn ich darüber nachdenke, mehrere Gedanken gleichzeitig durch den Kopf, von denen der Gedanke an Arnulf nur einer war und meines Wissens nicht der erste.

Ich erinnere mich auch, dass ich an Gersvind dachte. An die Sicherheit, mit der die Reiterin das Pferd beherrscht hatte. An die Wildheit ihrer Erscheinung. War es denn so abwegig, war es nicht sogar viel eher denkbar, dass nicht Emma, sondern Gersvind die Angreiferin auf dem Feld gewesen war? Und dass Gersvind wusste, wie man mit einem Blasrohr treffsicher und leise umging, sodass keiner der übrigen Anwesenden etwas davon mitbekam? Falls Gersvind zumindest eines der Attentate auf mein Leben verübt hatte, stellte sich die Frage, ob sie überhaupt in Emmas Auftrag oder auf eigene Veranlassung hin gehandelt hatte. Im zweiten Fall wäre Emma vermutlich noch nicht einmal eingeweiht.

Doch da, die geöffnete Phiole in Händen, entstand noch

etwas anderes in mir, das weit stärker war als meine plötzlichen Zweifel bezüglich Emmas Täterschaft.

Ich sagte vorhin, der Weg vom Wunsch zum Plan führe über einen Abgrund, und davon habe ich nichts zurückzunehmen. Doch der Weg vom Plan zur Tat führt über einen noch breiteren, noch tieferen Abgrund. Was als Idee entsteht, bringen Herz und Hand nicht unbedingt zustande. In Emmas Küche lernte ich die begrenzte Macht des Willens kennen, denn eine Stimme so alt wie die Welt und tief aus meinem Innern warnte mich, die Tat auszuführen – und lähmte die Hand, die sie begehen wollte. Ich zögerte, und da war es auch schon zu spät.

Ich hörte Emma nahen, verzog mich in einen Winkel und sah von dort aus zu, wie sie den Krug nahm und die Küche wieder verließ.

Wie eine Versagerin kam ich mir vor. Jetzt, wo ich die Tat nicht mehr begehen konnte, war mir wieder danach, sie zu begehen.

Als ich das Haus auf denselben leisen Sohlen, auf denen ich es betreten hatte, wieder verlassen wollte, stand ich plötzlich vor Emmas zweijähriger Tochter. Sie sah mich mit großen Augen an. Ich ging an ihr vorbei ins Freie, in die Nacht.

Ich war aufgewühlt und gereizt, das Herz schlug in meiner Kehle, und ein bitterer Geschmack lag mir auf der Zunge. In meinem Kopf ging es drunter und drüber. Wenn ich bedacht hätte, welche Frau ich noch eine Woche zuvor gewesen war, dann hätte die Entwicklung mich erschrecken lassen. Doch zu solchen Überlegungen war ich an jenem Abend nicht in der Lage. Der Gedanke, nach Hause oder gar ins Bett zu gehen, widerstrebte mir. Ich war noch nicht fertig mit mir und mit Gott, und obwohl ich mich nach Ruhe sehnte, wusste ich, dass ich diese Ruhe nicht im Schlaf finden würde. Solange ich tödliches Gift mit mir herumtrug und im Unklaren darüber war, ob und wie ich es einsetzen würde, wäre ich in Aufruhr und könnte keine andere Gesellschaft ertragen als Himmel und Hölle.

Die Pfalzkapelle ist klein und schmucklos, weshalb der König vorhat, schon bald ein viel größeres Gotteshaus an ihre Stelle zu setzen. Wie derzeit alles in der Pfalz, einschließlich der Menschen, ist sie ein Provisorium, aber ich mag sie gerade wegen ihrer Geringfügigkeit und Leere. In einem solchen Bau scheint mir Gott weniger Ansprüche an die Gläubigen zu stellen als im Lateran oder in den Kirchen von Pavia und Poitiers, weshalb ich, je geräumiger ein Gotteshaus ist, es umso erdrückender empfinde, und je mehr Reliquien dort beherbergt sind, desto ferner rücken mir die Heiligen. In der Aachener Pfalzkapelle waren mir Gott und seine Schar ganz nah.

In jener Nacht schrie der Herr mich an. Ich war allein mit ihm in der Dunkelheit, eine einzelne Kerze brannte auf dem Altar, und als ich niederkniete und die Hände faltete, zuckte ich vor Schreck zusammen, weil ein großer Schmerz durch mich ging. Diese Schmerzen und Gottes Schreie waren gleichsam Phänomene, die nicht mit den herkömmlichen Sinnen zu erfassen sind. Sie sind nicht körperlicher Natur. Was ich in der Finsternis sah, was sich mir näherte, das waren die Augen des Kindes, in die ich kurz zuvor geblickt hatte, und ihre Blicke drangen in mich ein und stachen mich. Ich konnte ihnen nicht ausweichen, und ich wollte es auch nicht. Ich wollte gepeinigt werden.

Gott tat sein Bestes, um mich zu quälen. Ich kann mich nicht beklagen. Aber genügte das? Er zeigte mir das kleine Kind, das ich mutterlos zu machen beabsichtigte, er gab mir einen Vorgeschmack auf die Hölle, nahm mir die Süße der Rache … Was er mir nicht nahm, war die Furcht vor meiner Zukunft als Verstoßene, Einsame, Gedemütigte. Es gelang ihm, mich in Schrecken zu versetzen, so als rüttele er an der Hängebrücke, in deren Mitte ich mich befand, doch weder brachte er mich dazu umzukehren, noch stürzte ich ab. Ich blieb schwankend über dem Abgrund, wo ich mich halb in Todesangst und halb im Trotz an dem Wenigen festklammerte, dessen ich mir noch gewiss war. Nicht ich hatte mich an diesen Punkt gebracht, an dem ich mich befand. Ich war dorthin getrieben worden, und Gott hatte seinen Anteil daran.

In der Finsternis hat die Zeit keine Stunden. Wie lange flehte ich leise? Ich bat die Mutter Maria um Beistand, sagte die Gebete wieder und wieder auf, doch ich fand keine Ruhe und keine Orientierung. In der Kälte der Kapelle erstarrten mir die nach Hilfe suchenden Hände, und beinahe brach ich erschöpft auf den Fliesen zusammen.

Die Flamme der Kerze flackerte wild. Was ich zunächst für eine Sinnestäuschung hielt, stellte sich mir im nächsten Moment als Folge eines Luftzugs dar, der auch meinen Nacken streifte. Außer mir befand sich von da an noch jemand in der Kapelle.

37

IN DER FAST vollkommenen Dunkelheit in der Kapelle bewegte ich mich nicht. Mein Atem ging schnell und leise. Da ich keine Gestalt erkennen konnte, nahm ich an, ebenfalls nicht erkannt zu werden. Ich trug einen dunklen Mantel über meinem Gewand, das diffuse Kerzenlicht reichte kaum bis zu mir, und das steingraue Mauerwerk tat ein Übriges.

Zunächst dachte ich mir nichts dabei – wieso sollte ich die Einzige sein, die das Gespräch mit Gott suchte, zumal am Tag vor der Ankunft des Heiligen Vaters? Dann jedoch hörte ich Geflüster, das nicht von einer Person stammte, sondern von zwei Personen, die sich miteinander unterhielten. Ich versuchte zu verstehen, was sie sagten – da ich mich in einem allgemein zugänglichen Gebäude befand, schämte ich mich nicht zu lauschen, und außerdem war ich als Erste dort gewesen –, doch sie sprachen zu leise. Immerhin merkte ich, dass ihr Wortwechsel schneller und missfällig wurde. Schließlich meinte ich in dem Gewisper eine weibliche und eine männliche Stimme zu erkennen, die sich stritten.

Ich erhob mich so langsam, wie es mir möglich war. Das leise Rascheln meines Gewands kam mir laut wie eine Reitertruppe vor, doch ich vertraute darauf, dass es von der angeregten Unterhaltung übertönt wurde. In kleinen Schritten näherte ich mich ihnen, ohne das Geringste zu sehen.

Glücklicherweise war die Kapelle frei von Hindernissen, ausgenommen die Mittelreihe von Pfeilern, nach denen ich mit ausgestreckten Armen tastete.

Als ich an einem Pfeiler angekommen und höchstens sechs Schritte von dem Pärchen entfernt war, schwieg es plötzlich. Ich atmete flach. Zwar vernahm ich leise Geräusche, doch ich konnte sie nicht zuordnen. Kamen die beiden auf mich zu? Nein, was ich da hörte, war ein Kuss, es waren viele Küsse – die Versöhnung nach dem Streit.

Ich entspannte mich und lächelte. Ein Liebespaar. Da es sich heimlich traf, handelte es sich um eine verbotene Liebe. Welcher Art? Betrog eine Ehefrau ihren Mann oder ein Ehemann seine Frau oder beide ihre Gatten? Waren es Unverheiratete, deren Stand zu unterschiedlich war, wie beispielsweise eine Küchenmagd und ein hoher Beamter? Ich dachte an die königlichen Prinzessinnen, die sich nach Männern verzehrten, die ihr Vater ihnen nicht gönnte.

Und dann hörte ich ein feines Klimpern und Klirren, wie es nur kostbarer Schmuck verursacht. Das Geräusch stammte – wenn ich mich nicht sehr täuschte – von einem Armband, an dem an Perlenfäden einige fein gearbeitete Goldblätter hingen. Auch wenn ich selbst kein solches Stück besaß, weil es viel zu teuer gewesen wäre, kannte ich diese Art von Schmuck, der nur von den Reichsten und Edelsten getragen wurde. Mir fielen wieder die Prinzessinnen ein.

Ein weiteres Mal hörte ich das Geräusch eines Kusses, was meine Meinung verfestigte.

Bald darauf verließ das Paar die Kapelle, zuerst der eine, dann der andere, und ich war wieder allein.

Allein – das Wort trifft es. Nun war ich tatsächlich allein, zum ersten Mal in meinem Leben ohne einen Menschen, ohne eine innere Stimme. Die Augen des Kindes, die ich vorhin in der Kapelle zu sehen gemeint hatte, erschienen mir nicht noch einmal. Meine Angst und meine Zweifel waren einer großen Ermattung gewichen, und ich verstand, dass ich im Haus Gottes keine Antworten finden würde. Was hatte ich erwartet? Dass Gott mir gut zuredet, einen Mord zu begehen? Jeder würde mir sagen, dass es falsch wäre: Berta, Eugenius, der Papst, die Mutter Maria, Gott … Mein Wille und mein Gewissen setzten sich jedoch nur teilweise aus den Vorstellungen anderer zusammen; sie waren auch unabhängig, meine eigenen Geschöpfe und Gebieter.

In der angenehmen Wärme des Hauses nahm ich sogleich die unangenehme Anwesenheit von Gerlindis und Berta wahr, schlimmer noch, die störende Heiterkeit. Gerlindis war aufgekratzt wie – beinahe hätte ich wie eine Verliebte geschrieben. Gerlindis *war* eine aufgekratzte Verliebte, an jenem Abend mehr als je zuvor.

»Tante, Tante, da bist du ja. Du wirst nicht erraten, was passiert ist. Grifos Bein ist weniger schwer verletzt als gedacht, er kann schon wieder auf Krücken laufen, er nimmt am morgigen Bankett teil, ist das nicht großartig, Gerold war hier, kurz nachdem du zu deinem Spaziergang aufgebrochen bist, und hat mir die freudige Nachricht gebracht, wenn das nicht das Zeichen ist, von dem du gesprochen hast, ich meine, es ist doch eine ziemlich eindeutige Aufforderung, ebenfalls zu erscheinen, wenn Gerold eigens deswegen …«

Diese vor mir tänzelnde Quellnymphe hörte überhaupt nicht mehr auf zu sprudeln. Sie erkundigte sich weder nach meiner stundenlangen Abwesenheit, noch bemerkte sie meinen Zustand, der alles andere als robust war. Ich musste kreidebleich und todmüde ausgesehen haben, was wohl jedem Bewohner der Pfalz aufgefallen wäre, nur eben Gerlindis nicht.

»... brauche ich natürlich ein wunderschönes Gewand für morgen Abend. Was ich besitze, ist bei Weitem nicht gut genug, und so schnell lässt sich kein neues Gewand herbeibringen. Du hast zwar die richtige Figur, aber du bist zu groß, als dass du mir eines von deinen Kleidern borgen könntest, ich würde andauernd über den Saum stolpern und sähe dann wie eine Bekloppte aus, und weil ich mich nicht getraute, die Prinzessinnen zu fragen, habe ich mich an Berta gewandt, die genau die für mich passende Körpergröße und Figur hat und mir deshalb seit heute Nachmittag hilft, etwas für mich zu finden, worin ich Grifo gefalle und ...«

Mein Blick fiel ohne Interesse auf die zwei Dutzend Kleider, die in der Wohnhalle verstreut herumlagen.

»Was tut ihr hier eigentlich?«, fragte ich verwirrt.

»Tante, das erzähle ich gerade. Berta hat mir schöne Kleider mitgebracht, die sie schon seit langer Zeit nicht mehr trägt, und ich probiere eines nach dem anderen an. Wie gefällt dir das, das ich eben gerade angezogen habe, ich bin mir mit dem Blau nicht sicher, es ist ein bisschen zu blau, findest du nicht, aber die anderen neun, die ich schon anhatte, haben mich auch nicht so ganz überzeugt, und nun haben wir noch ungefähr zwölf, die ich ...«

Berta unterbrach Gerlindis. »Ermengard, du siehst nicht wohl aus. Komm, setz dich.« Dann entdeckte sie die Schürfwunde an der Wange. »Gütiger Himmel, du bist ja verletzt.«

»Ich bin ausgerutscht. Es ist nicht so schlimm, wie es aussieht. Ich habe es behandeln lassen.«

»In letzter Zeit stürzt du mir ein bisschen zu oft, meine

Liebe. Ich helfe dir beim Auskleiden und bringe dich zu Bett.«

Wir wechselten einen Blick. Mir fiel auf, dass Berta angestrengt aussah. Für sie war ein Nachmittag mit einer heiteren, geschwätzigen Kindfrau das Schlimmste, was ihr passieren konnte, da sie seit langem unfähig war, sich von Glück anstecken zu lassen. Diese Fähigkeit hat sie ungefähr zu der Zeit verloren, als sie ihre schönen Kleider in Truhen verschloss und seltsam düstere Halbwitwen-Gewänder anzog.

Ich war jedoch weder in der Lage, mich mit Berta zu grämen, noch, mich mit Gerlindis in Frohsinn zu ergehen.

»Wo ist Arnulf?«, fragte ich.

»Er hat vorhin einen Pagen vorbeigeschickt«, sagte Berta. »Offenbar wird eine Besprechung beim König bis tief in die Nacht dauern. Du sollst dich nicht beunruhigen.«

Immerhin ein Wort von ihm, das tat mir gut, ja, es war wie eine zärtliche Berührung.

»Er kommt also nach Hause?«

»Ich weiß es nicht, meine Liebe. Er ließ ausrichten, du sollst nicht auf ihn warten. Nun komm, ich begleite dich nach oben.«

Ich war zu müde, um abzulehnen und auf meine Zofe hinzuweisen, die dafür da war, solche Arbeit zu tun.

»Gute Nacht, Gerlindis.«

»Gute Nacht, Tante«, antwortete Gerlindis halbherzig und war mit ihren Händen und Gedanken längst bei einem weiteren Kleid, das es anzuziehen galt. An diesem Abend hätte ich vor ihren Augen zusammenbrechen können, und sie hätte es erst gemerkt, wenn sie über mich gestolpert wäre.

Berta und ich redeten nicht, während sie mich auskleidete, das Gewand zusammenlegte und in der Truhe verstaute. Ich hätte sie fragen sollen, wie es ihr ging, und ihr danken sollen, weil sie Gerlindis den ganzen Nachmittag ertragen hatte, aber selbst dafür war ich zu müde. Ein freundschaftlicher Blick, den wir tauschten, kurz bevor ich die Öllampe ausblies und Berta die Tür schloss, sagte hoffentlich alles. Sie lächelte mir zu. Ich schlief sofort ein.

38

ICH WACHTE VON Geschrei auf. Es kam nicht aus dem Haus, sonst wäre es noch lauter zu mir gedrungen, aber es war voller Entsetzen. Ich eilte im Nachthemd in die Wohnhalle hinunter, wo Berta und Gerlindis die Köpfe aus der Haustür streckten. Lange konnte ich nicht geschlafen haben, da die Anprobe noch nicht beendet war.

»Wer schreit denn da?«, fragte ich und steckte auch meinen Kopf aus der Tür hinaus. Schneeflocken trieben mir ins Gesicht.

»Wir wissen es nicht«, sagte Berta verängstigt. »Es hört sich an, als werde jemand verfolgt. Wir bleiben am besten, wo wir sind, die Wachen werden sich darum kümmern.«

Inzwischen waren auch andere Stimmen zu hören, und das Schreien ging in lautes Weinen über. Die Pfalz geriet in Aufregung, ich sah Fackeln und Öllampen kreuz und quer durch das Schneegestöber über den Hof laufen.

»Da ist etwas Schlimmes passiert«, sagte ich. »Ich will nachsehen.«

»Ermengard!«

»Mir wird schon nichts geschehen. Der Hof ist ja voller Leute.«

Ich eilte nach oben, warf mir einen weiten Mantel über mein Nachthemd, zog die Stiefel an, eilte wieder hinunter und fand Gerlindis und Berta noch an Ort und Stelle.

»Sie scheinen alle zum Frauenhaus zu laufen«, sagte Gerlindis. »Dürfen wir die Tür verriegeln, sobald du draußen bist, Tante?«

»Das wollte ich euch gerade empfehlen.«

»Pass nur auf, dass du nicht wieder stürzt«, rief Berta mir hinterher.

Ich lief über den Hof zum Frauenhaus. Dort hatten sich bereits zahlreiche Leute eingefunden, die laut schwatzend vor der Tür standen, aber von den Wachen zurückgehalten wurden. Ich verschaffte mir Zutritt – der Gemahlin des Pfalzgrafen standen alle Türen offen.

Eine Zofe saß wimmernd an die Wand gelehnt auf dem Boden und wurde von zwei anderen Zofen getröstet. Einige Prinzessinnen standen im Gang und sahen sehr bedrückt und verunsichert aus. Gersvind stand abseits und sah mit ihrem wilden Haar besonders verschlafen aus. Teodrada konnte ich nirgendwo entdecken.

Ich bemerkte schnell, wo sich der Quell der Unruhe befand. Durch die offen stehende Tür zu einem der Frauengemächer eilten Wachen ein und aus.

Ich ging hinein. Es war Mathildas Gemach.

Mathilda lag mit aufgerissenen Augen und einem Dolch im Bauch quer auf ihrem Bett.

Der Anblick war schrecklich. Mathildas Kleid war blutdurchtränkt, und die tödliche Wunde war frisch und tief. Ich hatte als junge Frau bei den Feldzügen viele Tote und Verletzte gesehen, und ich wusste, diese Wunde konnte gerade eben erst geschlagen worden sein, nicht lange jedenfalls, bevor die Zofe zu schreien begonnen hatte, höchstens vor einer halben Stunde. Den Dolch erkannte ich als denjenigen, der neulich auf ihrem Spiegeltisch gelegen hatte.

»Die Zofe hat ihre Herrin so gefunden?«, fragte ich eine Wache.

Der Mann sah mich verwundert an, seltsam berührt von der Tatsache, dass eine Gräfin, eine Frau, ihm diese Frage stellte. »Ja. Aber es handelt sich nicht um die Zofe der Herrin Mathilda.«

»Sondern?«

»Es ist die Zofe der Herrin Gersvind. Sie kam nur zufällig an der weit offen stehenden Tür vorbei und blickte direkt auf die Tote. Dann schrie sie sofort um Hilfe.«

Ich prüfte den Sachverhalt. Tatsächlich konnte man im Vorbeigehen bei offen stehender Tür auf dem Bett Mathildas Leichnam sehen, und die zahlreichen Öllampen, die überall im Gemach brannten, machten die Nacht hier drin zum Tag.

Ich wandte mich wieder der Toten zu und entdeckte das Armband an ihrem Handgelenk: ein kostbar gearbeiteter Goldreif, an dem Perlenschnüre befestigt waren, an denen wiederum dünne Goldplättchen in Form von Sonnen und Halbmonden hingen. Ich hob Mathildas Handgelenk an und schüttelte es – zum Erstaunen der Wachen – ein wenig. Dasselbe Geräusch hatte ich in der finsteren Kapelle gehört.

In dem Augenblick traf Arnulf ein. Er war unordentlich gekleidet, was nicht zu ihm passte, vor allem nicht bei einer Besprechung mit dem König. So sah Arnulf nur dann aus, wenn er in aller Eile aus dem Bett hatte steigen und sich ankleiden müssen. Natürlich war er bei Emma gewesen; er sah mir an, dass ich es erkannte. Ich hatte ihn bei einer Lüge und er mich bei einer unschicklichen Tätigkeit ertappt. Wir schlugen beide die Augen nieder.

Dies war nun sein Terrain. Ich musste mich zurückziehen. Höflich nickte ich ihm zu und verließ das Frauenhaus.

Zu Hause probierte Gerlindis weiterhin Kleider an. Ich schilderte Berta und ihr, was geschehen war, und während Berta vor Entsetzen kaum noch Luft bekam und sich setzen musste, hielt Gerlindis' Erschrecken nicht lange an. Sie erbleichte zwar und schien beunruhigt, sagte aber dann: »Grifo kann es nicht gewesen sein. Mit seinen Krücken wäre er gewiss viel zu langsam.«

»Gut möglich. Das wird Arnulf überprüfen.«

»Und bedeutet dieser – dieser Vorfall, dass das morgige Bankett ausfallen wird?«

Ich wurde zornig. »Gerlindis! Eine Frau ist gestorben, die wir alle gekannt haben, ein Mitglied des königlichen Hofstaats ist zu Tode gekommen, und es ist respektlos und selbstsüchtig von dir, an nichts anderes als an eine Feier zu denken.«

Sie brach in Tränen aus, ließ alles stehen und liegen und rannte in ihr Zimmer.

Nun war ich endgültig erschöpft.

Berta schlief bei mir im Bett; sie hatte sich für unfähig erklärt, die Nacht allein in ihrem Haus zu verbringen. Ich dachte vor dem Einschlafen, wenn Arnulf nun doch noch in dieser Nacht zu mir kommen wollte, würde er einen gehörigen Schreck kriegen, plötzlich auf Berta zu liegen. Das war ein amüsanter Gedanke, der wie eine kleine Insel in einem See von Verwirrung und Entkräftung aufragte.

Bertas Anwesenheit in meinem Bett war nicht der Grund für meine unruhigen Träume. Ich befand mich, glaube ich, in einem Halbschlaf, wobei ich mir nicht sicher bin, ob das Wort es trifft. Die ganze Zeit über, während ich träumte, wusste ich, dass ich träumte. Ich ging gleichsam in den verstörenden Bildern spazieren, versuchte sie zu ordnen, verwarf sie, wenn sie mir missfielen ... Ich bedachte im Halbschlaf die Möglichkeiten, wer Mathilda getötet haben könnte. Namen und Gesichter erschienen mir: Teodrada, Grifo, Gersvind, Eugenius, Liutgarde – ja, seltsam, sogar Liutgarde, die Königin. Und es ging noch kurioser weiter: Gerold schlich sich in meine Träume, und ich erinnere mich, wie ich – weiterhin halb schlafend, halb denkend – mich über diesen Verdacht empörte, so als wäre Gerold ein mir ungewöhnlich nahe stehender Mensch. Sein Bild wurde abgelöst durch das von König Karl – ungeheuerlich. Ich sah Arnulf und Emma Seite an Seite, anschließend Berta, dann Gerlindis. Fionee erschien und verlosch. Ich scheute wirklich vor niemandem zurück. Schließlich sah ich mich selbst – gar nicht so unpassend, da ich in Gedanken längst zur Mörderin geworden war.

39

ICH WACHTE VOR Berta auf. Dem Zustand meines Nachtlagers zufolge hatte ich mich hin und her geworfen, und das erklärte auch, weshalb sich meine Gesichtshaut anfühlte wie zerknittertes Pergament.

Es war noch dunkel, doch die ersten Hähne krähten bereits. Ich kletterte über Berta, löste die Ziegenhaut vom Fenster und atmete die Schneeluft ein. Binnen weniger Momente fühlte ich mich erfrischt. Die Anarchie des Halbschlafs schüttelte ich ab, meine Gedanken sortierten sich, und meine Kräfte kehrten zurück.

Zwei Dingen sah ich an diesem Morgen fest ins Auge. Das eine war, dass dem unbekannten Mann, den ich mit Mathilda in der Kirche gesehen, besser gesagt gehört hatte, eine Schlüsselrolle zukam. Er war mit Mathilda kurz vor ihrem Tod zusammen gewesen und war ihr heimlicher Geliebter. Als Konkubine des Königs war jeder andere Mann, gleich welchen Standes, für sie verboten. Grifo konnte ich als Liebhaber ausschließen, ich hätte seine Krücken gehört. Und der König hatte keine Veranlassung, sich heimlich mit Mathilda zu treffen. Ansonsten kam jeder Mann in Frage, der in der Pfalz wohnte oder hier ein und aus ging.

Das Zweite war, dass ich etwas begriff: Dem eigenen Verbrechen zu entfliehen, das ist wie bei einem Schlangenbiss, wenn man allein unterwegs ist. Je schneller man läuft, um sich zu retten, desto unerbittlicher rast das Herz dem Tod entgegen. Verharrt man hingegen bewegungslos, stirbt man langsam. Einmal gebissen, gibt es demnach kaum Hoffnung, das Gift aus dem Körper herauszubekommen. Ich trug Gift in mir. Ich trug Gift bei mir.

Die dunkelgraue Welt erhellte sich langsam, irgendwo hinter Nebel und Wolken stieg die Sonne über den Horizont. Es war Tag, der Tag der Ankunft des Papstes und der Tag, an dem ich meinen Mord beging.

Ein kräftiger und frostiger Wind ließ die Flaggen wehen. Sie hingen an allen Mauern und Gebäuden, am Königsturm, der Kapelle und den Stallungen, am Torbogen und dem Frauenhaus und waren ein prächtiger Anblick. Zur Morgenmesse war die Kapelle mit Menschen gefüllt wie nie zuvor. Keiner der Beamten und Offiziere und keine der edlen Frauen fehlte. Dass der Heilige Vater in wenigen Stunden eintreffen würde, war Grund genug, um sich mit einem morgendlichen Segen auszustatten, doch der neuerliche Einbruch der Gewalt in das ruhige Hofleben war ein weiterer Anreiz dafür, und kein geringerer.

Man erwartete Worte des Königs im Anschluss an die Messe. Welchen Einfluss würde Mathildas Ermordung auf den geplanten Empfang des Oberhirten haben? Welche Maßnahmen würden getroffen werden? Würde der König sich betroffen zeigen angesichts des Todes einer seiner Konkubinen?

Tatsächlich sah Karl sich genötigt, Stellung zu nehmen. Er hielt eine, wie ich fand, königliche Rede, was die Frage beantwortet, ob er persönliche Betroffenheit zeigte. Das tat er nicht im Mindesten. Es war, als wäre der Stallmeister gestorben. Ob er bloß Rücksicht nahm auf die Anwesenheit Liutgardes, vermag ich nicht mit Sicherheit zu sagen, aber mein Gefühl sagt mir, dass Mathilda für ihn wirklich nicht mehr bedeutete als der Stallmeister, vermutlich weniger, wacht der Stallmeister doch über Karls geliebte Pferde, während Mathilda nur ein politisches Pfand und Zeichen seiner Oberhoheit über Italien war. Seine Rede beschränkte sich darauf zu erklären, dass man an jeder Pforte, vor jedem Haus, in jedem Gang, am Fuß und Ende jeder Treppe und vor jedem Gemach ab sofort und bis auf Weiteres eine Wache aufstellen werde. Ferner werde das für den Abend vorgesehene Bankett stattfinden. Für diese Maßnahmen hatte ich volles Verständnis. Sicherlich war es unerfreulich, am Tag nach dem Tod Mathildas zu feiern, doch was wäre die Alternative gewesen? Einem Papst, der in Rom gerade einem Mordanschlag entkommen war mitzuteilen, ein wahnsinniger Mörder treibe in der Pfalz sein Unwesen und deswegen unterblieben alle Festlichkeiten?

Der König beließ es bei diesen knappen Ankündigungen und fügte, ganz am Ende, noch rasch hinzu, dass Mathilda nach Rom überführt werde, wo sie im Grab ihrer Familie die letzte Ruhe fände.

Gerlindis hatte mir auf dem Weg zur Messe einmal mehr gezeigt, dass sie ein trotziges Kind sein konnte. Sie hatte mir meine Rüge vom Vorabend übel genommen. Auf dem Rückweg zu unserem Haus besann sie sich – wobei das Wort »besinnen« beinahe eine Schmeichelei darstellt, denn es besagt, dass jemand nachdenkt. Gerlindis dachte nicht nach, sie war wie eine Feder im Wind ihrer Liebe, und da das von ihr ersehnte Bankett nun definitiv stattfinden würde, war sie unfähig, Groll gegen irgendjemanden zu hegen.

Als wir in die Wohnhalle gingen, wo noch sämtliche Spuren der gestrigen Anprobe zu finden waren, eilte sie schnurstracks auf ein Kleid zu und hielt es hoch.

»Dafür habe ich mich entschieden, Tante. Sag selbst, ist es nicht wunderschön?«

Das war es. Blassblau, ins Silberne gehend wie ein Frühlingshimmel. Ich kannte dieses Kleid. Ich wusste um seine Geschichte.

Eine zwölf Jahre alte Erinnerung: Ostern in Rom.

Ein Gewand wie der Frühlingshimmel. Ich habe Berta noch nie derart hoffnungsvoll erlebt wie in diesen Ostertagen im Jahre des Herrn 787. Rom tut ihr sichtlich gut. Das Petrusgrab, die Wallfahrtskirchen, Reliquien, Katakomben, die Räume, die wir, einen Steinwurf von Papst Hadrian entfernt, im Lateran bezogen haben – all das wirkt auf Bertas Seele wie ein Verjüngungsmittel. Beklagt Berta sich, wenn wir uns im fränkischen Reich aufhalten, über das mangelnde Latein und die schlechte Ausbildung der meisten Priester, die oft noch nicht einmal den Wortlaut verstehen, den sie verlesen, so schwärmt sie hier von der makellosen Manier, in der die Gottesdienste ablaufen, und von den Predigten, die weniger von der Hölle, sondern mehr vom Himmel erzählen. Ist sie im Reich verdrossen über das fast vollständige Fehlen großer Basiliken, kann sie sich in Rom kaum entscheiden, wo wir die nächste Messe hören. Eine Woche lang sind wir von Abendmahl zu Prozession geeilt, von Passion zu Passion, und heute, am ersten Tag nach Ostern, ist es, als sei Berta gemeinsam mit Jesus Christus auferstanden. Ich komme kaum mit, als wir zum Circus maximus laufen, wo so viele

Christen von Kaiser Nero ermordet und zu Märtyrern gemacht worden waren. Das Wetter ist uns hold, und Berta strahlt mit der Sonne um die Wette.

Nach der ersten Ergriffenheit, die uns angesichts dieses tragischen Schauplatzes der ersten Christenverfolgung packt, wendet Berta sich plötzlich zu mir und sagt: »Burchard ist völlig verändert, seit wir in Rom sind.«

Berta spricht sonst nie mit mir über ihren Gemahl Burchard, daher fällt mir nicht sofort die passende Erwiderung ein, aber das scheint Berta nicht zu stören. Sie möchte einfach nur ihr Glück mitteilen.

»Er macht mir Komplimente. Er sieht mich an, verstehst du, nicht einfach nur so, nein, er sieht mich richtig an. Er spricht viel leiser. Ich weiß nicht – liegt es an den Mahnungen, die Papst Hadrian in seiner Palmsonntagspredigt an die Männer richtete, ihre Frauen zu achten, oder daran, dass diese heilige Stadt einen günstigen Einfluss auf ihn nimmt, oder daran, dass wir heute vor zwanzig Jahren geheiratet haben?«

»Darum bist du so guter Laune. Und darum dieses wunderschöne Gewand.«

»Ja.« Sie lächelt. »Ich möchte Burchard heute Abend verwöhnen. Am Tage nimmt er noch an einer Besprechung mit dem König teil, aber heute Abend gehört er mir. Ich möchte ihm beweisen, wie günstig ich auf seine Veränderung anspreche.«

Als Berta am nächsten Morgen nicht erscheint, warte ich, bis Burchard gegangen ist, und dann suche ich sie auf. Weder sie noch ihre Zofe öffnen mir, dennoch betrete ich ihre Räume. Ich finde Berta mit Würgemalen am Hals vor. Sie liegt reglos und halb aufgerichtet auf dem zerwühlten Bett, den Blick starr auf die Wand gerichtet, wie tot. Der linke Ärmel ihres Gewandes ist abgerissen, der Arm ist übersät von Blutergüssen. Sie spricht nicht. Ich spreche nicht. Langsam streiche ich ihr die Haarsträhnen aus dem Gesicht.

Ich nähte den Ärmel wieder an, doch ich habe dieses Kleid nie wieder an Berta gesehen. Dass sie es überhaupt noch besaß, erstaunte mich, und noch mehr, dass sie es Gerlindis zur Auswahl vorlegte. Vielleicht sah sie Gerlindis' Liebe stellvertretend für die Abwesenheit der eigenen Liebe an. Vielleicht war Gerlindis ein klein wenig auch zu Bertas Kind geworden.

»Es steht dir hervorragend, Gerlindis. Es passt zu deinem Teint.«

»Nicht wahr, Tante, du bist mir nicht mehr böse?«

»Ich war zu streng. Unbekümmertheit ist ein Vorrecht deines Alters. Ich wünschte mir nur, du würdest in heiklen Momenten weniger gedankenlos reden. Die Vorstellung, du könntest wie *sie* werden – du weißt schon, wie Emma –, ist schrecklich für mich. Du sollst eine Frau werden, die sich der Tragweite ihrer Worte und Handlungen gewiss ist.«

»Ich werde mir Mühe geben, dich nicht mehr zu enttäuschen.«

»Du wirst heute Abend die Schönste sein.«

»Oh, danke, Tante, du bist lieb.«

Wir umarmten uns, und damit war die Versöhnung besiegelt.

Gerlindis sagte: »Wenn du mich hier nicht brauchst, werde ich das Kleid zu Berta bringen. Es müssen einige kleine Änderungen daran vorgenommen werden.«

Ich ließ sie gehen. Vorfreude ist die schönste Freude, die nicht durch Tanten und Hausarbeiten getrübt werden sollte. Außerdem ist die Angst vor der Tat schlimmer als während der Tat, und meine Nervosität, ob mein Plan gelingen würde, stieg beständig an und ließ mich die menschliche Gesellschaft scheuen.

Kaum jedoch war Gerlindis fort, kam Gerold. Ich war mir sofort darüber im Klaren, dass er keinen Höflichkeitsbesuch machte. Wenn eine hochgestellte Person, zumal ein Papst, die Pfalz besucht, hat ein Seneschall in wenigen Tagen mehr zu tun als sonst in Wochen oder Monaten. Ein dringender Anlass musste ihn zu mir geführt haben.

Ich bot ihm Platz an, was sich als schwierig herausstellte, da noch überall die Gewänder herumlagen, die weder von Gerlindis noch der Zofe weggeräumt worden waren. Ich schuf notdürftig Platz, doch so, wie wir zwischen den Gewändern saßen, sah es lächerlich aus. Gerold nahm die Unordnung nicht wahr. Er lehnte ein wärmendes Getränk ab und legte ernst wie ein Philosoph die Stirn in Falten.

»Hat Euer Kommen mit Grifo zu tun?«, fragte ich geradeheraus. »Oder mit Gerlindis?«

»Nein, Gräfin. Grifo wird wieder gesund, und der Mord an Mathilda – so schrecklich er ist – entlastet ihn, denn in seinem Zustand wäre er kaum in der Lage gewesen, diese Bluttat zu begehen. Es klingt ungebührlich, doch für meinen Sohn bedeutet dieses neuerliche Verbrechen die Wiederherstellung seines Rufs, und damit auch meines eigenen. Was Gerlindis angeht, so habe ich keine Einwände gegen sie, im Gegenteil, ich würde mich über eine Verbindung unserer Familien freuen.«

»Nun, dann …?«

Er schwieg eine Weile. Ich drängte ihn nicht durch Nachfragen.

Gerold sagte: »Ich habe mit mir gerungen, Euch von dem zu erzählen, was ich gleich erzählen werde. Gestern schon wollte ich es mir von der Seele reden, doch ich traf nur Eure Nichte an.«

»Ich war unterwegs, aber … Gerold, Ihr seht bedrückt aus. Ich bitte Euch, sprecht.«

Erneut schwieg er.

Dann: »Ich bin Euch dankbar für das, was Ihr kürzlich für Grifo und mich getan habt, als Ihr mir die Pfeilspitze übergeben habt. Erst als Ihr gegangen wart, habe ich begriffen, dass Ihr die Pfeilspitze nicht zufällig fandet, sondern dass Ihr – wie soll ich es sagen? –, dass Ihr bezüglich des Mordes an Hugo Untersuchungen durchführt. Stimmt mein Eindruck?«

»Nun ja, ich …« Was sollte ich herumdrucksen? Ich gestand: »Ja, Gerold, Ihr habt recht. Irgendwie bin ich da hineingeraten.«

»Glücklicherweise.«

Sein Lob war das Beste, was ich seit langer Zeit erhalten hatte. Ein Wort nur, ein einziges Wort, und ich war einen Augenblick lang froh und zufrieden.

»Ich komme zu Euch«, sagte Gerold, »weil ich etwas über Hugo weiß, das vielleicht von Wichtigkeit ist. Ich überlasse Euch die Entscheidung, wie Ihr damit umgeht. Aber ich sage Euch gleich: Leicht wird es nicht, weder für mich noch für Euch. Möchtet Ihr es trotzdem hören?«

Welche Wahl hatte ich schon? »Gewiss.« Mein Mund war vollkommen trocken.

Gerold holte tief Luft. »Wie Ihr wisst, starb meine Frau vor einigen Jahren. Auf dem Sterbebett, am Tag ihres Todes, vertraute sie mir etwas an, das sie vorher bereits dem Priester gebeichtet hatte.« Er holte noch einmal tief Luft. »Sie gestand mir, dass Hugo nicht mein Sohn sei. Er ist die Frucht einer ehebrecherischen Beziehung.«

Gerold mied den Blickkontakt zu mir. Beschämt sah er zu Boden, denn obwohl er selbst sich nichts hatte zuschulden kommen lassen, war er in seiner Ehre gekränkt. Umso höher bewertete ich es, dass er sich mir offenbarte.

»Sie nahm mir das Versprechen ab, dass Hugo niemals davon erfahren sollte, dass er ein Bastard war, und ich versprach es gern, kam es doch meinen eigenen Wünschen entgegen. Ihr wisst, Gräfin, dass ich meine Gemahlin sehr – dass sie mir viel bedeutet hat, und ich wollte nicht, dass ein einziger Fehler von ihr unsere Familie zerreißt. Hugo blieb mein Sohn, auch wenn er es von Bluts wegen nicht war. Jahrelang behielt ich das Geheimnis im Herzen. Aber dann … Als man Hugo ertappte, wie er sich im Frauenhaus herumtrieb, stellte ich ihn zur Rede. Ein Wort gab das andere, wir stritten, und da – passierte es. In einem Moment des Zorns sagte ich ihm, dass er nicht mein Sohn sei. Meine Reue, die schlagartig einsetzte, kam zu spät.«

Gerold stützte vornübergebeugt seinen Kopf auf die Handballen.

»Hugo war danach – ich kann es kaum erklären. Für ihn brach eine Welt zusammen. Und wem sollte er Vorwürfe machen? Seine Mutter war tot, und ich war unschuldig an der Misere. Er hatte niemanden, gegen den er seinen Ärger und seine Enttäuschung richten konnte. Ich glaube, das war der Grund, weshalb er sich in letzter Zeit so häufig betrank. Er wurde zu dem unzuverlässigen Mann, den wir in seinen letzten Monaten erlebt haben. Das ist die Schuld, die ich trage.«

»Die Wahrheit ist göttlicher Natur. Kann die Wahrheit zu sagen also jemals eine Schuld sein?«

Gerold sah mich an. »Ja, Gräfin, wenn es sich um eine nutzlose, ganz und gar schadvolle Wahrheit handelt ... Die Wahrheit, die ich Hugo offenbarte, brachte nichts als Schmerz, und Hugo ging an ihr zugrunde. Was ist daran göttlich? Gar nichts. Ich habe meinen Fehler gutzumachen versucht, habe Hugo gesagt, es müsse sich nichts ändern zwischen uns, habe ihn meinen Sohn und mich seinen Vater genannt – es half nichts. Wir haben ja gesehen, dass es nichts half. Ein Wort, das einmal gesprochen wurde, lässt sich nicht zurücknehmen, und ein enthülltes Geheimnis bleibt auf ewig aufgedeckt.«

Da Gerold lange schwieg, fragte ich schließlich: »Wie viel Zeit verging von dem Tag an, an dem Ihr ihm das Geheimnis enthüllt hattet, bis zu dem Tag, als er sich zum ersten Mal betrank?«

»Ich weiß es nicht.«

»Wenigstens ungefähr.«

»Drei Wochen, vier Wochen – ist das wichtig?«

»Immerhin hat er drei Wochen lang damit leben können, nicht Euer Sohn zu sein. Möglicherweise hat ihn die Rüge des Königs wegen seines Betretens des Frauenhauses weit mehr getroffen. Sie erfolgte doch ungefähr zur selben Zeit, nicht wahr?«

»Ja, schon ... Ihr meint ...«

»Es ist nicht gesagt, dass er trank, weil er ein Bastard war.«

»Aber auszuschließen ist es nicht.«

»Nicht völlig«, sagte ich. »Aber da seine ehebrecherische Herkunft nicht öffentlich wurde, hatte er wenig Grund zur Verzweiflung – zumal Ihr ihm Eure geistige Vaterschaft versichert habt. Wann hat der König erstmals Zweifel daran geäußert, dass Hugo der richtige Mann für die Nachfolge als Befehlshaber der Leibwache wäre?«

»Das war schon am Tag, nachdem man ihn im Frauenhaus erwischt hat.«

»Also zur selben Zeit, als Hugo Kenntnis davon erlangte, ein Bastard zu sein.«

Gerold senkte den Kopf. »Leider. Der König sagte, er bedaure, mir mitteilen zu müssen, dass er sich Hugo nicht länger für einen so wichtigen Posten vorstellen könne. Deswegen geriet ich gegenüber Hugo so in Rage. Er hatte sich völlig unnötig um eine schnelle Karriere gebracht.«

»Hugo erfuhr also von der Entscheidung des Königs?«

»Ja, ich teilte sie ihm mit. Aber das hätte er sowieso erfahren.«

Ich dachte nach. »Mein Eindruck ist«, sagte ich nicht ganz aufrichtig, »dass Hugo nach und nach begriff, welchen Fehler er begangen hatte, als er ins Frauenhaus gegangen war, und deswegen fing er an, sich regelmäßig zu betrinken.«

Ich wollte Gerold trösten, war mir jedoch unsicher, ob das, was ich zum Trost sagte, auch tatsächlich stimmte. Zu bereuen, ins Frauenhaus gegangen zu sein, hätte für Hugo bedeutet, die Freundschaft mit Mathilda zu bereuen beziehungsweise die Zuneigung für Teodrada – falls es eine solche gegeben hatte. Es war wirklich zu dumm, dass ich am Tag zuvor, als Gerold mich hatte aufsuchen wollen, nicht zu Hause gewesen war, denn dann wäre ich anschließend zu Mathilda gegangen und hätte sie gefragt, ob Hugo ihr von den Enthüllungen seines Vaters erzählt hatte. Vermutlich war es so. Ich erinnerte mich daran, dass ich während des Gesprächs mit ihr ein einziges Mal das Gefühl gehabt hatte, dass sie mich anlog, und zwar bei der Frage von Hugos Trunkenheit. Mathilda hatte – so wie ich eben – die Trunkenheit auf seine Enttäuschung wegen der Entscheidung des Königs geschoben. Aber vielleicht wurde ihm alles zusammen zu viel: die königliche Rüge, die beendete Laufbahn, die plötzliche Kenntnis davon, ein Bastard zu sein … Vielleicht noch etwas anderes, das noch nicht ans Licht gekommen war? Mathilda war tot, ich konnte sie nicht mehr fragen.

»Habt Ihr dem König von Hugos Herkunft erzählt?«, fragte ich.

»Gott bewahre!«

»Und Grifo?«

»Auf keinen Fall! Das hätte nur böses Blut gegeben. Zum einen hätte Grifo vielleicht angefangen, an seiner eigenen Herkunft zu zweifeln …«

Gerold schwieg plötzlich. Ich wusste, warum.

»Und zum anderen«, ergänzte ich, »hätte Grifo sein Wissen um Hugos Herkunft irgendwann gegen ihn verwenden können.«

»Die beiden haben sich stets geachtet.«

»Sie sind sich bisher nur deshalb nie in die Quere gekommen, weil sie stets auf verschiedenen Kriegsschauplätzen und für unterschiedliche Aufgaben eingesetzt waren. Aber hier in der Pfalz, eng beisammen und um die Gunst des Königs werbend, waren sie Rivalen.«

Gerold widersprach nicht. Ich hatte nicht vor, in dieser Wunde zu stochern, und wechselte das Thema.

»Über eines haben wir noch nicht gesprochen«, sagte ich und war verwundert, als Gerold mich plötzlich ein wenig ängstlich anblickte. Ahnte er meine nächste Frage?

»Mit wem ist Eure Gemahlin damals eine ehebrecherische Beziehung eingegangen? Oder mit anderen Worten: Wer ist Hugos Vater?«

Gerold sah mich an. Er schluckte und antwortete mit heiserer Stimme: »Euer Gemahl, Gräfin.«

40

»MEIN GESPRÄCH MIT Eurem Gemahl fand am Tag nach meinem Streit mit Hugo statt, also im Sommer. Arnulf hat es mir gegenüber unumwunden zugegeben, er hat sich bei mir entschuldigt, ich habe die Entschuldigung angenommen, denn die Buhlschaft ist mehr als vierundzwanzig Jahre her. Nach dem Tod meiner Gemahlin stellte ich Arnulf nicht zur Rede, weil das bedeutet hätte, dass Hugo das Geheimnis erfährt, und als er es schließlich erfuhr, war all mein Zorn längst verraucht. Ich mochte keinen Unfrieden stiften. Seien wir außerdem ehrlich: In einem Zweikampf gegen Arnulf wäre ich hoffnungslos unterlegen. Nennt mich meinetwegen einen Feigling, aber es war die Vernunft – und eine gewisse Altersklugheit –, die mich davon abhielt, einen Skandal heraufzubeschwören.«

Da ich schwieg, räusperte Gerold sich und fuhr in einfühlsamem Tonfall fort: »Arnulf war natürlich überrascht. Ich habe ihm die Entscheidung überlassen, ob und wann er sich Hugo als Vater offenbart, und er sagte, das müsse er reiflich überdenken angesichts der Konsequenzen, die sich daraus für ihn ergäben. Sicherlich dachte er dabei an Euch, Gräfin. Das verstand ich gut. Als jedoch Hugo bald darauf anfing, sich im Dienst zu betrinken und um alles zu bringen, was er sich aufgebaut hatte, drängte ich Arnulf, seinem Sohn zu helfen, indem er ihm einen neuen Halt gäbe. Er sollte die Vaterschaft gegenüber Hugo anerkennen, sich mit ihm aussprechen und ihm zu neuem Stolz verhelfen.«

Da ich noch immer schwieg und mittlerweile sogar die Augen geschlossen hatte, wurde Gerold unruhig. »Aber dann, als Arnulf und ich Hugo alles erklärten, passierte etwas Unerwartetes. Hugo brach in schallendes Gelächter aus, er sagte, er scheiße auf den Kram, dann ging er fort. Wir sprachen nie wieder darüber. In den nächsten Monaten entfremdeten wir uns mehr und mehr.«

Ich schwieg.

»Habt Ihr noch Fragen an mich, Gräfin?«

Ich versuchte zu sprechen, aber es gelang mir nicht.

»War es – war es richtig, Euch davon zu erzählen? Ich weiß, dass ich ein Unglücksbote bin, aber ich glaubte ... In den letzten Tagen bin ich Euch ... seid Ihr mir ... Ich fand, Ihr solltet es erfahren.«

»Ich verstehe.«

»Wirklich?«

Ich sah ihn lange an. »Ja. Wirklich.«

Er lächelte zum ersten Mal an diesem Vormittag.

»Gerold, würdet Ihr mich jetzt bitte allein lassen? Ich möchte ein wenig ruhen.«

Eine vierundzwanzig Jahre alte Erinnerung: während der Sachsenkriege.

Ich sitze in einem mit Tierhäuten überspannten Wagen und blicke in den Regen, der seit Tagen nicht nachlässt. Das Gelände, auf dem wir lagern, ist verschlammt, und alle Knochen tun mir weh, weil ich wegen des Wetters den Wagen kaum verlasse. Eine Lage Stroh ist mein Bett für die Nacht, ein niedriges Bänkchen ist mein Stuhl für den Tag. Ich nähe Kleider für Arnulf, von früh bis spät. Einmal am Tag kommt Berta, der es nicht besser geht, von ihrem Wagen zu meinem Wagen gehuscht, und wir unterhalten uns eine Weile, obwohl wir jeden Tag nur ein Thema haben: Wie geht es wohl unseren Männern? Sie sind vor drei Tagen gegen die Eresburg vorgerückt, ein Bollwerk der Sachsen, das auf einem Tafelberg aufragt. Wären Dunst und Regen nicht, könnten wir die Burg sehen und wenigstens von ferne an dem teilnehmen, was dort geschieht – was immer es sein mag. Haben unsere Männer die Burg bereits gestürmt? Oder lagern sie noch in den Wäldern am Fuße des Berges, weil der Boden zu rutschig ist? Befinden sie sich auf dem Rückzug? Wurden sie gar zurückgeschlagen? Hat es Verluste gegeben? Lebt mein Gemahl noch?

Die Ungewissheit macht das Herumsitzen in den engen Wagen noch unerträglicher. Und immer wieder sagt man sich selbst und im Gespräch dasselbe: Unsere Männer sind jung und stark, sie sind erfahren, sie haben hervorragende Rüstungen, der König ist ein kluger Anführer, Gott steht auf unserer Seite. Andererseits sind die Feinde heidnische Barbaren. Sie sind von ungeheuerlicher Unbarmherzigkeit, sie wissen um die herausragende Bedeutung der Eresburg, und sie sinnen auf Rache dafür, dass Karl vor drei Jahren ihre Irminsul zerstört hat, eine riesige Holzsäule, die den Weltenbaum und damit ihre religiöse und säkulare Ordnung symbolisierte. Seither kämpfen sie mit furchteinflößender Verbissenheit, die an Wahnsinn grenzt.

Niemand stellt die Taten des gesalbten Königs in Frage, auch ich nicht. Alles geschieht im Dienste Christi, dem falsche Götter ein Gräuel sind, und im Dienste des Gedankens, die Völker Europas zu vereinen. Und doch wäre ich gerne woanders. In Enge und Regen träume ich von den guten Tagen in Quierzy, von rheinischer Sonne, von einem Kohlefeuer, und als der Lakai mir die Rübensuppe bringt, die wir seit einer Woche morgens und abends essen, träume ich außerdem noch von einem saftigen Burgunderhuhn.

Aber vor allem fehlt mir Arnulf. Ich würde freiwillig ein Jahr lang in einem Wagen leben, wenn ich wüsste, dass Arnulf unversehrt zurückkommt. Er ist noch jung und gehört schon zu den Getreuesten des Königs. Sein derzeitiger Rang – zweiter Führer einer Scara, einer Schwadron, der schweren Reiterei – wurde teuer erkauft. Arnulf befindet sich am Rand des Ruins, weil er jahrelang etliche Helme, Schuppenpanzer, Beinschienen, Rösser, Schwerter, Schilde und Lanzen erworben hat, für die er üblicherweise selbst aufkommen musste, und weil er nach dem Tod seines begüterten Vaters, dessen *zweiter* Sohn er war, mit beinahe leeren Händen dasteht. Er ist darauf angewiesen, schon bald mit einer Pfründe oder einem großen Hofgut bedacht zu werden, und deswegen, so weiß und fürchte ich, wird er sich mit noch größerer Inbrunst in den Kampf werfen als bisher. Die Zukunft gehört ihm, so versichert mir Arnulf stets und meint damit, dass so viele gute Leute des Königs in den Kriegen fallen und die Auswahl an Marschällen, Konnetablen, Grafen und so weiter immer geringer wird, was früher oder später zwangsläufig seinen Aufstieg nach sich ziehen wird. Dass er selbst womöglich zu jenen guten Leuten des Königs gehören wird, die fallen, scheint ihm dabei zu entgehen. Er ist so zuversichtlich, und ich bin so ängstlich. Ich bin wie all die anderen ängstlichen Frauen des Trosses.

Am Abend des vierten Tages, es ist schon fast dunkel, hören wir schweres Hufgetrampel von ferne nahen. Trotz des Regens steigen wir aus den Wagen, und die Wachen formieren sich, falls Sachsen unseren Tross angreifen wollen. Dämmerung und Nebel verhindern, dass wir etwas sehen. Dann hören wir Schreie. Ist es das Angriffsgeschrei eines barbarischen Volkes? Wir sind uns nicht sicher.

Doch aus dem Dunkel dringt eine Stimme zu uns, die schreit: »Sieg, Sieg!« Wir Frauen umarmen einander, die Wachen strecken ihre Lanzen in die Höhe und stimmen das allgemeine Siegesgeschrei an. Endlich sieht man die Umrisse unserer Reiter. Ihre Rösser dampfen, schnauben schwer, werden langsamer. Wir entzünden Fackeln, die uns von den Reitern aus den Händen gerissen werden. Im Triumph ziehen die Siegreichen zu Pferd durch das Lager, und je mehr Fackeln entzündet werden und Licht in die Finsternis bringen, desto größer wird mein Unbehagen über das, was ich sehe, und das, was ich nicht sehe.

Was ich nicht sehe, ist Arnulf. Wo steckt er? Die ganze Welt jubelt, doch was wäre das für ein Triumph, wenn Arnulf irgendwo verwundet läge? Oder schlimmer noch, wenn er tot wäre? Verzweifelt versuche ich, einen der Reiter zu fragen, ob er etwas wisse, doch sie alle sind zu schnell und zu laut. Sie werfen ihre Helme hoch und streifen ihre Eisenhandschuhe ab und ich muss aufpassen, nicht von einem schweren Teil getroffen zu werden. In ihrem Taumel ekeln sie mich ein wenig an. Ich habe nichts gegen Freude, auch nichts gegen Siegesfeiern, aber die Freude unserer Männer ist die Trunkenheit von dem Blut, mit dem sie über und über befleckt sind. Blut auf den Rüstungen und auf den Pferden; berauschte Gesichter, vom Wahn zerfetzte Blicke. Für einen Moment bin ich sogar froh, Arnulf nicht unter ihnen zu finden, denn womöglich würde auch er mich anekeln.

Im nächsten Moment aber weiß ich, dass Arnulf sich niemals wie diese Meute zu Pferd verhalten würde. Er ist anders. Ich kann ihn mir nicht im Blutrausch vorstellen, unmöglich.

Wo ist er? Arnulf, wo bist du?

»Berta, siehst du Arnulf hier irgendwo?«

»Nein, leider nicht. Aber dort ist Burchard, ich frage ihn. Er weiß bestimmt etwas, da sie doch so gut befreundet sind.«

Berta ruft ihrem Gemahl etwas zu und nähert sich seinem Pferd, aber Burchard achtet nicht auf das, was seine Frau sagt, sie stört ihn nur in seinem Rausch, und er reißt die Zügel herum, sodass Berta rückwärtsstolpert und fast zu Boden fällt.

Ich trete auf ihn zu, und als er mich genauso übersehen will wie seine Frau, greife ich beherzt nach dem Zaumgeschirr seines Rosses. Als Sattlerstochter weiß ich, wo ich anpacken muss, um einen Reiter dumm aussehen zu lassen, und tatsächlich gelingt es Burchard nicht, sein Pferd wieder unter Kontrolle zu bringen.

»Wo ist Arnulf?«, frage ich.

»Beim König auf der Eresburg geblieben, zusammen mit Gerold, Eggihard, Anselmus und einem Dutzend des Fußvolks. Sie übernachten dort.«

»Es geht ihm also gut?«

»Ha! Er hat neun Sachsen getötet, zwei mehr als ich. Und ob es ihm gut geht!«

Ich lasse das Geschirr los. Arnulf lebt und ist nicht verwundet, mehr muss ich nicht wissen, mehr will ich nicht wissen.

Erleichtert, aber auch ein wenig benommen, kehre ich zu meinem Wagen zurück und lasse mich ins Stroh fallen. Vor dem Einschlafen träume ich von Arnulfs Lippen, seinem flaumigen Bart, seinen jungen, gierigen Augen, seinen Adern, die dick wie Holunderzweige sind, seiner Männlichkeit ... Ich höre noch, wie der Lärm der Eroberer verklingt, und mein letzter Gedanke vor dem Schlaf ist, dass ein jeder der Eroberer in diesem Moment, den Rausch verlängernd, seine Frau besteigt. Nur nicht Eggihard, Anselmus, Gerold – und Arnulf.

Ich erwache in der Morgendämmerung. Aber es ist nicht das zaghafte Licht, das mich erwachen lässt, sondern Arnulf, der leise ins Stroh sinkt. Er muss noch in der Nacht die Eresburg verlassen haben, um jetzt neben mir zu liegen.

»Liebster.«

»Du bist wach?«, murmelt er, von mir abgewandt und schon im Halbschlaf.

»Ich bin von dir aufgewacht.«

»Tut mir leid.«

»Das macht nichts.«

»Schlaf weiter«, murmelt er, fast unverständlich, dann ist er eingeschlafen. Ich berühre seine nackte Schulter, ich küsse sie, ich küsse sein Haar und liege glücklich bei ihm. Er ist da. Ich kann nichts anderes denken, immer nur: Er ist da.

Ich möchte irgendetwas für ihn tun, irgendeine Art von persönlichem, stillem Fest feiern, die Art von Festen, die Frauen seit Anbeginn der Zeit feiern, wenn sie an ihrem Glück fast ersticken. Wären wir zu Hause, würde ich ihm Kirschmus machen, in das er so gerne Weizenbrot tunkt. Doch meine Küche ist weit weg.

Weil ich jedoch nicht mehr still liegen kann, bleibt mir nichts anderes übrig, als mir einen leichten Mantel über mein Nachthemd zu werfen und barfuß durch den Schlamm zu Arnulfs Pferd zu waten, um mich persönlich darum zu kümmern, dass es gut gestriegelt und versorgt wird. Der Knappe ist hierbei manchmal etwas nachlässig. Glücklicherweise hat es aufgehört zu regnen. Die Sonne steigt in den Morgendunst auf.

Da ist das Pferd. Doch etwas ist merkwürdig. Es ist bereits abgeschirrt, steht in der behelfsmäßig errichteten Koppel und ist nicht im Geringsten erhitzt, obwohl es doch eben erst eingetroffen ist.

Ich will den Knappen fragen, der vermutlich beim Gesinde unter den Bäumen schläft. Auf halbem Weg überlege ich es mir anders und kehre um. Ich wasche mir sorgfältig die Füße, besteige den Wagen und lege mich auf meinen Platz neben Arnulf ins Stroh.

Einige Stunden nach Sonnenaufgang trifft der König in Begleitung von Eggihard, Anselmus und Gerold im Lager ein. Ich stelle keinem von ihnen Fragen und auch Arnulf nicht, später, als er erwacht. Arnulf lebt und ist nicht verwundet, mehr muss ich nicht wissen, mehr will ich nicht wissen.

Wie beschreibe ich bloß den Zustand, in dem ich mich befand, nachdem Gerold gegangen war?

Ich spürte keine Wut in mir. Arnulf war offenbar schon sehr viel früher in einer anderen Frau Bett gestiegen, nicht erst mit Emma, und hatte einen Sohn mit ihr gemacht. Doch ich erfuhr erst jetzt davon, außerdem waren sowohl die andere Frau wie auch der Sohn tot, und so sehr ich mich anstrengte, war es mir unmöglich, wütend auf Arnulf zu sein.

Vielleicht war ich enttäuscht, aber das war kaum der Rede wert und hatte mehr damit zu tun, dass er mir gegenüber unehrlich gewesen war, als mit der Tatsache, dass er einen Sohn gehabt hatte.

Ein einziges Gefühl war vorherrschend. Alleinsein. Zum ersten Mal in meinem Leben fühlte ich mich verlassen, ausgesetzt – nicht von Arnulf als Mensch aus Fleisch und Blut, sondern verlassen von allen Gewissheiten, die mit ihm zusammenhingen. Dass ich geglaubt hatte, Arnulf hätte in der meisten Zeit unserer Ehe nichts entbehrt und erst mit Emma angefangen, außereheliche Freuden zu suchen, war eine Illusion gewesen. Und Arnulfs Liebe, Arnulfs Zärtlichkeit, Arnulfs Wertschätzung: Lügnerinnen allesamt? Mein Leben, Fühlen und Denken war mit Arnulf verbunden, mehr noch, von Arnulf bestimmt worden, und plötzlich kam es mir vor, als finge mein Leben, Fühlen und Denken von vorn an, so als wäre ich ein neuer Mensch und sähe die Welt mit anderen, mit jungen Augen.

Als Arnulf zur Mittagsstunde nach Hause kam, wirkte er abgehetzt.

»In ungefähr zwei Stunden wird der Papst eintreffen. Burchard hat einen Boten vorausgeschickt, der mir soeben Meldung gemacht hat.«

»Bist du aufgeregt?«

»Und wie! Aber nicht nur deswegen. Ich komme von einem Verhör.«

»Wen hast du verhört?« Meine Stimme klang wie immer.

»Mathildas Zofe. Stell dir vor, sie hat zugegeben, dass Mathilda kürzlich schwanger gewesen war, aber das Kind hat wegmachen lassen.«

Fionee, schoss es mir durch den Kopf. Mathilda war bei Fionee gewesen, um die Schwangerschaft abzubrechen. Meine neue Freundin war nicht nur Giftmischerin, sondern auch Engelmacherin. Beides wurde mit dem Tod bestraft.

Glücklicherweise war Arnulf an Fionee weit weniger als an Mathilda interessiert – noch.

»Damit steht für mich fest«, sagte Arnulf, »dass das ungeborene Kind von Hugo war.«

Und es wäre damit dein Enkel oder deine Enkelin geworden, dachte ich. Aber Arnulfs These von Hugos Vaterschaft überzeugte mich nicht, da Mathilda mir glaubhaft von einer platonischen Freundschaft berichtet hatte. Noch schwerer wog, dass Mathilda gestern Abend in der Kapelle ein Stelldichein mit einem äußerst lebendigen Mann gehabt hatte, was Hugo ausschloss.

Doch ich behielt meine Meinung für mich.

»Ermengard, ich glaube, ich stehe vor der Aufklärung der Morde.«

»Tatsächlich? Inwiefern?«

»Der Zusammenhang der Mordfälle wird erst durch diese neue Erkenntnis offenbar. Der Vater und die Mutter eines ungeborenen Kindes sterben, das ist ja wohl kein Zufall. Demnach ergeben sich nur zwei Möglichkeiten.«

»Und die wären?«

»Könnte ich einen Teller Suppe bekommen?«

Ich rief der Küchenmagd zu, sie solle zwei Teller Suppe bringen, dann setzte ich mich zu Arnulf an den Tisch. Begeistert legte er mir seine Überlegungen dar.

»Entweder hat Mathilda Hugo in einem Augenblick der

Panik getötet, weil er sich zu der Vaterschaft öffentlich bekennen wollte – so unberechenbar wie er in letzter Zeit war, ist ihm das durchaus zuzutrauen –, und als sie gestern die volle Tragweite ihrer Tat erkannte, hat sie sich selbst getötet.«

Einen solchen Unfug hatte ich im Leben noch nicht gehört. »Oder?«, fragte ich.

Die Suppe wurde gebracht. Arnulf wartete, bis die Magd wieder in die Küche gegangen war. »Oder die beiden wurden von jemandem getötet, der von Mathildas Schwangerschaft erfahren und, aus welchen Gründen auch immer, etwas dagegen einzuwenden hatte.«

Das klang schon überzeugender. »Doch sie war zum Zeitpunkt ihres Todes nicht mehr schwanger, hat ihre Zofe ausgesagt.«

»Dass sie das Kind hat wegmachen lassen, könnte der Mörder nicht gewusst haben. Vielleicht ging es ihm auch weniger um Mathildas Schwangerschaft als um die Liebesbeziehung zwischen ihr und Hugo.«

»Eine Eifersuchtstat?«

»Möglich. Aber ich favorisiere ohnehin die erste Möglichkeit.«

Das überraschte mich nicht. Die Vorstellung vom Mord mit anschließendem Selbstmord hatte den Vorteil, dass Arnulf keinen Mörder mehr suchen musste und dem König den Fall als erledigt melden konnte. Die zweite Möglichkeit bedeutete Aufwand und Ärger für Arnulf, ohne dass er davon einen praktischen Vorteil hätte, denn auch diese beinhaltete, dass der Mörder kein drittes Mal zustoßen würde. Falls Arnulf dem König die zweite Möglichkeit unterbreiten würde, ginge er das Risiko ein, den Mörder nie zu finden und schlecht dazustehen.

Ob er so kalkulierte, wie ich es eben dargestellt habe, oder ob er sich selbst belog und sich blindlings für die einfachere Version entschied, änderte nichts daran, dass er es sich leicht machte.

(Vielleicht tue ich ihm Unrecht mit diesen Zeilen. Vielleicht war er in dieser Sache weder töricht noch feige, sondern sehnte sich nach einem Abschluss. Ich habe die Erschütterung gesehen, die er bei Hugos Grablegung zu verbergen suchte. Da sank nicht irgendeiner ins Grab, sondern sein Sohn, was zu diesem Zeitpunkt außer ihm und Gerold keiner wusste. So jemanden zu verlieren, eine Art Erben, den er sich all die Jahre gewünscht hatte, ohne ihn zu bekommen, und dann an seinem Grab zu stehen, das muss für ihn so ähnlich gewesen sein wie einst der Tod meines Knaben kurz nach der Geburt. Damals hatte Arnulf seinen Schmerz schon bald im Bett von Gerolds Gemahlin vergessen, und fünfundzwanzig Jahre später wollte er ihn ebenso schnell vergessen. Wer will ihm das verübeln? Arnulf war nicht gefühllos, er war ein Mann. Erklärt das nicht alles?)

Nichtsdestotrotz war das, was er herausgefunden hatte, für mich hochinteressant. Denn da gab es ja noch immer diesen ominösen Dritten, den Mathilda gestern in der Kapelle getroffen hatte. Insofern hatte Arnulfs zweite Möglichkeit etwas für sich.

Wir schlürften unsere Wurzelsuppe, er hastig und ich langsam. Als ich bemerkte, dass er bald damit fertig sein und vermutlich aufbrechen würde, sagte ich: »Ich möchte noch rasch mit dir über heute Abend sprechen. Vor dem Bankett sollten wir alle zusammen etwas trinken.«

»Du meinst dich, Gerlindis und mich?«

»Ja, und Emma.« Er verkrampfte sich augenblicklich.

»Sieh, Arnulf, ich finde, wir sollten ein wenig entspannter mit dieser Angelegenheit umgehen. Seit unserem Streit habe ich über fast nichts anderes nachgedacht. Ich bin verkrampft, du bist verkrampft, Emma ist gereizt, Gerlindis ist verunsichert. Wenn der König offizielle Konkubinen hat, ist es doch nicht schlimm, wenn du auch eine Konkubine hast. Ich bin bereit, Emma als Mitglied der Familie zu betrachten, wenn du auch dazu bereit bist. Heute wäre ein guter Tag, um einen Anfang zu machen: dein Erfolg bei der Ermittlung, das fröhliche Festbankett, der Papst kommt …«

Das letzte Argument war idiotisch. Als müsse mit dem Eintreffen des Papstes das Konkubinat Einzug halten! Das fiel Arnulf jedoch nicht auf. Er war dermaßen überrascht, dass er kein Wort herausbrachte.

»Auf Dauer ist dieses Hin und Her von mir zu ihr und von ihr zu mir für dich viel zu anstrengend, findest du nicht auch? Und bei allem Respekt, mein lieber Gemahl, ein wenig albern ist es auch. Lass uns nie wieder ein Geheimnis aus der Liebe machen.«

Er sah mich noch immer so verdutzt an, als wäre ich eine Marienerscheinung. »Wenn du meinst …«, sagte er zaghaft.

»Aber ja! Falls Gerlindis bald heiraten sollte und wenn wir unsere neuen Räume in der Pfalz beziehen, könnte Emma doch mit uns im selben Haus leben. Dann hätte ich eine neue Freundin ganz nah bei mir.«

Er verschluckte sich an der Suppe. Da ich Emma noch am Tag zuvor als heimtückisches Biest beschrieben hatte, das mir ans Leben wolle, wird Arnulf sich wohl seinen Teil über die Launenhaftigkeit der Frauen gedacht haben. Aber das war mir gleichgültig.

»Was ist eigentlich mit deiner Wange passiert?«, lenkte er in gewohnter Weise vom Thema Emma ab.

»Ich bin ausgerutscht.« Er hätte mir die Wahrheit ohnehin nicht geglaubt. Darauf kam es nun auch nicht mehr an.

Nur darauf kam es an, dass ich Emma am Abend Wein servieren würde.

41

SEINE HEILIGKEIT LEO III., Pontifex maximus, Bischof und Metropolit von Rom – man erwartet einen Löwen, und da kommt ein Kätzchen um die Ecke. Um es biblischer auszudrücken: Man erwartet Petrus und bekommt stattdessen Lazarus zu sehen. Gerlindis an meiner Seite, beobachtete ich von der Haustür aus den Einzug des Papstes in die Pfalz und war enttäuscht. Er wirkte weder mächtig noch demütig, weder wie ein strenger Vater noch wie ein heiliger Bruder, sondern ein bisschen – Gott vergebe mir – wie jemand, der nicht weiß, wie ihm geschieht. Ich weiß nicht, was ich mir vorgestellt habe, vielleicht, dass Leo an der Spitze des Begleittrupps ritte und huldvoll die niederknienden Leute grüßte. Die Wirklichkeit sah so aus, dass ein Soldat das Pferd des Heiligen Vaters am Zaumzeug hinter sich herzog, als handele es sich um einen Gefangenen, und dass Leo keine Notiz von den niederknienden Leuten nahm. Der König ging ihm nicht entgegen. Er wartete in seinem Turm, sodass niemand würde sehen können, dass er vor dem Papst niederknien und ihm die Hand küssen würde.

Als Leo vom Turm geschluckt worden war, fiel meine Aufmerksamkeit auf Burchard, der sich seiner wartenden Frau Berta näherte, die wie eine Bußfertige im Hof stand. Burchard küsste sie auf die Wange – und diese Geste, davon war ich überzeugt, würde bis zum Heiligen Abend das Netteste bleiben, was sie von ihm erwarten durfte.

»Wenn jemand fragt, ich bin im Dorf«, sagte ich zu Gerlindis.

»Du musst umgehend deine Sachen packen und Aachen verlassen, Fionee.«

»Warum?«

»Mathilda ist tot.«

»Ein entsprechendes Gerücht ist mir vorhin zu Ohren gekommen.«

»Sie wurde ermordet, und Arnulf hat Mathildas Zofe befragt. Dabei hat er herausgefunden, dass Mathilda ihr Kind hat wegmachen lassen, und selbstverständlich wird ihm die Zofe auch gesagt haben, wer die Engelmacherin war. Du warst das, oder?«

Fionee wechselte einen Blick mit der Alten, dann wandte sie sich wieder mir zu. »Da Mathilda tot ist, leugne ich es nicht. Weil ich einer ihrer Verwandten in Rom vor vielen Jahren geholfen hatte, erinnerte sie sich an meinen Namen und suchte mich kürzlich in Begleitung ihrer Zofe auf. Sie wollte ihr Kind wegmachen lassen, und das tat ich. Ich verwendete einen Trank, der in der folgenden Nacht seine Wirkung entfaltete. Ihre Zofe hat alles beseitigt und gereinigt, niemand hat etwas davon mitbekommen.«

»Das hat sich nun geändert. Fionee, in manchen Gegenden des fränkischen Reichs ist es nicht verboten, Kinder wegzumachen, aber in anderen schon, und in so einer befindest du dich hier. Als Pfalzgraf ist es Arnulfs Pflicht, für Recht zu sorgen. Er wird dich verurteilen.«

»Ich mache mir keine Sorgen wegen deines Gemahls.«

»Wenn ich dir doch sage, dass du in großer Gefahr bist!«

»Du irrst dich, Ermengard. Aber es ist lieb von dir, mich zu warnen.«

»Fionee, wie kann ich dich überzeugen?«

»Gar nicht. Möchtest du etwas trinken?«

»Ich will nichts trinken. Ich will, dass du aus Aachen weggehst. Meinetwegen bezahle ich dich dafür.«

»Da du es erwähnst … Wir müssen noch über die Bezahlung für den Trank reden. Einhundert Silberlinge bekomme ich von dir. Das ist dir doch recht?«

Ich stieß einen gedehnten Seufzer aus, deutliches Zeichen dafür, dass ich es aufgab, Fionee klarmachen zu wollen, in welcher Lage sie sich befand.

»Natürlich bekommst du dein Geld. Arnulf hat zwar die Hand auf unserer Schatulle, aber ich verkaufe heimlich ein Schmuckstück, das dauert nicht lange.«

»Danke.«

Wir wechselten einen langen Blick, und ich seufzte noch einmal.

»Fionee …«

»Ermengard, lass es bitte auf sich beruhen.«

»Ja, ja, aber mich interessiert, ob Mathilda dir etwas über den Vater des ungeborenen Kindes erzählt hat.«

»Nein, das tun die Wenigsten.«

»Und die Kette? Hat Mathilda sie gekauft?«

»Sie hat ihr gefallen, und da habe ich sie ihr geschenkt. In einem der Steine ist ein kleiner Käfer eingeschlossen, und ich erklärte ihr, dass der Käfer im Orient als Glücksbringer angesehen werde und dass so, wie der Käfer im Stein eingeschlossen sei, das Kind auf immer in ihrem Herzen eingeschlossen bleiben würde. Die Zofe erzählte mir später, Mathilda habe, während das Kind abging, ihre Faust um die Kette geballt.«

Mir saß ein Kloß im Hals. Trotzdem stellte ich weitere Fragen.

»Dann komme ich noch einmal auf Eugenius zu sprechen.«

»Ich sagte dir neulich schon, Ermengard, dass ich nie über meine Kunden rede, jedenfalls nicht, solange sie noch leben.«

»Eugenius ist zwar nicht tot, aber wenn du nicht willst, dass Grablegungen in der Pfalz bald an der Tagesordnung sein werden, solltest du mir endlich verraten, warum er dich besucht hat. Hatte es mit Mathilda zu tun?«

Ich spürte, wie sehr es Fionee widerstrebte, mir zu antworten, doch schließlich überwand sie sich. »Nein, mit Mathilda hatte es nichts zu tun, zumindest nur wenig.«

»Was heißt ›wenig‹?«

»Er hatte von ihr erfahren, wer ich bin und wo ich zu finden wäre.«

»Und weiter? Du bist ja wie ich neulich, als du mir alles aus der Nase ziehen musstest.«

»Er kam, damit ich ihm ein Elixier mischte.«

»Einen Trank wie – wie du ihn *mir* gemischt hast?«

»Was die Zusammensetzung und Wirkung des Tranks angeht – nein. Was das Resultat angeht – ja.«

»Und wen will er – damit – vergiften?«

»Wollte, Ermengard, wollte. Ich habe ihm kein Elixier gemischt, und ich weiß nicht, gegen wen er es einzusetzen beabsichtigte. Ich habe ihn weggeschickt, er kam noch einmal zurück, und da hat *sie* ihn weggeschickt.« Sie wies auf die Alte. »Mehr weiß ich nicht.«

»Wieso hast du ihn weggeschickt, wenn du doch eine …« Ich stockte.

»Wenn ich eine Giftmischerin bin, das darfst du gerne aussprechen. Aber ich bin keine gewöhnliche Giftmischerin, Ermengard, das wirst du noch merken.«

»Das werde ich ... Wie denn?«

Sie nahm mein Gesicht in ihre Hände. »Das verrate ich dir bei deinem nächsten Besuch.«

Bevor ich ging, fragte ich: »Wie viele – wie viele Kinder hast du denn schon – weggemacht?«

Fionee sah mir direkt in die Augen. »Ein paar hundert.«

Nicht, dass ich Fionee einen Vorwurf machte, nun ja, wenigstens nicht so richtig. Vielleicht einen kleinen Vorwurf. Ich weiß es wirklich nicht. Mein Unbehagen war vermutlich völlig natürlich angesichts eines solchen Themas, und ich hatte mir stets so sehr ein Kind gewünscht, dass mich die Vorstellung, sie würden anderswo getötet, traurig machte. Andererseits hielt ich mir vor Augen, dass die Männer, die wir bewundern, in Schlachten Dutzende von Gegnern getötet haben sowie von Tausenden armen Bauern das Vieh und Getreide beschlagnahmten, was zu Hunger und Fehlgeburten geführt hat. Fragt eine ungeborene Seele danach, ob sie durch ein Elixier oder aufgrund von Hunger daran gehindert wird, zu leben?

Ich stand Fionee viel zu nah, um ihr übel zu nehmen, was sie tat. Außerdem, war ich denn besser als sie? Macht es einen Unterschied, ob man zehn Menschen tötet, hundert, tausend oder nur einen?

Die letzte Stunde vor dem Eintreffen von Emma und Arnulf verbrachte ich auf meinem Bett. Ich hatte mein bestes Gewand angezogen und lag wie eine Grabfigur auf dem Rücken, die Hände auf dem Bauch gefaltet, die Augen geschlossen. Nebenan war Gerlindis vollauf damit beschäftigt, sich zur schönsten Frau des Abends zu machen, und so hatte ich meine Ruhe. Woran ich dachte, ist mir entfallen. Ich versuchte, an nichts zu denken, was mir gewiss nicht gelang. Vielleicht rief ich mir Kornfelder vor mein inneres Auge, das tue ich manchmal, wenn ich Frieden suche; auch Mohnblüten, das Glitzern der Rhône, das Plätschern ihrer Wellen am Ufer, die Moosteppiche der germanischen Wälder, die Lichtsprenkel unter einer tausendjährigen Eiche, die Alpen im Abendlicht ... Ich habe schon so viel Schönheit gesehen. Müsste ich nicht eine glückliche Frau sein?

Jetzt kommt das Schwerste. Der Fall ins Dunkle. Die Tat. Der Tod. Mein Verbrechen.

42

ES WAR SO leicht. Ich war allein in der Küche, dem Gesinde hatte ich anlässlich der Ankunft des Oberhirten frei gegeben. Unsere besten Silberkelche – eine Beute aus dem Langobardenfeldzug vor mehr als zwanzig Jahren – stellte ich auf eine prunkvolle Platte, goss das Elixier in den links stehenden Kelch, füllte alle Kelche mit Wein auf und trug die Platte in die Wohnhalle, wo Gerlindis, Emma und Arnulf vor dem Feuer standen und sich unterhielten. Eigentlich redete nur Gerlindis. Emma witterte Betrug, und dies natürlich völlig zu Recht, aber sie war sich unsicher, welche Mittel ich gegen sie anwenden würde. Vermutete sie, ich wolle meine Haut und Ehe retten, indem ich gute Miene machte und mich bei ihr anbiederte? Einer Frau, die sich gewiss ist, den einmal im Netz ihrer Schönheit und Liebeskünste gefangenen Mann nicht wieder zu verlieren, traue ich solche Arroganz zu. Ich glaube nicht, dass Emma mich fürchtete. Trotzdem war sie vorsichtig, ja, vielleicht sogar misstrauisch. Ich erinnere mich ihres Blicks, als ich die Platte auf dem Tisch neben dem Feuer abstellte. Ein Blick voll gespannter Aufmerksamkeit.

Den ersten Kelch reichte ich Arnulf, den zweiten Gerlindis. Arnulf trank von seinem Wein, noch bevor ich die beiden Kelche für Emma und mich ausgeben konnte. Die ungewohnte Situation, zwischen seiner Gemahlin und seiner Geliebten zu stehen, forderte ihm zweifellos einiges ab, doch ich glaube, dass sie ihn stärker erregte als aufregte. Wenn er zu uns und zu sich selbst ehrlich gewesen wäre, hätte er eingestanden, dass seine tiefsten, lüsternsten Wünsche an jenem Abend dabei waren, Gestalt anzunehmen. Wer weiß, wohin uns das im Laufe der Zeit noch gebracht hätte, hätten meine Pläne nicht etwas ganz anderes vorgesehen.

Die beiden verbliebenen Kelche nahm ich in jeweils eine Hand und bot sie Emma zur Wahl an. Falls sie irgendwelchen Argwohn gehegt haben sollte, so hatte ich ihn mit dieser Geste zerstreut. Sie ergriff einen der beiden Kelche.

»Auf ein neues Leben«, sagte sie, und ich bin mir bis heute nicht sicher, was genau sie damit gemeint hat. Sicherlich hat jeder von uns vier, die wir die Kelche hoben, in jenem Moment an etwas anderes gedacht: Gerlindis an ein Leben mit Grifo, Arnulf an ein Leben mit zwei Gefährtinnen und vielen Kindern, Emma an ein Leben als Gräfin … Und ich? Ich war noch ganz im alten Leben, im Aufbruch der jungen Ehejahre, in den Hoffnungen, in den gemeinsamen Anstrengungen der Reisen im Gefolge des Königs und im gemeinsam durchlebten Leid der Kinderlosigkeit. Wo waren die Jahre geblieben? Wo war *all dies* geblieben?

Ich denke auch jetzt wieder an die vielen Male, als wir gelacht haben, als wir uns so nah waren, wie zwei Menschen sich überhaupt nur nah sein können. Das tut gut. Das tut weh. Das ist vergangen.

Als wir auf das neue Leben anstießen und noch bevor wir die Kelche zu den Lippen führten, rauschte der Tod bereits im Blut des Opfers. Arnulf hatte vor uns getrunken, und Arnulf würde bald sterben.

43

ICH HATTE IN voller Absicht gehandelt, und doch war die Handlung eher schlafwandlerisch erfolgt. Ich wusste, was ich tat, aber ich konnte mir nicht genau erklären, warum ich es tat. Erst auf dem Weg von der Küche in die Wohnhalle war mir die Möglichkeit durch den Kopf gegangen, den Plan zu ändern, und mit dem Betreten der Wohnhalle hatte ich mich dafür entschieden. In dieser Zeitspanne, die nur wenige Atemzüge dauerte, traf etwas bei mir ein … Die Wortwahl, die ich hier eben verwendet habe, ist interessant: Etwas traf ein. Ich habe diese Wörter ohne nachzudenken benutzt, sie kamen irgendwoher, und ebenso verhielt es sich mit meiner Tat, ja, auch mit den Gefühlen, die meiner Tat zugrunde lagen.

Der Entschluss, einen Menschen zu töten, hatte sich zunächst auf Emma bezogen und er war dennoch nicht leichten Herzens von mir getroffen worden. Emma hatte mir Brücke auf Brücke über den Abgrund gebaut. Sie war dabei, meine Existenz zu zerstören, mir den geliebten Mann und vermutlich sogar das Leben zu nehmen. Sie umzubringen wäre ein Akt der Notwehr gewesen, und trotzdem hatte ich mit mir gerungen, mich auf diese Art zu wehren.

Wer noch keinen Menschen auf dem Gewissen hat, wird das Folgende vielleicht nur schwer verstehen. Sich für einen Mord zu entscheiden, heißt, diesen Mord bereits begangen zu haben, noch bevor man zur Tat schreitet. Man entwirft diesen Mord, erfüllt ihn nach und nach mit Leben, erfindet und überdenkt alle Einzelheiten, berücksichtigt die Folgen, bezieht Schwierigkeiten mit ein, stellt alles in Frage, verbessert und verändert es – kurz, man denkt voraus. Das Verbrechen wird in den Gedanken zur Wirklichkeit, wenn die übrige Menschheit einschließlich des Opfers noch nicht das Geringste davon erkennt, und da es sich um eine zerstörerische, gewaltsame Tat handelt, wirkt sie entsprechend auf den eigenen Geist. Ich habe vorhin nicht leichtfertig den Vergleich mit einem Schlangenbiss gezogen, denn es ist tatsächlich eine Art Gift, die den Geist des Verbrechers befällt. In meinem Fall drängt sich dieses Gleichnis geradezu auf: Das Gift, das ich in der Phiole mit mir herumgetragen hatte, zersetzte mein Wesen, bevor es den Körper meines Opfers angriff. Ich war empfänglich geworden für das Verbrechen.

Warum Arnulf? Warum der Mann, den ich liebte, zu lieben geglaubt hatte?

Ich weine. Jedes Mal, wenn ich glaube, es ist nichts mehr in mir drin, sammeln sich die nächsten Tränen. Eine Verbindung wie die von Arnulf und mir muss unter Tränen begraben werden, alles andere wäre unwürdig. Wenn ich daran denke, wie ich mich am Abend der Tat nach dem Verbrechen verhalten habe … Ich stieß mit den anderen an, wechselte ein paar Worte mit Emma, lobte Gerlindis für ihre bezaubernde Aufmachung und lächelte Arnulf von Zeit zu Zeit zu. Vor allem Letzteres finde ich heute abscheulich! Was habe ich mir nur dabei gedacht?

Nichts habe ich mir gedacht, das ist es ja gerade. Es war, als hätte ich wieder einen von Fionees benebelnden Tränken gekostet – was nicht der Fall war. Ich erinnere mich an den Abend, höre mich reden und sehe mich lächeln, und ich denke: War das wirklich ich? Umso härter traf es mich tags darauf, als …

Du bist zu schnell, Ermengard! Zu schnell. Du hattest deine Gründe, doch behalte sie vorerst noch für dich. Du hast es zu eilig, dich den Dämonen zu nähern, die bereits auf dich warten. Lass dir Zeit.

44

DAS BANKETT ERSCHIEN mir wie ein Maskenspiel, denn es hatte, obgleich fröhlicher Natur, etwas Unheimliches an sich. Eigentlich war alles wie immer: Es gab reichlich Wildfleisch und Wein, Gelächter und große Worte. Der König kündigte an, den von den römischen Adligen so schimpflich davongejagten Heiligen Vater mit großer Eskorte – also einem kleinen Heer – nach Rom zurückkehren zu lassen, wo man die Anschuldigungen, die gegen Leo erhoben wurden, prüfen und, falls sie nicht stimmten, wovon er ausgehe, die Aufständischen zur Rechenschaft ziehen würde. Damit hatte er sich zum Richter und Beschützer über den Stuhl Petri gemacht, eine Funktion, die bisher den Byzantinern zustand, und man fragte sich, wohin das alles noch führen würde. Der königliche Traum eines abendländischen Imperiums rückte wieder ein Stück näher.

Es wurde gegessen und getrunken, und alles hätte für mich sein können wie immer, doch das war es nicht. Ich hatte das Gefühl, in Masken zu blicken. Damit meine ich nicht, dass es so war wie nach dem Sturz vom Pferd, wo ich einen Augenblick lang tatsächlich etwas zu sehen glaubte, was nicht da war. Vielmehr kamen mir alle diese Gesichter um mich herum undurchschaubar, um nicht zu sagen verlogen vor. Das hing damit zusammen, dass mein eigenes Gesicht log. Ich unterhielt mich angeregt mit den Leuten, stellte Fragen, beantwortete die ihren. Niemand wäre auf die Idee gekommen, dass ich eine Stunde zuvor meinen Gemahl vergiftet hatte. Selbst Menschen, die mir nahestanden – Gerlindis und Berta beispielsweise, aber auch Arnulf, mein Opfer –, hätten nicht im Entferntesten eine Mörderin in mir vermutet.

Was sind wir alle doch für Täuscher, sagte ich mir und blickte mich an der Tafel um: Karl, der als Monarch jeden Tag gezwungen war zu täuschen, und es vermutlich schon gar nicht mehr merkte; der Täuscher Leo, der sehr wohl erkannte, dass er ab jetzt ein Befehlsempfänger des fränkischen Königs sein würde, aber immer noch so tat, als stünde nur Gott über ihm; die Täuscherin Emma, die mir einen freundlichen Blick zuwarf, obwohl sie mich hasste; der Täuscher Eugenius, ein Geistlicher, der bei Fionee Gift hatte besorgen wollen – um damit was zu tun? Ich wusste es. Die Täuscherin Gerlindis, die sich höflich mit ihren Tischnachbarinnen unterhielt, sie jedoch zum Teufel wünschte, weil sie neben Grifo sitzen wollte; der Täuscher Grifo, der wie Gerlindis dachte; der Täuscher Burchard, der sich an der Tafel als lustiger Geselle gab, zu Hause aber seine Frau züchtigte, und zwar mit großer Freude; die Täuscherin Berta, die selbst mir, ihrer einzigen Freundin, nach jenem Tag in Rom zu verheimlichen suchte, was Burchard ihr antat; die Täuscherin Königin Liutgarde, die so tat, als habe sie die Kinder ihres Gemahls ins Herz geschlossen, aber die Hälfte der Schar einfältig und die andere Hälfte unausstehlich fand; die Täuscherin Gersvind, die den Anschein erweckte, sich dem König unterworfen zu haben, innerlich jedoch vor Hass gegen alles Fränkische glühte; der Täuscher Arnulf, der vorgab, Emma sei seine Konkubine, wo doch die Wahrheit so aussah, dass er Emmas Sklave war; die Täuscherin Teodrada, die böse und skurrile Geschichten erfand, mit denen sie nicht nur andere, sondern auch sich selbst täuschte – wobei Letzteres auch nur eine Täuschung sein konnte; schließlich all die anderen Täuscher, über deren Täuschungen ich nichts wusste.

Ich, die Gräfin Ermengard, die ich in naher Zukunft eine Giftmörderin sein würde, war noch nicht einmal die Schlimmste an dieser Tafel der Maskenträger, denn unter uns war jemand, der *zwei* Morde begangen hatte.

Bei Banketten in der Pfalz Aachen ist es üblich, dass nach einer gewissen Zeit des Stillsitzens sowohl die Gäste wie auch die Gastgeber oft die Plätze wechseln. In Anbetracht der Anwesenheit des Papstes verließ der König seinen Platz an diesem Abend nicht, ansonsten jedoch fand ein munteres Hin und Her statt, an dem auch ich mich beteiligte. Die Gespräche wurden nicht nur an der Tafel geführt, sondern mitunter abseits davon, sodass der gesamte riesige Festsaal genutzt wurde. Die Luft war warm und rauchgeschwängert; in den Ecken brieten Wildschweine, Hirsche und Hühner an langen Spießen über den Kohlebecken, und die Lakaien sorgten dafür, dass kein Gast lange ohne Bier oder Wein blieb.

Eugenius hielt sich in der Nähe des Heiligen Vaters auf, ohne dass erkennbar gewesen wäre, zu welchem Zweck. Leo nahm kaum Notiz von ihm, ja, es schien mir so, als sei ihm die Anwesenheit seines Legaten lästig.

Eine vier Jahre alte Erinnerung: Unterweisungen von Eugenius.

Wir sitzen vor einer Hütte mitten im besetzten Sachsen, im Harzgau, meinem und Arnulfs Quartier, das wir für einige Tage bewohnen, wie wir im Lauf unseres Ehelebens so viele, viele Quartiere kurz bewohnten. Eugenius ist zu Besuch, er hat ein Buch mitgebracht. Die Luft ist mild. Wir reden. Er bringt mir einen Buchstaben bei, das A, und er zeigt mir, wo in meinem geschriebenen Namen sich das A befindet. Ich lache darüber verzückt und wundere mich zugleich, dass etwas so Simples wie der siebte Buchstabe in meinem Namen ein solches Glück in mir auslöst. Ein Gedanke kommt mir, dass es in meinem Leben nichts mehr gibt, worüber es sich zu lachen lohnt, weswegen ich dazu übergehe, über Buchstaben zu lachen. Für mich ist es schon ein Glück, ein gutes Gespräch zu führen.

Ein Sommer neigt sich seinem Ende entgegen, der mir außer der Bekanntschaft mit Eugenius nichts Erfreuliches brachte. Der König führt seinen ich weiß nicht wievielten Sachsenfeldzug. Wieder einmal hat dieses Volk sich demütig unterworfen, um dann, kaum dass man ihm den Rücken zukehrt, die Zunge herauszustrecken und sich erneut zu erheben. Karl hat Befehl gegeben, alle in den Jahren des Friedens von den Sachsen aufgebauten Dörfer niederzubrennen, Höfe dem Erdboden gleichzumachen und Getreidefelder vor der Ernte zu roden.

Von dem Hügel aus, wo Eugenius und ich vor der Hütte sitzen, sieht man auf ein Land, von dem überall Rauchsäulen aufsteigen. Es ist gespenstisch. Wir sind umgeben von Tod und Verwüstung, doch wir sprechen nicht darüber. Niemand tut das. Wenn Eugenius und ich unseren Blick vom Buch heben und auf das Land richten und danach einander kurz in die Augen sehen, dann wissen wir, dass wir dasselbe denken.

Ein langer Zug von etwa einhundert aneinandergefesselten, völlig zerlumpten Menschen kommt an der Hütte vorbei. Es handelt sich um die als Geiseln genommenen Sachsen, die auf königlichen Befehl in fränkische Reichsteile gebracht werden, wo man sie in Lager stecken und zu guten Christen und Untertanen »umerziehen« wird. Ich, die ich davon gehört, aber geglaubt hatte, dass es sich um kräftige Männer handeln würde, erschrecke, da ich nun erkenne, dass die meisten von ihnen Kinder sind sowie ein paar Mütter mit Säuglingen auf dem Arm, Frauen in meinem Alter ...

Ich schäme mich. Ich sitze vor einer Hütte, die vergangenen Monat vielleicht noch einer dieser Frauen gehört haben mag, und kann nicht anders, als mich zu schämen. Als die Wachmannschaften den Zug anhalten lassen, um sich an einem nahe gelegenen Brunnen zu erfrischen, lege ich das Buch zur Seite, entschuldige mich bei Eugenius und gehe langsam zu den Leuten hinüber.

»Wieso gebt Ihr den Sachsen nichts zu trinken?«, frage ich den Offizier.

»Sie haben heute Morgen getrunken.«

»Das ist lange her, es ist warm und sie müssen laufen, während Ihr zu Pferd seid.«

»Sie kriegen heute Abend zu trinken.«

»Ihr seht es doch, es ist genug Wasser für alle da. Wieso also erst heute Abend?«

»Ist eben so«, sagt er.

»Ich bin die Gemahlin des Konnetabels Arnulf, und ich wünsche, dass Ihr den Durstigen zu trinken gebt.«

»Konnetabel Arnulf hat mir nichts zu sagen. Ich gehöre nicht den Reitertruppen an, sondern einer dem König direkt unterstellten Einheit.«

»Was genau hat der König befohlen?«

»Dass ich den Geiseln nur morgens und abends Wasser geben soll.«

»Waren das seine Worte?«

»Ja.«

»Gut, dann lasst Euch sagen, dass *Ihr* ihnen nichts zu trinken geben müsst, da ich es tun werde. *Mir* hat der König nämlich dergleichen nicht befohlen.«

»Ihr haltet Euch wohl für schlau? Nun gut, da gibt es allerdings ein Problem.«

»Welches?«

Der Offizier grinst. »Ich habe die Kelle in meiner Hand. Und ich gebe sie nicht mehr her.«

Ich zögere einen Moment. Angesichts eines ungehobelten Offiziers, der die Abzeichen königlicher Autorität trägt, werde ich unsicher. Schließlich jedoch lasse ich mich nicht von dem abhalten, was mein Herz mir befiehlt.

Ich wende mich dem Eimer zu, der am Rand des Brunnens steht, tauche meine Hände hinein und schöpfe etwas Wasser, das ich zu einem ungefähr zehn Jahre alten Jungen trage. Ich biete ihm Wasser an, doch er ist trotzig, und so sehr ich mich bemühe und ihm in meiner Sprache, die er kaum versteht, gut zurede, weigert er sich beharrlich, den Mund zu öffnen, gerade so, als wolle ich ihn vergiften. Das Wasser tropft mir zwischen den Fingern hindurch, und ich gebe diesen Jungen auf. Mit einer zweiten Handvoll Wasser gehe ich zu einem ungefähr zwölfjährigen Mädchen, von dem ich mir weniger Trotz erhoffe. Tatsächlich saugt sie das Wasser begierig aus meinen Händen, ich lächele ihr zu und sage ihr ein nettes Wort, und sie sieht mich an – und spuckt mir das ganze Wasser ins Gesicht.

Der Offizier und die übrige Wachmannschaft lachen schallend, von den Sachsen jedoch lacht niemand. Keiner verzieht auch nur eine Miene. Ich sehe den Hass in ihren Augen, und ich spüre, wie er mich erreicht und in mich eindringt, ich spüre, wie er sich ausbreitet. Ich hasse. Nicht das Mädchen oder den Jungen hasse ich, mein Hass geht in eine andere Richtung.

Eugenius ist von hinten an mich herangetreten und führt mich fort von dem Sklavenzug zurück in den Schatten des Baumes. Er scheint in mich hineinsehen zu können, denn er sagt: »Ich rate Euch, diesen Vorfall niemals zu erwähnen, schon gar nicht gegenüber dem König. Ihr würdet in Streit geraten, Euch und Eurem Gemahl sehr schaden und dennoch keinem nutzen.«

»Ihr versteht nicht, was …«

»O doch, ich verstehe sehr gut, was in Euch vorgeht. Wenn der König in diesem Moment vor Euch stünde, wärt Ihr fähig, ihm all Eure Abscheu ins Gesicht zu schleudern, so wie es eben noch das Mädchen bei Euch tat.«

»Allerdings. Wie kann er nur glauben, auf Grausamkeit einen Leuchtturm errichten zu können! Denn das nennt er doch als sein Ziel: das fränkische Reich als Leuchtturm Europas. Aber Karl ist furchtbar, ein blutsaufender Tyrann.«

»Das Schlechte ist zwar nicht mächtiger als das Gute, wohl aber schneller und leider auch viel nachhaltiger. Es hinterlässt Spuren, die Euch nach und nach verändern werden. Lasst das nicht zu.«

»Ich soll vergessen, was ich gesehen habe?«

»Das würde Euch nicht gelingen. Wägt es stattdessen gegen das Gute, das Ihr gesehen habt: den Frieden am Rhein, an der Rhône, an Mosel, Loire und Po …«

»Euer sogenannter Frieden am Po wurde durch schreckliche Kriege gegen Langobarden und Awaren erreicht, ich sah es mit eigenen Augen. Wirklichen Frieden hat Karl nie selbst geschaffen, er hat ihn allenfalls geerbt und dann erhalten. Wo immer er konnte, hat er neue Schlachtfelder gesucht und gefunden.«

»Um ein Reich zu formen.«

»Als sei das fränkische Reich nicht groß genug! Sein Versprechen wahr machen und die Ostfranken und die Westfranken wieder zusammenführen und zu unteilbaren Brudervölkern schmieden – *das* wäre eine Lebensaufgabe gewesen. Aber dafür braucht man ja mehr als Schlachtrösser und Belagerungsmaschinen, man braucht Geduld und Verständnis für das, was die Menschen wirklich bedrückt. Um die Rechtssprechung hätte er sich kümmern sollen, um Straßenbau, um die Erschaffung einer funktionierenden und einheitlichen Verwaltungsstruktur …«

»Ich staune. Ihr habt Euch viele Gedanken gemacht.«

»Lenkt nicht ab, Eugenius.«

»Ihr seid erregt.«

»Ja, allerdings.«

»Ich frage mich nur, warum.« Als er meinen wütenden Blick auffängt, lenkt er ein. »Keine Frage, der Anlass ist offensichtlich – alle diese Verheerungen, der Hass der Elenden … doch scheint sich mir Eure heftige Reaktion auf mehr als das zu beziehen, was heute geschah.«

»Ich sprach ja bereits von den vielen Kriegen und Gräueln, die ich im Laufe …«

»Nein, ich meine etwas Persönliches, etwas *sehr* Persönliches, ohne dass ich wüsste, was.«

Ich schweige. Eugenius hat eine innere Wahrheit in mir berührt, wie es nach ihm nur noch Fionee gelingen wird, aber im Gegensatz zu Fionee offenbare ich mich Eugenius nicht. Vielleicht, weil er ein Mann ist. Vielleicht, weil ich noch nicht bereit bin, darüber zu sprechen, dass seit einiger Zeit ein schrecklicher Verdacht an mir frisst. Ich habe meine Kinder verloren, weil ich tausend Strapazen auf mich nahm, um Arnulf nahe zu sein, Strapazen, die ich nicht hätte auf mich nehmen müssen, wenn der König nicht an allen Ecken und Enden des Reiches Krieg geführt hätte: von den Aquitaniern zu den Langobarden zu den Sachsen zu den Awaren zu den Sachsen zu den Mauren zu den Sachsen zu den Bretonen zu den Sachsen zu den Byzantinern in Süditalien zu den Sachsen – eine einzige, nicht enden wollende Fahrt auf holprigen Wegen, in wackligen Wagen, bei Hitze und Kälte, bei Regen und Schneesturm, vorbei an Leichen am Wegesrand, den Geruch von Blut einatmend. Das ist mein Leben. Das ist der Tod meiner Kinder. Und wofür? Um angespuckt zu werden.

An diesem Tag kommt das alles zusammen. Es ist eine Flut, die wie jede Flut wieder abläuft, von der aber wie bei jeder Flut Schäden zurückbleiben. Ich werde nie wieder derart schlecht vom König denken – und ihn nie wieder bewundern. Ich beherzige Eugenius' Rat und konfrontiere weder Arnulf noch den König oder sonst wen mit meinem Erlebnis, denn nur mit Eugenius kann ich über meine Enttäuschung über die Politik des

Königs sprechen. Er behandelt mich wie eine ihm in jeder Hinsicht Gleichgestellte. An jenem Tag im Schatten des Baumes bei Goslar beginnt unsere Freundschaft.

Und noch eine andere Erinnerung habe ich, und zwar an den gleichen Tag und den gleichen Ort.

Ungefähr eine Stunde nach dem Vorfall mit den Gefangenen kommt ein Reiter in fremdländischer Kleidung angeprescht, überbringt Eugenius eine schriftliche Botschaft und zieht sich danach einige Schritte zurück.

»Schlechte Nachrichten?«, frage ich, als Eugenius' Miene sich verdüstert.

»Seine Heiligkeit Papst Hadrian I. ist gestorben.«

Ich bin mir unsicher, was in einem solchen Fall zu tun ist. Soll ich ein Gebet sprechen? Auf die Knie fallen? Hadrian I. ist vor dreiundzwanzig Jahren zum Papst gewählt worden, und ich habe vergessen, wie wir uns verhalten haben, als wir vom Tod seines Vorgängers erfuhren.

Ich sage: »Das ist ein großer Verlust.«

»Ja, in der Tat.« Eugenius ist betrübt. »Er war von vornehmer Herkunft, von großer Weisheit und Würde sowie von enormem politischem Geschick. Unter seiner Führung haben Papsttum und Patrimonium Petri an Ansehen und Stolz gewonnen. Auch ich habe ihm viel zu verdanken. Er hat Vertrauen in mich gesetzt und mich zu seinem Gesandten am fränkischen Hof ernannt.«

Ich sehe noch etwas anderes als Trauer in Eugenius' Augen und frage, einer Ahnung folgend: »Ist bereits ein Nachfolger gefunden?«

Er nickt. »Der Bischof von Santa Susanna, jetzt Papst Leo III.«

»Kennt Ihr ihn?«

»Er ist kein Römer, sondern gebürtiger Süditaliener und stammt aus sehr einfachen Verhältnissen. Das bedeutet, er ist ordinär. Die Kirche wird unter ihm großen Schaden nehmen.«

Ich erschrecke über diese deutlichen Worte, die zudem einem Nachfolger Petri gelten, und Eugenius, der meinen Schrecken bemerkt, lenkt ab und schlägt ein gemeinsames Gebet für die Seele des Verstorbenen vor.

Danach wird zwischen uns nie wieder die Rede von der Eignung Leos III. zum Papst sein.

Wir sprachen erst wieder an jenem Abend des Banketts von Leo. Ich bemerkte, wie Eugenius' rechte Hand in die Falten seines Gewandes glitt, und ich hatte eine Ahnung. Rasch ging ich auf Eugenius zu, der sich noch immer in der Nähe des Papstes aufhielt und den mein Erscheinen irritierte.

»Auf ein Wort, Exzellenz«, sagte ich.

»Nicht jetzt«, wies er mich barsch ab.

»Doch, genau jetzt.«

Entgegen jeder Gepflogenheit berührte ich Eugenius' Arm und führte ihn mit sanfter Gewalt in einen ruhigen Winkel. Schweißperlen standen auf Eugenius' Stirn, die gewiss nicht von der Luft im Saal herrührten.

»Ihr wollt den Papst töten«, sagte ich in sachlichem Tonfall.

Er schnappte nach Luft, aber er widersprach nicht.

»Eure Familie ist in den Anschlag und Aufstand gegen Leo III. verwickelt, vielleicht ist sie sogar eine der Initiatoren, und nun wollt ihr in Aachen das vollenden, was Euren Angehörigen in Rom nicht gelang.«

In seinem Gesicht stand die Frage, woher ich dies wusste.

»Ihr habt mir gegenüber einmal angedeutet, was ihr von der Wahl eines Plebejers zum Papst haltet, Eugenius. Es waren Adelige, Patrizier, die hinter dem Anschlag auf Leo III. standen, und Ihr seid ebenfalls ein Patrizier. Hat Eure Familie Euch vor der Tat über das Vorhaben unterrichtet?«

Er zögerte, dann senkte er die Augen zum Zeichen, dass ich bisher mit allem, was ich gesagt hatte, richtiglag, und schließlich schüttelte er den Kopf.

»Dann handelt Ihr entweder auf eigene Faust, oder Eure Familie hat Euch Instruktionen geschickt, als sie erkannte, wohin Leo flüchten würde. Euer erster Plan war, den Papst zu vergiften. Doch woher so rasch das passende Gift nehmen, eines, das langsam wirkt und Euch nicht in Verdacht bringt? Selbst ratlos, bespracht Ihr Euch mit Mathilda.«

Nun flammte ein erster Widerspruch auf. »Lasst Mathilda da heraus.«

»Das geht leider nicht, da sie sich mittendrin befindet, und es ist zudem unnötig, da sie tot ist.«

Er zuckte zusammen, was mich nicht überraschte.

Ich behielt meinen sachlichen Tonfall bei. »Mathilda stammte wie Ihr aus einer vornehmen römischen Familie. Zwischen ihr und Euch gab es also viele Verbindungen – sowie eine Liebschaft. Es versteht sich von selbst, dass sie geheim bleiben musste, denn ein Geistlicher und die Konkubine des Königs bilden ein nicht eben vorzeigbares Gespann der Leidenschaft. Da wir gerade davon sprechen: Wusstet Ihr von dem Kind, das sie in sich trug, bevor sie es hat wegmachen lassen?«

Eugenius atmete tief durch und verneinte.

Es fiel mir schwer, sachlich zu bleiben, doch es gelang mir. »Demnach erzählte Mathilda Euch erst einige Tage später davon, als Ihr sie von der Idee und den damit einhergehenden Problemen eines Giftanschlags auf Papst Leo unterrichtet habt. Um Euch zu helfen, nannte sie Euch eine Giftmischerin, woraufhin Ihr wissen wolltet, woher sie sie kenne, und so weiter und so weiter. Spielte es sich ungefähr so ab?«

»Ja. Mathilda wollte mir helfen und sogar selbst das Gift in den Kelch Leos ... Aber die Frau, die ihr das Kind weggemacht hatte, weigerte sich, mir ... Ach, das ist ja alles gleichgültig. Ich ...« Er fing an zu schluchzen.

Ich stellte mich mit dem Rücken zur Wand und brachte Eugenius unauffällig in eine Position, dass er den Leuten den Rücken zuwandte. Auf diese Weise sah nur ich seine Tränen. Ich ließ ihn weinen, blickte den Mann, der mir schon vor Jahren ein Freund geworden war, mitfühlend an und wartete, bis er von sich aus das Gespräch wieder aufnahm.

Als es so weit war, sagte er: »Ich habe ihr keine Vorwürfe gemacht, wegen des Kindes, meine ich. Sie konnte es nicht behalten, Ermengard.«

Ich nickte.

»Der König hatte sie vor vielen Monaten das letzte Mal besucht«, fuhr er fort. »Er wäre schnell dahintergekommen, dass sie einen Liebhaber hatte. Wenn sie verraten hätte, dass das Kind von mir ist, hätte der König mich aus seinem Reich verbannt und Mathilda wäre in ein Kloster gekommen. Wir hätten uns nie wiedergesehen. Und wenn sie es nicht verraten hätte, wäre statt meiner Hugo bestraft worden, der einige Monate zuvor im Frauenhaus entdeckt worden war. Die beiden waren tatsächlich nur befreundet.

Aber wer hätte ihnen das geglaubt? Und natürlich wäre Mathilda auch in diesem Fall ins Kloster verbannt worden. Unsere Lage war aussichtslos. Nur um es mir leichter zu machen, hat sie mir nichts von dem Kind erzählt. So waren wir. Einer versuchte, den anderen zu beschützen. Wir haben nie gestritten. Sie hat mir und ich habe ihr stets alles verziehen. Noch am Abend, als sie starb, waren wir zusammen. Wir haben uns in der Kapelle getroffen, haben gelacht und – und am nächsten Morgen hörte ich, dass sie tot sei. Ich konnte es nicht glauben. Aber es wurde bestätigt. Da schloss ich mich in mein Haus ein und …« Er rieb sich die Augen.

Ich hielt es für überflüssig, ihm zu gestehen, dass ich ihn mit Mathilda in der Kapelle gehört hatte. Im besten Fall wäre er peinlich berührt, im schlimmsten Fall verärgert gewesen, dass ich Zeugin seiner letzten Stunde mit Mathilda geworden war. Dass er mir von sich aus von seinem Treffen mit Mathilda am Abend ihres Todes erzählte, bewies mir, dass er den Mord nicht begangen hatte. Was wäre das für ein Mörder, der so kaltblütig war, sich selbst zu belasten. Doch Eugenius war kein solcher Mann, sonst hätte er nicht eine halbe Stunde damit zugebracht, hinter dem Heiligen Vater zu stehen, ohne den tödlichen Stoß auszuführen. Ein kaltblütiger Mörder hätte die Tat entweder sofort ausgeführt oder gar nicht erst in Erwägung gezogen.

»Nun gebt mir bitte den Dolch«, sagte ich. »Sonst begeht Ihr doch noch eine Dummheit.«

»Ich habe nichts mehr zu verlieren. Soll er doch sterben, dieser Plebejer, der die Würde Roms an den fränkischen König verkauft.«

»Wie sieht das wohl aus, wenn Ihr kurz nach einem Gespräch mit mir den Papst ermordet? Habe ich das verdient?«

»Dann geht weg. Ich warte noch eine Weile, bis ich es tue. Oder alarmiert meinetwegen die Wachen. Mir ist alles gleichgültig.«

»Das war es doch vorhin schon, und trotzdem habt Ihr gezögert. Nein, Eugenius, Ihr seid kein Mörder.«

»Um das einschätzen zu können, müsstet Ihr selbst einer sein.«

Wie unheimlich, dass Menschen bisweilen auf eine Wahrheit stoßen, ohne sie zu erkennen. Ich war eine Mörderin, ich würde unwiderruflich eine Mörderin sein, morgen, übermorgen, in drei oder vier Tagen … Es gab kein Zurück mehr. Ich verstand es erst in diesem Moment. Ich hatte meinen Mann umgebracht, der dort vorn neben Gerold an der Tafel saß und trank, redete, nickte und nichts ahnte von dem Tod, der in ihm zirkulierte.

»Ihr habt durchaus noch etwas zu verlieren, Eugenius«, sagte ich leise.

»Und was?«

»Den Himmel, Eugenius, den Himmel. Menschliche Schwächen werden uns verziehen, aber Verbrechen, vor allem Mord, niemals. Die Hölle wäre Euch sicher, ewige Verdammnis, unerträgliche Qualen …«

»Ihr weint, Ermengard?«

»Unsinn.«

»Ich sehe es deutlich. So nahe geht Euch mein Schicksal? Ihr seid eine außergewöhnliche Frau.«

Ich wollte unbedingt von der Erschütterung, die mich plötzlich erfasste, ablenken, und fing an zu reden.

»Wenn Ihr schon Argumenten des Gefühls nicht zugänglich seid, Eugenius, dann vielleicht denen des Verstands. Sollte Papst Leo in der Pfalz zu Aachen dem Dolch zum Opfer fallen, wird alle Welt den König verdächtigen, seine Hand im Spiel gehabt zu haben, und nichts, was er täte, würde diesen Verdacht zerstreuen. Da er ohnehin nichts zu verlieren hätte, würde er aus der Not einen Vorteil machen und gegen jede Opposition einen Franken zum nächsten Papst wählen lassen. Ist es das, was Ihr wollt? Ein plebejisches Leichtgewicht durch eine fränkische Marionette ersetzen? Bisher tritt das Reich bloß als Schutzmacht des Heiligen Stuhls auf, aber danach würde der Einfluss übermächtig werden. Die römischen Patrizier hätten bald gar nichts mehr zu sagen …«

»Schon gut, schon gut.«

»Rom wäre ein Spielball der Könige, statt dass die Könige sich Roms Meinung beugen …«

»Ich habe Euch verstanden.«

»Die Männer Eurer Familie wären dem Tod geweiht, die Kinder gebrandmarkt auf Lebenszeit …«

»Ermengard!«

»Ja, was ist?«

»Ich werde es nicht tun, Ihr habt mich überzeugt.« Er übergab mir, unbemerkt von anderen, den Dolch, den ich sofort in meinem Gewand verstaute. Eugenius atmete befreit auf. »Ich bin froh, dass er weg ist.«

»Besser, Ihr verlasst jetzt das Bankett. Ihr wart lange genug da, um der Höflichkeit Genüge getan zu haben.«

»Wieder mal habt Ihr recht.« Er runzelte die Stirn. »Aber sagt mir – woher wisst Ihr all das, was Ihr wisst? Ich hatte vorhin das Gefühl, dass Ihr in mich hineinblicken könnt wie auf den Grund eines klaren Sees. Bin ich so leicht zu durchschauen?«

»Nein, keine Sorge.« Ich wich seiner eigentlichen Frage aus.

»Wisst Ihr, wer Mathilda getötet hat?«

»Ganz ehrlich, ich habe keine Ahnung. Aber hätte ich eine Liste gehabt, wäret Ihr ganz oben gestanden. Verzeiht mir, Eugenius.«

»Ich *Euch* verzeihen? Ich stehe in Eurer Schuld.«

»Gute Nacht, Eugenius.«

»Gute Nacht.«

45

FÜR MICH WAR der Abend noch lange nicht vorbei. Das Bankett erreichte seinen Höhepunkt. Die Zeit des Tanzes war angebrochen. Aus dem Gewimmel, das vorher herrschte, wurde ein unübersichtliches Durcheinander. Karl und Liutgarde eröffneten den Tanz. Gersvind tanzte mit einem neuen Höfling, der noch nicht begriffen hatte, dass man königliche Konkubinen nicht zum Tanz bat, es sei denn, man ist der König. Emma tanzte mit dem Hofarchivar Einhard, Berta mit Gerold – und Arnulf versuchte offensichtlich, mich zu finden, doch ich versteckte mich hinter einer Säule. Ich hätte es nicht mehr fertiggebracht, mit Arnulf zu tanzen, ihn anzulächeln … Früher am Abend hatte ich ihn angelächelt, hatte mit ihm angestoßen, doch jetzt verließ mich die Kraft. Mit einem Schlag war ich erschöpft.

Arnulf forderte eine der älteren Töchter des Königs auf, was ihm als Pfalzgraf zustand. Erst danach wagte ich mich wieder hinter der Säule hervor. Mein Blick schweifte umher: Der Papst aß für drei, Burchard trank für drei, Emma lächelte für drei – aber wo war Gerlindis? Ich merkte erst, dass sie fehlte, als ich Grifo sah, wie er nach ihr Ausschau hielt. Dann blickte er sich wie ein Dieb über die Schulter und humpelte, auf seine Krücken gestützt, aus dem Saal.

Sollte ich ihm folgen? Gerlindis würde mir nie verzeihen, falls ich ihr heimliches Zusammensein mit ihm störte. Sie waren beide hoffentlich vernünftig genug, das Liebesspiel nicht zu weit zu treiben. Ich beschloss, Grifo zu vertrauen. Außerdem – was konnte er schon tun mit einem verletzten Bein?

Beunruhigt war ich erst, als Prinzessin Teodrada unmittelbar nach Grifo das Bankett verließ. Sie hatte die ganze Zeit über schweigsam und mit abweisender Miene auf ihrem Platz gesessen, wie es ihre Art war, um die Wenigen, die es sich erlauben durften, ihr ein Gespräch aufzudrängen oder sie zum Tanz zu bitten, abzuschrecken. Und wie immer war ihr das gelungen. Sie hatte Grifos Abgang beobachtet und hatte es plötzlich sehr eilig, aufzustehen und ihm durch denselben Ausgang zu folgen. Ich glaube, keiner außer mir bemerkte ihr Verschwinden, auch ihr Vater nicht, der abwechselnd von Liutgarde und dem Papst in Anspruch genommen wurde.

Eine innere Stimme empfahl mir, ihr nachzulaufen. Gerade als ich den Ausgang erreicht hatte, kreuzte Gerold meinen Weg.

»Fühlt Ihr Euch wohl, Gräfin?«, fragte er.

»Ob ich …? Aber ja! Das heißt, ich hatte gerade vor … Eigentlich möchte ich …«

»Darf ich um den nächsten Tanz bitten, Gräfin?«

Unter anderen Umständen hätte mich seine Aufforderung gefreut. Die Umstände sind jedoch nie anders, als sie sind, und an jenem Abend schon gleich gar nicht. »Gerold, ich – ich habe heute Abend noch nicht mit Arnulf getanzt, und es wäre unschicklich …«

»Nicht doch. Seht dort, Gräfin! Arnulf trinkt viel und schnell, er hat gewiss nichts dagegen, wenn zwei alte Bekannte wie wir …«

»Ich kann jetzt leider nicht, Gerold.« Ich fürchtete, arg schroff gewesen zu sein. Aber während ich dort stand und mir Galanterien anhörte, schwanden zusehends meine Möglichkeiten, Teodrada zu folgen. »Es wird sich ein anderes Mal Gelegenheit zum Tanzen bieten. Bitte verzeiht mir.«

Ich wollte gehen, aber Gerold versperrte mir den Weg. Versperren – das klingt womöglich etwas zu hart. Weder berührte er mich, noch breitete er seine Arme aus. Er tat einen Schritt auf mich zu und begann zu sprechen. Mir stand es frei, ihn zu umgehen, aber dann hätte ich ihn auf die unhöflichste Art stehen lassen müssen, und das wollte ich nicht.

»Der Abend ist feierlich. Ein solcher Abend kommt so schnell nicht wieder. Es wäre schade, wenn Ihr jetzt schon gehen würdet.«

»Vermutlich komme ich zurück.«

»Sehr gut.«

Ich hatte kaum einen Fuß vor den anderen gesetzt, als Gerold mich erneut abhielt. »Vermutlich?«

»Gerold …«

»Wir haben uns noch nicht richtig unterhalten können – ich meine hier bei dem Bankett. Ich fühle mich Euch aufgrund der Enthüllungen – Ihr wisst schon, welche ich meine – auf besondere Weise verbunden, und es wäre schön … Ich meine, wieso sollte ich leugnen, dass die Tatsache, dass wir beide intime Kenntnisse aus dem Familienleben des anderen haben, eine ganz neue Nähe in unserer langen Bekanntschaft darstellt. Daran ist doch nichts Schlimmes.«

»Worauf wollt Ihr hinaus, Gerold?«

Er ließ die Schultern sinken. »Das weiß ich selbst nicht.« Dass ein bärtiger, erfahrener Mann wie Gerold wie ein stehengelassener Jüngling wirken konnte, war amüsant.

Ich lächelte. »Gerold, ich empfinde genauso wie Ihr. Und wir sollten uns unbedingt bald aussprechen. Doch jetzt ist der falsche Moment. Versteht Ihr?«

Er nickte und trat zur Seite.

Ich war fünf oder sechs Schritte weit bis zur nächsten Ecke gekommen, als er etwas hinter mir herrief: »Eins noch.«

»Ja?«

»Arnulf hatte vor, Hugo als Sohn anzunehmen. Er hat es mir vorhin erzählt, als wir uns unterhielten. Zum Weihnachtsfest hätte er ihn adoptiert, und das hatte er ihm auch bereits gesagt. Mit mir sollte es eine offizielle Aussöhnung geben, sodass auch der König keine Einwände geltend machen würde.«

Gerold wandte sich um und ging in den Saal zurück.

Ich irrte schnellen Schritts durch die Gänge. Der Bankettsaal befindet sich in jenem Trakt, in dem die Leibwache untergebracht ist, und dort kenne ich mich nicht aus. Die Hoffnung, Teodrada einzuholen, hatte ich aufgegeben. Sie war mir entwischt. Ich überlegte, dass sie vermutlich dort war, wo Grifo sich aufhielt, und der hielt sich dort auf, wo Gerlindis auf ihn wartete. Doch das half mir auch nicht weiter, weil ich nicht wusste, wohin Gerlindis gegangen war.

Ich fragte Diener, Mägde und Wachleute, ob sie Prinzessin Teodrada begegnet seien. Um Gerüchten vorzubeugen, fragte ich vorsichtshalber nicht auch noch nach Grifo. Zunächst hatte ich keinen Erfolg, dann aber konnte mir ein Wachmann helfen, gleich darauf ein zweiter, schließlich eine Magd. Die Spur, die sich daraus ergab, führte genau zu …

Ich war entsetzt. Wie konnte Gerlindis mir das antun? Wäre sie mit Grifo in den Hof gegangen, auf die Mauern, in die Kapelle, in das Archiv, in irgendeinen ruhigen Winkel –

ich hätte nichts einzuwenden gehabt. Aber die Spur führte in jenen Gebäudeteil, den ich neulich aufgesucht hatte: zu Gerolds und Grifos Gemächern.

Ich hätte sie für klüger gehalten, auch für beherrschter. Konnte man als unverheiratete Frau eine größere Torheit begehen, als sich mit dem Mann, den man bewunderte, in seinem Gemach zu treffen? Sie musste doch wissen, welche Gefahren dort lauerten, und damit meine ich nicht nur die Begehrlichkeiten des Mannes, sondern auch die Neigung der Frau, diesen Begehrlichkeiten die eigenen hinzuzufügen und ihrer Vereinigung zu erliegen.

Trotz. Immer wieder dieser Trotz. Sie tat das Gegenteil dessen, was man von ihr erwartete. Und dabei hatte ich meine Erwartungen doch bereits auf ein Minimum reduziert. Verlangte ich denn so viel, wenn ich sie um ein klein wenig Umsicht bat?

Und dann erkannte ich im schwach von Fackeln beleuchteten Gang, der zu Grifos Gemach führte, Teodrada. Sie bemerkte mich nicht. An eine Wand gedrückt, lauschte sie auf die Stimmen, die aus Grifos Gemach kamen. Wie erleichtert ich war, als ich feststellte, dass Grifos Tür offen stand. Wenigstens das!

Der Wortwechsel zwischen Gerlindis und Grifo war leise und zögerlich, so viel konnte ich wahrnehmen. Um den Wortlaut zu verstehen, stand ich zu weit entfernt. Verstand Teodrada mehr? Sie war näher dran. Doch mit welcher Absicht war sie gekommen?

Unerwartet kam Gerlindis aus Grifos Gemach gerannt. Sowohl Teodrada als auch ich hatten gerade noch die Möglichkeit, uns in einen dunklen Winkel zu verdrücken, sodass Gerlindis uns nicht bemerkte.

Weinte sie? Zumindest war sie aufgeregt, was ich deutlich an den für sie untypischen fahrigen Gesten erkannte. Aber es war zu düster, und sie war so schnell vorbeigelaufen, dass ihr wahrer Zustand mir verborgen blieb.

Am liebsten wäre ich ihr nachgeeilt. Wenn es ihr schlecht ging, brauchte sie mich. Womöglich hatte Grifo ihr einen Korb gegeben. Oder er hatte etwas verlangt, das sie nicht tun wollte. Oder ... Eine plötzliche Befürchtung überkam mich. War die Beziehung zwischen Grifo und Gerlindis vielleicht schon weiter gediehen als Gerlindis mich glauben machen wollte? Waren die beiden bereits ein Liebespaar? Hatten sie sich gestritten?

Wie gesagt, es drängte mich, meiner Nichte nachzulaufen. Aber dann würde ich nicht herausbekommen, weshalb Teodrada sich auf Zehenspitzen Grifos Gemach näherte. Ich musste mich schnell entscheiden – und ich entschied mich für Teodrada.

Um sie im Auge zu behalten, folgte ich leise. Die Fackeln waren im Abstand von ungefähr zwanzig Schritt im Mauerwerk befestigt, was mir zum Vorteil gereichte. Doch dann unterlief mir ein Missgeschick. Als ich einen Schritt vorwärtsmachte, trat ich versehentlich gegen einen kleinen Stein, der gegen die Wand prallte und ein kleines Stück weiterkullerte. In der absoluten Stille des Gangs genügte dieses Geräusch, um mich zu verraten.

Augenblicklich fuhr Teodrada herum und forschte in der Düsternis nach der Ursache des Geräuschs. Zu spät sprang ich in einen schützenden Winkel. Sie hatte mich gesehen, nur wusste sie noch nicht, wer ihre Verfolgerin war. Sie griff sich eine Fackel und war mit ein paar Schritten bei mir.

»Du?« Sie sah mich mit großen Augen an.

In diesem Moment rief Grifo aus seinem Gemach: »Ist da jemand?«

Ich ergriff Teodradas Hand und zog das Mädchen hinter mir her durch die Gänge in den Hof.

Es schneite. Dicke Flocken fielen auf Teodradas schwarze Haare. Die Fackel zischte, warf jedoch weiterhin ihren Lichtkreis auf Teodrada und mich und schloss die übrige Welt aus.

»Warum schleichst du hinter Grifo her?«, fragte ich.

»Warum schleichst du *mir* hinterher?«

»Ich habe zufällig beobachtet, wie du den Saal verlassen hast. Du hast dich dabei täppisch wie eine ungeübte Diebin verhalten.«

»Das muss ich mir nicht anhören.«

Ich hielt sie fest. »Du bleibst hier. Du bist mir noch eine Antwort schuldig.«

»Warum ich hinter Grifo herschleiche, geht dich nichts an.«

»Wenn meine Nichte davon betroffen ist, geht es mich sehr wohl etwas an. Nun mal heraus mit der Sprache.«

»Wie redest du denn mit mir?«

»Wie mit einem Kind, das bei einer gefährlichen Dummheit erwischt wurde.«

»So eine Unverschämtheit. Ich werde – ich werde mich ...«

»Was denn? Bei deinem Vater über mich beschweren? Er wird dir die gleiche Frage wie ich stellen, und vielleicht überlegst du dir, ob du sie nicht lieber mir als ihm beantwortest.«

Teodrada, unsicher geworden, überlegte, aber für meinen Geschmack überlegte sie zu lange, und so griff ich beherzt in ihr Gewand und durchsuchte es. Ehe die völlig entgeisterte Teodrada etwas dagegen unternehmen konnte, hatte ich gefunden, wonach ich suchte.

Die dreieckige Klinge des Kurzdolchs schimmerte im Fackellicht. Der Knauf der Waffe lag gut in meiner Hand.

»Du hattest vor, Grifo zu töten, nicht wahr?«

Teodradas Augen flackerten vor Wut auf, die jedoch sogleich in sich zusammenfiel, als ich anfing zu lachen. Ja, ich lachte.

Es schien kein günstiger Moment für einen Anfall von Humor zu sein. Viel eher könnte man glauben, ich sei vom Wahnsinn befallen worden.

Ich lachte, weil ich mir wie in einer Posse vorkam. Hier schien neuerdings jeder mit einem Dolch herumzulaufen: Eugenius, ich, nun Teodrada ... Das hatte etwas Komödiantisches an sich, und das wirkliche Leben, habe ich gelernt, führt die unmöglichsten Stücke auf.

Mit dem gleichen Recht hätte man in dieser Situation jedoch von tragischem Ernst erfüllt sein können. Immerhin hatte der Mörder, ob männlich oder weiblich, mit den zwei Morden die Büchse der Pandora geöffnet. Gewalt beschwor Gewalt herauf. Eugenius wäre nie auf die Idee gekommen, den Papst niederzustechen und sich damit selbst dem Tod zu überantworten, wenn Mathilda noch leben würde. Und wer weiß, wie sich meine Geschichte entwickelt hätte, wenn ich nicht über Hugos Leiche gestolpert wäre. Mit diesem Vorfall waren Rätsel und Neugier in mein Leben getreten, ich hätte mich vielleicht nie mit Fionee angefreundet und ...

Hätte, wäre, würde. Das alles bedeutet nicht viel. Fest steht, dass Teodrada das tat, was sie tat, weil Hugo ermordet und Grifo beschuldigt worden war. Von da an hatte sie versucht, ihn umzubringen.

»Du hast die Pfeilspitze in den Hof gelegt«, sagte ich.

»Das ist nicht wahr.«

»Als ich dich am übernächsten Morgen nach dem Mord an Hugo in deinem Gemach besuchte, fiel mir auf, dass du feuchte Stiefel trugst. Das heißt, du warst an jenem Morgen im nassen, schlammigen Hof gewesen.«

»Ich bin spazieren gegangen.«

»Ja, und zwar zu Grifos Gemach, denn der befand sich zu dieser Zeit in einer Arrestzelle der Pfalz. Du hattest wie wir alle davon gehört, dass man ihn beschuldigte, er jedoch noch kein Geständnis abgelegt hatte, und dass man ihn ohne Geständnis nicht verurteilen könne. Du wolltest Hugos Tod rächen und Grifo mit der Pfeilspitze schwer belasten.«

»Ich wusste überhaupt nichts von einer Pfeilspitze.«

»Hugo wusste darüber Bescheid. Bei einer eurer Unterhaltungen hat er dir gewiss davon erzählt, vermutlich, als er sich bei dir über den Eifer beklagte, mit dem sein ehrgeiziger Bruder herumerzählte, dass ein Medaillon, ein Geschenk des Königs, ihn vor dieser Pfeilspitze gerettet habe. Um Grifo dem Henker auszuliefern, war ein eindeutig ihm zuzuordnender Gegenstand, der im Hof gefunden würde, genau das Richtige. Natürlich konntest du nicht ahnen, dass nicht Arnulf oder einer der Wachleute, sondern ich die Pfeilspitze finden würde. Dein Vorhaben war vorerst gescheitert. Also hast du beschlossen, Grifo weniger indirekt zum Tod zu verurteilen, indem du sein Sattelzeug beschädigtest. Dieser kleine Kurzdolch eignet sich dafür hervorragend. Tatsächlich stürzte Grifo vom Pferd, aber eine höhere Macht verhinderte das Allerschlimmste. Er verletzte sich nur am Bein. Und heute Abend hättest du dein Werk vollendet. Wenn ich nicht darauf erpicht gewesen wäre, meine Nichte Gerlindis im Auge zu behalten, würde Grifo jetzt erstochen in seinem Gemach liegen.«

Teodrada wich einen Schritt zurück.

»Du gehörst zu ihnen«, sagte sie.

»Zu wem?«

»Zu denen, die mir Übles wollen, die mich vernichten wollen. So ist es. Du hast die ganze Zeit zu ihnen gehört.«

»Ich habe dich soeben vor dem schlimmsten Fehler deines Lebens bewahrt, mein Kind.«

»Nenn mich nicht so. Du bist böse wie sie, wie die anderen, die mich verfolgen. Sie ziehen das Netz immer enger. Zuerst haben sie meine geliebte Mutter umgebracht, und dann Hugo, den Mann, der mich liebte.«

»Teodrada, Liebes ...«

»Nein, komm nicht näher. Sie haben dich auf ihre Seite gezogen.«

»Wenn das stimmt, was du sagst, wenn Hugo umgebracht wurde, um dir einen geliebten Menschen zu entreißen ...«

»Genau das.«

»Aus welchem Grund, erkläre mir das, wurde dann Mathilda umgebracht? Du konntest sie nicht ausstehen.«

»Du kennst die Antwort.«

»Nein, leider nicht.«

»Sie wurde das Opfer eines Missverständnisses. Ihre Tür liegt neben der meinen.«

»Teodrada, das ist doch ...«

»Oder um mich zu täuschen. Ja, genau, jetzt weiß ich es. Ihr versucht, mich in die Irre zu führen.«

Es hätte keinen Sinn gehabt, weiter zu diskutieren. Wenn man Ängste mit Argumenten heilen könnte, wären sie bereits ausgestorben. Dieses arme Kind fühlte sich von allen und jedem verfolgt, sogar vom Guten auf dieser Welt, von der Freundschaft, der Liebe.

»Wenn du mir versprichst, dein Vorhaben aufzugeben, werde ich niemandem verraten, was du tun wolltest.«

Ihr Gesicht verzerrte sich zu einer Grimasse. »Du kannst mir nichts beweisen, Verräterin.«

»Außerdem verspreche ich, dass ich den Schuldigen finden und dir auf diese Weise Genugtuung verschaffen werde. Was sagst du dazu?«

»Dass ich dir kein Wort glaube.«

»Sieh mal, Teodrada, ich weiß etwas über dich, von dem du nicht möchtest, dass es herauskommt, und du weißt etwas über Gerlindis, von dem ich nicht möchte, dass es herauskommt. Wir teilen ein Schicksal.«

Sie ging ein paar Schritte durch den frischen Schnee.

»Einverstanden«, sagte sie schließlich.

»Du wirst nichts mehr gegen Grifo unternehmen?«

»So ist es.«

»Und du wirst auch niemanden beauftragen, etwas gegen Grifo zu unternehmen?«

»Jetzt fehlt nur noch, dass du eine Bibel hervorholst, auf die ich schwören muss. Ich sage doch, ich werde Grifo kein Härchen krümmen. Aber dann halte du dich auch an deinen Teil der Abmachung.«

»Gewiss, Teodrada.«

Sie wandte sich abrupt ab und ging in Richtung des Frauenhauses. Ich holte sie mit ein paar schnellen Schritten ein.

»Eine Frage habe ich noch. Du warst vorhin näher an Grifos Gemach als ich. Kannst du mir sagen, wovon Grifo und Gerlindis sprachen?«

»Sie haben zu leise gesprochen, um jedes Wort zu verstehen. Gerlindis war sehr verlegen. Und Grifo genauso. Er hat gestottert wie ein Dorftrottel. Ist es nicht erstaunlich, dass jemand, der sonst den Mund so voll nimmt, beim Anblick einer Frau die Zähne nicht auseinanderkriegt? Grifo ist ein Blender, so wie Hugo es gesagt hat. Hugo war anders. Er war nie verlegen und hat immer die richtigen Worte gefunden, aber seine Töne waren leise. Er war so, wie ich mir meinen Gemahl vorgestellt habe. Und wer immer ihn mir genommen hat, muss dafür bluten.«

Ich ging noch einmal kurz in den Bankettsaal zurück. Der Papst, der König und seine Familie sowie die meisten Frauen hatten sich bereits verabschiedet und Maß und Ordnung mit sich genommen. Es war laut, die meisten Männer hatten rote Köpfe, unter ihnen auch Arnulf und Burchard. Gerold hielt sich zurück. Ich hätte jetzt große Lust gehabt, mit ihm zu tanzen, aber ich hatte bei weinseligen Banketten zu später Stunde oft erlebt, dass wegen Kleinigkeiten Streit ausgebrochen war. Ich fürchtete, Burchard könnte mit Sticheleien Arnulfs Eifersucht wecken, und wenngleich ich Emma – die noch anwesend war und sich schon den ganzen Abend prächtig mit Gersvind unterhielt – gegönnt hätte mit anzusehen, wie Arnulf sich meinetwegen schlug, wäre das gegenüber Gerold ein unfeiner Zug gewesen.

Dann warf der morgige Tag seinen Schatten auf meine Gedanken. Ich sagte mir: Das war unser letztes gemeinsames Bankett gewesen.

Zurück in meinem Haus, steckte ich den Kopf in Gerlindis' Zimmer; sie schlief tief und fest. Ich ging in mein eigenes Zimmer, entkleidete mich mit größter Langsamkeit und legte mich ins Bett. Ich war nicht müde, aber ich hätte in dieser Stunde nirgendwo anders sein wollen als allein unter meiner Decke, das Heulen des Schneesturms draußen und ein bisschen Wehmut im Herzen, weil all dies bald zu Ende gehen sollte: die Nähe zur Königsfamilie, meine Freundschaft mit Berta, die guten und die schlechten Tage mit Arnulf. So unsicher das war, was kommen würde, so stand eines schon fest: dass mein Leben sich stärker als je zuvor verändern würde.

Ich hatte an jenem Abend keine Angst. Lange noch lag ich wach, begleitet von Erinnerungen, die mich lächeln oder weinen ließen, sich vermischten, sich verloren in der Nacht der Zeiten.

Irgendwann fiel ich in einen traumlosen Schlaf.

46

ICH ERWACHTE VON dem Körper, der sich auf mich legte, demselben Körper aus Tausenden von Nächten. Er war mir vertraut. Ich kannte seine Haut, seine Narben, seine weichen und rauen Stellen, Schwächen und Schmerzen. Die Augen über mir glänzten von Trunkenheit, aber sie hatten nichts von ihrer Sanftheit eingebüßt, in die ich mich vor siebenundzwanzig Jahren, sechs Monaten und fünf Tagen verliebt hatte. Der Atem roch nach Wein, aber er kam aus dem Mund, den ich unzählige Male geküsst, der mich unzählige Male geküsst, der mir die erquicklichsten Worte gesagt hatte. Immer, wenn unsere Körper sich berührten, spürte ich den Anfang, auch in jener Nacht noch, am Ende.

Und wieder die siebenundzwanzig Jahre alte Erinnerung: Hochzeitsnacht.

Arnulf öffnet mir die Tür zu einem mit Fackeln und Öllampen erleuchteten Gemach. Er trägt nur einen Schurz, und die dunkle Körperbehaarung, die er schon als Neunzehnjähriger hatte, jagt mir einerseits einen Schrecken ein, andererseits erregt sie mich. Ich, gerade sechzehn Jahre alt geworden, lasse mein Gewand zu Boden gleiten und setze Arnulf mit meinen wohlgeformten Brüsten und meiner schmalen Taille in Erstaunen. Wir gefallen uns vom ersten Augenblick an.

Und eine wenige Tage alte Erinnerung: Liebesnacht.

Er holt mich in sein Gemach, ich sammle Stroh und schichte es auf dem Boden zu einem Bett. Er holt Wein. Wir ziehen uns aus, wir berauschen uns am Wein und unserer Nacktheit. Eingehüllt in eine warme Decke, entfernen wir die Tierhäute vom Fenster, atmen die nasskalte Luft ein, blicken zu den Sternen, die vom nahenden Fest des geborenen Heilands künden, und jeder von uns lässt die Vergangenheit aufleben – nicht mit Worten, keiner spricht. Die Liebkosungen sind unsere Sprache. Die Lippen, die stumm bleiben, die Finger, die Kreise ziehen auf der Haut des anderen, die Kraft seiner Muskeln, der Duft des Öls, mit dem ich mich eingerieben habe, die gegenseitige Zurschaustellung unserer Reize …

Aber dann zeigte sich ein anderer Mann als der, der mir vertraut war. Dieser Mann war heftiger und schneller, er stieß Wörter aus, die ich nicht verstand, dann rief er: »Sag es«, er rief: »Tu es«, er wirbelte mich herum, sodass ich auf ihm lag, er wölbte seinen Körper mir entgegen, er schrie, und als ich nicht tat, was er verlangte, weil ich nicht wusste, was er verlangte, schlug er mich. Der Schlag war nicht schmerzhaft, er sollte mich nur ermahnen. Doch ich versagte. Ich, die ich nicht diejenige war, die ihm gezeigt hatte, wovon er nicht genug kriegen konnte, musste zwangsläufig versagen. Seine Augen, seine Worte, seine Küsse, seine Hände – das war nicht mehr er.

Ich schlief mit Emmas Geschöpf. Ich schlief mit einem Fremden.

Erst in den frühen Morgenstunden kam er wieder zu sich. Er lag neben mir und starrte in die Dunkelheit.

»Danke für das, was du getan hast«, sagte er.

Schweigen.

»Was habe ich denn getan?«

»Du hast Emma akzeptiert.«

Schweigen.

»O ja, Emma habe ich akzeptiert.«

»Das war sicherlich nicht leicht.«

Schweigen.

»Nein, es war nicht leicht. In Wahrheit war das, was ich getan habe, das Schwerste, was ich je tun musste.«

Er umarmte mich. Ich lag in den Armen des Todes. Ich hatte mit einer Leiche geschlafen.

»Du bist eine wunderbare Frau.«

»Ich bin eine Frau«, sagte ich.

Die Wut, die ich empfand, entstammte meiner Liebe, und nur deswegen war sie mächtig genug, meine Liebe zu töten.

47

AM NÄCHSTEN MORGEN fühlte Arnulf sich nicht wohl. Er hatte schon oft zu viel getrunken und kannte die Folgen, aber an jenem Morgen ging es ihm besonders schlecht.

Die Wirkung setzt allmählich ein. Wird das Elixier abends getrunken, fühlt man sich am nächsten Morgen leicht geschwächt. Man spürt etwas nahen und denkt an eine Erkältung.

Von dem Moment an benahm ich mich wie ein fürsorgliches Eheweib. Ich bat Gerlindis, der Küchenmagd aufzutragen, einen Sud aus Brombeerblättern und Spitzwegerich zuzubereiten, und half Arnulf beim Ankleiden. Einerseits täuschte ich alle, andererseits, so merkwürdig es klingt, war ich aufrichtig bemüht zu helfen. Ich war ständig zu zweit in mir.

Den weiteren Vormittag – als Arnulf aus dem Haus war – verbrachte ich in größter Ruhelosigkeit. Ich erwartete ein Ereignis, das in den nächsten Tagen mit Sicherheit eintreten würde und das ich selbst verursacht hatte, über dessen Folgen ich mir jedoch nicht völlig im Klaren war. Obwohl spontan, hatte ich nicht unüberlegt gehandelt – allerdings hatten sich meine Überlegungen zum einen auf meine Gründe bezogen, auf die ich später noch eingehen werde, und zum anderen auf die praktische Ausführung. Nun drängten sich andere Fragen auf. Was würde diese Tat aus mir machen? Wäre ich fortan ein anderer Mensch? Würde mich die Last des Verbrechens niederdrücken?

Jede dieser Fragen kreiste um mich herum und schien eine listig aussehende Maske zu tragen, deren leises Gekicher ich hörte. Zweifellos war ich erschöpft von dem, was ich getan hatte, und diese Irrbilder wurden mehr und mehr eine Bedrohung.

Ich schickte Gerlindis weg.

»Liebes, bringst du Berta bitte ihr Kleid zurück?«

»Aber Tante, Berta hatte es viele Jahre lang nicht mehr angehabt. Sie wird es nicht vermissen, wenn ich es behalte.«

»Hat sie es dir geschenkt?«

»Nicht ausdrücklich.«

»Dann bringe es ihr zurück, vielleicht schenkt sie es dir ausdrücklich bei der Gelegenheit.«

»Aber der Schnee liegt schon fast einen Schritt hoch und fällt und fällt …«

»Dann bleib doch einfach über Mittag bei Berta. Sie freut sich über jeden Besuch.«

»Ja schon, aber … Unter einem gelungenen Vormittag verstehe ich etwas anderes.«

»Liebes, wenn Berta dir ein Kleid schenkt, ist das eine Gabe, die du vergelten solltest mit etwas, das Berta erfreut.«

»Wenn nun aber …«

»Ja?«

»Es könnte doch passieren, dass ich – Besuch bekomme.«

Nun verstand ich. »Oh, in diesem Fall wäre ich selbstverständlich bereit, dich persönlich davon zu unterrichten.«

Mit diesem Versprechen wurde ich Gerlindis los. Die Magd und die Zofe schickte ich ebenfalls unter einem Vorwand weg.

Nun war ich endlich allein mit meinen Fragen und Ängsten, mit den Sinnestäuschungen, die sich mir näherten. Oder waren es keine Sinnestäuschungen? Sahen so die Vorboten des Teufels aus? Ich setzte mich nieder und hielt die Armlehnen des Schemels umklammert. Fieberte ich? Mir stand der Schweiß auf der Stirn, aber mir war eiskalt. Die Kreaturen tanzten.

Als eine Faust vier Mal gegen die Tür schlug, zuckte ich zusammen. Das Geräusch war derart dumpf und drohend, dass ich mich nur zögerlich erhob und zunächst einen Schritt zurücktrat, bevor ich zwei Schritte in Richtung der Tür ging.

Das Gelächter der Kreaturen wurde lauter. Sie tanzten nicht mehr um mich herum, sondern schüttelten sich vor Lachen.

Abermals schlug die Faust vier Mal gegen die Tür.

Ich war kaum in der Lage, mich zu bewegen. Ich dachte, Arnulf ist zusammengebrochen, das Gift hat ihn bereits umgebracht, nun erwartet dich das Unfassbare.

Ich ergriff den Riegel und zog daran. Vor mir tat sich eine Schneelandschaft von sagenhafter Schönheit auf. Die halb fertigen Gebäude der Pfalz wirkten wie die Felsen eines winterlichen Gebirges. Wer auch immer an die Tür geschlagen hatte, war nicht mehr da.

Ich schloss die Augen, atmete die kalte Luft ein und genoss die Schneeflocken, die mir ins Gesicht trieben.

Dann bemerkte ich, wie sich ein Schatten vor das Tageslicht schob, das durch die Lider drang.

Noch bevor ich die Augen öffnete, entfuhr mir ein Schrei.

48

»ICH BITTE UM Verzeihung, Gräfin. Ich hatte nicht vor … Ich dachte, es sei keiner zu Hause, darum ging ich wieder weg, und dann hörte ich, wie die Tür geöffnet wurde und … Es tut mir sehr leid.«

An die ersten Augenblicke nach dem Schreck kann ich mich kaum erinnern. Ich habe nur noch dieses Gestammel im Ohr, aber was ich selbst gesagt oder getan habe, ist mir entfallen. Als Nächstes erinnere ich mich daran, wie ich mitten in der Wohnhalle stehe und den Raum mit meinen Blicken nach den Kreaturen absuche, die jedoch glücklicherweise verschwunden waren. Mein Gast muss wer weiß was von mir gedacht haben.

»Komme ich ungelegen?«, fragte Grifo, der meinen beunruhigten Blicken gefolgt war.

»Nein«, log ich, »überhaupt nicht.« Ich versuchte, meine Gedanken zu sammeln, aber das war nicht einfach, und so war ich zunächst die schlechteste und seltsamste Gastgeberin, die man sich vorstellen kann. Ich bot Grifo weder einen Platz noch Wein an, und bei dem Lächeln, das ich zu zeigen versuchte, frage ich mich noch heute, ob es nicht eher einer Idiotin als einer Pfalzgräfin gehörte – wobei sich beides nicht unbedingt ausschließt.

Sicherlich war Grifo von meinem Verhalten verunsichert, doch ich trug gewiss nicht allein die Schuld an dem eigenartigen Gespräch, das wir führten.

Grifo nestelte an seiner Biberweste herum. Abwechselnd lächelte er, blickte wie ein trauriger Hund und fuhr sich mit den Fingern der rechten Hand durch die blonden Locken.

»Ihr möchtet Gerlindis besuchen?«, fragte ich, das beklemmende Schweigen durchbrechend.

»Ist Gerlindis hier?«

»Sie ist bei Berta, Burchards Gemahlin.«

»Ach so.«

»Ja.«

»Sie ist also – nicht hier?«

»Nicht hier«, echote ich.

»Das ist sicherlich – gut – für Berta, meine ich. Und für Gerlindis natürlich auch. An einem solchen Tag sitzt man am besten im engen Kreis beisammen, nicht wahr?«

»Gewiss.«

»Und es ist bald Weihnachten.«

»Wie recht Ihr habt.«

Schweigen. Ich tat nichts, er tat nichts. Wir standen uns gegenüber wie zwei Fremde, die zufällig unter demselben Baum darauf warten, dass der Regen nachlässt.

Dann fragte ich: »Soll ich sie holen?«

»Nein, auf keinen Fall.«

Langsam kam ich wieder zu Verstand. Meine Unruhe blieb, doch ohne die Trugbilder um mich herum beherrschte ich sie. Ich glaubte zu verstehen, weshalb Grifo gekommen war.

»Ihr möchtet mit Arnulf sprechen?«, fragte ich in der Erwartung, Grifo wolle um Gerlindis' Hand anhalten.

»Nein, mit Euch, Gräfin.«

»So? Aber – ich glaubte … Ihr seid doch wegen Gerlindis hier?«

»Ja.«

So langsam begann ich zu verstehen, weshalb die Beziehung der beiden nicht vorankam, denn ich hatte Gerlindis dringend gebeten, auf Grifos ersten Schritt zu warten, nicht ahnend, dass er in Liebesdingen ungefähr so forsch war wie ein Möbelstück. Teodrada hatte recht gehabt, als sie die Unterschiede zwischen dem Krieger Grifo und dem Brautwerber Grifo hervorgehoben hatte.

»Dann erklärt mir bitte«, sagte ich, »was Ihr von mir wünscht. Ist es ein Rat?«

»Ja. Das heißt – nicht genau. Nein, ein Rat, das kann man, glaube ich, nicht sagen.«

Ich beschloss, um Kopfschmerzen zu vermeiden, unschicklich direkt zu werden. »Wollt Ihr in Kürze um Gerlindis' Hand anhalten, oder wollt Ihr das nicht?«

»Ich will es.«

»Na, also. Dann sind wir einen Schritt weiter.«

»Wobei – das kommt darauf an, ob – und vor allem, was ...«

»Grifo, bitte! Ich hatte einen schwierigen Morgen. Arnulf fühlt sich nicht gut ...«

»Dann komme ich vielleicht besser ein anderes Mal wieder.«

»Nein«, rief ich gebieterisch, »Ihr setzt Euch jetzt dorthin. Ja, genau dort. Ich hole uns etwas Wärmendes zu trinken, und wenn ich zurückkomme, was nur zehn Atemzüge dauern wird, werdet Ihr mir geradeheraus sagen, worum es geht. Und lasst Euch nicht einfallen, heimlich zu verschwinden, während ich weg bin.«

Ich hatte auf diesen jungen Mann, der im Ruf stand, die Barbaren wie Buschwerk niederzumähen, großen Eindruck gemacht. In der kurzen Zeit, die ich in der Küche verbrachte, um warmen, gewürzten Wein zu holen, war alles gut. Die

Dämonen waren verschwunden. Aber meine Hände, die vor sechzehn Stunden an der gleichen Stelle dieselbe Tätigkeit verrichtet hatten – nämlich Wein in Kelche zu füllen –, diese Hände kamen mir vor, als gehörten sie einem anderen Menschen, einer Frau, die ich nur kurz gekannt hatte, einer Mörderin, mit der mich gleichzusetzen mir schwerfiel.

Ich spürte, dass mir das Schlimmste erst noch bevorstand.

»So, hier ist der Wein. Trinken wir einen Schluck auf Gerlindis.« Der Wein schmeckte klebrig süß und würzig. »Frei heraus, Grifo: Was kann ich für Euch tun?«

Auch Grifo hatte sich inzwischen gesammelt. Er griff in seine Weste und holte ein Pergament hervor.

»Gerlindis hat mir einen Brief geschrieben.«

»Sie hat – was?«

»Gestern Abend gab sie mir einen Brief. Es war so: Ich sah sie das Bankett verlassen und hatte gleich den Eindruck, dass sie sich mit mir treffen wolle. Das – haben wir vor meiner Verhaftung durch Euren Gemahl des Öfteren gemacht, müsst Ihr wissen.« Er fügte rasch hinzu: »Aber unsere Treffen bewegten sich immer im Rahmen des Schicklichen, Gräfin, das müsst Ihr mir glauben. Auch wenn es sich um heimliche Treffen handelte. Wir haben stets nur geredet und haben uns kleine Geschenke gemacht, beispielsweise Haarlocken oder …«

»Ich glaube Euch, Grifo. Und was war gestern?«

Er senkte den Kopf. Seine rote Gesichtsfarbe rührte gewiss nicht vom Wein her.

»Gestern – nun ja. Ich konnte es kaum erwarten, sie endlich wieder zu sprechen, ihre Hand zu halten … Wäre ich nicht verletzt gewesen, hätte ich sie zum Tanz aufgefordert, und während des Tanzes hätten wir vielleicht einen Treffpunkt … Was ich sagen möchte: Ich wusste nicht, wo sie auf mich warten würde, ich habe sie zunächst nicht gefunden, aber dann hatte ich eine Ahnung, und tatsächlich, da stand Gerlindis vor … vor …«

»Vor Eurem Gemach.«

»Woher wisst Ihr das?«

»Ich hatte soeben auch eine Ahnung.«

»Ja, da stand Gerlindis vor meinem Gemach. In der Hand hielt sie diesen Brief. Sie war wunderschön. Sie ist ohnehin schön, aber gestern Abend in diesem Kleid … Und dann sah sie mich mit ihren klaren Augen erwartungsvoll an, und ich … ich … ich habe kaum ein Wort herausbekommen. Ich sollte vielleicht hinzufügen, dass ich in solchen Dingen … Ich habe Schwierigkeiten …«

»Was Ihr nicht sagt! Wer hätte das gedacht!«

»So ist es – leider.«

»Und was geschah dann?«

»Ich machte ihr ein Kompliment, sie bedankte sich dafür und fragte, ob sie sich mein Gemach ansehen dürfe. Ich ließ sie eintreten, sie stellte mir einige Fragen und so ging es eine Weile hin und her. Und dann sagte ich vermutlich etwas Dummes. Ich sagte, dass es unpassend wäre, wenn wir zu zweit, also wenn sie und ich noch länger allein in meinem Gemach blieben, weil wir ja schließlich nicht Mann und Frau wären. Daraufhin war sie völlig verstört, drückte mir den Brief in die Hand und rannte fort.«

Ich griff mir an die Stirn. Arme Gerlindis! Gesagt zu bekommen, man solle das Gemach verlassen, war sicher nicht das, was eine verliebte junge Frau hören wollte.

»Sie hat etwas anderes von Euch erwartet, Grifo.«

»Das weiß ich natürlich, und ich weiß auch, was. Und genau das hatte ich ihr doch damit sagen wollen.«

»Was hattet Ihr sagen wollen?«, fragte ich.

»Ich hatte ihr sagen wollen, dass ich den Zustand der Heimlichkeit baldigst beenden möchte und dass wir hoffentlich in nicht allzu ferner Zeit als Mann und Frau … Findet Ihr, ich habe mich zu kompliziert ausgedrückt?«

»Das ist stark untertrieben. Die Sätze der griechischen Orakel waren, verglichen mit Euren, leicht verständlich.«

»Das habe ich befürchtet. Ich bin … Ich kann einfach nicht … Ich stehe lieber zehn grässlichen Awaren gegenüber als einer Frau wie Gerlindis.«

»Das ist noch so ein Satz, den Ihr besser für Euch behaltet.«

»Seht Ihr! Da ist es mir schon wieder passiert. Bei Gerlindis, die ich verehre, sage und tue ich offenbar immer das Gegenteil von dem, was ich sagen und tun sollte.«

Ein kurzes Schweigen trat ein.

Ich erwiderte seufzend: »Und nun möchtet Ihr, dass ich Euch den Brief vorlese?«

»Wäre es ein Brief wie jeder andere, hätte ich einen Schreiber darum gebeten. Aber bei einem solchen Brief … Wieso hat Gerlindis nicht mit mir gesprochen?«

Ich konnte Gerlindis gut verstehen, vor allem, nachdem ich Grifo besser kennengelernt hatte. Mit Grifo über Gefühle zu sprechen, etwas aus ihm herauszulocken und ihn zum nächsten Schritt zu bewegen, das stellte ich mir wie das Graben in hart gefrorenem Boden vor. Aber ich hatte auch meinen eigenen Scheffel zu dieser Situation beigetragen, als ich Gerlindis, dem Drängen Arnulfs nachgebend, andere Möglichkeiten, Grifo zu sehen, zuvor verbaut hatte. In einem Brief sah sie das ideale Mittel, sich zu offenbaren, ohne vor Scham im Boden zu versinken, und sich zugleich wohlüberlegt und in Ruhe auszusprechen. Wie ich sehen konnte, umfasste der Brief immerhin eine vollgeschriebene Seite.

»Ich wusste nicht, an wen ich mich sonst wenden sollte, Gräfin. Wenn Ihr den Brief lest, bleibt es wenigstens in der Familie.«

»Was ist mit Gerold, Eurem Vater? Er steht Euch viel näher, und er kann lesen und schreiben.«

»Ja, seltsam, nicht wahr? Für einen richtigen Mann ziemt sich das nicht. Buchstaben sind etwas für Frauen und Mönche.«

Da war ich gänzlich anderer Meinung, und ich muss sagen, dass mir der Stammler besser gefallen hatte als der Buchstabenverächter. Wer nichts für Buchstaben übrighatte, hatte auch nichts für diejenigen übrig, die mit ihnen umzugehen wussten. Doch schließlich ging es nicht um mich, sondern um Gerlindis.

»Was ist nun mit Gerold? Warum kommt Ihr mit dem Brief zu mir?«

»Ich hätte ihn mir tatsächlich lieber von meinem Vater vorlesen lassen – dann wäre es unter Männern geblieben, Ihr versteht? Es ist mir ein bisschen peinlich, hier bei Euch … Aber er war nicht in seinem Zimmer, als ich es in aller Frühe betrat. Sein Lager war unbenutzt. Ich habe ihn überall vergeblich gesucht, und beim König war er auch nicht, denn die Wachen sagten, der König schlafe noch. Üblicherweise erzählt er es mir vorher, wenn er noch vor Morgengrauen weggeht.«

»Er wird schon wiederkommen.«

»So lange kann ich nicht warten. Deshalb bin ich hier.«

Nicht, dass ich nicht neugierig gewesen wäre auf das, was Gerlindis geschrieben hatte. Ich fühlte mich für sie verantwortlich. Trotzdem war mir unbehaglich zumute, denn Gerlindis war natürlich davon ausgegangen, dass Grifo, der nicht lesen konnte, sich an seinen Vater wenden würde.

Ganz bestimmt hatte sie nicht gewollt, dass Grifo den Brief zu mir trägt. Aber dieser junge Mann tat in der Liebe ja immer das Falsche.

»Ihr werdet Gerlindis nicht verraten, dass ich Euch den Brief vorgelesen habe«, ermahnte ich Grifo.

»Beim Grab meiner Mutter, Gerlindis wird nie etwas davon erfahren.«

Ich entrollte das Pergament und las vor. Gleich beim ersten Wort stand Grifo auf, wandte sich ab und humpelte auf seinen Krücken einige Schritte von mir weg.

Geliebter!
Jeden Abend, bevor ich einschlafe, bist Du mein letzter Gedanke, und jeden Morgen, wenn ich aufwache, denke ich zuerst an Dich. Du begleitest mich den Tag über. Das hilft mir, denn was wäre das Leben ohne Dich? Meine Tante ist eine gute Freundin und mein Onkel ein gerechter Mann, aber sie ersetzen mir nicht das, was allein Du mir geben kannst. Ich warte auf Deine Worte, ich sehne Deine Stimme herbei, ich wiederhole im Geiste, was Du gesagt hast. Du bist ein ewiges Echo in mir in Wort und Bild, und wenn ich in Deiner Nähe bin, bin ich die glücklichste Frau auf Gottes Erde. Gerne wäre ich für immer in Deiner Nähe.

Verstehe mich bitte nicht so, dass ich unsere heimlichen Begegnungen nicht schätzen würde. Aber sie sind viel zu kurz. Wenn du nur bald den Mut fändest, mit meinem Onkel zu sprechen!

Dafür will ich bei jeder Messe zur Mutter Gottes beten.

Gerlindis

Meinen Respekt, dachte ich. Das waren wirklich schöne, freimütige und zugleich durchdachte Zeilen, die sowohl die Sanftheit als auch die Entschiedenheit von Gerlindis' Charakter offenbarten. Selbstverständlich war schon der Brief an sich unschicklich, aber wenn man davon absah und ein Auge zudrückte – was ich gerne tat –, enthielt er nichts, wofür sie sich schämen müsste. Mit Ausnahme der »heimlichen Begegnungen« vielleicht. Es dürfte Gerlindis zunächst Überwindung gekostet haben, einen Brief an Grifo zu schreiben. Allerdings konnte ich mir auch vorstellen, dass sie während des Schreibens Gefallen daran gefunden hatte.

»Damit wisst Ihr nun, woran Ihr seid«, sagte ich zu Grifo, der, noch immer von mir abgewandt, darauf wartete, dass Hitze und Röte sich verziehen würden.

»Das war sehr mutig von ihr.«

»Finde ich auch. Ihr beide würdet euch prächtig ergänzen.«

Er sah mich an. »Weil ich mutig im Kriege bin und Gerlindis mutig in der Liebe.«

Das war der erste gescheite Satz, den ich jemals von ihm gehört hatte. Und er hatte ihn ohne zu stammeln ausgesprochen.

»Jetzt muss nur noch der unselige Verdacht ausgeräumt werden, ich hätte etwas mit Hugos Tod zu tun, dann kann ich tun, was – was – was Gerlindis schreibt, das ich tun soll – und was ich auch gerne tun *will,* wenn, ja, wenn …«

»Dazu werde ich mich nicht äußern, Grifo. Ihr versteht, warum.«

»Glaubt Ihr, ich könnte meinen eigenen Bruder töten? Glaubt Ihr, ich würde eine Frau ermorden? Und wie soll ich das mit diesen Krücken bewerkstelligt haben?«

Ein grauenhafter Gedanke kam mir bei diesen Worten. Würde Gerlindis so weit gehen, sich von Grifo anstiften zu lassen, etwas zu tun, was sie sonst niemals tun würde? Ich dachte dabei weniger an körperliche Freizügigkeit als an ein Verbrechen aus Liebe. Wäre es denkbar, dass Gerlindis … Mir fiel ein Stein vom Herzen, als ich mich daran erinnerte, dass zu der Zeit, als Mathilda getötet worden war, Gerlindis in Bertas Beisein Kleider anprobiert hatte.

»Es bringt Euch nicht weiter, mit mir über Hugo und Mathilda zu diskutieren.«

Ich gab ihm den Brief und riet ihm zur Geduld. Als er ging, wirkte er niedergeschlagen.

49

DIE MITTAGSMESSE HATTE etwas Gespenstisches an sich. Der vordere Teil der Kapelle, wo die Edlen standen, war fast leer. Gerold, Königin Liutgarde, Prinzessin Teodrada, ihre einzige Vollschwester Prinzessin Hiltrud sowie Gersvind blieben aus. Der Tod hatte Hugo und Mathilda weggerafft, und Arnulf war schon von ihm gezeichnet, was allerdings nur ich erkannte. Als ich sah, wie er fror, fröstelte es auch mich.

Im Verlauf des Tages wird die Empfindlichkeit gegen Kälte größer, dann setzt ein Frösteln ein, das mit heißen Suden und Wein bekämpft wird.

Gerlindis, Arnulf und ich gingen zu unserem Haus zurück. Ich ahnte, dass es das letzte Mal sein würde, dass wir zu dritt den kurzen Heimweg antraten. Mir ging durch den Kopf, wie wohl alles gekommen wäre, wenn Gerold schon vor drei Jahren das Geheimnis gelüftet hätte, dass Hugo Arnulfs Sohn sei. Dann hätte Arnulf ihn anerkannt, so wie er es dieser Tage vorhatte, es hätte vermutlich keine Emma gegeben und folglich keinen todkranken Arnulf.

»Weißt du, wo Gerold sich aufhält?«, fragte ich Arnulf.

»Nein, warum?«

»Nur so. Er ist ansonsten ein braver Kirchgänger.«

»Ich habe ihn zuletzt bei dem Bankett gesehen.« Arnulf wischte sich mit einer ärgerlichen Handbewegung den Schweiß von der Stirn. »Stimmt nicht. Ich habe ihn noch einmal gesehen, als ich vom Bankett heimkam. Ich war einer der Letzten, Gerold war schon eine Weile vor mir gegangen. Ich sah ihn aus einiger Entfernung in der Nähe des Frauenhauses stehen mit – ich glaube, es war Gersvind.«

Mit Gersvind. Wie seltsam.

»Ach«, schimpfte Arnulf, »ich hätte gestern nicht so viel trinken sollen. Zum Glück habe ich das Wichtigste für den Tag erledigt und kann mich eine Stunde lang ausstrecken. In meinem Kopf hämmert es wie in einer Schmiede.«

Kopfschmerzen kommen hinzu.

»Gerlindis und ich werden dir etwas zubereiten«, sagte ich.

Die letzten Schritte bis zum Haus lauschte ich den Geräuschen, die wir beim Stapfen durch den Schnee machten. Ich achtete auf alles um uns herum und prägte mir alles ein: die krächzende Krähe auf dem Dach, die den leichten Schnee aufwirbelnde Windbö, das Gefühl der Kälte im Nacken, die verschwitzten Finger im Pelzmantel, der Atemrhythmus dreier Menschen, das Knarren der Tür …

»Du brauchst etwas Stärkendes«, sagte ich, als wir die Mäntel ausgezogen hatten. »Haben wir noch getrockneten Knoblauch, Gerlindis?«

»Ich lasse die Magd nachsehen. Wie viel möchtest du?«

»Eine ganze Knolle, zerquetscht und in einer großen Schale warm aufgegossen.«

Ich brachte Arnulf ins Bett. Natürlich sträubte er sich, denn er war kein wehleidiger Mann. Aber da er seine Arbeit für den Tag erledigt hatte, ließ er es sich schließlich gerne gefallen, umsorgt zu werden, und wurde binnen Augenblicken vom harten Krieger und verantwortungsvollen Graf zum Kind. Von mir dazu aufgefordert, schloss er die Augen und schlief ein. Ich holte eine zweite Decke und breitete sie vorsichtig, sodass er nicht erwachte, über ihm aus.

Als ich ihn friedlich dort liegen sah, stiegen mir die Tränen in die Augen. Ich glaube, ich versuchte sogar, mir einzureden, die Tat jederzeit rückgängig machen oder mindestens abmildern zu können, so wie der König, der, wenn er einen Stammesführer oder Herzog besiegt hat, oft Gnade walten lässt. Doch es konnte hierbei keine Gnade geben, für Arnulf nicht, und nicht für mich.

Als Gerlindis mit dem Knoblauchsud kam, bat ich sie, ihn mit einem Tuch abzudecken und auf eine Truhe neben dem Bett zu stellen. Ich saß auf einem unbequemen Stuhl und behielt Arnulf im Auge. Über Grifo wechselte ich kein Wort mit Gerlindis. Ich glaube, ich dachte an diesem Tag nicht mehr an Gerlindis und ihn und den Brief, dachte nicht an das Glück und Unglück der anderen.

»Du siehst müde aus, Tante. Möchtest du dich nicht auch ein bisschen ausruhen?«

»Nein, Gerlindis, danke. Ich bleibe hier. Das gehört sich so.«

Eine fünfundzwanzig Jahre alte Erinnerung: ein Septembermorgen im Jahr des Herrn 774.

Ich wache auf. Meine Augen sind noch geschlossen. Ich möchte sie nie mehr öffnen. In der vergangenen Nacht habe ich mein erstes Kind verloren, das ich einige Monate zuvor in jenem herrlichen Frühling von Quierzy empfangen habe. Wie still ist doch dieser Verlust, denke ich. Abgesehen von meinen Schreien in der Nacht, scheint nichts passiert zu sein. Von draußen strömt frische Luft durch das Fenster. Ich rieche das Stroh, das die Bauern der Gegend aufschichten, den neuen Wein einer nahen Kelterei, gärende Äpfel, Blumen. Ich spüre die Wärme eines Sonnenstrahls, der auf meine rechte Schulter und Gesichtshälfte fällt.

Ich öffne die Augen. Als Erstes sehe ich Arnulf. Er sitzt neben dem Bett. Sein Blick war auf meine geschlossenen Lider gerichtet, die ganze Zeit über. Er lächelt, und das tut gut, so gut … Glücklicherweise fragt er nichts, denn ich möchte nicht sprechen. Ich möchte einfach nur daliegen und ihn ansehen.

Dann bemerke ich die Blumen, die auf meiner Decke verteilt sind. Die letzten Hundsrosen des Jahres leuchten tapfer auf dem grauen Stoff.

»Einige Gefolgsleute des Königs haben mich merkwürdig angesehen, als ich zur Wiese ging und Blumen pflückte«, sagt er. »Dann kam ich auf die Idee, zum Pflücken mein Schwert zu benutzen, und schon waren sie zufrieden.«

Wir lächeln. Und ich denke: Er ist ein guter Mann.

Am frühen Abend, es war schon dunkel, erwachte Arnulf. Es ging ihm nicht besser. Trotzdem bestand er darauf, aufzustehen, um mit uns zu essen. Er legte sich eine Decke sowie ein Fell um die Schultern und folgte mir in die Wohnhalle, wo er sich dicht ans Feuer setzte.

»Ich bekomme vielleicht eine Erkältung«, sagte er.

Vierundzwanzig Stunden nach Einnahme des Trankes ist man noch immer nicht siech, es fühlt sich an, als versuche eine Krankheit nach einem zu greifen, doch man könnte noch davonkommen.

Meine burgundische Küchenmagd hatte mit Brotteig gefüllte, in Rotwein geschmorte und auf Linsen gebettete Tauben zubereitet, Arnulfs Leibspeise, aber der aus der Küche strömende Duft konnte ihn an jenem Abend nicht begeistern. Lustlos saß er neben der Kohlenwärme und schlürfte Knoblauchsud. Später, beim Essen, hielt er sich zurück. Auch ich aß fast nichts. Obwohl wir zu dritt schwiegen und etwas Bedrückendes auf dieser Stunde lag, war es dennoch ein familiäres Zusammensein, gleichsam ein gemeinsames Trauern. Wieder dachte ich: Es ist das letzte Mal.

Als jemand, ohne vorher anzuklopfen, versuchte, die verriegelte Tür zu öffnen, wusste ich, wer es war und dass der Abend fortan einen anderen, weniger ruhigen Verlauf nehmen würde.

Ich öffnete die Tür selbst.

»Darf ich reinkommen?«, fragte Emma, als sie schon hereingekommen war. Sie zog ihr Mädchen an der Hand hinter sich her. Die Kleine und ich sahen uns eine Weile an. »Oh, das ist Adeltrud«, sagte Emma. »Arnulfs Tochter. Ich dachte, ich bringe sie mit, damit du dich an Kinder gewöhnst. Wir kommen ab jetzt jeden Abend.« Als ich sie ausdruckslos anblickte, sagte sie leicht gereizt: »Du hast gesagt, ich bin jederzeit willkommen.«

»Das ist richtig, Emma. Das habe ich gesagt. Wir essen gerade. Möchtest du dich uns anschließen?«

»Ich dachte, das hättest du mittlerweile verstanden. Du meine Güte, was stinkt hier denn so?«

»Das wird der Knoblauchsud sein, ich rieche ihn schon gar nicht mehr.«

»Ist jemand krank?«

»Arnulf ist ...«

Arnulf saß nicht mehr auf seinem Platz. Er war ins Obergeschoss gegangen, erklärte Gerlindis.

»Eben war er noch da«, sagte ich zu Emma. »Er fühlt sich nicht wohl.«

»Etwas Ansteckendes?«, fragte sie erschrocken.

»Woher soll ich das wissen?«

Emma warf mir einen mürrischen Blick zu und zerpflückte das Täubchen. Sie stopfte ein Stück Brotteig, das sie zwischen Daumen und Zeigefinger hielt, in Adeltruds kleinen Mund.

»Warst du heute im Frauenhaus?«, fragte sie mich. »Ich habe ja leider keinen Zutritt.«

Mir lagen mehrere Antworten auf der Zunge, aber ich wählte die harmloseste. »Nein, ich war nicht dort. Wieso?«

»Wegen Gersvind.«

»Was ist mit Gersvind?«

»Nichts, ich dachte ... Ach, vergiss es einfach.«

»Wenn du mir erklären würdest ...«

»Ich sagte, du sollst nicht mehr davon sprechen.«

»Sie ist deine Freundin, nicht meine.«

Emma erwiderte barsch: »Das weiß ich selbst.«

»Ihr seid so enge Freundinnen geworden, dass sie dir vermutlich jeden Gefallen tun würde.«

Wir tauschten einen Blick. Emma wusste gut, wovon ich sprach, und sie wusste, dass ich es wusste.

»Hältst du es für klug, vor unserer kleinen Unschuld *darüber* zu sprechen?«

Mit der kleinen Unschuld meinte Emma nicht ihre kleine Tochter, sondern Gerlindis. Ich hatte ohnehin nicht vorgehabt, das Thema zu vertiefen, aber immerhin wusste ich nun Bescheid. Da Emma sofort verstanden hatte, wovon ich sprach, war zumindest eines der Attentate auf mich von Gersvind – in Emmas Auftrag – verübt worden. Entweder hatte Gersvind mein Pferd mit einem Blasrohr beschossen – womöglich eine sächsische Jagdmethode? –, oder sie war die Reiterin gewesen, die mich attackiert hatte. Vermutlich steckte sie hinter beiden Anschlägen. Doch wieso hatte Gersvind sich darauf eingelassen? Wirklich nur aus Freundschaft? Und warum hatte Emma sich soeben nach ihr erkundigt?

»Übrigens«, sagte Emma, »ich bin schwanger.« Sie grinste mich an, wohl wissend, wie sehr sie mich verletzte. »Im vierten Monat. Bei mir sieht man's spät, dafür kommen meine Kinder gesund zur Welt. Warum siehst du mich so verdutzt an? Hat Arnulf dir nichts erzählt?«

»Nein.«

»Das hat er wohl vergessen. Nun ja, du hast damit eigentlich ja auch gar nichts zu tun. Gibst du mir bitte die Linsen.«

Den Ton freundlicher Garstigkeit behielt Emma mir gegenüber auch noch bei, als Arnulf kam. Er hatte sich umgezogen. Für Emma wollte er der Gesunde, Kräftige, Edle sein. Die Tunika stand ihm besser als die Decke und das Fell, die er eben noch getragen hatte, aber ich hatte ihn siebenundzwanzig Jahre lang geliebt, wie er war, und ich wäre nicht weniger stolz und froh gewesen, seine Frau zu sein, wenn er im Zustand größter Erbärmlichkeit vor mir erschienen wäre. Wir haben uns in der Verzweiflung beim Verlust unserer Kinder gesehen, wir haben uns im Hungerjahr 793 halb verhungert und verdreckt gesehen, wir haben die Sonne und den Regen miteinander geteilt, die Kriege und die Feste, den Schmutz und das Lachen.

Er mimte vor Emma den Starken. Es war keine Rede mehr von Kopfschmerzen und Ermüdung. Das hätte ich verstanden, wenn die beiden sich erst vor einigen Wochen oder Monaten zum ersten Mal begegnet wären. Aber sie waren mittlerweile seit *drei Jahren* zusammen, hatten ein gemeinsames Kind, bekamen ein zweites, und noch immer spielten sie sich etwas vor. Sie war Circe, und er war Odysseus. Sie war dabei, ihn zu verändern, und mit jedem Tag, der verging, würde er ein Stück weniger mein Arnulf sein und ein Stück mehr zu ihrem Arnulf werden. Was ich letzte Nacht im Ehebett erlebt hatte, war nur ein Vorgeschmack auf das, was mir bevorstehen würde – wäre nicht das Ende nah.

Ja, es war nah. Durch die Maske des Heldenstücks, das er aufführte, hindurch sah ich, wie der Tod sich seiner bemächtigte. Arnulfs Stimme klang belegt, er hustete, und die Augenlider wurden ihm schwer. Als ich ihm weiteren Knoblauchsud anbot – der, zugegebenermaßen, nicht geholfen hätte –, lehnte Emma für ihn brüsk ab, und er schloss sich kleinlaut ihrem Urteil an. Ich wurde von Emma zu einem verschrobenen, überspannten Mutterweib gemacht, und Arnulf schwieg. Emma beklagte sich über den Gestank, woraufhin ich den Sud vor die Haustür kippte. Bei dieser Gelegenheit bemerkte ich, dass Gerold, schwach beleuchtet vom Licht der Fackeln, langsam auf seinem müden Pferd das Tor in den Pfalzhof passierte und in Richtung der Stallungen verschwand.

Bald darauf ging ich zu Bett, zusammen mit Gerlindis, die bei mir schlief, weil Emma ein Bett für ihr Töchterchen brauchte, das selbstverständlich nicht zwischen Arnulf und ihr schlafen durfte.

Mitten in der Nacht wurde ich von Emma geweckt. Sie war außer sich. Arnulf war von starkem Husten und Fieber befallen worden, außerdem war er kaum in der Lage aufzustehen und klagte über Schwindel und Brustschmerzen.

Die Beine sind wie Gewichte, die Brust ist wie von einer größer werdenden Blase gefüllt. Husten und Schwindel setzen ein. Fieber ist möglich, tritt jedoch nicht bei jedem auf. Der Arzt wird gerufen.

Ich schickte Gerlindis, den Arzt zu holen.

»Gott im Himmel«, rief Emma, »wenn er nun etwas Ansteckendes hat.«

»Das wäre nicht das erste Mal«, sagte ich.

»Ich muss an Adeltrud denken. Und an das Kind, das ich trage.«

»Du hast recht. Bringt euch drei in Sicherheit, ich bleibe hier.«

Kaum dass Emma fort war, atmete ich tief durch. Das Haus gehörte wieder mir. Und der Pfalzgraf Arnulf, mein sterbender Gemahl, geliebter Gefährte seit fast drei Jahrzehnten, kehrte in meinen Schoß zurück.

50

DA ES SICH bei dem Medicus um einen guten Arzt handelte, den Leibarzt des Königs, führte er die Verschleimung der Atemwege nicht auf eine Erkältung, sondern auf einen schweren Befall der Lunge zurück. Er rieb Arnulfs Brust und Stirn mit einer öligen Salbe ein, der Malve, Kamille und Lungenkraut beigemischt war. Das Fieber war nicht so hoch, dass er einen Aderlass durchführte. Er wies mich an, die Salbe in gewissen Abständen aufzutragen, Kamillensud einzuflößen und das Fieber zu überwachen; darüber hinaus empfahl er nur die üblichen, fiebersenkenden Maßnahmen wie Wadenwickel. Ich wunderte mich ein wenig, dass er nicht bei Arnulf blieb, und erfuhr erst später, dass er anderweitig in Anspruch genommen war.

Gerlindis, das gute Kind, kümmerte sich um alles: Sie bereitete den Kamillensud zu, holte weitere Decken und Felle für Arnulf und mich, brachte heiße Suppe, lüftete mehrmals, brachte den Nachttopf weg, holte frisches Wasser, besorgte frische Wickel, nahm die alten Wickel mit … Die meiste Zeit jedoch ließ sie mich mit ihm allein, so wie ich es gerne hatte. Ich saß viele Stunden lang auf dem Stuhl neben dem Bett und rührte mich kaum, die Arme und Beine wurden mir schwer, die Dämpfe der Salbe ließen mich leicht schwindeln, aber ich fühlte mich wohl. Ich war bei ihm. Gelegentlich streckte ich die Hand aus, um Arnulfs

Stirn zu fühlen und sie zu streicheln. Und natürlich erneuerte ich gelegentlich die Salbe, wobei ich sehr behutsam die Brust massierte, die noch warm und lebendig war, obwohl einen Fingerbreit unter der Haut Kälte und Tod am Werk waren.

Arnulf war ganz ruhig, und ich war es auch. Vier-, fünfmal in diesen Stunden gab er mir seine Hand, die ich so lange festhielt, bis er wieder eingeschlafen war, und manchmal auch länger.

Durch die Tierhäute am Fenster drang gelb der Tag herein. Er leuchtete bei jedem Sonnenstrahl und verdüsterte sich mit jeder Wolke. Ich sah nichts von jenem Tag, außer dieser gefilterten, matten Farbe. Sie schien allumfassend, und der Raum, den sie erfüllte, war meine Welt.

Erinnerungen aus drei Jahrzehnten:

Arnulfs Pferd, das ihn dreizehn Jahre lang trug, muss nach einem schweren Sturz getötet werden; wir weinen gemeinsam.

Ich schneide Arnulf zum ersten Mal die Haare. Danach hat er für eine Weile keine mehr, weil ich sie in den vielen Runden, die ich um ihn herumgegangen bin, kürzer und kürzer geschnitten habe, bis fast nichts mehr da war.

Arnulf und ich schwimmen in einem See, als mich plötzlich ein Fisch beißt. Ich gerate in Aufregung, und Arnulf bringt mich sicher ans Ufer.

Bei der ersten Tunika, die ich ihm nähe, platzen alle Nähte, als er sie anprobiert. Wir liegen vor Lachen fast auf dem Boden.

Bei der Schlacht von Roncesvalles in der spanischen Mark wird die Nachhut eines fränkischen Heeres angegriffen und bis auf den letzten Mann vernichtet. Noch am Vortag ist Arnulf der Nachhut zugeteilt gewesen, steht am Tag der blutigen Katastrophe aber in der Vorhut. Das rettet ihm das Leben. Wir beten viele Stunden lang nebeneinander kniend in einer Klosterkirche und schenken dem Kloster die Hälfte unseres geringen Vermögens.

Königin Hildigard nennt mich im Beisein Arnulfs eine schöne und gutherzige Frau, und sie wählt mich von da an oft zu ihrer Gesellschaft. Arnulf sagt mir, er sei stolz auf mich.

51

ICH HÖRE NOCH immer das Geräusch seines Atems, gerade so, als läge er hinter mir und sieche dahin, während ich hier schreibe. Es ist gegenwärtig, es ist leise, es ist etwas, das von ihm bleiben wird. Er atmet in einem immer gleichen Rhythmus, der kontemplativ auf mich wirkt, ähnlich wie ein langes Gebet, und mir bei der Innenschau dessen hilft, was mir nun bevorsteht. Ich bin bei den Dämonen angelangt, beim Grauen, beim Zittern und Schreien, beim Wahnsinn.

Das Niederschreiben, das ich vor Stunden begann, um mich im Geschriebenen zu spiegeln, mir klar über mich selbst zu werden und meinen Schatten zu begegnen, dieses Niederschreiben schmerzt ebenso, wie es zugleich erleichtert. Ich stoße etwas aus mir hervor, betrachte es und denke verwundert: Das ist ein Teil von mir? Es muss wohl so sein. Ich bin tatsächlich diese Frau, die ihren Mann vergiftet hat und die nach dieser Tat noch andere schlimme Dinge vollbrachte. Ja, das ist Ermengard. Dieselbe Frau, die mehr als vierzig Jahre lang lachte und weinte, die zu neidloser Bewunderung und zärtlicher Liebe fähig ist, die Ängste und Sorgen hat wie jeder andere, deren Herz vor Mitleid überläuft, wenn sie arme und hungrige Kinder sieht, die aufrichtig betet und Freundschaften pflegt. Diese Frau, Ermengard, ist zugleich eine Mörderin und eine Furie. Und sie ist feige.

Kürzlich sagte Fionee, dass gute Menschen auch Böses tun und dass die Bösen auch Gutes tun. Ich bin ein Mensch irgendwo dort zwischen Gut und Böse, und es ist die Frage, wer den längeren Arm hat, um nach mir zu greifen, Gott oder der Teufel.

Langsam steigen die Worte in mir auf, die richtigen, entsetzlichen Worte, um zu beschreiben, was in den letzten drei Tagen vor dem Heiligen Abend, dem gestrigen Abend, geschah.

52

ARNULFS ZUSTAND VERSCHLECHTERTE sich im Verlauf des Tages. Der Arzt kam. Da das Fieber statt zu steigen sogar gesunken war und die vielen Sude und Salben zwar den Auswurf förderten, ohne den allgemeinen Zustand zu verbessern, wusste er sich keinen Rat und ging wieder.

Dann kam Berta. Sie hatte erst nach der Mittagsmesse von Arnulfs Erkrankung gehört und wollte helfen. Angesichts des schlafenden Arnulfs flüsterten wir miteinander. Sie ließ sich von mir auf den neuesten Stand bringen und brachte mich ihrerseits auf den neuesten Stand.

Prinzessin Teodrada war erkrankt. Woran, das wurde nicht verlautbart, aber es hieß, die Erkrankung sei schwerwiegend. Man hatte das Kind in den Wohnturm gebracht, wo sie in den Gemächern der Königin von dieser und Prinzessin Hiltrud gepflegt wurde. Ich hätte sie selbstverständlich besucht, aber niemand durfte zu ihr, und so schossen die Gerüchte über Wesen und Gefährlichkeit der Erkrankung ins Kraut.

Berta bot an, und ich stimmte zu, dass sie und Gerlindis mich für die nächsten Stunden ablösen würden. Ich hatte kaum geschlafen, und der Abschied von Arnulf strengte mich an.

Ich erwachte am Abend und ging sofort in Arnulfs Gemach. Gerlindis saß bei ihrem Onkel; sein Zustand hatte sich weiter verschlechtert. Er röchelte bereits, wenngleich leise. Aber in diesem Geräusch lag so viel Untergang, dass ich es nicht aushielt und den Raum wieder verließ.

Doch das Röcheln verfolgte mich. Gleichgültig, ob in der Wohnhalle, wo Berta auf einem Sessel schlief, oder in der Küche, wo ich mir einen Becher Wein holte, ich wurde das Geräusch des flatternden Atems nicht mehr los. Jeden Augenblick konnte ich Witwe, Mörderin, Verdammte werden.

Ich ging in meiner Kammer auf und ab, hielt mir vergeblich die Ohren zu, verkroch mich unter der Decke, kam wieder hervor, nahm die Tierhaut vom Fenster und überließ mich dem Brausen des Windes. Aber nichts war mächtiger als das Geräusch des Sterbens.

Ich erinnere mich nicht mehr, was mich dazu brachte, in Gerlindis' Kammer zu eilen. War es wirklich dem Handspiegel aus geschliffenem Metall geschuldet – der mich schon vor einigen Nächten gelockt hatte –, dass ich das Zimmer erneut betrat? Mein Blick fiel tatsächlich auf den Spiegel und ich hob ihn hoch. Warum? Ich weiß es nicht. Um nachzuprüfen, ob mich noch immer dieselbe Frau anblickte wie in der Woche zuvor? Oder war in die schon lange mit Schatten gefüllten Augen inzwischen ein boshaftes oder gefährliches Glitzern getreten? War die Müdigkeit der Sünde gewichen? War die von Gott Betrogene zur Gottesleugnerin geworden? Ich war auf alles gefasst.

Ich schrieb zu Anfang, dass es Erschrecken nur gibt, wenn etwas Unerwartetes eintritt, und ich schrieb gerade, dass ich auf alles gefasst war. Ich war nicht auf alles gefasst – und erschrak.

Neben meinem Gesicht über meiner rechten Schulter erblickte ich eine furchterregende Fratze: rot glühend, halb zerfetzt, mit Schlangen statt Haaren auf dem Kopf – eine Meduse.

Der Spiegel glitt mir aus der Hand und fiel zu Boden, jedoch derart unglücklich, dass er zu meinen Füßen liegen blieb und ich, als ich nach unten sah, erneut die Fratze erblickte. Aber wohin ich mich wandte – neben mir war nichts zu sehen, immer nur dann, wenn ich in den Spiegel sah.

Ich stöhnte und stolperte einen Schritt zurück. Ich hörte ein Lachen und immer noch das Röcheln. Ich rang vergebens nach Atem. Es war, als gehorche mir mein Körper nicht mehr. Ich schlug mit beiden Fäusten mehrmals gegen meine Kehle und durchbrach die Blockade. Wie eine Ertrinkende schnappte ich nach Luft.

Ich sagte: »Was habe ich getan?« Sagte: »Nein, nein, nein.« Rief: »Arnulf, Arnulf.«

Da pochte es gegen die Tür. Hatte ich sie geschlossen? Ich stürzte zu ihr und riss sie auf. Trotz der Dunkelheit sah ich, dass ich allein im Gang stand.

Das Röcheln nahm eine unerträgliche Lautstärke an. Ich wankte in Arnulfs Kammer. Dort saß noch immer Gerlindis. Als sie hörte, wie ich die Tür öffnete, blickte sie mich über die Schulter an. Sicherlich sah ich verstört und verängstigt aus, und ich bemerkte, wie Gerlindis sich zusammennahm, um nichts zu meinem Zustand zu sagen.

Sie meinte bekümmert: »Er bekommt von Stunde zu Stunde schwerer Luft, Tante.«

Ich nickte. Das Röcheln in meinem Kopf und das Röcheln, das vom Bett her kam, waren eins.

Der Zustand wird lebensbedrohlich. Das Atmen fällt immer schwerer.

Wie hatte ich das nur tun können? Ich war nicht mehr bereit, Arnulf gehen zu lassen.

»Ich glaube trotzdem«, sagte Gerlindis, »dass er keine Schmerzen hat. Er liegt ruhig da.«

Nein, keine Schmerzen. Arnulf litt nicht. Mein Leiden war größer als seines. Ich brauchte ihn. Ich brauchte ihn zum Leben.

Fionee, dachte ich, Fionee muss mir helfen.

Wortlos lief ich die Treppe hinunter in die Wohnhalle, wo Berta noch immer schlief, dann hinaus in die Nacht. Ich spürte die Kälte wie einen Schlag, trotzdem kehrte ich nicht um, um einen Mantel zu holen. Der Schnee war gefroren. Am Eingang des Wohnturms, ungefähr dreißig Schritte von mir entfernt, sah ich Gerold im Gespräch mit dem König im Licht zweier Fackeln stehen; er sah mich in Richtung Tor laufen, ich ignorierte ihn. Die Torwache staunte über meine leichte Bekleidung, und ich weiß noch, dass sie mir eine Frage stellte, auf die ich nicht einging. Die Wache gab mir eine Fackel. Ich verließ die Pfalz.

Auf dem Weg zum Dorf lief ich schneller und schneller. Oft stolperte ich, da ich aber weich in den Schnee fiel, blieb ich unversehrt. Bei einem der Stürze jedoch glitt mir die Fackel aus der Hand, kullerte einen Abhang hinunter und blieb am Rande eines Wäldchens brennend im Schnee liegen. Die Nacht war mondlos. Ich sah nichts mehr. Also mühte ich mich den Abhang hinunter.

Gerade als ich die Fackel ergriffen hatte, sah ich ein Augenpaar in dem dunklen Wald leuchten, zu hoch für einen Luchs oder einen Wolf, dann ein zweites, ein drittes, immer mehr, unzählige Augen, die sich mir näherten. In größter Furcht versuchte ich, den Abhang hinaufzuklettern, rutschte jedoch immer wieder ab. Jedes Mal, wenn ich mich umdrehte, waren die Kreaturen, von denen ich nur die Augen sah, näher gekommen.

Sie begannen zu röcheln. Es war ein Röcheln wie aus tausend Kehlen. Die unsichtbaren Gestalten umkreisten mich, ihre Augen tanzten um mich herum, ihr Röcheln hallte durch die Nacht.

Ich stach mit der Fackel nach ihnen.

»Aufhören«, schrie ich, »hört damit auf, ihr Biester.«

Es gelang mir schließlich doch noch, den Abhang hinaufzuklettern und auf den Weg zurückzufinden.

Die Kreaturen verfolgten mich. Sie waren hinter mir, sie waren neben mir, sie erwarteten mich am Wegesrand, standen am Eingang des Dorfes, vor den Hütten, auf den Scheunen, in den Feldern, unter den Bäumen.

Ich stolperte mehr, als ich lief. Ich stöhnte, weinte. Unter dem endlosen Röcheln brach ich fast zusammen.

Als ich auf Fionees Hütte zustürmte und mit aller mir verbliebenen Kraft gegen die Tür hämmerte, war ich bloß noch ein Bündel aus Angst und Schrecken, zitternd vor Kälte, schreiend vor Wahnsinn.

Die Kreaturen kamen näher. Schon glaubte ich, ihren Atem zu spüren.

Da öffnete sich die Tür.

Ich taumelte in den Raum hinein, und sofort verstummte das Röcheln. Wärme legte sich auf meine Haut. Und doch konnte ich nicht aufhören, zu zittern und zu schreien. Die Stimme, die ich hörte, kam von weit her wie von einem anderen Flussufer, und Fionees Gesicht, das sich in mein Blickfeld schob, nahm ich nur nach und nach zur Kenntnis. Verständlich zu sprechen war mir zunächst unmöglich, ich musste meine Worte regelrecht herauswürgen.

»Arnulf ... stirbt. Ich ... nicht ... Emma ... Arnulf ... Gift ... brauche ...«

Sie reagierte nicht auf meine Worte. Da rüttelte ich an ihren Schultern. »Gib … mir … Gegengift.«

Sie verneinte mit einer kleinen Geste.

Ich wurde zornig, und mit dem Zorn kam die Fähigkeit zu sprechen zurück.

»Zu jedem Gift«, sagte ich mit dunkler Stimme, »gibt es ein Gegengift.«

»Es ist ein Irrglaube, dass alles sein Gegenstück hat. Nur weil die Sonne Schatten wirft und das Feuer mit Wasser gelöscht werden kann …«

»Lass das Gerede. Gib mir ein Gegengift.«

»Ich habe keines, da es keines gibt. Zumindest ist es mir nicht bekannt.«

»Du … du … sagst … Aber ich … ich habe Arnulf … er stirbt … und ich habe … Das darf … das darf nicht sein. So darf … es … nicht … enden. Nein … nein.« Ich zitterte. »Nein … nein.« Ich schlug zu, irgendwohin in die Luft. »Nein … nein.« Ich schlug gegen eine von einem Balken hängende Kette, schlug so lange gegen sie, bis sie zerriss und die Steine quer durch den Raum flogen. »Nein … nein.« Ich schlug gegen andere Gegenstände, Tongefäße und Schalen zerbarsten, Würzpulver rieselte zu Boden, Wandteppiche fielen herab, Pflanzen stürzten um, eine brennende Öllampe setzte beinahe das Stroh in Brand, wurde aber von der Alten ausgetreten. »Nein … nein … nein.« Fionee versuchte, mich festzuhalten, aber ich kämpfte dagegen an.

Mein ganzer Zorn richtete sich gegen sie, die Giftmeisterin, die Giftmischerin, die Kindsmörderin, die Fremde, und damit richtete er sich auch gegen jene Giftmörderin und Kindstöterin, gegen jene Fremde in mir.

Ein Schlag Fionees brachte mich aus dem Gleichgewicht, und ein Stoß ließ mich auf den Rücken fallen. Fionee setzte sich auf mich. Dort lag ich also, fast bewegungsunfähig, und schrie wie eine Furie. Ich schrie mein »Nein« in die Welt, ich schrie aber mehr und mehr auch Unverständliches. Mit weit aufgerissenem Mund stieß ich Laute aus, die nicht von mir zu kommen schienen.

Die Alte hielt meinen Kopf fest, während Fionee eine Phiole von der Größe einer Kanne öffnete und deren Hals über mein Gesicht hielt. Ein feiner Strahl ergoss sich in meinen Mund, in die Schreie hinein. In den Wahnsinn.

Wie lange dauerte es, bis ich schwieg? Die Zeit bis dahin – vierzig, fünfzig, hundert Atemzüge? – waren die Hölle, mit allen vorstellbaren Schmerzen für Körper, Geist und Seele.

Dann wurde ich ruhig. Ein bisschen war das wie der Tod.

53

»DASS ICH EINE Giftmeisterin bin, habe ich dir schon gesagt. Und auch, dass ich keine herkömmliche Giftmischerin bin. Jetzt, wo wir das, was du soeben durchgemacht hast, überstanden haben, kann ich dir den Rest erzählen.

Ich besaß bereits mit sieben Jahren eine Gabe, für die es keine Bezeichnung gibt, die Gabe nämlich, Lüge von Wahrheit zu unterscheiden. Für mich war es selbstverständlich, dass ich anhand von Mimik und Gestik erkannte, ob ich angelogen wurde, und ich glaubte, alle anderen Menschen besäßen diese Fähigkeit ebenso. Daher wunderte ich mich, welch plumpe Lügen man mir manchmal auftischte – die ich mit großem Freimut als solche bloßstellte. Woran ich die Lüge erkenne, ist schwer zu erklären, weil der Vorgang so natürlich für mich geworden ist wie das Sprechen und Hören und Schmecken. Woran erkennt man, dass etwas bitter schmeckt? Wie gelingt es, mit geschlossenen Augen unter bloßem Einsatz der Fingerspitzen einen weichen Stoff von einem groben zu unterscheiden? Ich sehe die Lüge anhand bestimmter Stellungen des Mundes oder daran, dass sich jemand an die Nase fasst. Ich höre die Lüge an bestimmten Schwingungen der Stimme. Das sind nur Beispiele. Es gibt Hunderte von Zeichen, die ich zu deuten weiß, so wie wir alle ein Kopfnicken oder fest zusammengepresste Lippen zu deuten wissen.

Es ist kaum verwunderlich, dass ich wegen dieser Gabe

für die Erwachsenen zum Problem wurde. Wie oft wurde ich von meinen Eltern verprügelt, weil ich die Wahrheit gesagt habe! Gleichaltrige mieden mich.

Im Alter von elf Jahren kam ich zu Chrestme in die Lehre. Chrestme, das ist sie, die Alte. Sie kam mit einem Wagen durch das Dorf, in dem ich aufwuchs, stellte sich als Heilerin vor und rastete zwei Tage bei uns. Es zog mich zu ihr. Sie bemerkte nach einem kurzen Gespräch, was es mit mir auf sich hatte, sagte, dass sie schon lange nach mir gesucht habe, und brachte meine Eltern mühelos dazu, mich herzugeben. Als wir abfuhren, spürte ich keinen Trennungsschmerz. Mir war, als sei Chrestme meine wahre Mutter, da sie mich verstand.

Ein Jahr später, mit zwölf Jahren, erhielt ich die Gabe des zweiten Gesichts. Mit ›erhalten‹ meine ich, dass ich nichts dazutat, und mit ›zweitem Gesicht‹ meine ich, dass ich bisweilen Dinge sah, die sich erst noch zutragen würden. Doch diese Worte, die ich benutze, um die Gabe zu erläutern, geben nicht wirklich wieder, was in den Momenten des zweiten Gesichts passiert. Im Grunde ist die Zukunft für mich nicht sichtbar. Da enthüllt sich kein Bild, da tut sich kein Riss in der Zeit auf, durch den ich luge. Ich fühle die Zukunft, ich erlebe, *durch*lebe sie. Wobei ich weder Einfluss darauf habe, wann das geschieht, noch was Gegenstand des ›Blicks‹ ist. Es gibt Substanzen, die den Zustand fördern, aber ich kann den Zustand nicht erzwingen. Wenn er aber eintritt, dann ist er von unbeschreiblicher Intensität und kontrolliert meinen Körper.

Chrestme besaß die gleichen Gaben. Doch wie bei allen menschlichen Fähigkeiten, so werden auch diese durch das Alter beeinträchtigt, ja, sie vergehen sogar. Seit einigen Jahren führe ich Chrestmes Werk fort, aber Chrestmes

Erfahrung ist mir weiterhin ein Quell des Rats, und die Fertigkeiten der Heilkunst beherrscht sie selbstverständlich noch perfekt. Wir sind Heilerinnen und Hebammen und Engelmacherinnen, die meisten Menschen lernen uns nur als solche kennen. Aber für ganz wenige, auserwählte Menschen werden wir zu Giftmeisterinnen, und ich werde zur Seherin. Die Aufgabe sucht mich, nicht ich suche die Aufgabe.

Genau das ist mir mit dir passiert. Ich spürte bei unserer ersten Begegnung, dass unser Zusammentreffen kein Zufall ist. Es war und ist beabsichtigt und sinnhaft. Deine Leiden wurden mir offenbar, noch bevor du mir von ihnen erzähltest. Ich konnte sie fühlen. Was du mir enthüllt hast, waren lediglich die Details.

Und dann überfiel mich die Zukunft, *deine* Zukunft, Ermengard. Das Zittern, die Schreie, der Wahnsinn – alles, was ich kürzlich erlebte, als du bei mir warst, waren *dein* Zittern, *deine* Schreie und *dein* Wahnsinn. Für eine kurze Weile war ich du. Ich war die, die du heute gewesen bist.

Seit dieser Stunde wusste ich, welche Tat du begehen würdest, und vor allem, an wem. Wie ich schon sagte: Ich *sehe* nicht, aber ich fühle. Und das, was ich fühlte, war zu stark, um den Mord an einer Rivalin als Ursache zu haben. Als ich dir das Gift gab, war ich mir darüber im Klaren, dass du es nicht gegen Emma einsetzen würdest, sondern gegen einen geliebten Menschen, deinen Mann. Doch ich schwieg, weil es nicht an mir ist, das Schicksal zu beeinflussen.

Wenn du mich fragst, warum ich dir das Gift gab, wieso ich überhaupt Gift mische und verkaufe und wieso ich es nicht an jeden verkaufe – Eugenius beispielsweise habe ich es verweigert –, so fällt meine Antwort wiederum kompliziert aus. Ich gebe Gift nur dann heraus, wenn ich den Grund, weshalb es verabreicht werden soll, kenne und billige. Ich habe in Bourges einem vierzehnjährigen Knaben, der von seinem Vater regelmäßig des Nachts zu Notzucht gezwungen wurde, Gift gegeben. Ich verweigerte es einem Beamten in Konstantinopel, der aus Ehrgeiz seinen Vorgesetzten beseitigen wollte.

Ich half einem Kaufmann in Brindisi, der von einem Konkurrenten ruiniert wurde, indem dieser von Schergen seine Schiffe beschädigen ließ. Ich verweigerte es einem Sarazenen, der einen Verrat, den er begangen hatte, zu vertuschen suchte.

So leicht wie in diesen Beispielen ist die Entscheidung nicht immer. Ich gab einer jungen friesischen Frau Gift, die sich ihres Gemahls entledigen wollte, weil sie einen anderen Mann von ganzem Herzen liebte. Ihr Gefühl für ihn war echt, ebenso die Lieblosigkeit ihrem Gatten gegenüber. Doch weiß ich, ob der Gatte diese Lieblosigkeit verdiente? Nein, ich weiß es nicht. Ich weiß auch nicht, ob der Konkurrent des Kaufmanns von Brindisi, obwohl ein Schurke, nicht trotzdem ein guter Gatte und Vater gewesen ist. Einen guten Grund für eine Tat zu haben, heißt nicht zwangsläufig, dass sie begangen werden sollte.

Daher erkläre ich ganz offen: Ich bin keine Vollstreckerin der Gerechtigkeit. Nein, ich bin nicht gerecht. Ich ahne fast nie, was das Gift, das ich gebe, anrichtet. So bin ich also eine Händlerin des Tötens, nichts weiter, und ich richte so viel Unheil an wie ich Heil bringe. Eugenius hat mich angelogen, als er behauptete, das Gift gegen jemanden einzusetzen, der ihm ans Leben wolle, daher verweigerte ich es ihm. Du hast die Wahrheit gesagt, Ermengard, denn du hattest wirklich Angst um die Liebe, die zerstört zu werden drohte, daher gab ich es dir, wissend, dass du es gegen Arnulf verwenden würdest. Ich weiß nicht, was in dir vorging, als du es ihm verabreichtest, und ich weiß nicht, was in diesem Moment in dir vorgeht. Aber ich weiß, dass du eine Frau bist, die guten Grund hat für das, was sie tut. Vielleicht ist der Grund dir entfallen, vielleicht hat er sich angesichts der Tragödie verborgen, vielleicht willst du ihn nicht kennen, nicht wahrhaben …

Was dir in den letzten Stunden begegnete, waren nicht die dämonischen Gesandten des Teufels, sondern die Gesandten deines Schmerzes und deines Gewissens. Aber der Grund deiner Tat wird zurückkehren, sei es noch heute, sei es morgen, sei es im nächsten Jahr. Du wirst wissen, Ermengard, warum du es getan hast. Und mit der Erkenntnis, die kommt, und mit jedem Tag, der dich mehr von Arnulf trennt, verblassen die Dämonen. Du wirst eines Tages eine glückliche Frau sein. Ich spüre es. Ich spüre ein großes Lächeln in mir, das die Vorwegnahme deines Lächelns ist. Aber bis dahin steht dir noch eine schwierige Zeit bevor.

Ich kann dir nicht alles begreiflich machen, und einiges wird dir für immer unverständlich bleiben.

Ich habe dir viel Mohnsaft verabreicht, damit du ruhiger wirst, und ich gebe dir noch eine Phiole voll mit nach Hause, obwohl ich glaube, dass du das Schlimmste überstanden hast. Sage niemandem etwas darüber. Mohnsaft gilt als Satanswerk, was selbstverständlich Unfug ist. Ein Mundvoll davon genügt. In der Phiole sind drei Portionen. Teile sie dir gut ein, denn danach wirst du von mir keinen Mohnsaft mehr bekommen.

Wir werden uns nicht wiedersehen, Ermengard. Je nachdem, wie die Wege befahrbar sind, ziehen Chrestme und ich weiter, wie wir es vorsichtshalber immer tun, wenn wir Gift herausgegeben haben. Komm nicht noch einmal zu mir, Ermengard. Wir würden uns den Abschied nur noch ärger machen. Ich wünsche dir das Beste, und ich werde dich nie vergessen.«

54

DAS GRAUEN WAR vorüber, besiegt von dem Mohnsaft, besiegt aber auch von Fionees Worten. Sie hatte schon Dutzende Menschen getötet – zwar nicht mit eigenen Händen, dennoch wissentlich – und war vom Schöpfer trotzdem mit ungewöhnlichen Gaben ausgestattet worden. Mein ganzes Leben habe ich wie die meisten Menschen so gelebt, als seien die Jahre auf Erden lediglich die Bewährung für die Ewigkeit. Diese Gewissheit ist mir verloren gegangen. Fionee hat recht: Ich habe nicht alles verstanden, was sie sagte. Von den übrigen Dingen auf dieser Welt verstehe ich auch nicht alles. Aber ich bin mittlerweile überzeugt davon, dass ich gut daran tue, mich gegen das zu wehren, von dem ich glaube, dass es falsch ist.

Bei Schneefall und dunkelgrauem Morgenlicht kehrte ich in die Pfalz zurück. Berta wachte am Bett meines Mannes. Sie machte, was sie am besten konnte: ein besorgtes Gesicht. Diesmal aus gutem Grund.

»Er hat die halbe Nacht im Schlaf gesprochen, nur wirres Zeug, und ein paarmal hat er um sich geschlagen«, sagte sie leise.

»Danke, Berta. Danke, dass du bei ihm warst. Ist Gerlindis im Bett?«

»Ja.«

»Leg du dich bei dir zu Hause nun auch ins Bett, Berta.«

»Ich könnte nicht schlafen. Darf ich bei dir bleiben?«

»Aber ja.«

Wir wachten, ohne zu sprechen, viele Stunden lang. Der Arzt kam und stellte fest, was ich bereits wusste.

Die Krankheit erfasst das Herz. Kräftige Menschen überstehen die Nacht und den folgenden Tag, manchmal auch die auf den Tag folgende Nacht.

Später am Tag kam der König. Er wartete, bis Arnulf einen seiner wenigen wachen Momente hatte, um ihm gut zuzureden und ihm für seine langjährige treue Gefolgschaft zu danken. Nicht viele von Karls Gefährten sind in den »Genuss« eines solchen Abschieds gekommen, weil die meisten von Schwertern durchbohrt, von Pfeilen durchlöchert oder von Hufen zertrampelt worden sind. Entsprechend ungeschickt stellte Karl sich an. Nach seinem Besuch hätte wohl jeder Kranke die Hoffnung auf Genesung aufgegeben.

»Geht es Prinzessin Teodrada besser?«, fragte ich, als ich Karl hinausbegleitete.

»Sie ist auf dem Weg der Genesung«, sagte er knapp. »Gott sei mit Euch, Gräfin.«

Das hatte er mir, glaube ich, noch nie gesagt, und eine Mörderin wie ich konnte seine Worte als Misstrauen oder sogar als Drohung auffassen. Andererseits lag mein Gemahl im Sterben, und der König hatte möglicherweise einfach etwas sagen wollen, von dem er glaubte, es wäre tröstlich.

Bald darauf kam – vermutlich hatte der König ihn darum gebeten – Papst Leo. Arnulf bat um Vergebung seiner Sünden, küsste das Kreuz und erhielt die Letzte Ölung, bevor er wieder in tiefen Schlaf fiel. Danach verließ uns der Papst wieder.

Erneut vergingen einige Stunden. Gerlindis, Berta und ich zündeten die Öllampen an und wachten von da an zu dritt an Arnulfs Bett. Mitten in der Nacht – Gerlindis und Berta saßen mit hängenden Köpfen auf den Stühlen und schliefen – schlug er noch einmal die Augen auf. Ich setzte mich an den Rand seines Bettes.

Wir sahen uns an, sahen uns lange an.

Und dann fragte er: »Warum?«

Warum Arnulf stirbt:

Er stirbt, weil die Vorstellung, einen Sohn zu haben, ihm wichtiger ist als das Leben seines Weibes.

Er stirbt, weil die Blumen, die er mir nach dem Verlust unseres ersten Kindes aufs Bett legte, bis heute die letzten Blumen von ihm waren.

Er stirbt, weil er – von Blut und Lust berauscht – Gerolds Frau bestieg.

Er stirbt wegen der Heimlichtuerei, der Feigheit, wochenlang vor mir zu verbergen, dass er einen Sohn gezeugt hatte.

Er stirbt wegen eines windigen Tages vor siebzehn Jahren, als er drei jungen sächsischen Brüdern, die sich ergeben hatten, den Kopf abschlug.

Er stirbt, weil ich die Augen der sächsischen Kinder beim Anblick ihrer brennenden Dörfer gesehen habe.

Er stirbt, weil er einen Schlächter verehrt, ihm nicht nur dient, nein, ihn verehrt und ihm nacheifert.

Er stirbt wegen seines Versuchs, zwei Leben zu leben: eines mit mir und eines mit *ihr.*

Und er stirbt vor allem deshalb, weil er mich im Stich ließ, als ich seinen Schutz am nötigsten hatte; weil er sich vor Emma stellte und damit gegen mich; weil er mir nicht glaubte, als ich bedroht war; weil ich ihn anlügen musste, um zu verhindern, dass er mich eine Lügnerin nannte; weil ich Angst um mein Leben haben musste, nur damit er seine Lüste erfüllt bekam; weil er mich verließ, als er Emma ins Haus holte; weil er alles haben wollte und mir nichts mehr übrig ließ.

Darum stirbt er.

Vielleicht stirbt er auch, weil die allgemeine Gewalt uns krank gemacht hat, uns alle, und sein Tod die Folge der allmählichen Verwesung der staatlichen Moral und damit unserer moralischen Gesundheit ist.

Ahnte er die Gründe? Ich antwortete ihm nicht. Ich weiß ja nicht einmal, ob sich sein »Warum« auf den Grund seines Sterbens bezog. Erhält ein Mensch kurz vor dem Tod Hellsicht, irgendeine Art von besonderer Klarheit? Ich habe nie erfahren, was sein »Warum« bedeutete, und er hat nie die Antwort auf sein »Warum« erhalten. Wir waren beieinander, zwei Fragende, zwei Enttäuschte, sahen uns lange an, und er drückte meine Hand, vielleicht sogar in dem Wissen um das, was ich getan hatte. Ich möchte es gerne glauben. Aber im Grunde spielt es keine Rolle.

55

DAS HERZ KÄMPFT, es kämpft, kämpft. Das Herz bleibt dann stehen.

Am Morgen von Heiligabend wurde Arnulfs Herz müde. Er starb, als der Schnee aufgehört hatte zu fallen und ungewöhnlich warme Winde über das Land zogen, die alles binnen Stunden schmelzen ließen, was in Tagen entstanden war.

Ich war bei ihm, als es geschah. Ich allein. Ich hörte, wie sein Atem schwieg.

Eine siebenundzwanzig Jahre alte Erinnerung: Ich begegne einem jungen Mann namens Arnulf.

Es ist ein Tag wie jeder andere seit siebzehn Jahren. Die Jahreszeiten verändern sich, nicht aber das Leben, und selbst die Jahreszeiten folgen den immer gleichen Regeln. Die Geräusche, die in unser Haus in Chalon an der Saône dringen, sind seit Jahr und Tag dieselben. Da ist das Klappern und Knarren der Verladestation am Fluss, wo Getreidesäcke und Weinfässer auf die Kähne geschafft werden; die Rufe der Händler vom Markt; das Rattern vorbeifahrender Karren; das Blöken der Kühe und Schafe, die am anderen Flussufer weiden; gelegentlich die Glockenschläge von der Bischofskirche und immer das Hämmern und Schimpfen aus der Werkstatt des Vaters. Den Sommer bestimmt der scharfe Geruch des Mists von den Feldern, es folgen der Geruch des Strohs, des gärenden Weins, des feuchten, schimmelnden Holzes der Hütte, in der wir wohnen; und immer der Geruch des Leders aus der Werkstatt des Vaters. Der Blick fällt auf die schöne Saône, die Kornfelder und Weiden der Bresse, die Weinberge des Charolais; aber meist einfach nur auf die Hütte auf der anderen Seite der Gasse.

Seit ich mich nach jungen Männern umdrehe, spüre ich eine gewisse Bereicherung meines Lebens, und das ist neu und aufregend. Ich weiß, dass über mich gesprochen wird. Mein Vater ist im Gespräch mit dem Vater von Chilpert, der Pächter eines Weinbergs ist, und mit dem Vater von Dagobert, der ihm die Nägel und andere Eisenteile liefert, die er für die Herstellung der Sattel, Zaumzeuge und Pfluggeschirre benötigt. Ich würde lieber Chilpert heiraten, weil er hübsch ist und im Gegensatz zu Dagobert noch beide Augen hat, aber ich werde nicht gefragt, und das hat wohl auch seine Richtigkeit, weil Gott es so wollte. Man hat sich jedoch noch nicht geeinigt.

Und dann kommt *er*. Es ist der warme Vorfrühling des Jahres 772. Er sucht die Werkstatt meines Vaters auf, die, nur durch einen Innenhof von unserer Hütte getrennt, keine zehn Schritte entfernt ist. Ich sehe ihn durch das Fenster. Er ist groß und stattlich, und wenngleich er nicht so hübsch wie Chilpert ist, ist mein Interesse sofort geweckt.

Ich lasse alles stehen und liegen und gehe in den Innenhof. Mein Vater ist aus seiner Werkstatt gekommen und unterhält sich mit dem Fremden, der Zaumzeug kaufen möchte.

»So, in den Dienst des neuen Königs wollt Ihr also treten«, sagt mein Vater.

»Ich hörte, er verbrachte den Winter bei Reims, und hoffe, ihn dort noch anzutreffen. Hier in der Nähe soll die Straße nach Reims verlaufen.«

»Ja, Ihr kommt schnell auf ihr voran. Aber in den Dienst des Königs zu treten ist ein teures Unterfangen, mein Herr.«

»Ich habe etwas Geld. Bevor ich zum König gehe, brauche ich unbedingt neues Zaumzeug, und zwar gutes. Ihr versteht mich, wirklich gutes.«

»Wollt Ihr mich beleidigen, Herr? Ich mache das beste Zaumzeug im Umkreis von drei Tagesritten. Mein Wort darauf. Doch gute Ware kostet gutes Geld.«

Sie verhandeln über den Kaufpreis, und zwischendurch sprechen sie über den neuen König. Mich interessiert weder das eine noch das andere. Die Könige sind noch weiter weg als Gott, dem wir wenigstens in der Kirche begegnen. Ein König hingegen begegnet uns nur als Gesicht auf den Münzen, die uns von den Steuereinziehern weggenommen werden. So viel zumindest habe ich mitbekommen, dass unser junger König Karlmann, der Sohn des großen Königs Pippin, nach nur drei Jahren Herrschaft über Westfranken und Burgund vor einigen Monaten verstorben war, und dass sein älterer Bruder Karl, der Ostfranken regierte, das Frankenreich wiedervereinigt hatte.

Ich schlendere um den jungen Fremden und meinen Vater herum, Runde um Runde, und tatsächlich bemerkt mich der Fremde, ja, er lässt sich sogar von mir ablenken, verspricht sich, verliert den Gesprächsfaden, bis es meinem Vater zu bunt wird. Sich plötzlich an mich wendend, sagt er: »Herrgott, das ist ja nicht zum Aushalten, nun mach mal hinne, Kind, und stell dich vor.«

Mein Vater kann lustig sein – und ungeduldig. Er ist gut zu seinen Töchtern, streng zu seinen Söhnen und ungerecht zu seiner Frau, meiner Mutter. Ich mag ihn nicht. Aber er ist mein Vater, und an diesem Tag ist er der beste Vater der Welt, denn er hat nichts dagegen, dass der Fremde und ich Zeit miteinander verbringen.

Ich zeige Arnulf meine kleine Welt – Chalon und die Weinfelder –, und er erzählt mir von der großen Welt. Sein Vater besitzt ein Gut in einem Landstrich, Hessen, von dem ich noch nie gehört habe, am Südhang eines Mittelgebirges, Taunus, das mir nichts sagt. Außerdem fällt uns die Verständigung schwer, da seine Sprache und meine Sprache zwar eine gemeinsame Wurzel zu haben scheinen, die sich allerdings viele Male geteilt hat. Seine Zukunft ist ungewisser als die von Chilpert, Dagobert oder sonstwem, den ich kenne. Was, wenn der König ihn nicht in seine Dienste nimmt? Er ist der zweite Sohn seines Vaters, also ist er nichts und hat nur wenig. Doch das alles ist mir nicht wichtig. Ich weiß, ich will mit ihm gehen dort hinaus ins Weite, Ungewisse.

Arnulf erklärt sich meinem Vater, und der wittert ein gutes Geschäft. Eine Esserin weniger im Haus, und bei der Aussteuer kommt er gut weg. Sie einigen sich auf die Morgengabe: Arnulf bekommt ein blitzendes Pferdegeschirr sowie einen nagelneuen Sattel aus bestem Leder. (In späteren Jahren werden wir uns oft darüber lustig machen. Wenn er mich necken will, wird Arnulf sagen, dass er für das hervorragende Pferdegeschirr, das er erhalten habe, auch ein von Pocken entstelltes, kahlköpfiges Mannweib geheiratet hätte. Dann lachen wir.)

Der Tag, an dem ich mein Elternhaus mit Arnulf als meinem Gemahl verlasse, ist der glücklichste meines Lebens. Ich bin mir sicher, dass wenn wir zusammenhalten, uns nichts geschehen kann.

Die Totenwache war kurz und fand in der Kapelle statt, zwei Kerzen in einem dunklen, kalten Raum. Emma weinte leise vor sich hin. Vergoss sie ihre Tränen um ihn oder um ihre Zukunft? Rechtlich gesehen ist Emma nun fast nichts. Auch wenn sie in Kürze einen Sohn gebären sollte, so besteht keine Möglichkeit, ihn als legitimen Erben einzusetzen. Dennoch, es mag sein, dass sie zwar nicht nur, aber *auch deshalb* weinte, weil sie Arnulf geliebt hat. Ich versuchte mir vorzustellen, wie es umgekehrt gewesen wäre – wenn Arnulf vor siebenundzwanzig Jahren bereits verheiratet gewesen wäre und mir angeboten hätte, eine Kebsehe mit ihm einzugehen. Hätte ich mich darauf eingelassen? Und wenn ja, wäre mir seine Gemahlin nicht irgendwann ein Dorn im Auge gewesen, so wie ich dies für Emma wurde? Gut denkbar. Aber ich wäre an seiner Seite geblieben, wenn er erkrankt wäre, auch dann, wenn er etwas Ansteckendes gehabt hätte, auch dann, wenn ich Kinder gehabt hätte und schwanger gewesen wäre. Das klingt merkwürdig, nicht wahr? Ich hätte mein Leben für ihn geopfert, aber ich habe sein Leben für meine Vergeltung genommen.

Die Grablege fand noch am selben Tag statt, am Mittag von Heiligabend, also vor ungefähr zwanzig Stunden. Es waren alle da, der König, der Heilige Vater, Eugenius, Gerold, die höchsten Würdenträger. Das Grab, in das man Arnulf versenkte, ist nicht seine endgültige Ruhestätte, da der König angekündigt hat, seinen treuen Gefolgsmann und Pfalzgrafen dereinst in der im Bau befindlichen Basilika zur ewigen Ruhe zu betten.

In Sichtweite des Kirchhofs, auf dem ich vor Arnulfs Grab stand, führt eine Straße aus Aachen heraus. Dort fuhr Fionees Wagen. Ich bin mir nicht sicher, ob sie zu mir hersah, aber ich bilde es mir ein. Die Frau, die für eine kurze Zeit mein zweites Ich gewesen war, entfernte sich von mir.

56

WENIG SPÄTER KAM Gerold in mein Haus. Er machte ein ernstes Gesicht, aber was für ein Gesicht hätte er nach der Grablege meines Gemahls auch sonst machen sollen. Ich dachte mir nichts dabei.

»Gerold. Wie freundlich von Euch vorbeizukommen! Gerlindis, bitte schicke die Magd nach einem Becher Wein.«

»Nein, danke«, sagte er knapp und scharf. »Dies ist kein Beileidsbesuch, Gräfin.«

»Dann kommt Ihr gewiss meinetwegen«, platzte es aus Gerlindis heraus. »Hat Grifo ... hat er ... so sprecht doch«, stammelte sie.

»Gerlindis, bitte gib Gerold die Gelegenheit zu sprechen, dann wird er es auch tun«, mahnte ich sie, allerdings in mildem Tonfall und mit nachsichtigem Blick.

Gerold räusperte sich. »Grifo hat sich mir tatsächlich offenbart. Deswegen bin ich jedoch nicht gekommen. Würdet Ihr Eure Tante und mich bitte allein lassen. Wenn Ihr so freundlich wärt, das Haus zu verlassen. Und sollten sich noch andere Leute im Haus aufhalten, bitte ich Euch, sie fortzuschicken. Falls Ihr Grifo besuchen möchtet, habe ich keine Einwände. Er befindet sich im Dienstraum der Wache, und ich glaube, er freut sich außerordentlich auf Euch.«

Ich nickte Gerlindis zum Zeichen meines Einverständnisses zu. Es dauerte eine Weile, bis sie den Mägden Bescheid gesagt und sich winterfest angekleidet hatte, und in dieser

Zeitspanne wurde meine Aufregung immer größer. Warum schickte Gerold die Dienstboten weg? Genügte es nicht, die Wohnhalle für uns zu haben? Es musste sich um eine äußerst heikle Angelegenheit handeln. Selbstverständlich hatte ich eine gewisse Befürchtung, und deshalb reagierte ich mit großer Gereiztheit.

»Was soll das?«, fragte ich Gerold, als Gerlindis und die Dienstboten das Haus verlassen hatten. »Ihr schickt meine Nichte und meine Mägde fort, ohne mich zu fragen. Bin ich nicht mehr Herrin meines Hauses, nur weil mein Gemahl tot ist? Ich finde Euer Betragen unanständig, zumal wir nun ganz allein im Haus sind, was sich nicht geziemt, wie Ihr sicherlich wisst.«

»Ich habe in Eurem Sinne gehandelt.«

»Das werden wir noch sehen.«

»Gut, gleich vorab zwei Dinge. Der König hat eine Untersuchung angeordnet. Und Ihr steht auf königlichen Befehl bis auf Weiteres unter Hausarrest.«

Gerolds Eröffnung machte mich zunächst sprachlos. Ich schwieg eine Weile wie eine Ertappte.

»Was – was wird mir zur Last gelegt?«

»Dem König nehmen die rätselhaften Todesfälle und Erkrankungen in letzter Zeit überhand. Euer Gemahl hat, bevor ihn die Krankheit niederwarf, dem König Bericht erstattet, dass er Mathilda für die Mörderin Hugos hielt und dass sie sich wenig später selbst gerichtet hat.«

»Nun ja, das hört sich doch recht plausibel an, findet Ihr nicht?«

»Darüber lässt sich streiten.«

»Ihr solltet froh darüber sein, dass Euer Sohn entlastet wurde.«

»Das bin ich auch. Doch dann geschahen weitere mysteriöse Dinge. Prinzessin Teodrada und Euer Gemahl erkrankten in derselben Nacht.«

»Daran kann ich beim besten Willen nichts Mysteriöses erkennen. Im Winter erkranken viele Menschen.«

»Prinzessin Teodradas Erkrankung hatte jedoch nichts mit der Jahreszeit zu tun. Sie wurde vergiftet.«

»Ver…« Ich bekam weiche Knie und musste mich setzen.

»Ja, Ihr habt richtig gehört. Vergiftet. Der Arzt konnte das anhand ihres Auswurfs feststellen, denn sie hatte starke Magenkrämpfe. Da Euer Gemahl in der Nacht, als es geschah, in der Nacht nach dem Bankett also, stark angetrunken war und kurz darauf selbst erkrankte, hat der König nicht ihn, sondern mich beauftragt, die Untersuchung zu führen.« Er setzte sich neben mich. »Und das habe ich getan.«

Wir sahen uns an.

Schweigen.

»Habt Ihr die Untersuchung bereits abgeschlossen?«, fragte ich schließlich, alle Kraft zusammennehmend.

»Sagen wir, ich stehe kurz davor.«

Schweigen.

Ich war auf alles gefasst. »Welches Ergebnis zeichnet sich ab?«

»Es zeichnen sich mehrere Ergebnisse ab. Das eine betrifft Teodradas Vergiftung, das andere den Tod Arnulfs.« Er seufzte. »Die Prinzessin wurde vermutlich von Gersvind vergiftet. Teodrada konnte mir sagen, dass sie nach dem Bankett von Gersvind einen Becher Wein erhalten hatte und dass dieser Wein nicht gut schmeckte. Daraufhin brachte ich Gersvind und ihre kleine Tochter in ein nahe gelegenes Kloster, wo sie vorläufig unter Arrest steht. So viel dazu. Und nun zu Euch.« Er machte eine Pause und sagte dann: »Ich glaube, dass Arnulf von Euch vergiftet wurde.«

Vor die Wahl gestellt, die unter der Wucht der falschen Beschuldigung schluchzende oder die sich mit demonstrativer Empörung erhebende Witwe zu geben, entschied ich mich für Letzteres. Ich stand empört auf. »Wie könnt Ihr es wagen!«

»Es tut mir leid, Ermengard, aber so ist es. Ich glaube es tatsächlich.«

»Was Ihr glaubt, ist unwichtig. Arnulf starb an einer Entzündung der Lunge, wie Euch der Arzt bestätigen wird.«

»Er bestätigte mir, dass alles darauf hindeute. Aber er kann nicht ausschließen ...«

»Nicht ausschließen! Sieht so die Rechtsprechung in diesem Reich aus?«

Meine Gedanken waren in alle Winde verstreut, und es war mir unmöglich, sie zu sammeln. Nachdem ich tagelang die Höllenangst einer Mörderin durchlebt hatte, wurde ich nun von der Angst vor dem Kainsmal gepackt. Ich wollte nicht öffentlich gedemütigt werden und sterben. Ich wollte leben. Ich wusste, dass ich das konnte: leben. Gut leben. Die Dämonen waren fort, ein für alle Mal, und ich hoffte, noch zehn oder zwanzig gute Jahre zu haben, ja, Tausende von Tagen ohne die Last einer Nebenbuhlerin mit mir herumzuschleppen, ohne ständig für jemanden da zu sein, ohne mich hinzugeben, wenn mir nicht danach war, ohne Opfer. Es hatte ein Leben vor Arnulf gegeben, und es würde ein Leben nach Arnulf geben können. Ich spürte bereits, wie Arnulf sich langsam aus meinem Körper entfernte, in dem er überall zu finden gewesen war, und wenngleich dieses Gefühl ungewohnt war, empfand ich es nicht als unangenehm.

Gerold, den ich im Grunde sehr mochte, bedrohte meine Hoffnungen. Mir fiel zunächst nichts anderes ein, als mich von ihm abzuwenden und zur Treppe ins Obergeschoss zu eilen. Doch kaum dass ich ein paar Stufen gegangen war, hatte er mich eingeholt.

»Geht mir aus dem Weg«, herrschte ich ihn an, was ihn jedoch nicht beeindruckte.

»Lasst uns reden, Ermengard.«

Seine Beschuldigung steckte mir in den Knochen, und so erkannte ich nicht das Gütliche in seiner Stimme. Rückzug oder Angriff waren alles, wozu ich fähig war.

Ich versuchte, an Gerold vorbeizugehen, doch er verhinderte es.

»Ich weiß, was ich weiß, Ermengard. Ich kenne Euch zu gut, besser, als Ihr es für möglich haltet.«

»Gar nichts wisst Ihr. Ihr seid ein Stümper«, schleuderte ich ihm ins Gesicht. »Ihr seid so wenig fähig, eine Untersuchung zu führen, wie es Arnulf schon war.«

»Das sehe ich anders«, erwiderte er.

»Es tut mir leid, wenn ich Eure unübertroffene Selbstsicherheit erschüttere, aber um Euch zu beweisen, wie falsch Ihr liegt, bleibt mir nichts anderes übrig. Mit Gersvind habt Ihr bereits einen großen Fehler gemacht.«

Er runzelte die Stirn. »Welchen?«

»Gersvind hat Teodrada nicht vergiftet.«

»Um das zu wissen, müsstet Ihr … Ermengard! Ihr deutet damit doch nicht an, dass *Ihr* …«

»Macht Euch nicht lächerlich! Ich war dem Kind nicht fünf Jahre lang eine mütterliche Freundin, um es dann umzubringen. Welchen Sinn hätte das?«

»Fest steht, jemand hat ihr Gift gegeben.«

»Dieser jemand war sie selbst.«

»Was sagt Ihr da?«

»Teodrada ist eine zutiefst verwirrte Kindfrau, die mit

einem Bein in einer anderen Welt steht. Seit Jahren phantasiert sie, dass sie umgebracht werden soll, und sie spart niemanden als möglichen Mörder aus. Seit Jahren versuche ich, das dem König zu erklären, aber er hört mich nicht an. Nachdem ihre Mutter starb, wollte ich bei Teodrada bleiben, denn damals nahmen die Phantasien ihren Anfang. Doch der König trennte mich von ihr, und das Ergebnis ist eine Halbirre.«

Gerold akzeptierte meine Erklärung, was nicht schwerfiel, da jeder erkannte, dass Teodrada sich seltsam verhielt. »Nun gut, aber das heißt nicht, dass sie sich selbst vergiftet hat.«

»O Gerold, bitte denkt nach. Offenbar hat sie kein tödliches Gift getrunken, sondern eines, das Magenkrämpfe und Erbrechen auslöst. Erbrechen ist jedoch das Gegenteil dessen, was ein Giftmörder bezweckt, da das Gift ausgestoßen wird. Kräuter, die Magenkrämpfe auslösen, finden sich im Sommer zuhauf: Hahnenfuß, Efeu, Weißwurz, Mauerpfeffer, alles, wovor wir von unseren Müttern gewarnt wurden, als wir noch klein waren. Man muss keine Kräuterkundige sein, um sich selbst zu vergiften. Ich bin sicher, wenn Ihr Teodradas Gemach gründlich durchsucht, werdet Ihr Spuren getrockneter Kräuter finden.«

»Aber – wieso? Ich meine, was verspricht sie sich davon?«

»Sie war nach dem Bankett besonders aufgeregt, weil ich ihr ins Gesicht sagte, dass sie Grifo tot sehen will.«

Damit hatte ich Gerold endgültig verunsichert.

»Ja, Gerold, *sie* hat die Pfeilspitze im Hof abgelegt, und *sie* hat den Sattelgurt angeschnitten. Sie gestand es mir, und gleichzeitig zählte sie mich fortan zum Lager ihrer zahllosen Feinde. Sie fühlte sich von allen verlassen, und ihr fiel nur ein Weg ein, sich der Liebe ihres Vaters zu versichern – des Einzigen, auf den sie noch zählen konnte, der sich aber viel zu wenig um sie kümmerte. Zudem wollte sie einen Schlag gegen ihre Feinde führen. Teodrada vergiftete sich mit einer Dosis, stark genug, sie aufs Krankenbett zu werfen, schwach genug, um nicht lebensbedrohlich zu sein. Natürlich hätte sie sich verschätzen können, aber in Teodradas Logik wäre sogar der Tod kein zu hoher Preis gewesen, um die Aufmerksamkeit Karls zu gewinnen. Man darf keine üblichen Maßstäbe an sie legen. Sie belastete Gersvind, die schon seit langer Zeit ganz oben auf der Liste derer steht, die ihr angeblich Übles antun wollen. Ihre Wahl hätte genauso gut auf mich fallen können. Genau genommen *hat* sie auch mich getroffen, wenn auch unabsichtlich, denn Ihr seht plötzlich überall Giftmörder am Werk, wo keine sind.«

Ich nutzte seine Verblüffung, um an ihm vorbeizuschlüpfen und die Treppe hinaufzugehen. Aber ich irrte mich, als ich glaubte, ihn in jeder Hinsicht abgeschüttelt zu haben.

Er rief mir nach: »Mag sein, dass ich bei Gersvind einen Fehler gemacht habe. Aber nicht bei Euch. Ihr kennt eine Frau namens Fionee?«

Ich blieb abrupt stehen. Ohne mich umzudrehen, verharrte ich am Ende der Treppe und hörte Gerold näher kommen. Wieder stand er vor mir und sah mich an.

»Nicht nur Ihr habt Überraschungen in der Hinterhand, Ermengard. Als Seneschall gehört es zu meinen Aufgaben, den Haushalt des Königs im Auge zu behalten, zu dem auch die königlichen Konkubinen gehören. Als Mathilda diese Fionee aufsuchte, stellte ich ein paar Leute ab, die Näheres in Erfahrung brachten – selbstverständlich diskret und ohne mit der Kräuterfrau zu sprechen. Der Grund, weshalb

Mathilda – und Eugenius – die Kräuterfrau aufsuchten, ist mir mittlerweile bekannt und Euch vermutlich auch: Die beiden ließen ihr gemeinsames Kind wegmachen. Ein schweres Vergehen, gewiss, aber eines, das öfter vorkommt, als man denkt. Wie groß war dagegen meine Verblüffung, als die Spitzel mir berichteten, dass Ihr, Ermengard, Fionee mehrmals aufgesucht habt. Wohl kaum aus demselben Grund wie Mathilda und Eugenius, nicht wahr?«

»Ich habe Nachforschungen angestellt«, sagte ich.

»Zweifellos. Das war auch mein erster Gedanke. Aber Ihr werdet zugeben, dass es ein zu großer Zufall ist, dass genau zu dem Zeitpunkt, als Ihr die Bekanntschaft einer Engelmacherin – und somit Giftmischerin – macht, Euer Gemahl tödlich erkrankt, ein kräftiger, gesunder Mann. Bedenkt man die übrigen Umstände – Eure Kinderlosigkeit, seine Bevorzugung Emmas –, ergibt sich ein Verdacht. Niemand versteht das besser als Ihr, die selbst nach Geheimnissen gräbt und Leute verdächtigt.«

Erneut wusste ich nicht mehr weiter. Was sollte ich darauf entgegnen? Gerold hatte recht. Ich *war* verdächtig. Ich *war* schuldig und Fionee ebenso, doch wenigstens sie sollte nicht in den Sog hineingezogen werden. Um ihr Zeit zu verschaffen, sich möglichst weit von Aachen zu entfernen, sagte ich: »Lasst uns in drei Tagen darüber sprechen, nach Weihnachten.«

»Nein, jetzt.«

»Ich verspreche Euch, Ihr werdet von meiner Aussage nicht enttäuscht sein. Ihr bekommt, was Ihr wollt, Gerold, aber nicht heute. Ich bitte Euch.« Als er nichts sagte und sich nicht von der Stelle rührte, wiederholte ich: »Ich *bitte* Euch.«

Da er noch immer nicht reagierte, fiel mir nichts anderes

ein, als erneut vor ihm zu fliehen. Ich schlüpfte geschwind unter dem Arm hindurch, der mir den Weg versperrte, und eilte mit großen Schritten in mein Gemach.

Ich warf die Tür mit lautem Schlag hinter mir zu.

Nur einen Lidschlag später öffnete sie sich.

»Was fällt Euch ein«, rief ich, »mein Gemach zu betreten.«

Mein Protest ließ ihn ungerührt. »Ich habe dem König von Mathilda und Eugenius erzählt, einen Tag vor Mathildas Tod. Aber ich habe die Engelmacherin mit keinem Wort erwähnt, und vor allem habe ich *Euch* nicht verraten. Wenn ich dem König berichte, dass an Arnulfs Tod nichts Verdächtiges ist, wird er es mir unter Umständen glauben, den Hausarrest aufheben und Eure Ehre wiederherstellen. Ihr habt dann nichts zu befürchten.«

Immerhin fiel mir auf, dass Gerold wie über eine feststehende Tatsache sprach.

Ich fragte skeptisch: »Den König belügen? Wieso tut Ihr das für mich?«

»Es gibt etwas, das Ihr nicht wisst, allenfalls ahnt. Aber ich bin mir nicht sicher.«

Er kam langsam näher. Ich wich zurück, sodass wir begannen, umeinander zu kreisen wie zwei Katzen.

»Ich begehre Euch, Ermengard.« Schweigen. »Schon seit vielen, vielen Jahren.« Schweigen. »Ihr macht Euch keine Vorstellung davon, wie es ist, wenn man unglücklich liebt und wenn es wenig Hoffnung gibt.« Schweigen. »Ich habe mit Euch gelitten, als Ihr schwere Tage hattet, und war in Gedanken stets bei Euch. Aber wenn ich Euch begegnete, musste ich so tun, als wärt Ihr mir gleichgültig. Erst in letzter Zeit fand ich den Mut zu mehr. Ich habe es nicht mehr ausgehalten. Ich hoffte, wenn ich Euch erzähle, dass Hugo der Sohn Eures Gemahls ist, würdet Ihr ihn darauf ansprechen, und er würde Euch verstoßen, und dann würde ich um Euch werben. Aber dann kam es noch besser, als ich dachte.«

Wir umkreisten einander noch immer.

»Ich bin froh, dass Arnulf tot ist«, sagte er. »Und ich bin froh, dass er durch Eure Hand starb. Ich mache mir nicht vor, dass Ihr ihn meinetwegen getötet habt, und ich täusche mich auch nicht darüber, inwieweit Ihr meine Gefühle erwidert. Was mir aber eine kleine Genugtuung verschafft, ist die Tatsache, dass Ihr ihn bald nach meinem Besuch bei Euch umgebracht habt, als ich Euch erzählte, dass Hugo Arnulfs Sohn war.«

»Habt Ihr gelogen?«

»Jedes Wort entsprach der Wahrheit, die ich viel zu lange zurückgehalten habe.«

»Arnulf starb nicht wegen dieser Liebschaft, die vor einem halben Leben gewesen war.«

»Ich weiß. Aber vielleicht doch ein klein wenig. Ihr werdet Euch nie sicher sein.«

»Eure Gefühle, Gerold, basieren auf Rache, das ist Euch hoffentlich klar.«

»Rache?« Er schrie es fast. »Rache?«

Er stürmte auf mich zu, ergriff meine Handgelenke und presste mich mit der Kraft seines Körpers gegen die Wand. Wir waren uns so nah, dass unsere Nasen sich beinahe berührten. Meine Arme waren durch seine gebunden.

»Ihr wagt es, von Rache zu sprechen nach allem, was ich Euch erzählt habe?«

»Arnulf schlief mit Eurer Frau, und seither begehrt Ihr Arnulfs Frau.«

»Sie schlief nicht nur mit Arnulf, damit Ihr's wisst. Sie

hatte fünf, acht, zwölf, ich weiß nicht wie viele Buhlen. Ich hätte sie verstoßen können.«

»Warum habt Ihr's nicht getan?«

»Weil ich es vorzog, die Augen davor zu verschließen. Soll ich Euch erklären, was es für einen Mann bedeutet, wenn er die Frau des Ehebruchs bezichtigt?«

»Soll ich Euch erklären, was es für eine Frau bedeutet, dem Ehebruch des Mannes hilflos zuzusehen«, entgegnete ich. »Das ist schmerzhaft.«

»So ist es«, stieß er hervor. Er sprach jetzt schnell und kraftvoll. »Was ich durchmachte, ist nicht schmerzhafter und nicht weniger schmerzhaft als das, was Ihr durchgemacht habt. Hätte ich meine Frau verstoßen, hätte man sich darüber lustig gemacht, dass ich mir Hörner habe aufsetzen lassen. Ich wäre fortan geringer geschätzt worden, und die Legitimität meiner Kinder wäre in Zweifel gezogen worden. Meine Frau hat nicht freiwillig auf dem Totenbett ein Geständnis abgelegt. Ich habe es aus ihr herausgeholt. Ihr seht, mein Leid stand dem Euren in nichts nach. Und soll ich Euch noch etwas verraten? Ich wünschte, ich hätte meine Frau umgebracht. In Gedanken habe ich es manchmal getan. Auch darin gleichen wir uns, Ermengard, nur mit dem Unterschied, dass Ihr etwas gewagt habt, wovor ich zurückscheute. Ihr seid großartig. Ich liebe Euch dieser Tat wegen nur noch mehr.«

Ich spürte sein Ringen mit sich selbst, mir einen Kuss zu geben. Er wollte nichts mehr als das, nur das eine noch, dass ich es ebenfalls wollte. Sogar dieser wilde Gerold, der ganz anders war als der sanfte Gerold, den ich bisher gekannt hatte, war nicht für die Gewalt geschaffen. Er nahm sich nichts, was nicht genommen zu werden wünschte.

»Du und ich«, sagte er. »Wir sind füreinander geschaffen.«

»Ich bin erst seit wenigen Stunden Witwe«, erwiderte ich.

»Eine Schwarze Witwe.«

»Dennoch eine Witwe. Ich bin dir verbunden – im wahrsten Sinne des Wortes –, dass du mir diesen großen Dienst erweist, mich nicht zu verraten. Aber es war ein schwieriger Tag, und ich wünsche jetzt allein zu sein.«

»Wir haben noch nicht zu Ende gesprochen.«

»Was heißt das?«

»Dass ich meine Hilfe an eine Bedingung knüpfen muss.«

»Sollte ich mich derart in dir geirrt haben? Strebst du tatsächlich nach solch gemeinem Gewinn?«

Er lächelte.

»Keine Sorge, *das* habe ich mit der Bedingung nicht gemeint.«

57

JETZT, ACHTZEHN STUNDEN später, geht die Sonne auf. Sie ist weiß und vollkommen, mit klaren Konturen, erfrischend und von trügerischer Kraft. Es ist der Weihnachtsmorgen, ich bin allein. Ich hoffe, Gerlindis kommt zur Tür herein und umarmt mich mit all ihrer Jugend und Frische. Seit Gerold fort ist, habe ich ununterbrochen geschrieben, ohne den Raum zu verlassen. Es war wie ein Fieber, das ausgeschwitzt werden musste, oder wie ein Gebet. Ja, vielleicht war es am ehesten das. Vielleicht ist Schreiben die ungewöhnlichste Fürbitte an den Schöpfer.

Unten höre ich Geräusche. Jemand betritt das Haus.

Eine achtzehn Stunden alte Erinnerung: Gerold presst mich an die Wand und sagt:

»Keine Sorge, *das* habe ich mit der Bedingung nicht gemeint.«

Sein und mein Atem vermischen sich, unsere Augen sehen nur einander, sonst nichts.

»Wenn ich dem König das über Teodrada sage«, fährt er fort, »und wenn ich ihm sage, dass Arnulf eines natürlichen Todes starb, dann bleibt für ihn immer noch die Frage des Todes von Hugo und Mathilda offen. Das habe ich vorhin gemeint, als ich sagte, Karl wird mir unter Umständen glauben, dass du nichts mit dem Tod deines Mannes zu tun hast. Wenn ich den Mörder von Hugo und Mathilda zu fassen kriege, besteht für dich keine Gefahr mehr, Ermengard. Davon abgesehen will auch ich wissen, wer den Mann umgebracht hat, der ein Vierteljahrhundert lang mein Sohn war. Ich habe Hugo so viele Jahre geliebt, dass es unwichtig ist, ob ich ihn zeugte oder nicht. Ich habe ihm das Reiten beigebracht und das Bogenschießen und das Pirschen im Wald, und als ich erfuhr, dass er nicht mein Sohn ist, habe ich nicht aufgehört, ihn zu lehren, habe ihm den Umgang mit dem Schwert beigebracht, und ich habe ihm etwas über Frauen erzählt, über den König und die Welt. Ich saß mit ihm an zahllosen Lagerfeuern, stapfte mit ihm durch Dreck, trank mit ihm, betrank mich mit ihm, aß und lachte mit ihm, ärgerte mich über ihn. Verdammt, ich habe ihn geliebt, und nur weil dein Schwachkopf von Gemahl sich aus Ratlosigkeit zu der Meinung verstieg, Mathilda sei die Täterin, werde ich es nicht auf sich beruhen lassen. Wir beide wissen, dass Mathilda nicht die Täterin war, denn falls sie es gewesen wäre, hätte sie sich nicht selbst umgebracht. Das passt nicht zu ihr.«

»Ich kann dir nicht helfen.«

»Du lügst, Ermengard. Du weißt etwas. Ich sehe es deinen Augen an. Mir machst du nichts vor. Was hast du herausgefunden?«

»Gar nichts.« Ich versuche vergeblich, mich aus Gerolds Griff zu winden.

»Du hast einen Verdacht.«

»Nein.«

»Lügnerin. Ich will es wissen. Für mich und für dich.«

»Lass mich los.«

»Ich lasse dich nicht los, bevor du mir nicht einen Namen nennst. Wer hat Hugo umgebracht? Und wie kriegen wir ihn? Was muss ich tun? Rede, Ermengard. Ich bestehe auf nichts, außer auf einem Namen.«

Er tut mir weh. Seine Hände schnüren meine Handgelenke ab, seine Worte peinigen mich. Ich werfe den Kopf hin und her. Am liebsten würde ich mir die Ohren zuhalten. Ich will nichts hören, will nicht reden. Aber Gerold ist erbarmungslos.

»Also gut«, schreie ich ihn an, »lass mich los, und ich gebe dir, was du willst!«

Kaum hat er seinen Griff gelockert, reiße ich mich los, stoße ihn zurück und eile zur Tür.

Doch Gerold ist schneller und holt mich ein. Es gibt ein Gerangel, bei dem der rechte Ärmel meines Gewands bis zur Schulter abreißt.

Gerold schleudert mich auf das Bett und wirft sich auf mich.

»Den Namen, Ermengard. Sag ihn.«

Ich sehe ihn an. Meine Stimme zittert. »Du willst ihn nicht wissen.«

»O doch.«

»Und ich sage dir, wenn du ihn hörst, wirst du dir wünschen, ich hätte ihn dir nie genannt.«

Gerold schluckt, er bekommt Angst. Aber der Wille, die Wahrheit zu erfahren, ist stärker als die Angst – eine Eigenschaft, die Gerold mit nur wenigen Menschen teilt. Die meisten Menschen fliehen vor der Wahrheit. Im alten Rom waren der Göttin Veritas nur wenige Tempel geweiht.

»Sag's mir. Und sag mir, wie wir ihn oder sie drankriegen.«

Ich versuche nachzudenken, aber es gelingt mir nicht. Mir ist elend zumute. Ich schließe die Augen, lege beide Hände auf meine Stirn und flüstere: »Geh zu Teodrada.«

Wir führen ein längeres Gespräch. Bevor er geht, sagt Gerold noch: »Gott gebe, dass dein Verdacht stimmt, Ermengard. Ansonsten weiß ich nicht, ob ich dich retten kann.«

Ich höre Schritte auf der Treppe, sie klingen schwer und müde. An dieser Stelle beende ich meinen Bericht.

58

NACHTRAG

Die Schritte auf der Treppe waren Gerolds, wie erwartet. Er kam in mein Gemach, wo ich gerade die Feder niedergelegt hatte. Mein Blick voll von Angst empfing ihn – und begegnete einem Blick voll von Erschütterung.

Gerold brauchte kein Wort zu sagen.

Ich erhob mich und ging sehr langsam an ihm vorbei in den Gang. Dort stieß ich sacht die Tür zu Gerlindis' Kammer auf und betrat den menschenleeren Raum. Vor dem Spiegel setzte ich mich nieder.

Graues Licht. Stille.

Irgendwann sagte Gerold: »Sie ist in die Falle getappt.« Nach einer Weile fügte er hinzu: »Ich weiß, wie schwer es für dich ist.«

Das wusste er selbstverständlich nicht. Er war und ist von diesen Ereignissen zwar auch betroffen, aber in ganz anderer Weise als ich.

»Hat sie – hat sie gestanden?«

»Ja. Es blieb ihr im Grunde nichts anderes übrig. Du hattest recht, Ermengard, die Morde spielten sich ungefähr genauso ab, wie du gesagt hast.«

Und meine größte Hoffnung während der vergangenen Nacht war es gewesen, dass ich mich geirrt haben könnte.

»Wo – wo ist sie?«, fragte ich.

»Sie ist unten in der Wohnhalle. Eine Wache passt auf sie auf.«

»Und was ist mit …? Hast du auch schon …?«

»Noch nicht. Das mache ich als Nächstes.« Er ließ eine Weile verstreichen, bevor er fragte: »Möchtest du mit ihr sprechen, bevor ich sie fortbringen lasse?«

Fortbringen. Das gab mir einen Stich ins Herz.

Ich nickte.

»Bist du dir sicher, Ermengard?«

Ich war mir keineswegs sicher. Ich sagte: »Ja.«

»Ich schicke sie zu dir herauf.«

Ich blieb vor dem Spiegel sitzen, im grauen Licht jenes Raumes, der Gerlindis gehörte und den sie zum letzten Mal betreten würde.

Das war meine Strafe, dachte ich, für das, was ich getan hatte. Für mein Verbrechen.

Graues Licht. Stille. Ich löste meine Haare, betrachtete mich im Spiegel und sah, wie sich von hinten eine Gestalt näherte, deren Gesicht schließlich neben meinem im Spiegel auftauchte. Ihre Hände legten sich auf die Stuhllehne. Ich sah sie über den Umweg des polierten Metalls an, schloss die Augen, öffnete sie wieder, und da stand sie noch immer: Gerlindis, ausdruckslos, so vertraut und zugleich so fremd, wie ich mir selbst war.

»Wie bist du dahintergekommen?«, fragte sie.

Das also war das, was sie zu all dem zu sagen hatte: Wie bist du dahintergekommen. Keine Erklärung, keine Entschuldigung, keine Träne. Es war ihr nicht peinlich, mit mir zusammenzutreffen. Wo Scham und Liebe hätte sein sollen, schlug mir bloß Neugier entgegen. Ich stellte mir die Frage, ob sie mich je geliebt hat? Auch nur einen Moment lang?

»Der Brief hat dich verraten«, antwortete ich, wobei ich glaubte, mir versage jeden Moment die Stimme. »Es kam mir gleich seltsam vor, dass du einem des Lesens Unkundigen einen Brief schreibst, doch ich sagte mir, dass du deinen Gefühlen nicht anders Ausdruck verleihen konntest und dass du Grifo auf die Sprünge helfen wolltest. Trotzdem störte mich etwas an dem Inhalt des Briefes. Doch was mich störte, hatte nichts mit dem zu tun, was in dem Brief stand, sondern damit, was nicht in dem Brief stand.«

Gerlindis streckte den Arm nach einem großen Kamm aus, der vor dem Spiegel lag, und fing an, ihn mit bedachtsamen Bewegungen wieder und wieder durch mein Haar zu führen.

Ich sagte: »Grifo war wenige Tage vorher vom Pferd gestürzt. Er ging auf Krücken. Sein Bruder Hugo war ums Leben gekommen und Grifo war von Arnulf des Mordes beschuldigt worden. All das war zwischen deinem letzten Gespräch mit Grifo und dem Brief passiert, aber in dem Brief findet sich kein Wort, noch nicht einmal eine Andeutung darüber. Kein: ›Ich glaube keinen Augenblick, dass du deinen Bruder getötet hast‹. Kein: ›Ich stehe in dieser schweren Zeit fest zu dir‹. Nicht der geringste Bezug zu seinem Unfall findet sich in den Zeilen. Stattdessen ein Lob für deinen Onkel Arnulf, den du als ›gerecht‹ bezeichnest, wohingegen er just in jenen Tagen Grifo arretiert hatte. Das machte mich stutzig. Und bald darauf kam mir ein Gedanke. Was, wenn dieser Brief schon vor Monaten geschrieben worden war? Und was, wenn nicht Grifo, sondern ein anderer der Empfänger gewesen war, nämlich Hugo.«

»Ein tollkühner Gedanke.«

»Ja, das stimmt. Ich glaube, die Umstände der Briefübergabe brachten mich darauf. Du hast das Bankett verlassen, ohne Grifo einen Hinweis zu geben, wo du auf ihn wartest. Du gabst ihm keinerlei Zeichen, weil du nicht wegen Grifo fortgegangen bist, sondern weil du das Festbankett als idealen Zeitpunkt angesehen hast, um endlich ungestört in Hugos Gemach eindringen und nach dem Brief suchen zu können, den du ihm vor einigen Monaten geschrieben hast. Hugo konnte lesen, und nach dem Brief zu urteilen, hattet ihr eine Liebschaft. Du hast Hugo also einen Liebesbrief geschrieben, den du unbedingt wieder an dich bringen musstest.«

Der Kamm glitt weiterhin durch meine Haare. Gerlindis sah auf mein Haupt hinab.

Sie sagte: »Der Brief war ein schlimmer Fehler. Aber als ich ihn im Sommer schrieb, war die Welt noch in Ordnung. Hugo hatte vor, sich dir und Onkel bald zu erklären und offiziell um mich zu werben. Da waren wir schon längst ein Paar. Wir hatten auch bereits miteinander geschlafen, in seinem Gemach, am Sonntagnachmittag, aber nur ein Mal. An jenem Abend schrieb ich den Brief, um ihn zu ermuntern, die Werbung nicht aufzuschieben, aber er wollte noch seine Ernennung zum Hauptmann der Leibwache abwarten. Kurz darauf wurde er im Frauenhaus erwischt, und mir wurde von Tag zu Tag klarer, dass aus der Ernennung nichts mehr werden würde. Also wollte ich mich von ihm trennen.«

»Hast du ihn nicht geliebt? Wenigstens ein kleines bisschen?«

Sie lachte auf. »Ich fand ihn nett. Aber heiraten wollte ich ihn nur wegen der bedeutenden Stellung, die ihm so gut wie sicher war. Hauptmann mit Mitte zwanzig! Er wäre schnell aufgestiegen. Eines Tages hätte der König ihn zum

Pfalzgrafen gemacht, so wie deinen Mann. Aber das Rindvieh musste sich ja alles verderben.«

»Du hast ihm die Liebschaft aufgekündigt.«

»Im Guten. Er hat trotzdem angefangen zu trinken und seine Lage dadurch nur verschlimmert. Ich habe mich Grifo zugewandt, dem aufgehenden Stern, und ich hatte Glück. Auch wenn er viel schüchterner war als Hugo, habe ich doch gemerkt, dass er Gefallen an mir fand. Das war meine große Gelegenheit, doch noch zu erreichen, was ich mir vorgenommen hatte. In der ganzen Zeit jedoch hatte Hugo nicht aufgehört, um mich zu buhlen. Ich wollte dem ein Ende machen und bestellte ihn für den späten Abend zu den Stallungen.«

»Es bereitete dir keine Schwierigkeiten, dich aus dem Haus zu schleichen, denn unter dem Vorwand, sticken zu wollen, warst du in der Wohnhalle geblieben, nachdem ich mich in mein Zimmer zurückgezogen und Arnulf sich mit Emma in sein Zimmer begeben hatte.«

»Wir hatten einen Wortwechsel, weil Hugo nicht akzeptierte, dass ich nichts mehr mit ihm zu tun haben wollte. Er war angetrunken, und das machte die Sache nicht einfacher. Ja, und dann sagte ich ihm, dass Grifo und ich Gefallen aneinander gefunden hatten. Er hat sich furchtbar aufgeregt und mir gedroht, meine Ehre zu beschmutzen, indem er öffentlich kundtut, was zwischen ihm und mir vorgefallen war. Danach wäre es Grifo unmöglich gewesen, um mich zu werben. Und Hugo hatte nichts zu verlieren. Er hatte ja bereits einen schlechten Ruf. Er rief, er würde lieber sterben, als dass Grifo mich zum Altar führe. Als Hugo sich von mir abwandte, ergriff ich ein Holzscheit und schlug es ihm auf den Schädel. Hugo war benommen, er taumelte. Ich zog ihm das Langmesser aus dem Gurt, holte aus, und ehe ich mich's versah, durchschnitt ich mit all meiner Kraft seine Kehle. Ich wusste sofort, dass er tot war. Ich ließ die Waffe fallen und eilte zurück nach Hause.«

»Wo ich dich wenig später stickend in der Wohnhalle sitzen sah. Damit wäre dein Plan fast aufgegangen. Aber dann tauchten zwei unvorhergesehene Hindernisse auf. Zum einen wurdest du davon überrascht, dass man Grifo des Mordes an seinem Bruder beschuldigte, was im Falle seiner Verurteilung deine Hoffnungen zunichtegemacht hätte. So waren die Tränen, die du am Nachmittag seiner Arretierung vergossen hast, echt gewesen. Zum anderen erfuhrst du wenig später, dass Mathilda Hugos Vertraute gewesen war und er ihr womöglich auch von der Liebschaft mit dir und von deiner Trennung von ihm erzählt hatte. Da die Trennung bereits vor vielen Wochen erfolgt war, sah Mathilda keinen Zusammenhang zu Hugos Ermordung, aber sobald du dich mit Grifo verlobt hättest, wäre die Gefahr groß gewesen, dass sie deinen Grund für die Mordtat erkennen und deine frühere Liebschaft zu Hugo öffentlich machen würde. Und das war unerträglich für dich. Mathilda musste sterben, weil sie etwas wusste, was dich hätte vernichten können.«

»Ja, und weißt du auch, wer mir vom Vertrauensverhältnis von Hugo und Mathilda erzählt hat?«

Ich nickte. »Ich hatte einen Verdacht, aber nun, wo du so fragst, scheint er sich zu bestätigen. Ich sehe es als Tragödie an, dass du es ausgerechnet von mir erfahren hast. An dem Abend, als ich mit Arnulf wegen Emma stritt, erzählte ich ihm auch von meinem Gespräch mit Mathilda. Ich glaubte dich schlafend im Bett.«

»Der Streit hatte mich aufgeweckt und neugierig gemacht. Also belauschte ich euch.« Gerlindis legte den Kamm an seinen Platz zurück. »Das muss ich dir lassen, Tante, du hast alles verstanden. Deine Schlussfolgerungen sind scharfsinnig.«

Das Lob bedeutete mir gar nichts. Ich war versucht, Gerlindis direkt anzusehen, und beinahe hätte ich es getan. Aber sie war nicht die Gerlindis, die ich verloren hatte.

»Wer dich nicht in Verdacht hat«, sagte ich, »für den weist nichts auf dich hin. Auch ich tappte völlig im Dunkel. Erst nach der Lektüre des Briefes, als ich die Möglichkeit deiner Täterschaft in Erwägung zog, ergab sich ein erkennbares Bild: deine Gründe für die Morde an Hugo und Mathilda, die Gelegenheiten ... Wobei ich kurz davor war, die Idee deiner Täterschaft wieder aufzugeben.«

»Weil du mich ja so sehr liebst?«, fragte sie kokett und mit ironischem Unterton, der mir wehtat.

»Das auch«, gab ich zu. »Aber mehr noch wegen Berta. Um zu glauben, dass du Mathilda getötet hast, musste ich annehmen, dass Berta deine Komplizin war. Und das war schwer vorstellbar. Es war hart und schwer vorstellbar.«

»Ja, nicht wahr! Die gute alte Berta«, witzelte Gerlindis.

»Sprich nicht so über sie«, maßregelte ich Gerlindis. »Ich weiß nicht, ob ich dich nicht dafür am ehesten verurteile, dass du Berta in diese Sache hineingezogen hast.«

»Sie hätte ja nicht mitmachen müssen«, entgegnete Gerlindis frech.

»Du hast ihre Lage schamlos ausgenutzt.«

»Du sagst das, als wäre es etwas Schlechtes. Sie hatte schließlich auch etwas davon.«

»Hätte etwas davon gehabt, meinst du wohl.« Ich regte mich immer mehr auf. »Ich kann einfach nicht glauben, dass du ihr *das* angeboten hast. Diese – diese bodenlose Dreistigkeit.«

»Oh, danke schön. Das war nichts weiter. Ich stand mit

dem Rücken zur Wand. Entweder musste Mathilda vor meiner Verlobung mit Grifo, was nur noch eine Sache von Tagen sein würde, sterben, oder ich musste Grifo aufgeben, damit Mathilda nie Verdacht schöpfen würde, dass ich die Mörderin sein könnte. Letzteres kam nicht in Frage, da ansonsten alles vergebens gewesen wäre. Also entschloss ich mich, ein großes Wagnis einzugehen. Ich weihte Berta ein, und zwar beim gemeinsamen Nähen. Das war eine Szene, ich sage dir – sie bekam den Mund nicht mehr zu. Bevor sie irgendetwas sagen konnte, machte ich ihr ein Angebot: Sie sollte mir beim Mord an Mathilda helfen, und ich würde ihr schon bald Burchard vom Hals schaffen. Sie war zunächst derart fassungslos, dass sie unfähig war zu sprechen. So etwas habe ich noch nie erlebt. Ich glaube, sie saß beinahe eine Stunde da, ohne einen Laut von sich zu geben und ohne sich zu bewegen, nur mit ihrem Nähzeug in Händen. Und dann sagte sie: Ja, gut.«

Gerlindis lachte. »Stell dir das mal vor: ›Ja, gut.‹ Das war alles. Einfach so. Ich hatte sie richtig eingeschätzt. Mir fiel natürlich ein Stein vom Herzen. Zwar hätte ich irgendwann mein Versprechen einlösen müssen, Berta von Burchard zu erlösen, aber das hätte ich ja so drehen können, dass Berta sterben würde. Ein gemeinsamer Reitausflug vielleicht … Mir wäre schon etwas eingefallen.«

Ich lehnte mich erschöpft zurück. Es war die eine Sache, einen Verdacht zu hegen, und eine andere Sache, den Vorgang in all seinen Facetten kennenzulernen. Das betraf sowohl Gerlindis' perfide Tat wie auch Bertas Gemütslage. Ich habe nie die Tiefe und den Umfang von Bertas Verzweiflung erfasst. Ich, ihre beste Freundin, habe die einzelnen Zeichen gesehen – die blauen Flecke, die Traurigkeit, die Einsamkeit, die Verschlossenheit –, ohne sie zu summieren.

Doch sie hatten sich für Berta zu einem Unglück summiert, das so unerträglich geworden war, dass sie, die Fromme, bereit war, mit dem Teufel ein Geschäft zu machen. Ich muss sagen, dass Berta auf den ersten Blick einen besseren Grund als ich hatte, den Tod ihres Mannes zu wünschen.

Gerlindis berichtete munter weiter: »Der Rest war ein Kinderspiel. Mitten in der Kleideranprobe, als du in deinem Zimmer schliefst, schlich ich im Schutz der Dunkelheit ins Frauenhaus. Ich klopfte bei Mathilda an, sie hatte die Tür von innen verriegelt. Nachdem sie geöffnet hatte, bat ich sie, sie in einer wichtigen Angelegenheit sprechen zu dürfen. Sie ließ mich herein. Ich stieß sofort zu. Als Waffe benutzte ich ein Messer aus der Küche, das ich wieder mitnahm, sorgfältig abwischte und an seinen Platz zurücklegte. Ursprünglich hatte ich nicht vorgehabt, den Mord als Selbstmord zu tarnen, aber als ich den Dolch auf Mathildas Spiegeltisch sah, ergriff ich die Gelegenheit. Alles zusammen dauerte allenfalls eine Viertelstunde. Berta und ich taten so, als setzten wir die Kleideranprobe fort. Tatsächlich war Berta viel zu aufgeregt dazu. Wir warteten, bis man die Leiche entdecken und ein riesiger Trubel ausbrechen würde.«

»Die Tür von Mathildas Gemach hast du absichtlich offen stehen lassen, damit man die Leiche schnell findet und du aufgrund deines Zusammenseins mit Berta außerhalb jedes Verdachts bist.«

»Was ja auch gelang.«

»Danach musstest du nur noch den Brief an Hugo an dich bringen.«

»Ja, er hatte mir damals, nachdem er ihn erhalten hatte, gesagt, dass er ihn ewig aufbewahren werde. Damals gefiel mir das natürlich, aber inzwischen stellte der Brief für mich die letzte Hürde dar. Wenn man ihn irgendwann in Hugos Gemach finden würde … Ich schlich mich vom Bankett weg und durchsuchte Hugos Gemach. Der Brief lag in einem Kästchen. Ich nahm ihn rasch an mich. Gerade als ich aus dem Zimmer geeilt war …«

»Liefst du Grifo in die Arme – und tatest so, als wäre deine Anwesenheit in der Nähe seines Gemachs ein Stelldichein. Er bemerkte natürlich den Brief, den du in der Hand hieltest.«

»Ja, der war leider unübersehbar.«

»Und nachdem Grifo eine Weile gestottert hatte …«

»Schrecklich, seine Schüchternheit. Ich dachte, er würde sich nie erklären.«

»… machtest du aus der Not einen Vorteil, indem du Grifo den Brief übergabst, mit dem Zweck, ihn ein wenig wagemutiger zu machen.«

»Mir war eingefallen, dass ich Hugos Namen in dem Brief nicht verwendet hatte, und vom Inhalt her passte er genauso gut auf Grifo wie auf seinen Bruder. Es war eine spontane Idee.«

»Die alles zu deinem Nachteil wendete. Trotzdem hatte ich lediglich einen Verdacht, nichts weiter, und ich war mir selbst nicht sicher. Beweise gab es keine. Unter diesen Umständen hätte man es nicht wagen dürfen, Berta und dich zu verhören, zwei Frauen, die unbescholtener nicht wirken könnten. Da kam mir der Einfall mit Teodrada. Sie wurde – mit Einverständnis des Königs – von Gerold instruiert, dich auf der Heiligabendfeier nach dem Gottesdienst in ein Gespräch über alles Mögliche zu verwickeln: dass sie wieder gesund sei und dass sie die kommende Nacht wieder in ihrem Gemach im Frauenhaus schlafen würde … Und dann sollte sie ganz nebenbei erwähnen, dass sie im

Besitz einer Pfeilspitze sei, die sie dort gefunden habe, wo Hugos Leiche lag.«

Gerlindis presste die Zähne zusammen. »Das verzeihe ich mir nicht, dass ich auf dieses dumme Mädchen hereingefallen bin. Sie machte mir weis, dass sie dem Fund zunächst keine Bedeutung beigemessen, aber kurz vor dem Gottesdienst zufällig erfahren habe, dass Grifo eine besondere Pfeilspitze besitze. Dann zog sie sie hervor – und es *war* Grifos Pfeilspitze. Er hat sie mir vor einigen Wochen gezeigt.«

»Erneut hast du deine Felle davonschwimmen sehen.«

»Richtig, ich musste unbedingt etwas tun, und Teodrada eröffnete mir die Möglichkeit dazu. Sie sagte, dass eine Heiligabendfeier nicht die passende Gelegenheit wäre, um schwere Beschuldigungen zu erheben, und dass sie je nach Lust und Laune morgen oder übermorgen oder wann auch immer in aller Ruhe mit ihrem Vater darüber sprechen werde.«

»Da Teodrada als versponnen gilt, klingt das durchaus glaubwürdig. Du fasstest den Plan, heute Nacht in ihr Gemach zu schleichen, sie mit demselben Küchenmesser umzubringen, mit dem du schon Mathilda getötet hast, und die Pfeilspitze an dich zu nehmen. Du warst dabei, diesen Plan umzusetzen …«

»… als ich in die Falle ging. Gerold erwartete mich bereits.«

Im Grunde war alles gesagt. Nur das Wichtigste nicht.

»Warum, Gerlindis?«

»Das fragst du mich ernsthaft?«

»Aber ja.«

»*Du* fragst mich ›Warum‹? Ausgerechnet du? Du bist doch an allem schuld. Du hast mich aus dem Dreckloch in Orléans herausgeholt und mir gezeigt, was möglich ist. Hast du wirklich geglaubt, ich würde mich mit irgendeinem Nichtsnutz zufriedengeben, wenn ich auch einen zukünftigen Konnetabel oder Grafen kriegen kann?«

»Ich hätte dich gut verheiratet, früher oder später.«

»Ehe später als früher. Du hast mich doch bloß gekauft, damit du jemanden um dich hast, der dir dein langweiliges Leben erträglich macht. Du hättest mich nie heiraten lassen.«

»Wie kannst du so etwas sagen.«

»Weil es stimmt.«

»Es stimmt nicht.«

»Und woher hätte ich das wissen sollen, hä?«

»Etwas Vertrauen wäre nicht schlecht gewesen.«

»Ha! Vertrauen! Wo ich herkomme, haben nur Narren Vertrauen.«

»Und ich habe geglaubt, du seist anders als deine Geschwister. Ich dachte ...«

»Da hast du dich geirrt. Ich bin wie sie. Man sieht es mir nur nicht an. Damals, als du nach Orléans kamst, habe ich gewusst, was du vorhast, denn Mutter hat uns entsprechend vorbereitet, und als ich dich dann sah, habe ich gleich gewusst, was ich tun muss, damit du mich mit dir nimmst. Ich habe mich mächtig angestrengt. Aber denke bloß nicht, ich hätte jemals mehr für dich übriggehabt, als für ein Huhn, das große Eier legt. Du ahnst nicht, wie satt ich es hatte, das liebe Kindchen für dich zu spielen.«

Gerold kam herein. Ich weiß nicht, wie viel er von dem Gespräch mit angehört hatte und ob er den Zeitpunkt absichtlich wählte, aber er zog Gerlindis mit sich hinaus. Unten im Haus fiel die Tür ins Schloss.

Selbstverständlich spukte Gerlindis noch eine Weile in

meinem Kopf herum. Auf meinem Spiegeltisch lag das Weihnachtsgeschenk, das sie bekommen sollte: ein wunderschönes Perlenhaarband. Es hätte ihr gut gestanden. Ich erinnerte mich daran, wie Gerlindis sich am Tag ihrer Ankunft in der Pfalz Aachen freute, ich hörte ihr Lachen, spürte ihre Umarmungen … Mir vor Augen zu führen, dass sie in der ganzen Zeit nur die niedrigsten Gefühle hegte, war das Traurigste, das ich je erlebt habe. Doch es half mir, mich ein Stück von ihr zu lösen. Ich sah sie, wie sie Hugo tötete, wie sie Mathilda tötete und wie sie Berta verführte.

Berta … Ich beobachtete von meinem Haus aus, wie man sie abführte.

59

SIND WIR UNS ähnlich in unseren Taten, Gerlindis und ich? Wir beide haben Menschen umgebracht. Unsere Motive waren völlig andere, aber welches Opfer fragt schon nach den Gründen, weshalb es sterben musste? Arnulf fragte: »Warum«. Ich schwieg. Genau genommen hatte Gerlindis bessere, zumindest leichter erklärbare Gründe für ihre Verbrechen als ich für meine Tat. Arnulf bekam keine Antwort, weil ich keine hatte. Ich hielt es einfach nicht mehr aus, seine Frau zu sein, wollte aber nicht, dass er mich verstieß und mit Emma zusammenlebte. Es erschien mir ungerecht. Hingegen erschien es mir wesentlich gerechter, Arnulfs Witwe zu werden, Arnulfs Erbin, die einzige Zeugin unseres Ehelebens.

Es gibt große Unterschiede zwischen Gerlindis und mir (bilde ich mir ein). Ich habe das Leben meines Mannes genommen, als ich ihm vergifteten Wein gab, und ich habe das Leben des Papstes – und das von Eugenius – gerettet, als ich Eugenius davon abhielt zuzustoßen. Gerlindis hätte weitere Leben genommen, als Nächstes vermutlich das von Berta, ihrer Mitwisserin. Ich kann ausschließen, dass ich je wieder eines Menschen Leben nehmen werde, eher bringe ich mich selbst um. Trotzdem habe ich Berta und Gerlindis – die beiden Menschen, die mir am teuersten waren – verraten. Das geschah zwar in einem schwachen Moment, aber ich werde mir nie restlos sicher sein, ob ich nicht auch gesprochen hätte, wenn Gerold weniger aufdringlich gewesen wäre.

Aufhören, Ermengard. Hör damit auf!

60

LETZTER NACHTRAG: SECHZEHN Monate später, Frühling achthundert und eins.

Die ganze Zeit über lag dieser Packen beschriebenen Pergaments offen herum. Jeder, der zu mir kam, hätte darin blättern und lesen können. Soweit ich weiß, hat es jedoch keiner getan. Schon am Weihnachtstag 799, als König Karl zu mir kam und sich für die Unannehmlichkeiten der Untersuchung entschuldigte, die er einer trauernden Witwe wie mir nicht erspart hatte, lagen die Pergamente auf dem Tisch in der Wohnhalle, nur ungefähr eine Handlänge von Karl entfernt. Aber er kann nun mal nicht lesen! Als sein Blick auf den Stapel fiel, fragte er: »Etwas zur geistlichen Erbauung?« – »Ja, Euer Gnaden, gewissermaßen.« – »Nun, das ist der richtige Weg.« Da er nicht wusste, dass ich es war, die Gerold den entscheidenden Hinweis zur Aufklärung der Morde gegeben hatte, und da es ihm peinlich war, dass meine Nichte die Mörderin war, äußerte er sich überhaupt nicht zu dieser Sache.

Die belesene Königin Liutgarde besuchte mich einen Tag später, aber sie nahm keine Notiz von den Pergamenten. Sie bedauerte meinen doppelten Verlust – Arnulf und Gerlindis – und sagte nach einer Weile: »Man fragt sich, wie lange Ihr gedenkt, in der Residenz Aachen zu verweilen, nun, da Ihr Witwe seid.«

Ich verstand. »Man« – also Karl – brauchte das Haus für Arnulfs Nachfolger. Man setzte mich vor die Tür. Ich war nicht länger Pfalzgräfin. Wenige Wochen später verließ ich Aachen.

Ich habe weder den König noch die Königin seither wiedergesehen. Liutgarde starb vor ungefähr einem Jahr in der Nähe von Tours, und Karl ... Papst Leo krönte ihn vor wenigen Monaten in Rom zum Kaiser. Damit hat er das Ziel eines abendländischen Imperiums erreicht, dem sich sogar der Heilige Stuhl in Rom beugt. Es war zweifellos ein schweres Stück Arbeit, das Karl in diesen fast dreißig Jahren als Herrscher des geeinten Frankenreichs geleistet hat, aber es wird eine Herkulesaufgabe sein, dieses Reich zusammenzuhalten. Ich wünsche mir, dass es gelingt.

Das Pergament habe ich mit nach Chalon genommen, wo ich mir ein Gut gekauft habe, von dem aus ich auf den Ort meiner Geburt blicke. Eine der Unsinnigkeiten der Zeit, in der ich lebe, ist es, dass man einer Witwe mehr zutraut als einer Gattin, ganz so, als würden Trauer, Einsamkeit und bisweilen auch Armut adeln, ja, als sei man erst als Witwe Mensch geworden. Ich verfüge über Arnulfs gesamtes Erbe, das nicht gering ist, und verbringe meine Tage damit, Hühner zu füttern, Briefe an Eugenius zu schreiben, der wieder in Rom lebt, die Aufsicht über den Weinberg zu führen und mir die schrecklichen Kinder meiner inzwischen verstorbenen Schwester Friedgard vom Leib zu halten, die allesamt Geld von mir wollen. Ich habe ihnen deutlich gesagt, dass sie keines zu erwarten haben, und vorsichtshalber habe ich hinzugefügt, dass im Falle meines Todes das gesamte Vermögen dem Kloster Argenteuil zufällt.

Wieso Argenteuil? Teodrada ist dort Nonne. Eine meiner letzten Taten in Aachen war es, das Königspaar davon zu überzeugen, dass Teodrada großen Frieden braucht, den sie am Hof nie finden würde. Dass sie erfolgreich dabei geholfen hat, Hugos Mörder zu finden, hat ihr gutgetan, aber das Klosterleben wirkt wahre Wunder an ihr. Als ich sie kürzlich besuchte, hat sie zugegeben, die Gefühle, die Hugo ihr entgegenbrachte, mir gegenüber übertrieben dargestellt zu haben. Er hatte nie vor, sie zu heiraten, er hat sie nur ein wenig gemocht. Das hatte ich mir zwar schon gedacht, seit ich von Hugos und Gerlindis' Liebschaft weiß, aber es ist wichtig, dass Teodrada von sich aus die Dinge zurechtrückt. Im nächsten Jahr soll sie Äbtissin in Argenteuil werden. Ich möchte zum Gedeihen des Klosters und dem Erfolg seiner Äbtissin beitragen. So gesehen wird Teodrada meine Erbin werden.

Gerlindis ist tot. Sie wurde am Tag des heiligen Silvester 799, eine Woche nach ihrem Geständnis, auf dem Block hingerichtet. Ich war nicht dabei. Ich trank den Rest von Fionees Mohnsaft. Seither hatte ich nie wieder Verlangen danach.

Berta wurde – so wie ich es erwartet und inständig erhofft hatte – milder bestraft. Burchard verstieß sie. Sie lebt im Kloster Regensburg, das sie zwar niemals verlassen darf, wo sie aber – ähnlich wie Teodrada in Argenteuil – friedliche Tage verbringt. Ich wagte nicht, ihr zu schreiben, aber gestern kam ein Brief von ihr, in dem sie mir dankte. Sie begründete diesen Dank nicht näher. Seither fange auch ich an, Frieden zu finden. Gleich im Anschluss an diesen Nachtrag werde ich Berta antworten.

Was aus Emma geworden ist, weiß ich nicht. Ich gab ihr bei unserem letzten Gespräch zweitausendfünfhundert Pfennige, also rund zehn Pfund Silber. »Neun Pfund für deine Kinder, die auch Arnulfs Kinder sind«, sagte ich. »Und ein Pfund für die Wahrheit.«

Sie verstand mich und ließ sich darauf ein. Für ein paar Pfennige war sie bereit zuzugeben, dass sie mich umbringen wollte, um endlich Gräfin zu werden. Wenn ich mir überlege, wer alles nach diesem Titel gierte, den ich nie angestrebt habe! Die Welt ist eine verrückte, würde Teodrada dazu sagen.

Gersvind hat die Anschläge ausgeführt. Auch das war keine Überraschung für mich. Emma hatte ihr versprochen, wenn sie erst Arnulfs Gemahlin und Pfalzgräfin wäre, würde sie dafür sorgen, dass ihr und ihrer Tochter im Fall von Karls Tod keiner etwas antue und dass sie gut ausgestattet würde. Gersvind, die wie alle Nebenfrauen des Königs fürchten musste, dass der nächste König ihr übel mitspielen würde, konnte gewichtige Fürsprecher brauchen und ließ sich darauf ein. Da sie im rauen, barbarischen Sachsen groß geworden war, musste sie sich wohl nicht allzu sehr überwinden, die Anschläge durchzuführen.

Ich verriet sie nicht. Damit, dass sie kürzlich – ohne ihre Tochter – vom Hof verbannt wurde, habe ich nichts zu tun.

Von Gerold weiß ich, dass Grifo an dem, was über Gerlindis herauskam und was mit ihr geschah, ein Jahr lang schwer trug. Er ist Hauptmann der königlichen Leibwache und so mancher Frau heimliche Sehnsucht geworden, aber er hat sich noch nicht neu gebunden. Vorigen Monat hat er jedoch angefangen, der Tochter von Arnulfs Nachfolger den Hof zu machen – was bei Grifo bedeutet, dass wir mit einer Hochzeit wohl nicht vor Ende dieses Jahrzehnts rechnen dürfen.

Gerold ist da von anderem Schlag. Er besucht mich, wann immer er es ermöglichen kann, und wir küssen uns. Was mich angeht, küsse ich ihn nicht aus Liebe, sondern aus dem Wunsch heraus, dass er mich liebt. Wie könnte ich nach Arnulf je wieder einen anderen Mann lieben? Ich weiß, dass ich mich wie eine Irre anhöre, und vermutlich bin ich eine Irre, denn ich habe Arnulf getötet und behaupte im gleichen Atemzug, ihn geliebt zu haben. Aber in meinem Kopf ist alles ganz klar.

Zum Herbst dieses Jahres lässt Gerold sich vom König seiner Pflichten entbinden. Er hat ein Gut in meiner Nachbarschaft erworben. Was soll ich noch sagen? Was ich darüber berichten kann, habe ich berichtet.

Von Fionee habe ich nie wieder etwas gehört. Ich denke jeden Tag an sie, und dann lächle ich das Lächeln, das sie mir vorausgesagt hat. Ich glaube, ich bin eine glückliche Frau, und ich lebe in der Zuversicht, dass Fionee das weiß. Alles, was sie zu mir sagte, habe ich inzwischen verstanden. Wir sind auf immer verbunden.

Dies sind meine letzten Zeilen. Danach bleibt die Niederschrift auf meinem Spiegeltisch liegen, wo sie irgendwann von irgendjemandem gelesen werden wird oder auch nicht. Die Entscheidung darüber lege ich in Gottes Hände.

Was ich schrieb, habe ich geschrieben, um es abzuschließen. Mit Toten und Verschollenen kann man so wenig reden wie mit Erinnerungen. Man kann beide nicht verändern. Sie sind endgültig. Was immer sie einem zu sagen scheinen, sie sprechen nicht selbst, sondern es spricht das, was wir in ihnen sehen. Wir drehen uns alles so, wie wir es gerne hätten.

Beim Blick aus dem Fenster ins Tal der Saône, eine letzte Erinnerung, die zugleich die erste Erinnerung meines Lebens und neununddreißig Jahre alt ist.

Ich sehe mich über die Wiese laufen, das Gras ist fast so hoch, wie ich selbst es bin. In der Ferne die Fahne auf der Stadtmauer, der Turm der Bischofskirche. Allerlei Käfer fliegen auf, gejagt von Libellen. Ein einzelner Käfer – rot mit schwarzen Punkten – verfängt sich in meinem Haar. Ich bekomme ihn zu fassen, er krabbelt auf meiner Handfläche. Wie schön er ist. Ich halte die Hand in die Höhe, der Käfer krabbelt auf die Spitze meines Zeigefingers, der in den Himmel weist, und fliegt davon. Ich lache. Es ist ein Lachen von ungeheurer Unschuld.

Nachwort

EINE FIGUR WIE Ermengard schwebte mir schon lange vor. Ein Mensch – egal, ob Mann oder Frau –, der das schlimmste Verbrechen begeht, aber im klassischen Sinn nicht böse ist. Das Schwarz-Weiß-Schema Mörder = finsterer Schurke wollte ich in Frage stellen. Das haben vor mir schon andere gemacht, aber mich einzureihen, war verlockend. Es ist natürlich jedem erlaubt, sich eine eigene Meinung zu bilden, aber ich finde Ermengard faszinierend.

Noch ein paar Worte zur Handlung und den geschichtlichen Grundlagen. Die Morde in der Pfalz sind frei erfunden und demzufolge auch alles, was im Roman damit zusammenhängt, also die Ermordeten, die Täter, die Giftmeisterin … Ich habe mit Fionee zum ersten Mal eine Figur erschaffen, die »übersinnliche« Fähigkeiten besitzt, und ich habe lange überlegt, ob ich das wirklich möchte, da ich diesen Dingen skeptisch gegenüberstehe. Ich habe mich dafür entschieden, weil ich entdeckt habe, dass die im Roman erwähnten Fähigkeiten Fionees durchaus nicht übersinnlich sind. Überall auf der Welt gibt es Menschen, die nachgewiesenermaßen über die Begabung verfügen, Lüge von Wahrheit zu unterscheiden. In siebenundneunzig Prozent der Fälle gelingt ihnen das tatsächlich: Sie sehen Menschen anhand gewisser Kriterien das Lügen an. Ähnliches gilt für die überragende Intuition, die Fionee an den Tag legt, wenn sie »sieht«, welches Schicksal Ermengard bevorsteht. So etwas kommt auch in unseren Tagen öfter vor, als man denkt. Angefangen von jenem Mann, der vorzeitig aus einem Londoner Bus stieg, weil eine innere Stimme ihm sagte, dass Gefahr drohe – eine Minute später flog der Bus in die Luft. Bis hin zu Frauen und Männern aller Weltreligionen, die sich in Trance in andere Menschen hineinversetzen können. Da bleiben natürlich Fragezeichen – aber die bleiben bei Fionee ja auch.

Karl der Große – Charlemagne, wie die Franzosen ihn nennen – wird von mir aus der Sicht Ermengards beschrieben, wobei Ermengards Gedankenwelt selbstverständlich nicht unabhängig von der meinen ist. Wo sie von Karl enttäuscht ist, bin ich es auch, wo sie sich über ihn empört, empöre auch ich mich über ihn, und wo sie von den ungleichen, aber miteinander verbundenen Geschwistern Westfranken und Ostfranken (Frankreich und Deutschland) spricht, gibt Ermengard die ehrliche Meinung des Autors wieder.

Das »Urteil«, das im Roman über Karl/Charlemagne gefällt wird, erhebt nicht den Anspruch auf Vollständigkeit, was auch gar nicht möglich ist, da Ermengard ihre Aufzeichnungen im Jahr 799 schreibt und der König und Kaiser Karl noch vierzehn Regierungsjahre vor sich hat. Die im Roman und speziell in Ermengards Erinnerungen beschriebenen Ereignisse berücksichtigen allerdings die aktuelle Geschichtsforschung. Um nur einige Beispiele zu geben: Das »Blutgericht von Verden« und die anderen Gräuel während der Sachsenkriege entsprechen ebenso den Tatsachen wie die erst halb fertige Pfalz Aachen oder Karls Egoismus bezüglich seiner Töchter, die er nicht verheiratete, um sie weiterhin um sich zu haben. Da die Details vieler Ereignisse beziehungsweise das Schicksal einiger historischer Figuren nicht bekannt oder umstritten sind – beispielsweise das Schicksal Gersvinds oder die Vorgänge während des Blutgerichts von Verden –, habe ich sie nach eigenem Gutdünken gestaltet.

Eine kleine Änderung der Geschichte habe ich in der Nebenhandlung bezüglich des Papstes vorgenommen. Leo III. wurde zwar tatsächlich Opfer einer Adelsrevolte und musste aus Rom ins Frankenreich fliehen, wo er bei König Karl Schutz suchte und seine Rückkehr nach Rom beriet. Doch fand besagte Revolte einige Monate vor der Romanhandlung statt, und außerdem ließ Karl, der zu jener Zeit tatsächlich in der Pfalz Aachen weilte, den Papst in Paderborn unterbringen. Da ich die Einheit von Zeit und Ort aus so nichtigem Anlass nicht zerstören wollte, habe ich Leo kurzerhand nach Aachen kommen lassen.

In vielen Detailinformationen war ich dafür wieder sehr genau. Fünf Beispiele: Aachen war zur Zeit der Erbauung der Pfalz noch ein Hüttendorf; der Reichstag zu Frankfurt beschloss die Vereinheitlichung der Münzgewichte; Königin Fastrada war launisch und unbeliebt, sie wurde im erwähnten Kloster St. Alban bei Mainz beigesetzt, die Grabinschrift habe ich original übernommen; die Kebsehe (Konkubinenehe) war damals noch sehr verbreitet und wurde erst später von der Kirche streng verdammt; es gab keine einheitliche Strafverfolgung von Engelmacherinnen im fränkischen Reich (in Friesland, zum Beispiel, war es Müttern sogar erlaubt, ihr Neugeborenes unmittelbar nach der Geburt zu erwürgen).

Dies war mein erster in der Ich-Form geschriebener Roman, und ich hoffe, Sie hatten beim Lesen so viele gute Momente wie ich beim Schreiben.

E.W.

Danksagung

ICH DANKE ALLEN, die mir beim Entstehen dieses Buches auf verschiedene Weise geholfen haben, vor allem meiner Agentin Petra Hermanns und Maria Dürig vom Verlag Blanvalet. Mein besonderer Dank geht an Ilse Wagner, die meiner Sprache den letzten, wichtigen Schliff verleiht und oft das bessere Wort für einen Gedanken von mir findet.